本書出版得到國家古籍整理出版專項經費資助

中國古典文學基本叢書

歐陽修詞校箋

〔宋〕歐陽修 撰
歐陽明亮 校箋

中華書局

圖書在版編目(CIP)數據

歐陽修詞校箋/(宋)歐陽修撰;歐陽明亮校箋. —北京:中華書局,2019.12(2021.5 重印)
(中國古典文學基本叢書)
ISBN 978-7-101-14231-0

Ⅰ.歐… Ⅱ.①歐…②歐… Ⅲ.宋詞-注釋
Ⅳ.I222.844

中國版本圖書館 CIP 數據核字(2019)第 240649 號

責任編輯:許慶江

中國古典文學基本叢書
歐陽修詞校箋
〔宋〕歐陽修 撰
歐陽明亮 校箋
*
中 華 書 局 出 版 發 行
(北京市豐臺區太平橋西里 38 號 100073)
http://www.zhbc.com.cn
E-mail:zhbc@zhbc.com.cn
北京瑞古冠中印刷廠印刷
*
850×1168 毫米 1/32 · 16½印張 · 2 插頁 · 350 千字
2019 年 12 月北京第 1 版 2021 年 5 月北京第 2 次印刷
印數:3001-5000 册 定價:58.00 元

ISBN 978-7-101-14231-0

目録

近體樂府卷三

醉翁琴趣外篇

琴趣外篇卷一

琴趣外篇卷二

琴趣外篇卷三

琴趣外篇卷四

琴趣外篇卷五

琴趣外篇卷六

集外詞

附録一　存疑詞

前言

一

歐陽修（一〇〇七—一〇七二），字永叔，號醉翁，晚年又號六一居士，吉州永豐（今江西吉安永豐縣）人，身歷真宗、仁宗、英宗、神宗四朝，官至樞密副使、參知政事，是北宋中期傑出的政治人物，也是中國歷史上一位「百科全書」式的學術通人，所謂「經史子集四部，歐陽修已一人兼之」（錢穆《師友雜憶》）。尤其在文學方面，歐陽修主盟壇坫，力倡革新，引領風氣，培植後昆，開創了宋代詩文的新局面，同時歐陽修也「不廢小技」，工於倚聲，他的詞不僅取得了高超的藝術成就，而且在宋詞發展史上具有承前啓後的重要作用。清人馮煦在《宋六十一家詞選例言》中即稱其「疏儁開子瞻，深婉開少游」，另據現代學者對宋代詞人歷史地位的定量分析，歐陽修在「綜合排行榜」中位列前十（王兆鵬、劉尊明《歷史的選擇——宋代詞人歷史地位的定量分析》），也直觀地反映出歐陽修在詞史中的「大家」地位。

歐陽修的詞史地位首先與其積極的創作態度密不可分。北宋前期，倚聲填詞尚被士大夫階層視爲末技小道，多數文人還只是偶爾爲之，甚至即便心有所好，也「未嘗自作一篇」（蘇象先《丞相魏公譚訓》），而歐陽修的詞體創作却貫穿其一生，從天聖九年（一〇三一）初入仕途、任西京（今河南洛陽）留守推官始，至熙寧四年（一〇七一）致仕歸潁，歐陽修始終填詞不輟，爲後世留下了二百四十餘首詞作。就北宋詞人而言，這個數目是相當可觀的。雖然這些作品與其「言志載道」的詩文或有不同，不免含有遊戲筆墨、聊佐清歡的成分，但這種創作熱情對宋詞的發展顯然具有積極意義，尤其是隨着朝野聲望的上升以及「文宗」地位的確立，歐陽修的「不廢小技」也在一定程度上提升了詞體的地位。他的詞作不但「播於人口」，爲「邦人争唱」，也在士大夫之間傳爲美談，如他餞别劉敞的《朝中措》被議者認爲「非劉之才，不能當公之詞，可謂雙美」（傅幹《注坡詞》卷一），他與趙概、吕公著等人置酒高會、倚聲獻酬之舉，也被時人視爲文壇勝事。（見王珪《趙公墓誌銘》）

當然，歐陽修的創作熱情也給自身帶來了一定的負面影響，尤其是那些描寫男女情愛的側艷之作，往往成爲政敵詆諷攻訐的口實，而後人爲維護歐陽修道德文章的儒宗形象，將這些淺俗艷冶之詞斷爲僞作，大力删削，對歐陽修詞在後世的流傳造成了不利的影響，但這也從反面説明歐陽修在詞體創作上有着超出同輩文人士大夫的熱情，而這種熱情也在無形之中引領後輩詞人各輸心力，將宋詞推向繁榮。正如明人萬惟檀所言：「詞之盛，至宋極矣，首倡則歐陽公。於時詞人蔚起，豪放不羈則有眉山蘇子瞻，雄渾得機則有豫章黄魯直，縱横如意則有臨

川王介甫，醖釀不凡則有彭城陳無己，以至情詞婉約則有高郵秦少游，固皆詞家宗匠，振古於兹。」(《詩餘圖譜自序》)

歐陽修一生極富創新精神，他倡導的詩文革新運動給宋代文學帶來了全新的面貌。同樣，在詞體創作上，歐陽修雖然没有提出革新求變的明確主張，但在創作實踐中却不免將其一貫的新變意識帶入其中，因而在宋詞發展史上也有其獨特的貢獻。關於這一點，學界已多有論述，此處略舉數端：一是題材内容上的開拓之功。雖然歐陽修詞作中表現男女情愛、歌舞宴樂的作品仍佔有較大分量，但也出現了不少詠懷、詠史、詠物以及描寫都市生活、時令節俗的作品，這對擴大詞體的承載容量起到了積極的作用。二是對新調、慢詞的主動嘗試。在傳統觀念中，歐陽修一直被視爲北宋詞史上專擅小令的代表，然而《醉翁琴趣外篇》中爲數不少的慢詞作品證明，歐陽修在慢詞創作上較當時一般的士大夫詞人更爲積極主動，他既有創作慢詞的興趣，也掌握了創作慢詞的技巧，在士大夫詞人對慢詞創作還没有産生普遍興趣的時候，歐陽修就已經因小令的「不足以資發抒」(龍榆生《中國韻文史》)而主動選擇慢詞，創作出一批成熟的作品。三是風格的多元化。較之前輩詞人，歐陽修詞的藝術風格更爲多元，或穠艷深婉，或流麗清新，或平易暢達，或豪雋疏快，這些風格爲蘇軾、黄庭堅、秦觀等後輩詞人分别繼承，並得到進一步的發揚。四是爲詞體注入了可貴的時代氣息與士大夫精神。歐陽修既是北宋的重要詞人，同時也是一代文壇宗師與士人領袖，這種身份特徵決定了他的詞體創作與北宋的歷史背景、文化環境以及士人心理有着密切的聯繫。雖然歐陽修詞多數是酒席樽前侑觴佐歡之作，但在運筆揮毫之間，其對社會政治的關注、物理人事的思考以及人生命運的感觸，亦自覺或不自覺地流露出來，由此提升了詞體的文化品格。可以説，在由「伶人之詞」最終轉變爲「士大夫之詞」的過程中，歐陽修起到了較爲關鍵的作用。

总之，歐陽修生活的時代正是宋詞步入昌盛的前夜，雖然歐陽修囿於當時的觀念，在晚年自編文集時將詞作摒棄在外，但在實際創作中却表現出足够的熱情，取得了高超的藝術成就，爲宋詞的全面繁榮做出了貢獻。他的詞作題材多樣，風格多元，藝術表現力强，尤其是其中所含的各種新變特徵，標志着宋詞繼西蜀南唐之後開始確立自我面目，而歐陽修也正是由此爲宋詞「奠定基礎」（顧隨《駝庵詞話》）。

二

據文獻記載，歐陽修詞最遲在北宋元豐年間已有刻本，羅願《新安志》引元豐間崔公度《陽春録跋》中即提及「近時所鏤歐陽永叔詞」，又北宋末年蔡絛《西清詩話》也提到一部歐陽修詞集，名《平山堂集》（沈雄《古今詞話·詞評》上卷引）。此後，南宋嘉定年間曾有一卷本《六一詞》行世，爲長沙劉氏書坊所刻詞集叢編《百家詞》之零種，見陳振孫《直齋書録解題》卷二十一。以上諸集今已不存。

現存歐陽修詞集，主要有兩個版本系統。一是全集本《歐陽文忠公近體樂府》，一是六卷本《醉翁琴趣外篇》，此處對二者的刊印流傳情況略作介紹：

一、全集本《歐陽文忠公近體樂府》

南宋紹熙、慶元年間，周必大解相印歸廬陵，召集同郡孫謙益、丁朝佐、曾三異、胡柯、羅泌等人，在遍搜舊本的基礎上，對歐陽修詩文奏議等各類作品進行全面整理，編成《歐陽文忠公集》一百五十三卷，今國家圖書館藏有南宋慶元二年（一一九六）刻本，集中第一百三十一、一百三十二、一百三十三卷，即《歐陽文忠公近體樂府》三卷（簡稱「慶元本」）。是現存最早的歐陽修詞集。

慶元本共收詞一百八十一首，另載樂語數篇，由郡人羅泌整理校訂，卷三末刻有羅泌跋語，其云：「（歐陽修）有《平山集》盛傳於世，曾慥《雅詞》不盡收也。今定爲三卷，且載樂語於首。」據此則羅泌整理歐詞的底本，應該就是北宋末年行世的《平山集》（或名《平山堂集》），羅泌將其分爲三卷，另加入歐陽修存世的數篇樂語，合名《近體樂府》。

由於歐陽修詞集自行世以來就混入不少他人之作，而且存在大量被時人疑爲僞作的艷詞，因此羅泌在編訂整理時，對原《平山集》所收詞作做了一番取捨，其原則主要有三條：一是依據當時人的觀點，將集中的「淺近之作」予以删削；二是對歐陽修與其它詞人的互見之作予以保留，但注明互見情況；三是對一些稍涉浮艷的作品表示懷疑，但仍予以收録。

周必大等人在慶元二年編定《歐陽文忠公集》後，並没有停止歐集的整理工作，他們根據隨時所獲的佚文與資料，對《歐陽文忠公集》不斷補校補輯，因此旋即出現了以原版爲基礎的多部續修本，今日本宫内廳書陵部、日本天理大學附屬圖書館各藏有宋版《歐陽文忠公集》一部，前者存《歐陽文忠公近體樂府》後兩卷（簡稱「宫内本」），後者則《近體樂府》三卷皆存（簡稱「天理本」）。此外，清末吴昌綬從京師圖書館檢得宋版《歐陽文忠公集》一部，遂將其中《近體樂府》三卷影寫付刻，收入《仁和吴氏雙照樓景刊宋元本詞》，取名「景宋吉州本歐陽文忠公近體樂府三卷」（簡稱「吉州本」）。以上三种皆是慶元本的續修本，其中吉州本與天理本在慶元本的基礎上增補詞作十三首，同時續添了不少校記。

南宋以後，隨着《歐陽文忠公集》的不斷翻刻重刊，其中的《近體樂府》三卷也流衍甚夥，自元訖清影響較大的有元刻《歐陽文忠公集》本（《四部叢刊》影印，簡稱「叢刊本」）、明天順年間程宗刻《重刊歐陽文忠公全集》本（簡稱「程宗本」）、明嘉靖年間陳珊刻《歐陽文忠公全集》本（簡稱「陳珊本」）、清康熙年間曾弘刻《歐陽文忠公集》本（簡稱「曾弘本」）、清乾隆年間孝思堂刻《歐陽文忠公集》本（簡稱「孝思堂本」）、清乾隆年間惇叙堂刻《歐陽文忠公全集》本（簡稱「惇叙堂」本」）、清嘉慶年間歐陽衡刻《歐陽文忠公集》本（簡稱「衡本」）。這些後出之本皆自慶元本出，因此吉州本、天理本中增補的詞作都未收録。此外它們對慶元本的體例也略有調整，如陳珊本將《近體樂府》三卷併爲兩卷，且改稱《詩餘》，衡本亦改稱《詩餘》，且雖然仍爲三卷，但編次有所變動，如將原屬卷二的二十二首《蝶戀花》移入卷一，又將《一叢花》（傷春懷遠幾時窮）一詞移至卷末。

又自明代開始，全集中的《歐陽文忠公近體樂府》三卷開始以《六一詞》爲名獨立行世，現存者包括吴訥《唐宋名賢百家詞》本《六一詞》（簡稱「吴本」）、丁丙跋鑑止水齋藏本《六一詞》（簡稱「丁本」）以及毛晉汲古閣本《六一詞》（簡稱「毛本」）。其中吴本、丁本爲抄本，收詞與全集本大體無異，只是吴本將全集本卷二分成兩卷，因此共爲四卷（另含《樂語》一卷），丁本則將全集本三卷併爲一卷。此外與各集本《近體樂府》對校可知，吴本、丁本所據底本當非宋本，而是元刻本或元刻的翻刻本。

相較於吴、丁二本，毛本以刻本行世，因此流傳甚廣，影響更大。關於毛本的底本，據毛晉書末跋語爲「廬陵舊刻三卷」，但據對校可知，此處的「廬陵舊刻」亦非宋本，而是明刻全集。此外，毛本雖然源自全集本《近體樂府》，但在編排上作了較大調整。毛晉將原本的三卷合爲一卷，又將羅泌跋語移至卷首，改名「題六一詞」，並對原跋内容略加删改。毛晉的這些改動，主要是使

《六一詞》符合其所輯《宋六十名家詞》的統一體例，但却不免變動底本面目，因此頗受後人詬病，只是將《近體樂府》三卷合爲一卷且以「六一詞」爲名的做法並非始自毛晉，如前述丁本已然如此。

在刊刻《六一詞》時，毛晉還對歐陽修詞的互見問題進行了一定的辨析，删去了全集本中的十首作品。由於條件所限，毛晉的取捨存在不少漏洞，如全集本中的一些明顯的誤收之作未能指出，同時還存在因沿襲前人之失而誤删的情況，如《清商怨》（關河愁思望處滿）一詞本不存在互見問題，惟明人楊慎在《詞品》中將其誤作晏詞，毛晉即據此删去，補入《珠玉詞》中。又如《生查子》（去年元夜時）一首本屬歐作無疑，毛晉於《六一詞》中雖予以保留，但在刊刻朱淑真《斷腸詞》時，又承襲楊慎之失而將其誤輯其中。此外，毛晉對詞作内容也做了部分改動，包括附加詞題、更换詞調、改動文字以及摭補闕文，但未説明依據與來源。

毛晉所刻《宋六十名家詞》於清代流傳甚廣，唐圭璋先生曾言：「有清三百年來，流行最廣，數量最多之詞集，不過爲明代毛晉汲古閣所刻《宋六十名家詞》。」因此毛本《六一詞》也成爲清代最爲通行的歐陽修詞集，至今仍然是整理歐陽修詞集的一個重要校本。

二、六卷本《醉翁琴趣外篇》

大約與慶元本《近體樂府》同時或稍晚，南宋理宗年間（一二二四—一二六四）有六卷本《醉翁琴趣外篇》行世。此集爲福建坊刻詞集叢編《琴趣外篇》系列之零種，收詞二百〇三首，今臺灣「國家」圖書館藏有殘宋本，存三卷（卷四至卷六），國家圖書館藏有清初影宋抄本六卷，民國時吴氏雙照樓曾據以影刊，收入《仁和吴氏雙照樓景刊宋元本詞》。

將殘宋本、影抄本及影刊本對校，三者面目畢肖，確如陶湘所言，「足徵其流傳有緒」（《景刊宋金元明本詞叙録》）。但即便是影抄、影刊，我們還是可以發現後者對前者的一些校改。如《踏莎行》（候館梅殘）詞中「漸無窮」三字，殘宋本作「潮無窮」，影抄本改爲今字；《夜行船》（滿眼東風飛絮）詞中「草連雲」三字，殘宋本作「草隨雲」，影抄本亦改爲今字；又如《浣溪沙》（雲曳香綿彩柱高）詞中「却嫌裙慢褪纖腰」句，殘宋本奪「裙」字，影抄本照録，惟於行間補以「裙」字，而影刊本則將「裙」字刻入正文。

《醉翁琴趣外篇》所收詞作，見於《歐陽文忠公近體樂府》者一百三十首，二者相校，多有差異。

一是調名不同。《琴趣外篇》中保留了羅泌整理歐陽修詞集之前的許多舊有調名，如《蝶戀花》體分作《蝶戀花》、《鵲踏枝》、《鳳棲梧》三調，《玉樓春》體分作《玉樓春》、《木蘭花令》、《轉調木蘭花》三調，《阮郎歸》體分作《阮郎歸》、《醉桃源》二調。又如《桃源憶故人》調作《虞美人影》，《鷓鴣天》調作《思佳客》，《朝中措》調作《醉偎香》。

二是添加詞題。《琴趣外篇》中有不少詞作標有詞題。如《玉樓春》（紅條約束瓊肌穩）題作「即席賦琵琶」，《玉樓春》（南園粉蝶能無數）題作「詠蝶」、《漁家傲》（九日歡遊何處好）題作「重陽」。

三是多有異文。相對於羅泌整理校訂的《近體樂府》，《琴趣外篇》中文字的訛誤現象較多，但其不少文字與《近體樂府》中所録異文正好相同，如《近體樂府》中《踏莎行》（候館梅殘）「薰」字下注「一作芳」，《琴趣外篇》即作「芳」；《桃源憶故人》（梅梢弄粉香猶嫩）「縈」字下注「一作愁」，《琴趣外篇》即作「愁」。

此外，《琴趣外篇》中尚有七十餘首詞作不見於《近體樂府》，其中除混入的他人之作外，大多爲艷俗之詞。這些詞作是否出自歐陽修之手，一些學者表示過懷疑，但更多學者通過對北宋的文化環境、詞體的娱樂功能以及歐陽修早年生活經歷等方面的考察，確認了歐陽修創作這些艷詞的可能性，故而「當代學者基本統一了認識，認爲歐陽修有率情一面，同樣會有『艷俗』的作品問世」（陶爾夫、諸葛憶兵《北宋詞史》）。

三

自上世紀三十年代起，已有學者着手於歐陽修詞集的整理工作。一九三一年，商務印書館出版林大椿所編《歐陽文忠公近體樂府》，該書以叢刊本爲底本，校以毛本、孝思堂本及《樂府雅詞》、《唐宋諸賢絶妙詞選》、《詞綜》等詞集、詞選，由於林氏對《醉翁琴趣外篇》持懷疑態度，因此整理時未予采納。一九四二年，冒廣生在《同聲月刊》第二卷四、五兩期上發表《六一詞校記》。该文以毛本爲底本，以《景宋吉州本歐陽文忠公近體樂府》及《景宋本醉翁琴趣外篇》爲主校本，又從《草堂詩餘》、《花草粹編》中補入七首署名歐陽修的詞作。不过限於當時條件，無論是林編還是冒校，都只側重文字校勘，對作品的真僞、互見問題未作深究。

一九六五年，中華書局出版唐圭璋先生所編《全宋詞》，其中所録歐詞以《景宋吉州本歐陽文忠公近體樂府》及《景宋本醉翁琴趣外篇》爲底本，並對其中存在互見、真僞問題的詞作多有辨析，剔除其中三十首作品，對其他已難確考的作品則一一注明，另外又補入兩首佚作與一句殘詞，合計收詞二百四十三首。

《全宋詞》對歐陽修詞互見、真僞的辨析，是首次以較爲確切的考證爲歐陽修詞劃定疆界，爲此後的歐詞研究提供了基本可靠的文本依據。如自宋代以來，歐陽修詞與馮延巳詞的重出互見問題一直未有定論，在《全宋詞》中，唐圭璋先生將馮、歐互見之作基本斷爲馮詞，且在《宋詞互見考》中説明理由：「《陽春集》編於嘉祐，既去南唐不遠；且編者陳世修與馮爲戚屬，所録自可依據。元豐中崔公度跋《陽春集》，謂皆延巳親筆，愈可信矣。」這一結論已成爲學界主流觀點，但仍有一些學者先後提出質疑，質疑的焦點主要在於《陽春集》編者陳世修的身份無稽可考、「親筆」之説存在漏洞。二〇〇七年，《文學遺産》刊載劉禮堂、王兆鵬所撰《〈陽春集序〉作者陳世修小考》一文，該文根據王安石所作《司農卿分司南京陳公神道碑》，證實陳世修確爲馮氏後人（親曾外孫），其出生上據馮氏辭世不過四十餘年。同時文章還廓清了陳世修的行跡交遊，包括與王安石、曾鞏等人的交往過從。由此，陳氏所編《陽春集》的可靠性得到進一步的證明，而諸家質疑之説尚不足以動摇《全宋詞》的判斷。

《全宋詞》之後，中國臺灣地區先後出版了兩部歐陽修詞集的整理本。一是蔡茂雄所編《六一詞校注》（臺灣嘉新水泥公司文化基金會一九六九年版），但其所收詞作僅以毛本爲限；二是李栖所著《歐陽修詞研究及其校注》之下編「歐陽修詞校注」（臺灣文史哲出版社一九八二年版），該書雖然兼收《近體樂府》與《琴趣外篇》，但將後者中的二十一首詞作以「鄙褻」、「粗鄙」等理由或定爲僞作，或列入存疑。

一九八六年，中華書局出版黄畬先生校訂的《歐陽修詞箋注》，收詞基本以《全宋詞》爲據，唯删去《玉樓春》（池塘水緑春微暖），補入《蝶戀花》（庭院深深深幾許）。該書是建國後大陸出版的第一部整理本歐陽修詞集，具有開拓之功，但注釋稍顯簡略，對詞作繫年與相關本事也少有考證。二〇一五年，上海古籍出版社出版胡可先、徐邁兩位先生合撰的《歐陽修詞校注》，該書以慶元本《歐陽文忠公近體樂府》及《景宋本醉翁琴趣外篇》爲底本，在校注、考辨、繫年、輯評方面做了許多工作，較之黄《箋》更趨完備。

除全面的整理校勘外，近三十年來尚有不少學者對歐陽修詞進行選注、選釋或彙評。如陳新、杜維沫選注《歐陽修選集》（上海古籍出版社一九八六年版）、柏寒選注《六一詞》（浙江古籍出版社一九九〇年版）、朱德才主編《增訂注釋歐陽修、周邦彦詞》（文化藝術出版社一九九九年版）、陶爾夫、楊慶辰選注《晏歐詞傳》（吉林人民出版社一九九九年版）、邱少華箋釋《歐陽修詞新釋輯評》（中國書店出版社二〇〇一年版）等，對歐陽修詞研究裨益良多，其中尤以吴熊和先生主編的《唐宋詞彙評·兩宋卷》貢獻最大，該書「歐陽修詞」部分不但輯録了歷代有關歐詞的諸多評論資料，而且對歐詞的作年、本事多有發明。

本書是在前人成果的基礎上對歐陽修詞集的進一步整理，其主要工作包括以下幾個方面：一是彙校，即彙集現存歐陽修詞集不同版本，並參以歷代重要詞選、詞譜及其他文獻，對歐陽修詞詳加校勘，其中如南京圖書館藏丁丙跋鑑止水齋藏《六一詞》、臺灣「國家」圖書館藏殘宋本《醉翁琴趣外篇》、國家圖書館藏影抄本《醉翁琴趣外篇》等皆是首次取校，以便讀者一册在手，詳知各本文字異同，了解歐詞傳刻細節。二是考證，即在前人的基礎上，結合歐陽修的詩文作品以及其它相關文獻，對歐陽修部分詞作本事、繫年以及真僞進行考補辨析，結論與前述諸家略有異同，讀者或可相互參酌，以定取捨。三是注釋，即詮釋歐陽修詞中所涉詞語及典故，並通過引述前人相關詩句、詞句，充分展現歐陽修詞借鑒、融化前人詩詞語句之迹，以證

「歐陽永叔詞，無一字無來處」之説並非虚言。四是資料彙編，即彙輯歷代詞話、詞選、詞譜、詩話、文集、筆記、雜著中涉及歐陽修詞的各類資料，以期爲學界進一步研究歐詞提供便利。

特别説明的是，本書從動筆撰製到最終定稿，時逾九年。其間承蒙業師朱惠國教授悉心指導與鼓勵，感銘於心，不勝敷叙。本書的撰寫也得到諸多前輩、友人的無私幫助：日本九州大學東英壽教授數次回復筆者咨詢的版本問題，博士同門戴伊璇女士赴日本天理圖書館代爲複製天理本《歐陽文忠公近體樂府》，中華書局上海公司常利輝女士以同學之誼，精心批閲初稿，提出修改意見，中南民族大學王兆鵬教授熱心推薦申請資助。對此筆者謹致誠摯的謝意。本書同時屬於江西省高校人文社會科學重點研究基地項目「《歐陽修詞集的整理與研究》」(JD17084)研究成果，得到井岡山大學廬陵文化研究中心及諸位同仁的大力支持，在此也一併致謝。本書在付梓之前，承蒙中華書局文學編輯室許慶江先生批閲審讀、質疑糾訛，惠我匪淺，但由於筆者見識未廣，學識有限，書中舛謬在所難免，謹祈廣大讀者不吝賜正。

歐陽明亮

二〇一九年二月十九日

於井岡山大學廬陵文化研究中心

凡例

一、編排體例

（一）爲保存歐陽修詞集傳刻原貌，本書將《歐陽文忠公近體樂府》與《醉翁琴趣外篇》分別編排，惟二者重複之詞，於前説明，不重録。《歐陽文忠公近體樂府》中原有樂語數篇，本非詞體，其中除《西湖念語》外，均與集中詞作無涉，故删去不録。又《歐陽文忠公近體樂府》卷二刻有金陵佚名跋、朱松跋，卷三刻有羅泌跋，今一仍其舊，惟前後加黑方頭括號【 】以爲標識。

（二）除《歐陽文忠公近體樂府》、《醉翁琴趣外篇》外，歷代筆記、詞選中尚有少數可確認爲歐詞者，本書設「集外詞」以收録。

（三）歐陽修詞集中多有與他人互見之作，本次整理，除個别詞作外，大體以《全宋詞》爲據，凡基本可斷爲他人之詞者，於集内删除，歸入「存疑詞」中，並作辨略。

（四）歷代文獻中所載歐詞評論、考説及其他資料，若與具體作品相關，即附於該首作品之後，其餘則以「資料彙編」爲目，分「總論」、「事略」、「題跋叙録」三類統附書後。

二、底本與校本

（一）《歐陽文忠公近體樂府》，以《景宋吉州本歐陽文忠公近體樂府》爲底本；《醉翁琴趣外篇》，以《景宋本醉翁琴趣外篇》爲底本。蓋因二者既是精影宋本，又爲足本，且近世較爲通行。

（二）本次整理，着重於彙校，以期展現歐陽修詞集自宋訖清的傳刻細節，爲學界研究提供便利，故所用校本頗夥，兹分類簡列如下：

甲　歷代全集本《歐陽文忠公近體樂府》：即《前言》述及之慶元本、天理本、宫内本、叢刊本、程宗本、陳珊本、曾弘本、孝思堂本、惇叙堂本、衡本。以上諸本又統稱「集本」。

乙　歷代《醉翁琴趣外篇》：即《前言》述及之殘宋本《醉翁琴趣外篇》、影抄本《醉翁琴趣外篇》。

丙　歷代《六一詞》：即《前言》述及之吴本、丁本、毛本。

丁　宋人詞集：①晏殊《珠玉詞》，明吴訥《唐宋名賢百家詞》本；②柳永《樂章集》，明吴訥《唐宋名賢百家詞》本；③張先《張子野詞》，清鮑廷博刻知不足齋本；④杜安世

《壽域詞》，明吴訥《唐宋名賢百家詞》本；⑤黄庭堅《豫章黄先生詞》，明寧州祠堂本；⑥朱淑真《斷腸詞》，毛氏汲古閣刻本。

戊　歷代詞選、詞譜及類書、史志：本次整理，亦參校歷代重要詞選詞譜合計二十種，即《尊前集》、《樂府雅詞》、《唐宋諸賢絶妙詞選》、《梅苑》、《增修箋注妙選群英草堂詩餘》（簡稱「《草堂詩餘》」）、《類選箋釋草堂詩餘》（簡稱「《類編草堂詩餘》」）、《類選箋釋續選草堂詩餘》（簡稱「《類編續選草堂詩餘》」）、《花草粹編》、《詞學筌蹄》、《詩餘圖譜》、《嘯餘譜》、《詞林萬選》、《古今詞統》、《詞綜》、《選聲集》、《林下詞選》、《詞律》、《御選歷代詩餘》、《欽定詞譜》、《詞律拾遺》。又參校《歲時廣記》、《全芳備祖》、《永樂大典》、《高麗史·樂志》等類書、史志。所用版本，詳見書後「主要參考書目」。

三、校勘原則

（一）底本顯誤、闕漏之處，據他本校改、補充，並出校記。底本、校本文字互異而意均可通者不改底本，出校記。此外，爲便學界研究考索，部分重要校本中的訛誤、闕文亦酌情出校。另底本中之俗體字、異形字或異體字等，大抵徑録爲通行字，不出校記。

（二）底本原有羅泌校記，或存異文，或注互見，今一併闌入本書校記，徑曰「字下注」、「調下注」或「卷末校」，不加「底本原校」字樣。他本校記，亦酌情采列，以備參考。

四、箋證與注釋

（一）本書「箋證」，或介紹、考證詞作本事作年，或説明詞作互見情況並略加辨析。凡前賢已有之發明，皆酌情采納，並標識出處，不敢掠美。

（二）本書「注釋」，以詮釋詞語、名物及典故爲主，間或疏解句意。另適當引述前人相關詩句、詞句，以略見歐詞化用技巧及借鑒對象。

五、著作簡稱

書中於前人研究、整理成果多有稱引，其中部分著作采用簡稱，如冒廣生《六一詞校記》簡稱「冒校」、李栖《歐陽修詞研究及其校注》簡稱「李本」、嚴傑《歐陽修年譜》簡稱「嚴《譜》」、劉德清《歐陽修紀年録》簡稱「劉《録》」、吴熊和《唐宋詞彙評·兩宋卷》簡稱「《彙評》」，特此説明。

歐陽文忠公近體樂府

近體樂府卷一

西湖念語①〔一〕

昔者王子猷之愛竹，造門不問於主人〔二〕；陶淵明之臥輿，遇酒便留於道上②〔三〕。況西湖之勝概〔四〕，擅東潁之佳名。雖美景良辰，固多於高會〔五〕；而清風明月，幸屬於閑人〔六〕。並遊或結於良朋，乘興有時而獨往〔七〕。鳴蛙暫聽，安問屬官而屬私〔八〕；曲水臨流，自可一觴而一詠〔九〕。至歡然而會意③〔一〇〕，亦傍若於無人〔一一〕。乃知偶來常勝於特來，前言可信〔一二〕；所有雖非於己有，其得已多。因翻舊闋之辭〔一三〕，寫以新聲之調〔一四〕。敢陳薄伎，聊佐清歡〔一五〕。

【校記】

①吴本、丁本、毛本無此「念語」。　②道上：原作「道士」，《樂府雅詞》作「道上」。按此句用陶淵明半道遇酒事，應作「道上」，又宋人趙鼎有詩句「遇酒或能道上留」（《乙巳二月初八日集獨樂園夜飲梅花下會者宋退翁胡明仲馬世甫張與之王子與林秀才及余凡七人以炯如流水涵青蘋爲韻賦詩分得流字》），或從歐句而出，亦可證，故據改。　③會：曾弘本作「得」。

【注釋】

〔一〕西湖：潁州（治所在今安徽阜陽）西湖。唐宋時遊賞勝地，與杭州西湖齊名。曹學佺《大明一統名勝志》卷一四：「潁西二里有湖，袤十里，廣二里，翳然林水，爲一邦之勝。」《嘉慶重修一統志》卷一二八《潁州府》：「西湖在阜陽縣西北三里。長十里，廣二里，潁河合諸水匯流處也。唐許渾從事潁州，有『西湖清晏』之句。宋晏殊、歐陽修、蘇軾相繼爲守，皆嘗晏賞於此。與杭之西湖並稱。歐公創建書院。後乞身歸潁，終老湖上。」　念語：又稱「致語」、「樂語」，宋代藝人表演開場前之説辭，多出文人之筆，以稱頌賓主賢德，説明表演目的。

〔二〕「昔者」二句：《晋書·王徽之傳》：「徽之字子猷。性卓犖不羈。……時吴中一士大夫家有好竹，欲觀之，便出坐輿造竹下，諷嘯良久。主人洒掃請坐，徽之不顧。將出，主人乃閉門，徽之便以此賞之，盡歡而去。」王維《春日與裴迪過新昌里訪吕逸人不遇》：「到門不敢題凡鳥，看竹何須問主人。」

〔三〕「陶淵明」二句：《晋書·陶潛傳》：「刺史王弘以元熙中臨州，甚欽遲之，後自造焉。潛稱疾不見。……弘每令人候之，密知當往廬山，乃遣其故人龐通之等齎酒，先於半道要之。潛既遇酒，便引酌野亭，欣然忘進。弘乃出與相見，遂歡宴窮日。……弘要之還州，問其所乘，答云：『素有脚疾，向乘籃輿，亦足自反。』乃令一門生二兒共轝之至州，而言笑賞適，不覺其有羡於華軒也。」

〔四〕勝概：風景佳勝。《舊唐書·裴度傳》：「東都立第於集賢里，築山穿池，竹木叢萃，有風亭水榭，梯橋架閣，島嶼迴環，極都城之勝概。」李商隱《河清與趙氏昆季讌集得擬杜工部》：「勝概殊江右，佳名逼渭川。」

〔五〕「雖美景」二句：《梁書·劉遵傳》：「良辰美景，清風月夜，鷁舟乍動，朱鷺徐鳴，未嘗一日而不追隨，一時而不會遇。」高會：盛會。《漢書·項籍傳》：「遣其子襄相齊，身送之無鹽，飲酒高會。」顏師古注：「高會，大會也。」

〔六〕「而清風」二句：《南史·謝譓傳》：「（譓）不妄交接，門無雜賓。有時獨醉，曰：『入吾室者但有清風，對吾飲者唯當明月。』」歐陽修《與吴正獻公書》：「近叔平自南都惠然見訪，此事古人所重，近世絶稀，始知風月屬閑人也。」

〔七〕「乘興」句：王維《終南别業》：「興來每獨往，勝事空自知。」乘興：《晉書·王徽之傳》：「（徽之）嘗居山陰，夜雪初霽，月色清朗，四望皓然，獨酌酒詠左思《招隱詩》，忽憶戴逵。逵時在剡，便夜乘小船詣之，經宿方至，造門不前而反。人問其故，徽之曰：『本乘興而行，興盡而反，何必見安道邪！』」

〔八〕「鳴蛙」二句：《晉書·惠帝紀》：「帝又嘗在華林園，聞蝦蟆聲，謂左右曰：『此鳴者爲官乎，私乎？』或對曰：『在官地爲官，在私地爲私。』」楊收《詠蛙》：「會當同鼓吹，不復問官私。」

〔九〕「曲水」二句：王羲之《蘭亭集序》：「又有清流激湍，映帶左右，引以爲流觴曲水，列坐其次。

雖無絲竹管弦之盛，一觴一詠，亦足以暢叙幽情。」

〔一〇〕會意：合乎心意。《梁書・謝幾卿傳》：「然性通脱，會意便行，不拘朝憲。」《舊唐書・田遊巖傳》：「後罷歸，遊於太白山，每遇林泉會意，輒留連不能去。」

〔一一〕「亦傍若」句：《史記・刺客列傳》：「荆軻嗜酒，日與狗屠及高漸離飲於燕市，酒酣以往，高漸離擊筑，荆軻和而歌於市中，相樂也，已而相泣，旁若無人者。」《晋書・向秀傳》：「康善鍛，秀爲之佐，相對欣然，傍若無人。」

〔一二〕「乃知」二句：《八瓊室金石補正》卷八八録王曙《偶□》詩：「人間萬事皆如此，偶爾□勝特地來。」

〔一三〕翻：譜寫、改編。李賀《惱公》：「吹笙翻舊引，沽酒待新豐。」

〔一四〕新聲之調：新興曲調。白居易《楊柳枝序》：「楊柳枝，洛下新聲也。」宋代亦特指詞樂而言，胡仔《苕溪漁隱叢話後集》卷三三引李清照《詞論》：「逮至本朝，禮樂文武大備，又涵養百餘年，始有柳屯田永者，變舊聲，作新聲。」

〔一五〕「敢陳」二句：宋人致語或樂語中慣用結語，如晁補之《調笑序》：「欲識風謡之變，請觀調笑之傳。上佐清歡，深慚薄伎。」陳造《燕鄉守致語》：「敢陳口號，聊佐清歡。」　伎：同「技」，技巧、才能。

【附録】

王國維《人間詞話補遺》：宋人遇令節、朝賀、宴會、落成等事，有「致語」一種。宋子京、歐陽永叔、蘇子瞻、陳後山、文宋瑞集中皆有之。

采桑子①

輕舟短棹西湖好，緑水逶迤〔一〕。芳草長堤〔二〕。隱隱笙歌處處隨〔三〕。無風水面琉璃滑〔四〕，不覺船移〔五〕。微動漣漪。驚起沙禽掠岸飛〔六〕。（又見《樂府雅詞》卷上、《永樂大典》卷二二六五、《花草粹編》卷二、《詞綜》卷四、《歷代詩餘》卷一〇、《宋六十一家詞選》卷一、《詞軌》卷四。）

【校記】

①秦刻本《樂府雅詞》調下注：「中吕宮。」《永樂大典》題作「西湖」。

【注釋】

〔一〕緑水逶迤：謝脁《入朝曲》：「逶迤帶緑水，迢遞起朱樓。」逶迤，曲折蜿蜒。《説文》：「逶迤，邪去之貌。」

〔二〕芳草長堤：韋莊《雜體聯錦》：「岸草接長堤，長堤人解携。」

〔三〕隱隱：盛多貌。《文選・潘岳〈閑居賦〉》：「煌煌乎，隱隱乎，兹禮容之壯觀，而王制之巨麗也。」李善注：「隱隱，盛也。」

〔四〕「無風」句：蕭綱《西齋行馬》：「雲開瑪瑙葉，水净琉璃波。」白居易《泛太湖書事寄微之》：「碧琉璃水净無風。」琉璃：釉料之一種，常見以緑色與金黃色爲主。

〔五〕不覺船移：姚崇《夜渡江》：「舟輕不覺動，纜急始知牽。」

〔六〕「驚起」句：花蕊夫人徐氏《宫詞》：「内家追逐采蓮時，驚起沙鷗兩岸飛。」沙禽：即水鳥，常棲於沙洲，故稱。陰鏗《和傅郎歲暮還湘州》：「戍人寒不望，沙禽迥未驚。」

【附録】

陳迩《采桑子·和六一居士》：月湖依約西湖好，翠荇逶迤。徐步前堤。狎客輕鷗片片隨。晚來風静平如鏡，坐見雲移。碾破寒漪。一葉扁舟自在飛。

許昂霄《詞綜偶評》：閑雅處自不可及。

楊希閔《詞軌》卷四：此潁州西湖也。公知潁州日，民物恬熙如此，兹可知其政也，詞亦既和且平。

俞陛雲《唐五代兩宋詞選釋》：下闋四句極肖湖上行舟波平如鏡之狀，「不覺船移」四字下語尤妙。

又

春深雨過西湖好，百卉争妍〔一〕。蝶亂蜂喧〔二〕。晴日催花暖欲然〔三〕。　蘭橈畫舸悠悠去〔四〕，疑是神仙〔五〕。返照波間〔六〕。水闊風高颺管弦〔七〕。（又見《樂府雅詞》卷上、《永樂大典》卷二二六五、《歷代詩餘》卷一〇、《宋六十一家詞選》卷一、《詞軌》卷四。）

【注釋】

〔一〕百卉争妍：孫魴《題梅嶺泉》：「爛熳三春媚，參差百卉妍。」

〔二〕蝶亂蜂喧：温庭筠《春愁曲》：「蜂喧蝶駐俱悠揚。」

〔三〕欲然：即欲燃。蕭繹《宫殿名詩》：「林間花欲然，竹逕露初圓。」杜甫《絶句》：「江碧鳥逾白，山青花欲燃。」

〔四〕蘭橈：即木蘭橈，舟槳之美稱。任昉《述異記》卷下：「木蘭川在潯陽江中，多木蘭樹。昔吴王闔閭植木蘭於此，用構宫殿也。七里洲中有魯班刻木蘭爲舟，舟至今在洲中。詩家云木蘭舟，出於此。」江總《烏棲曲》：「桃花春水木蘭橈。」王勃《采蓮曲》：「桂棹蘭橈下長浦。」

〔五〕疑是神仙：《後漢書·郭太傳》：「(太)後歸鄉里，衣冠諸儒送至河上，車數千兩。林宗唯與李膺同舟而濟，衆賓望之，以爲神仙焉。」白居易《三月三日祓禊洛濱序》：「自晨及暮，簪組交映，歌笑間發。前水嬉而後妓樂，左筆硯而右壺觴。望之若仙，觀者如堵。」

〔六〕返照：落日反景。徐堅《初學記》卷一引梁元帝《纂要》：「日西落，光反照於東，謂之反景。」

〔七〕「水闊」句：歐陽修《赴集禧宫祈雪追憶從先皇駕幸泫然有感》：「水闊春風颺管弦。」颺：迎風飛揚。《説文》：「颺，風所飛揚也。」

【附録】

顧隨《駝庵詞話》卷五：杜甫之「江碧鳥逾白，山青花欲燃」(《絶句》)，語、意皆工，句、意兩得。

《六一詞》「晴日催花暖欲燃」（《采桑子》），或曾受此影響，而意境絶不同。「江碧」二句是靜的，六一句是動的，一如爐火，一如野燒。

顧隨《駝庵詞話》卷五：若説大晏詞色彩好，則歐詞是意興好。如其《采桑子》「春深雨過西湖好」與「清明上巳西湖好」二首。

又

畫船載酒西湖好，急管繁弦〔一〕。玉盞催傳①〔二〕。穩泛平波任醉眠〔三〕。　行雲却在行舟下②〔四〕，空水澄鮮〔五〕。俯仰留連〔六〕。疑是湖中别有天〔七〕。（又見《樂府雅詞》卷上、《永樂大典》卷二二六五、《歷代詩餘》卷一〇、《宋六十一家詞選》卷一、《詞軌》卷四。）

【校記】

①傳：《樂府雅詞》作「殘」，《歷代詩餘》作「停」。　②舟：《永樂大典》作「船」。

【注釋】

〔一〕急管繁弦：謂音樂節奏急促、旋律豐富。古時多以急樂催飲，如白居易《憶舊遊寄劉蘇州》：「急管繁弦頭上催。」錢起《送孫十尉温縣》：「急管繁弦催一醉。」

〔二〕玉盞催傳：即傳杯之戲。宴飲中隨樂聲傳遞酒杯，樂止則停，持杯者罰飲。元稹《答姨兄胡靈之見寄五十韻》：「傳盞加分數，横波擲目成。」鄭獬《次韻丞相柳湖席上》：「令罰艷歌傳盞急。」

〔三〕「穩泛」句：反用盧綸《舟中寒食》「波喧警醉眠」之意。

〔四〕「行雲」句：何遜《曉發》：「水底見行雲，天邊看遠樹。」

〔五〕空水澄鮮：謝靈運《登江中孤嶼》：「雲日相輝映，空水共澄鮮。」

〔六〕俯仰：上下而望。韓愈《岳陽樓別竇司直》：「星河盡涵泳，俯仰迷下上。」留連：即流連，樂而忘返。《孟子·梁惠王下》：「從流下而忘反謂之流，從流上而忘反謂之連。」蕭繹《長歌行》：「人生行樂爾，何處不留連。」

〔七〕「疑是」句：儲光羲《臨江亭》：「直望清波裏，祇言别有天。」

【附録】

陳寔《采桑子·和六一居士》：月湖依約西湖好，月正如弦。夜漏初傳。兩岸清林隱鷺眠。荷花恰似新妝出，與月争妍。霞珮輕連。來自華陽幾洞天。

俞陛雲《唐五代兩宋詞選釋》：湖水澄澈時如在鏡中，雲影天光，上下一色，「行雲」數語能道出之。

又①

群芳過後西湖好，狼藉殘紅。飛絮濛濛〔一〕。垂柳欄干盡日風②。笙歌散盡遊人去〔二〕，始覺春空〔三〕。垂下簾櫳。雙燕歸來細雨中〔四〕。（又見《樂府雅詞》卷上、《唐宋諸賢絶妙詞選》卷二、《永樂大典》卷二二六五、《詞綜》卷四、《歷代詩餘》卷一〇、《宋四家詞選》、《詞則·別調集》卷一、《宋六十一家詞選》卷一、《詞軌》卷四。）

【校記】

①《唐宋諸賢絶妙詞選》題作「潁州西湖」。　②日：《唐宋諸賢絶妙詞選》作「是」。

【注釋】

〔一〕飛絮濛濛：賈島《送神邈法師》：「柳絮落濛濛，西州道路中。」孫光憲《河傳》：「柳拖金縷，著烟籠霧，濛濛落絮。」

〔二〕「笙歌」句：李昌符《三月盡日》：「江頭從此管弦稀，散盡遊人獨未歸。」

〔三〕春空：春日過盡，春景闌珊。陸龜蒙《和襲美重題薔薇》：「穠華自古不得久，况是倚春春已空。」

〔四〕「垂下」二句：謝朓《和王主薄季哲怨情》：「花叢亂數蝶，風簾入雙燕。」馮延巳《采桑子》：「日暮疏鐘，雙燕歸棲畫閣中。」簾櫳：窗簾與窗牖。

【附録】

先著、程洪《詞潔輯評》卷一：「始覺春空」語拙，宋人每以春字替人與事，用極不妥。

譚獻《譚評詞辨》：（「群芳」句）埽處即生。（「笙歌」句）悟語，是戀語。

陳廷焯《雲韶集》卷二：佳句可愛，「始覺」二字中有骨。結筆秀。

陳廷焯《詞則·別調集》卷一：（「始覺春空」）四字猛省。

俞陛雲《唐五代兩宋詞選釋》：西湖在宋時，極遊觀之盛。此詞獨寫静境，别有意味。

劉永濟《唐五代兩宋詞簡析》：此詞雖意在寫暮春景物，而作者胸懷恬適之趣，同時表達出之。作者此詞皆從世俗繁華生活之中滲透一層著眼。蓋世俗之人多在群芳正盛之時遊觀西湖；作者却於飛花、飛絮之外，得出寂静之境。世俗之遊人皆隨笙歌散去；作者却於人散、春空之後，領略自然之趣。其後蘇軾作詞，皆直寫胸懷，因而將詞體提升與詩同等。此種風氣，歐陽修已開其端，特至東坡方大加發展，遂令詞風爲之一變。蓋風氣之成，必有其漸，非可突然而至也。

劉永濟《詞論》：發端之辭，貴能開門見山，不可空泛。如能從題前著筆，精神猶易振起。又有以掃爲生之法，如歐陽永叔《采桑子》「群芳過後西湖好」，周清真《齊天樂》「緑蕪凋盡臺城路，殊鄉又逢晚秋」之類是也。

劉永濟《詞論》：小令尤以結語取重，必通首蓄意、蓄勢，於結句得之，自然有神韻。如永叔《采桑子》前結「垂柳闌干盡日風」，後結「雙燕歸來細雨中」，神味至永，蓋芳歇紅殘，人去春空，皆喧極歸寂之語，而此二句則至寂之境，一路説來，便覺至寂之中，真味無窮，辭意高絶。

唐圭璋《唐宋詞簡釋》：此首，上片言遊冶之盛，下片言人去之静。通篇於景中見情，文字極疏雋。風光之好，太守之適，並可想像而知也。

鍾應梅《蕊園説詞》：「雙燕歸來細雨中」，晏幾道約之爲「微雨燕雙飛」，陳子龍復變爲「雨餘雙燕歸」。

錢鍾書《管錐編》：詩人寫景賦物，雖每如鍾嶸《詩品》所謂本諸「即目」，然復往往踵文而非踐實，陽若目擊今事而陰乃心摹前構。匹似歐陽修《采桑子》：「垂下簾櫳，雙燕歸來細雨中」，名句傳誦。其爲真景直尋耶？抑以謝朓《和王主薄怨情》有「風簾入雙燕」，陸龜蒙《病中秋懷寄襲美》有「雙燕歸來始下簾」，馮延巳《采桑子》有「日暮疏鐘，雙燕歸棲畫閣中」，而遂華詞補假，以與古爲新也？修之詞中洵有燕歸，修之目中殆不保實見燕歸乎？史傳載筆，尚有凖古飾今，因模擬而成捏造，况詞章哉？

朱庸齋《分春館詞話》卷四：此闋（吴文英《望江南》「三月暮」）刻畫中見自然，於吴詞中亦不常見，歷來評選家均不甚注意。近人俞平伯選入《唐宋詞選釋》，並認爲「本篇與歐陽修之《采桑子》『群芳過後西湖好』極相似，寫法却在異同之間」，所論殊有見地。

又

何人解賞西湖好〔一〕，佳景無時〔二〕。飛蓋相追〔三〕。貪向花間醉玉卮〔四〕。　誰知閑凭闌干處，芳草斜暉〔五〕。水遠烟微。一點滄洲白鷺飛〔六〕。（又見《樂府雅詞》卷上、《永樂大典》卷二二六五、《歷代詩餘》卷一〇、《宋六十一家詞選》卷一、《詞軌》卷四。）

【注釋】

〔一〕解賞：懂得欣賞。白居易《答桐花》：「無人解賞愛，有客獨屏營。」

〔二〕無時：隨時隨刻。李頻《送友人陸肱往太原》：「戍烟來自號，邊雪下無時。」

〔三〕飛蓋相追：曹植《公讌》：「清夜遊西園，飛蓋相追隨。」蓋，車蓋，狀如傘，張於車上，以遮雨蔽日。飛蓋，即馳車。

〔四〕玉卮：酒杯之美稱。許渾《舟行早發廬陵郡郭寄滕郎中》：「巫峽花深醉玉卮。」

〔五〕「誰知」二句：元稹《智度師》其二：「閑凭欄干望落暉。」

〔六〕「一點」句：林逋《湖村晚興》：「滄洲白鳥飛。」滄洲：濱水之地，常借指歸隱之地。李白《玉真公主別館苦雨贈衛尉張卿》：「功成拂衣去，搖曳滄洲傍。」

【附録】

陳宓《采桑子·和六一居士》：月湖依約西湖好，五月初時。好景須追。折取新荷當酒卮。輕紅嫩緑都堪愛，更傍斜暉。風正清微。肯放雲衣一片飛。

顧隨《駝庵詞話》卷六：歐陽「一點滄州白鷺飛」（《采桑子》），寫得大，自在。

又

清明上巳西湖好，滿目繁華。争道誰家〔一〕。緑柳朱輪走鈿車〔二〕。遊人日暮相將去〔三〕，醒醉諠嘩。路轉堤斜①。直到城頭總是花〔四〕。（又見《樂府雅詞》卷上、《永樂大典》卷二二六五、《歷代詩餘》卷一〇、《宋六十一家詞選》卷一、《詞軌》卷四。）

【校記】

①堤：《永樂大典》作「敧」。

【注釋】

〔一〕「清明」三句：杜甫《清明》：「著處繁花務是日，長沙千人萬人出。渡頭翠柳艷明眉，爭道朱蹄驕齧膝。」上巳：上巳節。漢以前以農曆三月上旬巳日爲「上巳」，魏晉後定爲三月三日。古人於是日有祓禊水濱、踏青郊外之俗。

〔二〕「緑柳」句：張泌《浣溪沙》：「鈿轂香車過柳堤。」朱輪：紅漆車輪，代指顯貴之家所乘馬車。《文選·楊惲〈報孫會宗書〉》：「惲家方隆盛時，乘朱輪者十人，位在列卿，爵爲通侯。」李善注：「二千石皆得乘朱輪。」鈿車：嵌飾金玉珠寶之車。杜牧《街西長句》：「銀鞦騕褭嘶宛馬，繡鞅璁瓏走鈿車。」

〔三〕相將：相與，相隨。沈約《初春》：「扶道覓陽春，相將共携手。」

〔四〕「直到」句：庾信《春賦》：「二月楊花滿路飛，河陽一縣併是花。」

【附録】

顧隨《駝庵詞話》卷五：若説大晏詞色彩好，則歐詞是意興好。如其《采桑子》「春深雨過西湖好」與「清明上巳西湖好」二首。

顧隨《駝庵詞話》卷五：「清明上巳西湖好」一首，前半闋蓄勢，後半闋尤佳。此所謂「西湖」指安徽潁州西湖。

又①

荷花開後西湖好，載酒來時。不用旌旗〔一〕。前後紅幢緑蓋隨〔二〕。　畫船撑入花深處，香泛金卮〔三〕。烟雨微微。一片笙歌醉裏歸〔四〕。（又見《樂府雅詞》卷上、《唐宋諸賢絶妙詞選》卷二、《永樂大典》卷二二六五、《歷代詩餘》卷一〇、《宋六十一家詞選》卷一、《詞軌》卷四。）

【校記】

①《唐宋諸賢絶妙詞選》題作「西湖」。

【注釋】

〔一〕旌旗：官員隨行儀仗。岑參《陪封大夫宴瀚海亭納凉》：「吾從大夫後，歸路擁旌旗。」

〔二〕紅幢緑蓋：形容荷花荷葉繁茂無比，猶如冠蓋儀仗，相互簇擁。晏殊《漁家傲》：「妝景趣，紅幢緑蓋朝天路。」幢，垂筒形旗幟，以羽毛錦繡爲飾。

〔三〕香泛金卮：文丙《牡丹》：「只擬清香泛酒卮。」金卮，酒器之美稱。鮑照《擬行路難》：「奉君金卮之美酒，玳瑁玉匣之雕琴。」

〔四〕「一片」句：宋之問《夏日仙萼亭應制》：「歸路滿笙歌。」韋莊《觀浙西府相畋遊》：「歸來一路笙歌滿。」

【附録】

陳宓《采桑子·和六一居士》：月湖依約西湖好，花陣齊時。玉指紅旗。一一吴宫隊伏隨。小舡不與花争道，恰愛金卮。度密穿微。不覺黄昏又欲歸。

又：月湖依約西湖好，風正微時。不用蒲葵。無數薰爐上下隨。蓮蓬恰似茶甌大，剜作瓊卮。飲罷如遺。一物都無拂袖歸。

又

天容水色西湖好，雲物俱鮮〔一〕。鷗鷺閑眠。應慣尋常聽管弦〔二〕。風清月白偏宜夜，一片瓊田〔三〕。誰羡驂鸞。人在舟中便是仙〔四〕。（又見《樂府雅詞》卷上、《永樂大典》卷二二六五、《歷代詩餘》卷一〇、《宋六十一家詞選》卷一、《詞軌》卷四。）

【注釋】

〔一〕雲物俱鮮：貫休《賀鄭使君》：「一方雲物自鮮奇。」雲物，即景物、景色。謝朓《高松賦奉竟陵王作》：「爾乃青春爰謝，雲物含明；江皋緑草，曖然已平。」

〔二〕「鷗鷺」二句：反用白居易《三月三日祓禊洛濱》「絲管駭鳧鷖」之意。

〔三〕「風清」二句：歐陽修《滄浪亭》：「風高月白最宜夜，一片瑩浄鋪瓊田。」

〔四〕「誰羨」二句：白居易《與元九書》：「雖驂鸞鶴，遊蓬瀛者之適，無以加於此焉，又非仙而何？」　驂鸞：乘鸞鳥而雲遊，喻成仙。

又

殘霞夕照西湖好，花塢蘋汀〔一〕。十頃波平①〔二〕。野岸無人舟自横〔三〕。　西南月上浮雲散，軒檻凉生〔四〕。蓮芰香清②〔五〕。水面風來酒面醒〔六〕。（又見《樂府雅詞》卷上、《永樂大典》卷二二六五、《歷代詩餘》卷一〇、《宋六十一家詞選》卷一、《詞軌》卷四。）

【校記】

①十：曾弘本作「千」。　②蓮：《歷代詩餘》作「荷」。

【注釋】

〔一〕花塢：即花圃，四周築土以爲障。蕭衍《子夜四時歌·春歌》：「花塢蝶雙飛，柳堤鳥百舌。」　蘋汀：蘋草叢生之濱。柳惲《江南曲》：「汀洲采白蘋，日落江南春。」白居易《送劉郎中赴任蘇州》：「宣城獨詠窗中岫，柳惲單題汀上蘋。」

〔二〕十頃波平：李商隱《病中早訪招國李十將軍遇挈家遊曲江》：「十頃平波溢岸清。」

〔三〕「野岸」句：韋應物《滁州西澗》：「野渡無人舟自横。」

〔四〕軒檻涼生：白居易《池上早秋》：「早涼生北檻，殘照下東籬。」

〔五〕芰：即菱。四角曰芰，兩角曰菱。魏晋無名氏《采蓮童曲》：「東湖扶菰童，西湖采菱芰。」

〔六〕「水面」句：李涉《題湖臺》：「一陣風來酒盡醒。」

又

平生爲愛西湖好，來擁朱輪〔一〕。富貴浮雲〔二〕。俯仰流年二十春〔三〕。　歸來恰似遼東鶴，城郭人民。觸目皆新〔四〕。誰識當年舊主人〔五〕。（又見《樂府雅詞》卷上、《永樂大典》卷二二六五、《宋六十一家詞選》卷一、《詞軌》卷四。）

【箋證】

以上十首詠潁州西湖，首句皆有「西湖好」三字，乃聯章鼓子詞，《西湖念語》爲其序。

按皇祐元年（一〇四九）二月至皇祐二年（一〇五〇）七月間，歐陽修知潁州，盛愛其民物風土及西湖之勝，欲爲他年終老之地，其《思潁詩後序》云：「皇祐元年春，予自廣陵得請來潁，愛其民淳訟簡而物産美，土厚水甘而風氣和，於時慨然已有終焉之意也。」後熙寧四年（一〇七一）六月，歐陽修以觀文殿學士、太子少師致仕，七月退居潁州，次年閏七月去世。據諸詞内容及《念語》所謂「因翻舊闋之辭，寫以新聲之調」，此組聯章詞當非一時之作，蓋早年守潁時即作數首，晚年致仕歸潁後又加以增補、潤色，並弁之以《念語》。

【注釋】

〔一〕來擁朱輪：即出任州守。岑參《陪使君早春東郊遊眺》：「太守擁朱輪，東郊物候新。」白居易《自詠》：「只合一生眠白屋，何因三度擁朱輪。」

〔二〕富貴浮雲：《論語·述而》：「不義而富且貴，於我如浮雲。」江淹《效阮公詩》：「富貴如浮雲，金玉不爲寶。」

〔三〕俯仰：轉瞬、頃刻。曹植《雜詩》：「俯仰歲將暮，榮曜難久恃。」王羲之《蘭亭集序》：「向之所欣，俯仰之間，已爲陳跡。」二十春：歐陽修自皇祐二年調離潁州至熙寧四年歸居潁州，其間正二十年。

〔四〕「歸來」三句：《搜神後記》卷一：「丁令威，本遼東人，學道於靈虚山。後化鶴歸遼，集城門華表柱。時有少年舉弓欲射之，鶴乃飛，徘徊空中而言曰：『有鳥有鳥丁令威，去家千年今始歸。城郭如故人民非，何不學仙冢壘壘。』遂高上冲天。」

〔五〕「誰識」句：王仁裕《遇放猿再作》：「識是前時舊主人。」

【附録】

歐陽修《思潁詩後序》：皇祐元年春，予自廣陵得請來潁，愛其民淳訟簡而物産美，土厚水甘而風氣和，於時慨然已有終焉之意也。爾來俯仰二十年間，歷事三朝，竊位二府，寵榮已至而憂患隨之，心志索然而筋骸憊矣。其思潁之念未嘗少忘於心，而意之所存亦時時見於文字也。今者幸蒙寬恩，獲解重任，使得待罪於亳，既釋危機之慮，而就閑曠之優，其進退出處，顧無所繫於事矣。謂可以償夙志者，此其時哉！

施元之《注東坡先生詩》卷三《陪歐陽公燕西湖》注：歐陽文忠公，廬陵人，仁宗擢爲參知政事。事英宗、神宗，堅求退，除觀文殿學士。出典亳、青二州，擢宣徽使，判太原。遣内侍賜告，諭赴闕，欲留共政，力辭，乞守蔡。在亳六請致仕，至蔡復請，乃許。公年未及謝，天下高之。舊號醉翁，晚又號六一居士。昔守潁上，樂其風土，因卜居焉。郡有西湖，公尤愛之，作《念語》及十詞歌之。

陳宓《采桑子·和六一居士》：月湖依約西湖好，愛放絲綸。怕點行雲。梅裹全晴雨一春。世間誰似農家苦，況是貧民。秧稻新新。已有攢眉望歲人。

龍榆生《唐宋名家詞選》引夏敬觀語：此潁州西湖詞。公昔知潁，此晚居潁州所作也。十詞無一重複之意。

王國維《宋元戲曲史》：宋人宴集，無不歌以侑觴；然大率徒歌而不舞，其歌亦以一闋爲率。其有連續歌此一曲者，如歐陽公之《采桑子》，凡十一首，趙德麟之《商調·蝶戀花》，凡十首。一述西湖之勝，一詠《會真》之事，皆徒歌而不舞。其所以異於普通之詞者，不過重疊此曲，以詠一事而已。

又

畫樓鐘動君休唱①〔一〕，往事無蹤。聚散匆匆。今日歡娱幾客同〔二〕。　去年緑鬢今年白〔三〕，不覺衰容〔四〕。明月清風。把酒何人憶謝公〔五〕。（又見《樂府雅詞》卷上。）

【校記】

①樓：《樂府雅詞》作「船」。

【注釋】

〔一〕鐘動：擊鐘報時，常特指晨鐘報曉。莊南傑《曉歌》：「魏宫鐘動繡窗明，夢娥驚對殘燈立。」

〔二〕「今日」句：庾抱《别蔡參軍》：「今日歡娱盡，何年風月同。」

〔三〕「去年」句：古樂府《子夜四時歌·冬歌》：「感時爲歡歎，白髮緑鬢生。」謙光《賞牡丹應教》：「鬢從今日白，花似去年紅。」緑鬢：烏黑鬢髮。緑，借指黑色。

〔四〕不覺衰容：白居易《歎老》：「但驚物長成，不覺身衰暮。」

〔五〕「謝公」句：李白《秋登宣城謝朓北樓》：「誰念北樓上，臨風懷謝公。」謝公：此處指謝絳，詳見下文《采桑子》（十年前是樽前客）「箋證」。

又

十年一别流光速〔一〕，白首相逢。莫話衰翁。但鬭樽前語笑同〔二〕。勸君滿酌君須醉〔三〕，盡日從容〔四〕。畫鷁牽風〔五〕。即去朝天沃舜聰〔六〕。（又見《醉翁琴趣外篇》卷三、《詞軌》卷四。）

【注釋】

〔一〕流光速：齊己《渚宫莫問詩》：「莫問衰殘質，流光速可悲。」

〔二〕「但鬬」句：牛僧孺《席上贈劉夢得》：「休論世上昇沉事，且鬬樽前見在身。」　鬬：嬉戲、享樂。

〔三〕「勸君」句：元稹《三泉驛》：「勸君滿盞君莫辭，别後無人共君醉。」馮延巳《謁金門》：「滿盞勸君休惜醉，願君千萬歲。」

〔四〕盡日從容：白居易《喜陳兄至》：「從容盡日語，稠叠長年情。」

〔五〕畫鷁：船之美稱。《淮南子·本經訓》：「龍舟鷁首，浮吹以娱。」高誘注：「鷁，大鳥也，畫其像著船頭，故曰鷁首。」　牽風：爲風牽引。王勃《春思賦》：「花牽風而亂下。」杜甫《曲江對雨》：「水荇牽風翠帶長。」

〔六〕朝天：入朝覲見。王建《寄賀田侍中東平功成》：「唐史上頭功第一，春風雙節好朝天。」　沃舜聰：向天子進言，以助其聖明睿智。《尚書·説命上》：「啓乃心，沃朕心。」蘇舜欽《演化琴德素高昔嘗供奉先帝聞予所藏寳琴求而揮弄不忍去因爲作歌以寫其意云》：「平戎一弄沃舜聰，貂璫壁立亦動容。」

又

十年前是樽前客，月白風清。憂患凋零〔一〕。老去光陰速可驚〔二〕。　鬢華雖改心無改〔三〕，試把金觥〔四〕。舊曲重聽。猶似當年醉裏聲。（又見《醉翁琴趣外篇》卷三、《詞軌》卷四。）

【箋證】

據《彙評》所考，以上三詞爲慶曆四年（一〇四四）歐陽修重過洛陽時作。其中第一首爲追思謝絳之詞。謝絳（九九五—一〇三九），字希深，富陽（今屬浙江）人，大中祥符八年（一〇一五）登進士科，天聖中判河南府。歐陽修於天聖九年（一〇三一）三月至景祐元年（一〇三四）三月間任西京（即洛陽）留守推官，與謝絳結爲摯友。後慶曆四年（一〇四四）四月，歐陽修出使河東，重過洛陽，時謝絳已逝，故云「把酒何人憶謝公」。另謝絳有《夜行船》（昨夜佳期初共）詞，以「月西斜、畫樓鐘動」一句名著當世，第一首起句「畫樓鐘動君休唱」即由此而發。第三首「舊曲重聽」句，亦指謝詞。

【注釋】

〔一〕凋零：謂親友亡故，此處當指謝絳。白居易《杪秋獨夜》：「歡娛牢落中心少，親故凋零四面空。」又《代夢得吟》：「後來變化三分貴，同輩凋零太半無。」

〔二〕「老去」句：白居易《閑居春盡》：「垂老光陰速似飛。」

〔三〕「鬢華」句：李白《單父東樓秋夜送族弟沈之秦》：「一朝復一朝，髮白心不改。」

〔四〕金觥：酒杯之美稱。觥，商代酒器，後泛指酒杯。曹唐《小遊仙詩》：「武皇含笑把金觥，更請霓裳一兩聲。」

【附録】

楊希閔《詞軌》卷四：此十三首（《采桑子》）未免過存，尚可去五六，吾愛其興趣橫逸，乃一概存之。

朝中措①送劉仲原甫出守維揚②

平山欄檻倚晴空③〔一〕。山色有無中④〔二〕。手種堂前垂柳⑤，別來幾度春風〔三〕。　文章太守〔四〕，揮毫萬字〔五〕，一飲千鍾〔六〕。行樂直須年少〔七〕，樽前看取衰翁〔八〕。（又見《醉翁琴趣外篇》卷三、《樂府雅詞》卷上、《唐宋諸賢絶妙詞選》卷二、《全芳備祖》後集卷一七、《類編草堂詩餘》卷一、《花草粹編》卷四、《精選古今詩餘醉》卷一一、《詩餘圖譜》卷一、《嘯餘譜》卷四、《選聲集》、《歷代詩餘》卷一七、《詞律》卷五、《欽定詞譜》卷七、《詞軌》卷四。）

【箋證】

此首作於至和三年（一〇五六，是年九月改元嘉祐）春。歐陽修時居京師，任翰林學士，兼史館修撰。

劉仲原甫，即劉敞（一〇一九—一〇六八），字原父，一作原甫，因行二，故稱「仲」，號公是，新喻（今江西新餘）人，慶曆六年（一〇四六）丙戌科進士第二名，與歐陽修爲至交，《宋史》卷三一九有傳。至和三年閏三月辛卯（九日），劉敞出知揚州（見李燾《續資治通鑑長編》卷一八二），此詞即爲餞行之作。

【校記】

①《醉翁琴趣外篇》調作《醉偎香》。　②天理本亦有題，慶元本無。《唐宋諸賢絶妙詞選》題作「送

劉原父守揚州」。毛本、《類編草堂詩餘》、《精選古今詩餘醉》、《詩餘圖譜》、《嘯餘譜》題作「平山堂」。③平：《醉翁琴趣外篇》作「凭」。④山色：《唐宋諸賢絶妙詞選》作「樓閣」，《全芳備祖》作「山中」。⑤堂前：《全芳備祖》作「滿庭」。垂柳：卷末「續添」校：「一作『楊柳』。」《唐宋諸賢絶妙詞選》、《全芳備祖》、《類編草堂詩餘》、《花草粹編》、《嘯餘譜》、《選聲集》、《歷代詩餘》作「楊柳」。

【注釋】

〔一〕平山：即平山堂。歐陽修知揚州時所築。祝穆《方輿勝覽》卷四四《揚州》：「平山堂，在州城西北大明寺側。慶曆八年二月，歐陽公來牧是邦，爲堂於大明寺庭之坤隅，江南諸山拱列檐下，若可攀取，因目之曰平山堂。」

〔二〕「山色」句：王維《漢江臨泛》：「江流天地外，山色有無中。」

〔三〕「手種」二句：白居易《憶江柳》：「曾栽楊柳江南岸，一别江南兩度春。」堂前垂柳：張邦基《墨莊漫録》卷二：「揚州蜀岡上大明寺平山堂前，歐陽文忠公手植柳一株，謂之歐公柳。」

〔四〕文章太守：阮閱《詩話總龜前集》卷二三引《郡閣雅談》：「崔公佐牧名郡，日宴賓僚。有一客，巾屨不完，衣破肘見，突筵而入。崔喜其來，令下牙籌，引滿數觥，神色自若。歌妓駭其藍縷，因大噱。客獻詩曰：『破額襆頭衫也穿，使君猶許對華筵。今朝幸倚文章守，遮莫青蛾笑揭天。』」

〔五〕揮毫萬字：任華《懷素上人草書歌》：「揮毫倏忽千萬字。」劉敞以文思敏捷稱名當時，歐陽修

《集賢院學士劉公墓誌銘》：「其爲文章，尤敏贍。嘗直紫微閣，一日，追封皇子、公主九人，公方將下直，爲之立馬却坐，一揮九制數千言，文辭典雅，各得其體。」

〔六〕一飲千鍾：《孔叢子·儒服》：「平原君與子高飲，强子高酒，曰：『昔有遺諺：堯、舜千鍾，孔子百觚，子路嗑嗑，尚飲十榼。古之賢聖，無不能飲也，吾子何辭焉？』」温庭筠《夜宴謡》：「一飲千鍾如建瓴。」鍾，古時量器，亦用作容量單位。十斗爲一斛，八斛（一説十斛）爲一鍾。

〔七〕「行樂」句：馮延巳《三臺令》：「年少，年少。行樂直須及早。」歐陽修《送渭州王龍圖》：「此樂直須年少壯，嗟余心志已蹉跎。」

〔八〕「樽前」句：白居易《箏》：「燈下青春夜，尊前白首翁。」　看取：且看。白居易《洪州逢熊孺登》：「莫問别來多少苦，低頭看取白髭鬚。」

【附録】

傅幹《注坡詞》卷一：（歐陽修）守揚州，於僧寺建平山堂，甚得觀覽之勝。堂下手植柳數株。後數年，公在翰林，金華劉原父出守維揚，公出家樂飲餞，親作《朝中措》詞。議者謂非劉之才，不能當公之詞，可謂雙美矣。

沈括《揚州重修平山堂記》：前日，今參政歐陽公爲揚州，始爲平山堂於此觀上之時，引客過之，皆天下豪俊有名之士。後之人樂慕而來者，不在於堂榭之間，而以其爲歐陽公之所爲也。由是平山之名盛聞天下。

晁説之《席上有唱歐公送劉原甫辭者次日又有唱東坡三過平山堂詞者今聯續唱之感懷作絶句》：龍門不見鬢垂絲，莫唱平山楊柳辭。縱使前聲君忍聽，後聲惱殺木腸兒。

方勺《泊宅編》卷六：「山色有無中」，王維詩也。歐公平山堂詞用此一句，東坡愛之，作《水調歌頭》，乃云：「認取醉翁語，山色有無中。」

葉夢得《避暑録話》卷一：歐陽文忠公在揚州作平山堂，壯麗爲淮南第一。堂據蜀岡，下臨江南，數百里真、潤、金陵三州，隱隱若可見。公每暑時，輒凌晨携客往遊，遣人走邵伯取荷花千餘朵，以畫盆分插百許盆，與客相間，遇酒行即遣妓取一花傳客，以次摘其葉，盡處則飲酒，往往侵夜載月而歸。

葉夢得《江城子》：碧潭浮影蘸紅旗。日初遲。漾晴漪。我欲尋芳，先遣報春知。盡放百花連夜發，休更待，曉風吹。　滿携尊酒弄繁枝。與佳期。伴群嬉。猶有邦人，争唱醉翁詞。應笑今年狂太守，能痛飲，似當時。

胡銓《朝中措·黄守座上用六一先生韻》：崖州何有水連空。人在浪花中。月嶼一聲横竹，雲帆萬里雄風。　多情太守，三千珠履，二肆歌鐘。日下即歸黄霸，海南長想文翁。

陳巖肖《庚溪詩話》卷下：王摩詰《漢江臨泛》詩曰：「江流天地外，山色有無中。」六一居士平山堂長短句云：「平山欄檻倚晴空，山色有無中。」豈用摩詰語耶？然詩人意所到，而語偶相同者，亦多矣。其後東坡作長短句曰：「記取醉翁語，山色有無中。」則專以爲六一語也。

楊湜《古今詞話》：有時相本寒生，及登位嘗以措大自負。遇生日，都下皆獻壽。有一妓易《朝中措》數字爲壽曰：「屏山欄檻倚晴空。山色有無中。手種庭前桃李，別來幾度春風。　文章宰相，揮毫萬字，一飲千鍾。行樂不須年少，日前看取仙翁。」時相不直，憐其喜改易，又愛《朝中措》之名，厚賞之。

吴曾《能改齋漫録》卷七：東坡《水調歌頭》云：「長記平山堂上，欹枕江南烟雨，杳杳没孤鴻。認得醉翁語，山色有無中。」蓋歐陽文忠公長短句云：「平山欄檻倚晴空，山色有無中。」東坡蓋指此也。然王摩詰《漢江臨泛》詩已嘗云：「江流天地外，山色有無中。」歐實用此，而東坡偶忘之耶？

胡仔《苕溪漁隱叢話後集》卷二三引《藝苑雌黄》：《送劉貢父守維揚作》長短句云：「平山欄檻倚晴空，山色有無中。」平山堂望江左諸山甚近，或以謂永叔短視，故云「山色有無中」。東坡笑之，因賦快哉亭道其事云：「長記平山堂上，欹枕江南烟雨，杳杳没孤鴻，認取醉翁語，山色有無中。」蓋山色有無中，非烟雨不能然也。

張邦基《墨莊漫録》卷二：揚州蜀岡上大明寺平山堂前，歐陽文忠公手植柳一株，謂之歐公柳。公詞所謂「手種堂前楊柳，别來幾度春風」者。薛嗣昌作守，相對，亦種一株，自傍曰薛公柳。人莫不嗤之。嗣昌既去，爲人伐之。不度德有如此者。

陸游《老學庵筆記》卷六：「水流天地外，山色有無中」，王維詩也。權德輿《晚渡楊子江》詩云：「遠岫有無中，片帆烟水上。」已是用維語。歐陽公長短句云：「平山闌檻倚晴空，山色有無中。」

詩人至是蓋三用矣。然公但以此句施於平山堂爲宜，初不自謂工也。東坡先生乃云：「記取醉翁語，山色有無中。」則似謂歐陽公創爲此句，何哉？

樓鑰《跋歐公與劉原甫帖》：公是先生望隆一時，而不容於朝，出知揚州，歐陽公所爲賦平山堂之詞也。

祝穆《方輿勝覽》卷四四《揚州》：平山堂，在州城西北大明寺側。慶曆八年二月，歐陽公來牧是邦，爲堂於大明寺庭之坤隅，江南諸山拱列檐下，若可攀取，因目之曰平山堂。沈括爲記。……後歐公在翰林，原父出守，公作《朝中措》詞餞之。

袁説友《和張季長少卿塵外亭韻》：品題印可喜所遇，瀾翻筆下源流泉。平山醉翁何以重，一詞一記垂千年。

歐陽守道《平坡説》：平泉，李文饒所居也；平山，吾家六一公所堂也；平園，周退傳所園也。泉也，山也，園也，著稱於天下，其人無貴賤賢不肖，久近共知也。吾知其人，又於其記、其詞、其詩、其集得其勝矣。

《新刻題評名賢詞話草堂詩餘》卷三：「山色有無中」，寫景絶妙。

《新鍥訂正評注便讀草堂詩餘》卷四評蘇軾《水調歌頭》（落日繡簾卷）：坡老「山色有無中」句，本永叔説來，形容山態最妙。或以爲永叔短視，甚謬，甚謬。

《重刻草堂詩餘評林》卷一：「山色有無中」，寫景絶妙之句。　又：衰翁，歐公自謂也。

潘游龍《精選古今詩餘醉》卷一一：只「山色」一句，此堂已足千古。

曹爾堪《錦瑟詞序》：戊申重九，偶滯廣陵。策杖過紅橋，登法海寺，遥望平山堂，可二里許。欲造而觀焉，而小雨微茫，路濕秋草，輒興盡而返。因竊歎曰：歐、蘇兩公，千古之偉人也，其文章事業，炳耀天壤，而此地獨以兩公之詞傳，至今讀《朝中措》《西江月》諸什，如見兩公之鬚眉生動，偕游於千載之上也。世乃目詞學爲雕蟲小技者，抑獨何歟？以詞學爲小技，謂歐、蘇非偉人乎？

毛奇齡《朝中措·平山堂續詞》序：揚州平山堂，傾廢久矣。康熙甲寅冬十月，予過揚州，值太守金君從故處建堂，命予以酒，且勒歐陽修《朝中措》原詞，使坐客續其後。予思歐陽公贈劉原父時，平山欄檻方盛，然猶睠念手植，若有感於春風之易度者，況距公千載而興是堂。其藉於世之爲原父，豈鮮也。因被醉書此詞，附坐客後。

萬樹《詞律》卷五《朝中措》：按「垂」字應作「楊」字，故坡公《西江月》云：「欲吊文章太守，仍歌楊柳春風。」

王士禛《花草蒙拾》：平山堂一坯土耳，亦無片石可語，然以歐、蘇詞，遂令地重。

王奕清《歷代詞話》卷四引《詞苑》：「山色有無中」，歐陽公詠平山堂句也，或謂平山堂望江南諸山甚近，公短視故耳。東坡爲公解嘲，乃賦快哉亭詞云：「記得平山堂上，攲枕江南烟雨，杳杳没孤鴻。認得醉翁語，山色有無中。」蓋山色有無，非烟雨不能也。然公詞起句是「平山闌檻倚晴空」，安得烟雨，恐東坡終不能爲公解矣。

黄蘇《蓼園詞評》：按君子進德修業欲及時也，無事不須在少年努力者，現身説法，神采奕奕動人。

潘德輿《養一齋詩話》卷七：用前人成句入詩詞者極多，然必另有意象以點化之，不能用入俳偶或直寫偶句也。如歐公長短句云：「平山欄檻倚晴空，山色有無中。」此實别有意象。故坡公復作長短句云：「認得醉翁語，山色有無中。」以王摩詰語專歸之歐，轉見别致。

袁學瀾《適園論詞》：歐陽公之「平山欄檻倚晴空，山色有無中」一詞，范希文之「濁酒一杯家萬里，燕然未勒歸無計」，此二詞語意自有士大夫氣象，作詞者自當效之。

劉熙載《藝概》卷四：詞有尚風，有尚骨。歐公《朝中措》云：「手種堂前楊柳，别來幾度春風。」東坡《雨中花慢》云：「高會聊追短景，清商不假餘妍。」孰風孰骨可辨。

王僧保《論詞絶句》其九：功業文章不朽傳，閑情偶爾到吟邊。平山楊柳今依舊，太守風流五百年。

張祖同《雙橋小築詞序》：歐陽文忠《朝中措》一詞，題揚州平山堂而作也，諸峰列檐，一水摇檻，種蜀岡之柳，隨風襲人；折謝埭之荷，載月留客。揮毫萬字，言行樂之及時；韻事千秋，每望古而遥集。

沈祥龍《論詞隨筆》：用成語，貴渾成，脱化如出諸己。賀方回「舊遊夢掛碧雲邊，人歸落雁後，思發在花前」，用薛道衡句；歐陽永叔「平山欄檻倚晴空，山色有無中」，用王摩詰句，均妙。

張德瀛《詞徵》卷五：歐陽文忠在維揚時，建平山堂，葉少藴謂其壯麗，爲淮南第一。文忠於堂前植柳一株，因謂之歐公柳，故公詞有「手種堂前楊柳」之句。蘇文忠詞云：「欲吊文章太守，仍歌楊柳春風。」張方叔詞云：「平山老柳，寄多少勝遊，春愁詩瘦。」蓋指此也。

龍榆生《研究詞學之商榷》：一家之作，亦往往因環境轉移，而異其格調。歐陽修《六一詞》，世共稱其與晏殊《珠玉詞》同學馮延巳《陽春集》者也。其《蝶戀花》諸闋，並互見《陽春集》中，其詞格果屬於温婉一派矣。而其晚年之作，氣骨開張，如平山堂作《朝中措》（詞略），逸懷浩氣，大近東坡，此又年齡之關係詞格者也。

朱庸齋《分春館詞話》卷五：詞評家於歐陽修《六一詞》，但以選本所選者爲定論，實欠全面。誠然，其詞以小令爲主，清新而有氣息，婉麗而意境廣遠，實别具一格。惟尚有其雄健、開闊、疏雋之處，如《朝中措》：「（略）」則已跳出馮延巳之範圍，洗脱南唐舊格矣。

吴世昌《詞林新話》卷三：首二句宋人議論紛紜。按歐公只是用王維詩「江流天地外，山色有無中」，却惹出論客許多口舌，真是笑話，豈王維亦近視耶？

長相思①

蘋滿溪。柳遶堤。相送行人溪水西[一]。回時隴月低②[二]。　烟霏霏。風淒淒③。重倚朱門聽馬嘶[三]。寒鷗相對飛④[四]。（又見《醉翁琴趣外篇》卷六、《樂府雅詞》卷上、《類編續選草堂詩餘》卷上、《花草粹編》卷一、《天機餘錦》卷三、《精選古今詩餘醉》卷五、《詩餘圖譜》卷一、《歷代詩餘》卷三、《欽定詞譜》卷二、《宋六十一家詞選》卷一、《詞軌》卷四。）

【箋證】

此首别作張先詞，見明吴訥《唐宋名賢百家詞》本《張子野詞》，又見鮑廷博刻知不足齋本《張子野詞》，調作《相思令》，《詩餘圖譜》同之。另此首又别作黄庭堅詞，見《類編續選草堂詩餘》，《精選古今詩餘醉》同之，然宋乾道本《類編增廣黄先生大全文集》、影宋本《山谷琴趣外篇》及明吴訥《唐宋名賢百家詞》本《山谷詞》皆不載此詞，當非黄作。《全宋詞》於張先、歐陽修下俱收録。

【校記】

①《花草粹編》調下注：「一作張子野。」《詩餘圖譜》題作「别意」，《精選古今詩餘醉》題作「秋景」。②回：《詩餘圖譜》作「歸」。　隴：丁本作「朧」，《詩餘圖譜》作「壠」。　③風：《詩餘圖譜》、《欽定詞譜》作「雨」。　④鷗：《詩餘圖譜》、《歷代詩餘》、《欽定詞譜》作「鵶」。　飛：《詩餘圖譜》作「啼」。

【注釋】

〔一〕溪水西：温庭筠《河傳》：「若耶溪，溪水西。柳堤，不聞郎馬嘶。」

〔二〕隴月：懸於高丘之月。隴，同「壠」，高丘。何遜《行經孫氏陵》：「山鶯空曙響，隴月自秋暉。」

〔三〕「重倚」句：韋莊《清平樂》：「門外馬嘶郎欲别。」

〔四〕相對飛：結伴而飛。庾肩吾《和晉安王詠燕》：「夜夜同巢宿，朝朝相對飛。」

【附録】

《草堂詩餘續集》卷三沈際飛評：無所聞而有所見，切神。

又①

花似伊。柳似伊。花柳青春人别離②〔一〕。低頭雙淚垂。　長江東。長江西。兩岸鴛鴦兩處飛〔二〕。相逢知幾時〔三〕。（又見《醉翁琴趣外篇》卷六、《樂府雅詞》卷上、《類編續選草堂詩餘》卷上、《精選古今詩餘醉》卷八、《歷代詩餘》卷三。）

【校記】

①《類編續選草堂詩餘》、《精選古今詩餘醉》題作「離思」。②青春：《類編續選草堂詩餘》、《歷代詩餘》作「春來」。

【注釋】

〔一〕「花柳」句：白居易《江樓月》：「明月雖同人别離。」

〔二〕「兩岸」句：反用花蕊夫人徐氏《宫詞》「傍岸鴛鴦皆著對」之意。

〔三〕「相逢」句：馮延巳《長相思》：「夢見雖多相見稀，相逢知幾時。」

【附録】

《草堂詩餘續集》卷上沈際飛評：真聲，不可删。

潘游龍《精選古今詩餘醉》卷八：亦盡有情思。

又①

深花枝。淺花枝。深淺花枝相並時〔一〕。花枝難似伊。　玉如肌。柳如眉〔二〕。愛著鵝黄金縷衣〔三〕。啼妝更爲誰〔四〕。（又見《醉翁琴趣外篇》卷六、《樂府雅詞》卷上、《唱經堂批歐陽永叔詞十二首》、《詞則·閑情集》卷一。）

【校記】

①《唱經堂批歐陽永叔詞十二首》題作「美人」。

【注釋】

〔一〕「深淺」句：薛濤《棠梨花和李太尉》：「淺深紅膩壓繁枝。」

〔二〕「玉如」二句：温庭筠《定西番》：「人似玉，柳如眉。」

〔三〕「愛著」句：鄭史《贈妓行雲詩》：「最愛鉛華薄薄妝，更兼衣著又鵝黄。」鵝黄：淡黄色。初生幼鵝毛色嫩黄，故稱。杜甫《舟前小鵝兒》：「鵝兒黄似酒，對酒愛新鵝。」金縷衣：女子華服，以金綫製成。劉孝威《擬古應教》：「青鋪緑瑣琉璃扉，瓊筵玉笥金縷衣。」

〔四〕啼妝：女子妝式。《後漢書·五行志》：「桓帝元嘉中，京都婦女作愁眉、啼妝。……啼妝者，薄拭目下，若啼處。」又《後漢書·梁冀傳》：冀妻孫壽「色美而善爲妖態，作愁眉、啼妝」。王僧孺《何生姬人有怨》：「顰容不足效，啼妝拭復垂。」

【附録】

金聖歎《唱經堂批歐陽永叔詞十二首》：「深花枝，淺花枝，深淺花枝相並時。花枝難似伊」，四句十八字，一氣注下，中間更讀不斷，真是妙手。看他四句，有四個「花枝」字，兩個「深」字，兩個「淺」字。「玉如肌，柳如眉，愛著鵝黄金縷衣。啼妝更爲誰」，後半不稱。又：只看前半闋，不用一字，只是一筆寫去，却成異樣絶調。後半闋，偏有許多「玉肌」、「柳眉」、「鵝黄」、「金縷」、「啼妝」等字，偏覺醜拙不可耐。然則作詞之法，固可得而悟也。

陳廷焯《雲韶集》卷二：連用四「花枝」，二「深」、「淺」字，一字一意，筆如轉環，極盡詞中能事。後半闋嫌平。

陳廷焯《詞則·閑情集》卷一：連用四「花枝」，二「深」、「淺」字，姿態甚足。後半殊遜。

陳廷焯《白雨齋詞話》卷五：歐陽公《長相思》詞也，可謂鄙俚極矣。而聖歎以前半連用四「花枝」，兩「深」、「淺」字，歎爲絶技。真鄉里小兒之見。

訴衷情①眉意②

清晨簾幕卷輕霜③〔一〕。呵手試梅妝〔二〕。都緣自有離恨，故畫作遠山長〔三〕。　思往事，惜流芳④〔四〕。易成傷⑤。擬歌先斂⑥〔五〕，欲笑還顰，最斷人腸。（又見《醉翁琴趣外篇》卷四、《樂府雅詞》卷上、《唐宋諸賢絶妙詞選》卷二、《花草粹編》卷三、《天機餘錦》卷四、《類編續選草堂詩餘》卷上、《精選古今詩餘醉》卷一二、《唱經堂批歐陽永叔詞十二首》、《歷代詩餘》卷一一、《詞律》卷二、《欽定詞譜》卷五、《詞則·閑情集》卷一。）

【箋證】

此首別作黄庭堅詞，見明寧州祠堂本《豫章黄先生詞》及明萬曆本《山谷小詞》，然宋乾道本《類編增廣黄先生大全文集》、影宋本《山谷琴趣外篇》及明吴訥《唐宋名賢百家詞》本《山谷詞》皆不載，且宋代詞選如《樂府雅詞》、《唐宋諸賢絶妙詞選》等皆作歐詞，故應屬歐作。《全宋詞》於歐陽修、黄庭堅下俱收録，然唐圭璋《宋詞互見考》又云：「案此首歐陽修詞，見《六一詞》。毛本《山谷詞》注云：『此闋或刻山谷，考是六一詞，删去。』案此作歐詞爲是。」

【校記】

①《欽定詞譜》調作《訴衷情令》。毛本《六一詞》調下注：「或刻山谷，但『清晨簾幕』作『珠簾繡幕』、『易成傷』作『恨難忘』、『擬歌』作『未歌』。」②毛本無題。《類編續選草堂詩餘》、《精選古今詩餘醉》、《歷代詩餘》題作「畫眉」，《唱經堂批歐陽永叔詞十二首》題作「春閨」。③清晨簾幕：《豫章黄先生詞》作「珠簾繡幕」。④芳：《歷代詩餘》、《詞律》、《欽定詞譜》作「光」。⑤易成傷：《豫章黄先生詞》、《花草粹編》作「恨難忘」。⑥擬：《豫章黄先生詞》、《花草粹編》作「未」。

斂：《唐宋諸賢絶妙詞選》作「咽」。

【注釋】

〔一〕「清晨」句：馮延巳《臨江仙》：「畫樓簾幕卷輕寒。」

〔二〕呵手：呵氣以暖手。唐無名氏《苦寒》：「倒身無着處，呵手不成温。」唐僖宗時宫人《金鎖詩》：「玉燭製袍夜，金刀呵手裁。」 梅妝：《太平御覽》卷九七〇引《宋書》：「武帝女壽陽公主人日卧於含章檐下，梅花落公主額上，成五出之華，拂之不去，皇后留之。自後有梅花妝，後人多效之。」牛嶠《酒泉子》：「鳳釵低裊翠鬟上，落梅妝。」

〔三〕遠山：即遠山眉，又稱遠山黛。眉形細長舒揚，顔色略淡。《西京雜記》卷二：「文君姣好，眉色如望遠山。」《趙飛燕外傳》：「合德新沐……爲薄眉，號遠山黛。」韋莊《荷葉杯》：「一雙愁黛遠山眉。」

〔四〕流芳：美好年華。楊凌《奉酬韋滁州寄示》：「淮揚爲郡暇，坐惜流芳歇。」

〔五〕斂：斂眉，皺眉。 羊士諤《彭州蕭使君出妓夜宴見送》：「自是當歌斂眉黛，不因惆悵爲行人。」

【附録】

《草堂詩餘續集》卷上沈際飛評：黛不多畫故長，任意悉韻。 又：高前詞（按指黄庭堅《訴衷情》「旋揎玉指著紅靴」）一級。 又：殆眉語耶？詞何能爾？

陸雲龍《詞菁》卷一：（「都緣」三句）出想新；（「擬歌」三句）寫態曲致。

金聖歎《唱經堂批歐陽永叔詞十二首》：即有恨，亦何與畫眉事？以畫眉作使性事，真是兒女性格也。

萬樹《詞律》卷二《訴衷情》：前結亦六字，而三字分豆者。

陳廷焯《雲韶集》卷二：結三語姿態横生。「縱畫眉能解離恨否」，明知不能，偏要故畫作遠山之狀，我與眉有仇耶。筆法真妙。真能傳出癡女子心腸。

陳廷焯《詞則·閑情集》卷一：縱畫長眉，能解離恨否？筆妙，能於無理中傳出癡女子心腸。

邵祖平《詞心箋評》：自來小詞寫女子色態者，易得其風流，難得其名貴；如李後主之「繡床斜凭嬌無那，爛嚼紅絨，笑向檀郎唾」，酣綺極矣！尚不失身份！和凝之「佯弄紅絲蠅拂子，打檀郎」，牛松卿之「玉趾迴嬌步，約佳期」，則稍損身份矣。賀方回之「心事向人猶靦覥，强來窗下尋紅綫」，「試問爲誰添瘦弱？嬌羞只把眉顰著」，則苦乏莊重，然尚未至失格也！及柳屯田之「盈盈背立銀缸，却道你但先睡」，周清真之「海棠花謝春融暖，偎人恁嬌波頻溜」，則所寫青樓狹邪中之女子，品斯下矣。歐公此詞，「清晨簾幕卷輕霜，呵手試梅妝」，發端便可見名貴嫻雅氣象。「擬歌先斂，欲笑還顰」則與「輕顰淺笑嬌無奈」、「挼碎花打人」者異矣！《六一詞》更有《臨江仙》寫妓女睡景云：「凉波不動簟紋平。水精雙枕，旁有墮釵横。」不但不見狎昵，反見名貴艷逸，多少詞人反把自家美眷，寫成勾欄模樣，可爲一歎！

俞平伯《唐宋詞選釋》中卷：（「擬歌先斂，欲笑還顰」）兩句藴藉曲折。後來周邦彦《風流子》詞有相似的寫法，如「欲説又休，慮乖芳信；未歌先咽，愁近清觴」，當係擬此。

詹安泰《無庵説詞》：詞家有所謂「留」字訣者，亦非奇創。蓋猶歐公所謂「擬歌先斂，欲笑還顰」耳。爲欲「最斷人腸」，故「先斂」，故「還顰」，不則盡可筆直寫下，誰爲拘管者？

吴世昌《詞林新話》卷三：「梅妝」用壽陽公主故事，乃作梅狀之花鈿貼於眉心或額上或兩靨。小山《玉樓春》：「臉紅心事學梅妝」，指紅梅花鈿。有以爲「梅妝」乃以梅花插鬢，大誤，壽陽公主豈以梅花插鬢乎？又「畫作遠山長」，《西京雜記》卷二謂卓文君眉色如遠山。

踏莎行①

候館梅殘〔一〕，溪橋柳細〔二〕。草薰風暖摇征轡②〔三〕。離愁漸遠漸無窮③〔四〕，迢迢不斷如春水〔五〕。　寸寸柔腸〔六〕，盈盈粉淚〔七〕。樓高莫近危欄倚〔八〕。平蕪盡處是春山〔九〕，行人更在春山外。（又見《醉翁琴趣外篇》卷四、《樂府雅詞》卷上、《草堂詩餘》後集卷下、《唐宋諸賢絶妙詞選》卷二、《類編草堂詩餘》卷二、《花草粹編》卷六、《天機餘錦》卷三、《詞的》卷三、《精選古今詩餘醉》卷八、《古今詞統》卷九、《唱經堂批歐陽永叔詞十二首》、《詞學筌蹄》卷三、《詞綜》卷四、《歷代詩餘》卷三六、《續詞選》卷一、《宋四家詞選》、《詞則·大雅集》卷二、《宋六十一家詞選》卷一、《詞軌》卷四。）

【箋證】

據陳尚君先生所考（見《百家唐宋詞新話》），本詞或爲明道二年（一〇三三）初春時作。

天聖九年（一〇三一）三月，歐陽修任西京（今洛陽）留守推官，同年娶胥偃之女爲妻，時年二十五歲。明道二年（一〇三三）正月，歐陽修「以吏事如京師，因省叔父於漢東」（胡柯《廬陵歐陽文忠公年譜》），本詞或作於行旅途中，歐陽修途中另有《早春南征寄洛中諸友》、《花山寒食》、《南征回京至界上驛先呈城中諸友》等詩，描寫羈旅愁苦，抒發思家之情，可參看。

【校記】

①叢刊本《唐宋諸賢絶妙詞選》題作「相別」。影宋本《唐宋諸賢絶妙詞選》題作「惜别」。《類編草堂詩餘》、《花草粹編》、《精選古今詩餘醉》、《古今詞統》、《詞學筌蹄》題作「離别」。《唱經堂批歐陽永叔詞十二首》題作「寄内」。②薰：字下注：「一作『芳』。」《醉翁琴趣外篇》、《草堂詩餘》、《唐宋諸賢絶妙詞選》、《類編草堂詩餘》、《花草粹編》、《詞學筌蹄》作「芳」。③漸無：殘宋本《醉翁琴趣外篇》作「潮無」。

【注釋】

〔一〕候館梅殘：杜牧《代人寄遠六言》：「河橋酒旆風軟，候館梅花雪嬌。」候館，即驛館，亦泛指旅舍。

〔二〕溪橋柳細：杜甫《西郊》：「市橋官柳細，江路野梅香。」

〔三〕草薰風暖：江淹《别賦》：「閨中風暖，陌上草薰。」錢惟演《許洞歸吴中》：「草薰風暖接長亭。」征轡：征馬之轡。

〔四〕「離愁」句：李煜《清平樂》：「離恨恰如春草，更行更遠還生。」

〔五〕「迢迢」句：李煜《虞美人》：「問君都有幾多愁，恰似一江春水向東流。」寇準《夜度娘》：「柔情不斷如春水。」

〔六〕寸寸柔腸：蕭統《錦帶書十二月啓·南吕八月》：「聞猿嘯而寸寸斷腸。」韋莊《上行杯》：「一曲離腸寸寸斷。」

〔七〕粉淚：女子之淚。因暈和脂粉，故稱。張文琮《昭君怨》：「玉痕垂粉淚，羅袂拂胡塵。」

〔八〕危欄：高欄。《説文》：「危，在高而懼也。」李商隱《北樓》：「此樓堪北望，輕命倚危欄。」

〔九〕平蕪：雜草叢生之野。白居易《秋暮西歸途中書情》：「九月草木落，平蕪連遠山。」

【附録】

俞文豹《吹劍三録》：杜子美流離兵革中，其詠内子云：「香霧雲鬟濕，清輝玉臂寒。何時倚虚幌，雙照淚痕乾。」歐陽文忠、范文正，矯矯風節，而歐公詞云：「寸寸柔腸，盈盈粉淚。樓高莫近危欄倚。」又：「薄倖辜人終不憤，何時枕上分明問。」文正詞云：「都來此事，眉間心上，無計相迴避。」又：「明月樓高休獨倚，酒入愁腸，化作相思淚。」林和靖《梅》詩及「春水浄於僧眼碧，晚山濃似佛頭青」之句，可想見其清雅，而《長相思》詞云：「君淚盈，妾淚盈，羅帶同心結未成。江頭潮已平。」情之所鍾，雖賢者不能免，豈少年所作耶？

黄昇《唐宋諸賢絶妙詞選》卷二：句意最工。

陳霆《渚山堂詞話》卷一：歐公有句云：「平蕪盡處是春山，行人更在春山外。」陳大聲體之，作《蝶戀花》，落句云：「千里青山勞望眼，行人更比青山遠。」雖面目稍更，而意句仍昔。然則偷句之鈍，何可避也。予向作《踏莎行》，末云：「欲將歸信問行人，青山盡處行人少。」或者謂其襲歐公。要之字語雖近，而用意則別。此與大聲之鈍，自謂不侔。

楊慎《詞品》卷一：歐陽公詞「草薰風暖摇征轡」，乃用江淹《别賦》「閨中風暖，陌上草薰」之語也。

楊慎《詞品》卷一：佛經云：「奇草芳花能逆風聞薰。」江淹《别賦》：「閨中風暖，陌上草薰。」正用佛經語。六一詞云：「草薰風暖摇征轡」，又用江淹語。今《草堂詞》改「薰」作「芳」，蓋未見《文選》者也。

楊慎《詞品》卷一：歐陽公詞：「平蕪盡處是春山，行人更在春山外。」石曼卿詩：「水盡天不盡，人在天盡頭。」歐與石同時，且爲文字友，其偶同乎，抑相取乎。

楊慎《楊氏批點草堂詩餘》：正是盼不見來時路。

王世貞《藝苑卮言》：「平蕪盡處是青山，行人又在青山外」，又「郴江幸自繞郴山，爲誰流下瀟湘去」，此淡語之有情者也。

《草堂詩餘正集》卷二沈際飛評：「春水」、「春山」走對妙。望斷江南山色，遠人不見草連空，一望無際矣。盡處是春山，更在春山外，轉望轉遠矣。當取以合看。

《新刻李于麟先生批評注釋草堂詩餘雋》卷二：上叙離愁如流水，下叙别望隔山遥。又：春水寫愁，春山騁望，極切極婉。又：淚滴如春水，情叠似春山，離别多懷憶，一度相思一度難。

《新刻題評名賢詞話草堂詩餘》卷三：别調有云：「便做一江春水都是淚，流不盡，許多情。」意同。

茅暎《詞的》卷三：結語韻致更遠。

陸雲龍《詞菁》卷二：恬雅。

卓人月《古今詞統》卷九：「芳草更在斜陽外」、「行人更在春山外」，兩句不厭百回讀。

金聖歎《唱經堂批歐陽永叔詞十二首》：「候館梅殘，溪橋柳細，草薰風暖摇征轡」，「殘」字、「細」字，寫早春如畫。「摇」字不知是草，不知是風，不知是征轡，却便覺有離愁在内。「離愁漸遠漸無窮，迢迢不斷如春水」，此二句只是叙愁，却已叙出路程；上三句只是叙路程，却都叙出愁：其法妙不可言。「樓高莫近危欄倚」，此七字從客中忽然説到家裏。「平蕪盡處是春山，行人更在春山外」，此十四字又反從家裏忽然説到客中，抽思勝陽羨書生矣。又：前半是自叙，後半是代家裏叙，章法極奇。杜詩「今夜鄜州月，閨中只獨看」，此便脱化出「樓高」句；「遥憐小兒女，未解憶長安」，此便脱化出「平蕪」二句。從一個人心裏，想出兩個人相思，幻絶妙絶。

王士禛《花草蒙拾》：「平蕪盡處是春山，行人更在春山外」，升庵以擬石曼卿「水盡天不盡，人在天盡頭」，未免河漢。蓋意近而工拙懸殊，不啻霄壤。且此等入詞爲本色，入詩即失古雅，可與知者道耳。

徐釚《詞苑叢談》卷二：毛稚黄《詞韻説》云：去矜《詞韻》例，取范希文《蘇幕遮》詞「地」、「外」二字相叶，又取蔣勝欲《探春令》詞「處」、「翅」、「住」、「指」四字相叶，疑於支紙、魚語、佳蟹三部韻可以互通。先舒按：宋詞此類僅見數首。如辛棄疾《南歌子·新開河》詞，本佳蟹韻，而起韻用「時」字，歐陽修《踏莎行·離別》詞本支紙韻，而末韻用「外」字。……當是古人誤處，未宜遽用爲例。

許昂霄《詞綜偶評》：「春山」疑當作「青山」，否則既用「春水」，又用兩「春山」字，未免稍複矣。

黄蘇《蓼園詞評》：按此詞特爲贈别作耳。首闋，言時物暄妍，征轡之去，自是得意。其如我之離愁不斷何。次闋，言不敢遥望，愈望愈遠也。語語倩麗，韶光情文斐亹。

陳廷焯《雲韶集》卷二：一層遠一層，寫得有致，亦是從後主「更行更遠還生」化出。「平蕪盡處」只有春山已悲極矣，結云「更在春山外」凄絶妙絶。

陳廷焯《詞則·大雅集》卷二：（「離愁」二句）較後主「離恨恰如芳草」二語，更綿遠有致。

俞陛雲《唐五代兩宋詞選釋》：唐宋人詩詞中，送别懷人者，或從居者着想，或從行者着想，能言情婉摯，便稱佳構。此詞則兩面兼寫。前半首言征人駐馬回頭，愈行愈遠，如春水迢迢，却望長亭，已隔萬重雲樹。後半首爲送行者設想，倚闌凝睇，心倒腸迴，望青山無際，遥想斜日鞭絲，當已出青山之外，如鴛鴦之烟島分飛，互相回首也。以章法論，「候館」、「溪橋」言行人所經歷；「柔腸」、「粉淚」言思婦之傷懷，情同而境判，前後闋之章法井然。

吴梅《詞學通論》：余按：公詞以此爲最婉轉，以《少年遊》詠草爲最工切超脱，當亦百世之公論也。

唐圭璋《唐宋詞簡釋》：此首，上片寫行人憶家，下片寫閨人憶外。起三句，寫郊景如畫，於梅殘柳細、草薰風暖之時，信馬徐行，一何自在。「離愁」兩句，因見春水之不斷，遂憶及離愁之無窮。下片，言閨人之悵望。「樓高」一句唤起，「平蕪」兩句拍合。平蕪已遠，春山則更遠矣，而行人又在春山之外，則人去之遠，不能目睹，惟存想像而已。寫來極柔極厚。

劉永濟《唐五代兩宋詞簡析》：此亦託爲閨人别情，實乃自抒己情也，與晏殊《踏莎行》二詞同。上半闋行者自道離情；下半闋則居者懷念行者。此詞之行者，當即作者本人。歐陽修因作書責高若訥不諫吕夷簡排斥孔道輔、范仲淹諸人，被高將其書呈之政府，因而被貶爲夷陵令。

陳兼與《讀詞枝語》：廬江劉宣閣（麟生）有《茗邊詞》，夏吷庵《忍古樓詞話》録其「桐江歸舟」《浣溪沙》「一曲桐江一曲秋，扁舟一掠似輕鷗，一山過去一山浮」，謂連用五個一字，却不失於輕滑。頃又見其「清明」《蝶戀花》一闋：「輕暖輕寒無意緒。晚唤芳春，已被芳春誤，昨夜東風吹碧樹，多情淚似無情雨。　逝水年華歸别浦。寥落郊原，忍踏青青路。悔向花間留雋語，尊前啼笑新非故。」亦連用同一詞彙，此猶同叔「一曲新詞酒一杯」及六一「平蕪盡處是春山，行人更在春山外」，「今年花勝去年紅，可惜明年花更好，知與誰同」之同一遣辭用意也。

邵祖平《詞心箋評》：寇萊公詩云：「日落汀洲一望時，柔情不斷如春水！」六一「離愁漸遠漸無窮，迢迢不斷如春水」本之，能更見工緻。歐公「平蕪盡處是春山，行人更在春山外」，能見深致，語復蘊藉。及李泰伯效之云「已恨碧山相掩映，碧山更被暮雲遮」，則周匝層疊，令人讀之不快。歐之於寇，可謂青出於藍。李之於歐，可謂點金成鐵。

張伯駒《叢碧詞話》：范希文《蘇幕遮》詞：「芳草無情，更在斜陽外。」歐陽永叔《踏莎行》詞：「平蕪盡處是春山，行人更在青山外。」皆以「外」字叶支、紙韻。王湘綺以「外」字正是宋朝京語。今開封以南讀「外」字，音作都愛切。開封北至陳橋長垣，則讀若謂，當是宋朝京音。

俞平伯《唐宋詞選釋》中卷：上片征人，下片思婦。結尾兩句又從居者心眼中說到行人。似乎可畫，却又畫不到。王士禛《花草蒙拾》以爲比石曼卿「水盡天不盡，人在天盡頭」爲工，又說此等入詞爲本色，入詩即失古雅。說可參考。

唐圭璋《論詞之作法》：詞中起法，不一而足。然以寫景起爲多。如歐公之「候館梅殘，溪橋柳細」、晏同叔之「小徑紅稀，芳郊緑遍」、少游之「梅英疏淡，冰澌溶洩，東風暗換年華」、玉田之「接葉巢鶯，平波卷絮，斷橋斜陽歸船」是也。

唐圭璋《論詞之作法》：此類句法，常用「更」字，「又」字，「尤」字，以示層層深入之意。其在寫景方面：如范希文《漁家傲》之「山映斜陽天接水。芳草無情，更在斜陽外」，歐陽永叔《踏莎行》之「平蕪盡處是春山，行人更在春山外」，王碧山《長亭怨慢》之「水邊。怎知流水外，却是亂山尤遠」，皆描摹如畫，含思綿邈已極。

吴世昌《詞林新話》卷三：或謂永叔《踏莎行》（候館梅殘）上片行者自道離情，下片居者懷念行者。按下片非居者懷念行者，乃行者寄慰居者，勸其莫倚危欄，雖倚亦不見山外之行者也。又上片「草薰風暖」，此處「薰」與「暖」同爲形容詞，「草薰」，只是説草香而已。

鍾應梅《蕊園説詞》：明王世貞曰：「平蕪盡處」二語，與「郴江幸自繞郴山，爲誰流下瀟湘去」，此淡語之有情者也。（《藝苑卮言》）余謂歐公句目爲淡語則可，若少游則癡語矣。淡語輕遠，癡語沉鬱，其情有别。

又

雨霽風光〔一〕，春分天氣〔二〕。千花百卉争明媚①。畫梁新燕一雙雙〔三〕，玉籠鸚鵡愁孤睡②〔四〕。　薜荔依墻〔五〕，莓苔滿地〔六〕。青樓幾處歌聲麗〔七〕。驀然舊事上心來③〔八〕，無言斂皺眉山翠〔九〕。（又見《醉翁琴趣外篇》卷四、《花草粹編》卷六、《歷代詩餘》卷三六。）

【箋證】

此首别作杜安世詞，見明吴訥《唐宋名賢百家詞》本《壽域詞》，《花草粹編》、《歷代詩餘》同之。《全宋詞》於歐陽修、杜安世下俱收録。

【校記】

①卉：《壽域詞》、《花草粹編》、《歷代詩餘》作「草」。　②愁：《壽域詞》作「愛」，《花草粹編》作

「憂」，《歷代詩餘》作「嫌」。③來：《醉翁琴趣外篇》、《壽域詞》、《花草粹編》、《歷代詩餘》作「頭」。

【注釋】

〔一〕雨霽：雨過天晴。王勃《秋日登洪府滕王閣餞別序》：「虹消雨霽，彩徹雲衢。」

〔二〕春分：二十四節氣之一，多在農曆二月中。庾信《燕歌行》：「春分燕來能幾日，二月蠶眠不復久。」

〔三〕「畫梁」句：盧照鄰《長安古意》：「雙燕雙飛繞畫梁。」

〔四〕「玉籠」句：劉禹錫《傷秦姝行》：「鸚鵡不言愁玉籠。」韋莊《歸國遥》：「惆悵玉籠鸚鵡，單棲無伴侶。」玉籠鸚鵡：《洞冥記》卷二：「元封五年，勒畢國貢細鳥。以方尺之玉籠盛數百頭，形如大蠅，狀似鸚鵡。」

〔五〕薜荔依墻：皮日休、張賁、陸龜蒙《藥名聯句》：「墻高牽薜荔。」薜荔，常緑藤本植物，攀援而生。《楚辭・離騷》：「擥木根以結茝兮，貫薜荔之落蕊。」王逸注：「薜荔，香草也，緣木而生。」

〔六〕莓苔滿地：劉滄《宿蒼溪館》：「滿地莓苔生近水。」莓苔，即青苔。

〔七〕「青樓」句：韋莊《過揚州》：「處處青樓夜夜歌。」青樓：妓館。劉邈《萬山見采桑人》：「倡妾不勝愁，結束下青樓。」

〔八〕「驀然」句：殷堯藩《寄太僕田卿》：「驀上心來消未得，夢回又聽五更鐘。」

〔九〕「無言」句：毛熙震《何滿子》：「愁眉翠斂山横。」眉山翠：女子黛眉。因形似遠山，眉色青墨，故云。

望江南①

江南蝶，斜日一雙雙〔一〕。身似何郎全傅粉②〔二〕，心如韓壽愛偷香〔三〕。天賦與輕狂③〔四〕。微雨後④，薄翅膩烟光⑤〔五〕。纔伴遊蜂來小院⑥，又隨飛絮過東墻〔六〕。長是爲花忙〔七〕。（又見《醉翁琴趣外篇》卷六、《樂府雅詞》卷上、《花草粹編》卷五、《歷代詩餘》卷二五、《欽定詞譜》卷一。）

【箋證】

本詞或作於慶曆八年（一〇四八），歐陽修時知揚州。

吴曾《能改齋漫録》卷一七載：「歐陽文忠公愛王君玉燕詞云：『烟逕掠花飛遠遠，曉窗驚夢語匆匆。』」按王琪有《望江南》組詞十首，所詠分别爲酒、柳、燕、雨、岸、雪、水、竹、月、草。其詠燕詞云：「江南燕，輕颺繡簾風。二月池塘新社過，六朝宫殿舊巢空。頡頏恣西東。　王謝宅，曾入綺堂中。烟徑掠花飛遠遠，曉窗驚夢語匆匆。偏占杏園紅。」歐陽修愛慕此詞，故本首詠蝶詞或爲一時效仿之作。另《湖北通志》卷一五載：「宋慶曆中，王琪出守興國，作《望江南》十詠。」又慶曆八年（一〇四八）中秋，歐陽修與王琪、梅堯臣等有揚州之會，席間聽樂賞舞、賦詩酬贈（詳見《歐陽修詩編年箋注》卷九《酬王君玉中秋席上待月值雨》「題解」），則歐陽修或於酒宴之上獲觀王琪《望江南》十詠，遂作本詞以酬。

【校記】

①《欽定詞譜》調作《憶江南》。②全：《歷代詩餘》、《欽定詞譜》作「曾」。③賦：《醉翁琴趣外篇》作「付」。④後：《欽定詞譜》作「過」。⑤烟：《醉翁琴趣外篇》作「韶」。⑥院：《欽定詞譜》作「苑」。

【注釋】

〔一〕「江南蝶」二句：蕭衍《古意》：「飛飛雙蛺蝶，低低兩差池。」毛熙震《清平樂》：「粉蝶雙雙穿檻舞，簾卷晚天疏雨。」

〔二〕「身似」句：《世説新語・容止》：「何平叔（晏）美姿儀，面至白；魏明帝疑其傅粉。正夏月，與熱湯餅。既噉，大汗出，以朱衣自拭，色轉皎然。」又《三國志・何晏傳》注引《魏略》：「晏性自喜，動静粉白不去手，行步顧影。」

〔三〕「心如」句：《世説新語・惑溺》：「韓壽美姿容，賈充辟以爲掾。充每聚會，賈女於青瑣中看，見壽，説之。恒懷存想，發於吟詠。後婢往壽家，具述如此，并言女光麗。壽聞之心動，遂請婢潛修音問。及期往宿。壽蹻捷絶人，踰墻而入，家中莫知。自是充覺女盛自拂拭，説暢有異於常。後會諸吏，聞壽有奇香之氣，是外國所貢，一著人則歷月不歇。充計武帝唯賜己及陳騫，餘家無此香，疑壽與女通，而垣墻重密，門閤急峻，何由得爾？乃托言有盜，令人修墻。使反曰：『其餘無異，唯東北角如有人跡。而墻高，非人所踰。』充乃取女左右婢考問，即以狀對。充秘之，以女妻壽。」

〔四〕天賦與：上天所賜。范仲淹《定風波》：「鶯解新聲蝶解舞。天賦與，争教我輩無歡緒。」

〔五〕「薄翅」句：朱慶餘《題薔薇花》：「粉著蜂鬚膩，光凝蝶翅明。」膩：細滑光潤。

〔六〕「又隨」句：鄭谷《燕》：「又逐流鶯過短墻。」孫光憲《玉胡蝶》：「粉翅兩悠颺，翩翩過短墻。」

〔七〕「長是」句：吴融《靈寶縣西側津》：「蛺蝶有情長自忙。」李商隱《夜思》：「鶴應聞露警，蜂亦爲花忙。」

減字木蘭花

留春不住〔一〕。燕老鶯慵無覓處。説似殘春①〔二〕。一老應無却少人〔三〕。　風和月好。辨得黄金須買笑〔四〕。愛惜芳時。莫待無花空折枝〔五〕。（又見《醉翁琴趣外篇》卷四、《樂府雅詞》卷上、《花草粹編》卷二、《詞軌》卷四。）

【校記】

①似：吴本作「與」。

【注釋】

〔一〕留春不住：白居易《落花》：「留春春不住，春歸人寂寞。」

〔二〕説似：即説與。貫休《送僧之東都》：「憑師將遠意，説似社中人。」

〔三〕「一老」句：白居易《潯陽春三首·春去》：「百川未有迴流水，一老終無却少人。」却：回轉，返回。

〔四〕「辨得」句：伊世珍《瑯嬛記》卷中引《賈子説林》：「漢武與麗娟看花，薔薇始開，態若含笑。帝曰：『此花絶勝佳人笑也。』麗娟戲曰：『笑可買乎？』帝曰：『可。』麗娟奉金百斤，爲買笑錢。」鮑照《代白紵曲》：「千金顧笑買芳年。」李白《白紵辭》：「美人一笑千黄金。」辨得：籌措，置辦。白居易《詠懷》：「如何辨得歸山計，兩頃村田一畝宫。」

〔五〕「莫待」句：唐無名氏《金縷衣》：「花開堪折直須折，莫待無花空折枝。」

又

傷懷離抱①〔一〕。天若有情天亦老②〔二〕。此意如何。細似輕絲渺似波〔三〕。扁舟岸側。楓葉荻花秋索索〔四〕。細想前歡。須着人間比夢間〔五〕。（又見《醉翁琴趣外篇》卷六、《花草粹編》卷二、《詞軌》卷四。）

【校記】

①懷離：《醉翁琴趣外篇》作「離懷」。②天：《醉翁琴趣外篇》作「人」。

【注釋】

〔一〕離抱：即離緒。白居易《見蕭侍御憶舊山草堂詩因以繼和》：「自云别山後，離抱常忡忡。」

〔二〕「天若」句：李賀《金銅仙人辭漢歌》：「衰蘭送客咸陽道，天若有情天亦老。」

〔三〕「細似」句：吴融《情》：「依依脉脉兩如何，細似輕絲渺似波。」

〔四〕「楓葉」句：白居易《琵琶引》：「潯陽江頭夜送客，楓葉荻花秋索索。」索索：秋風振葉之聲。江總《貞女峽賦》：「山蒼蒼以墜葉，樹索索而摇枝。」

〔五〕「須着」句：韓愈《遣興》：「莫憂世事兼身事，須着人間比夢間。」須着：須將、須把。

又①

樓臺向曉〔一〕。淡月低雲天氣好②。翠幕風微。宛轉《梁州》入破時③〔二〕。香生舞袂〔三〕。楚女腰肢天與細〔四〕。汗粉重匀〔五〕。酒後輕寒不着人〔六〕。（又見《醉翁琴趣外篇》卷四、《類編續選草堂詩餘》卷上、《精選古今詩餘醉》卷三、《唱經堂批歐陽永叔詞十二首》、《歷代詩餘》卷八、《詞軌》卷四。）

【校記】

①《類編續選草堂詩餘》、《精選古今詩餘醉》題作「曉景」。《唱經堂批歐陽永叔詞十二首》題作「艷

情」。②淡：叢刊本作「淺」。③梁：《歷代詩餘》作「涼」。

【注釋】

〔一〕向曉：臨曉，拂曉。張籍《贈姚合》：「丹鳳城門向曉開，千官相次入朝來。」

〔二〕「宛轉」句：白居易《卧聽法曲霓裳》：「宛轉柔聲入破時。」《梁州》：唐教坊曲名。洪邁《容齋隨筆》卷一四：「今樂府所傳大曲，皆出於唐，而以州名者五，伊、涼、熙、石、渭也。涼州今轉爲梁州。」入破：樂曲由慢拍轉入急調。《新唐書・五行志》：「樂曲亦多以邊地爲名，有《伊州》、《甘州》、《涼州》等，至其曲遍繁聲，皆謂之『入破』。」

〔三〕香生舞袂：元稹《三月三十日程氏館餞杜十四歸京》：「拍逐飛觥絶，香隨舞袖來。」

〔四〕「楚女」句：《韓非子・二柄》：「楚靈王好細腰，而國中多餓人。」杜甫《清明》：「胡童結束還難有，楚女腰肢亦可憐。」

〔五〕汗粉：謂脂粉爲汗水所濕。蕭綱《晚景出行》：「輕花鬢邊墮，微汗粉中光。」匀：以粉敷面。元稹《生春》：「手寒匀面粉，鬟動倚簾風。」

〔六〕着人：即觸人。徐君蒨《初春攜内人行戲》：「草短猶通屣，梅香漸着人。」宋祁《春帖子詞・夫人閣》：「已覺輕寒不着人。」

【附録】

金聖歎《唱經堂批歐陽永叔詞十二首》：「樓臺向曉，淡月低雲天氣好」，先説樓臺。「翠幕風微」，漸説到翠幕。「宛轉《梁州》入破時」，漸説到人。「香生舞袂」，先説舞袂。「楚女腰肢天與細」，漸説到腰肢。「汗粉重匀」，漸説到汗粉。「酒後輕寒不著人」，説到輕寒不妨，則妖淫之極，不可言矣。又：看他前半闋，從樓臺翠幕説到人；後半闋，從衣袂、腰肢、汗粉説到説不得處，有步步生蓮之妙。衣袂、腰肢、汗粉還説得，至末句真不好説得矣。今驟讀之，乃反覺衣袂、腰肢、汗粉等句之尚嫌唐突，而末句如只在若遠若近之間也者，此法固非俗士之所能也。前半之末句，只説「《梁州》入破」，便暗藏一妙人；後半之末句，只説春寒無妨，便暗藏一妙事，真是鏡花水月之文。

又

畫堂雅宴〔一〕。一抹朱弦初入遍〔二〕。慢撚輕籠〔三〕。玉指纖纖嫩剥葱〔四〕。撥頭惚利〔五〕。怨月愁花無限意①。紅粉輕盈。倚暖香檀曲未成〔六〕。（又見《醉翁琴趣外篇》卷四。）

【校記】

①月：《醉翁琴趣外篇》作「日」。

【注釋】

〔一〕畫堂：華麗堂舍。孟浩然《宴崔明府宅夜觀妓》：「畫堂觀妙妓，長夜正留賓。」雅宴：宴席之美稱。錢起《陪南省諸公宴殿中李監宅》：「壺觴開雅宴，鴛鷺眷相隨。」

〔二〕一抹朱弦：王仁裕《荆南席上詠胡琴妓》：「一抹朱弦四十條。」抹，彈奏琵琶之指法。朱弦，熟絲（即練絲）所製琴弦。《禮記・樂記》：「清廟之瑟，朱弦而疏越。」鄭玄注：「朱弦，練朱弦，練則聲濁。」 初入遍：開始彈奏。唐宋大曲通常由數套樂曲組成，一套即一遍。白居易《霓裳羽衣歌》：「繁音急節十二遍，跳珠撼玉何鏗錚。」自注云：「霓裳破凡十二遍而終。」

〔三〕慢撚輕籠：白居易《琵琶行》：「輕攏慢撚抹復挑。」撚、籠，彈奏琵琶之指法。籠，即「攏」。段安節《樂府雜録・琵琶》：「次有裴興奴，與綱同時。曹善運撥，若風雨，而不事扣弦。興奴長於攏撚，不撥稍軟。」

〔四〕玉指纖纖：劉邈《見人織聊爲之詠》：「纖纖運玉指，脉脉正蛾眉。」 嫩剥葱：形容手指細膩光潔。古詩《爲焦仲卿妻作》：「指如削葱根，口如含朱丹。」白居易《勸酒》：「玉柱剥葱手，金章爛椹袍。」

〔五〕撥頭：撥弦之具，又稱撥片、撥子，亦簡稱撥。鄭嵎《津陽門》：「玉奴琵琶龍香撥，倚歌促酒聲嬌悲。」自注云：「貴妃妙彈琵琶，其樂器聞於人間者，有邏逤檀爲槽，龍香柏爲撥者。」白居易《聽琵琶妓彈略略》：「腕軟撥頭輕，新教略略成。」 惚利：謂撥片彈奏之聲清脆悦耳。惚，即惺惚，元稹《春六十韻》：「燕巢纔點綴，鶯舌最惺惚。」

〔六〕香檀：即檀槽。琵琶首部檀木製槽格，用以架弦。文同《大垂手》：「入急破，大垂手。香檀紮紮江雨驟。」 曲未成：陳叔寶《夜亭度雁賦》：「心悲調管曲未成。」

又①

歌檀斂袂〔一〕。繚繞雕梁塵暗起②〔二〕。柔潤清圓③。百琲明珠一綫穿④〔三〕。　櫻唇玉齒〔四〕。天上仙音心下事〔五〕。留往行雲〔六〕。滿坐迷魂酒半醺⑤〔七〕。（又見《醉翁琴趣外篇》卷六、《花草粹編》卷二、《唱經堂批歐陽永叔詞十二首》、《欽定詞譜》卷五。）

【校記】

①《唱經堂批歐陽永叔詞十二首》題作「歌姬」。　②塵暗：吴本作「暗塵」。　③清：吴本作「香」。　④琲：《醉翁琴趣外篇》作「斛」。　⑤坐：吴本、《欽定詞譜》作「座」。

【注釋】

〔一〕檀：檀木製拍板，用於擊節伴歌。杜佑《通典》卷一四四：「拍板，長闊如手，重十餘枚，以韋連之，擊以代抃。」杜牧《自宣州赴官入京路逢裴坦判官歸宣州因題贈》：「畫堂檀板秋拍碎，一引有時聯十觥。」　斂袂：整飭衣袖。歌舞表演前之準備動作。楊皦《詠舞》：「折腰送餘曲，斂袖待新歌。」

〔二〕繚繞雕梁：《列子·湯問》：「昔韓娥東之齊，匱糧，過雍門，鬻歌假食。既去而餘音繞梁欐，三日不絶，左右以其人弗去。」　塵暗起：《太平御覽》卷五七二引劉向《別録》：「漢興已來，善歌者魯人虞公，發聲清哀，蓋動梁塵，受學者莫能及也。」魏承班《玉樓春》：「聲聲清迴遏行雲，寂寂畫梁塵暗起。」

〔三〕「百琲」句：白居易《晚春欲携酒尋沈四著作先以六韻寄之》：「最憶陽關唱，真珠一串歌。」百琲明珠：王嘉《拾遺記》卷九：「（石崇）屑沉水之香，如塵末，布象床上，使所愛者踐之。無跡者賜以真珠百琲，有跡者節其飲食，令身輕弱。故閨中相戲曰：『爾非細骨輕軀，那得百琲真珠？』」琲，成串之珠。《説文》：「琲，珠五百枚也。」此處形容歌聲清麗圓轉如串珠。

〔四〕櫻唇玉齒：成公綏《嘯賦》：「發妙聲於丹唇，激哀音於皓齒。」盧照鄰《和王奭秋夜有所思》：「丹唇間玉齒，妙響入雲涯。」

〔五〕天上仙音：沈佺期《春曉太平公主小樓聞吟雙管》：「主家天上鳳樓人，傳得仙音到客新。」

〔六〕留住行雲：《列子・湯問》：「薛譚學謳於秦青，未窮青之技，自謂盡之，遂辭歸。秦青弗止，餞於郊衢，撫節悲歌，聲振林木，響遏行雲。薛譚乃謝求反，終身不敢言歸。」

〔七〕滿坐迷魂：徐鉉《又題白鷺洲江鷗送陳君》：「離筵一曲怨復清，滿座銷魂鳥不驚。」迷魂，形容極度陶醉。盧仝《卓女怨》：「迷魂隨鳳客，嬌思入琴心。」

【附録】

金聖歎《唱經堂批歐陽永叔詞十二首》：「歌檀斂袂，繚繞雕梁塵暗起」，起平平。又「塵暗起」字，殊礙下「留住行雲」字。「柔潤清圓，百琲明珠一綫穿」，用纍纍貫珠，又用「百琲明珠」字，謂之半借法。「櫻唇玉齒，天上仙音心下事」，「天上」、「心下」，鬬成七字。不知是千錘百琢語，不知是天成語。更妙於「心下事」，定當私昵穠褻，却用「天上仙音」四字冠之，便妙不容言。「留住行雲」，此只用遏雲事，又用「行雲」字。蓋用字略略影借，便可化陳爲新也。「滿座迷魂酒半醺」，只七個字，便檃括淳于髡臣飲一石一段奇文，而反覺妖艷過之。

生查子①

去年元夜時，花市燈如晝〔一〕。月到柳梢頭②，人約黄昏後〔二〕。　今年元夜時，月與燈依舊③。不見去年人，淚滿春衫袖④〔三〕。（又見《樂府雅詞》卷上、《花草粹編》卷一、《天機餘錦》卷三、《詞的》卷一、《類編續選草堂詩餘》卷上、《精選古今詩餘醉》卷一、《古今詞統》卷三、《林下詞選》卷一、《唱經堂批歐陽永叔詞十二首》、《詞綜》卷二五、《詞則·閑情集》卷二、《詞軌》卷四。）

【箋證】

此詞楊慎《詞品》卷二作朱淑真詞，後人多辨其誤，詳見本詞「附録」。然楊慎此説影響頗廣，《精選古今詩餘醉》、《古今詞統》、《林下詞選》、《詞綜》、《詞則》皆襲之，毛晉刻《斷腸詞》，亦據此輯入。又《類編續選草堂詩餘》作秦觀詞，然宋、明各本秦觀詞集皆不載，應非秦作。又方回《瀛奎律髓》作李清照詞，《詞的》襲之，亦誤。《全宋詞》斷爲歐陽修詞。

【校記】

①《古今詞統》、《林下詞選》、《詞綜》、《詞則》題作「元夕」。《精選古今詩餘醉》題作「元夜有懷」。

《唱經堂批歐陽永叔詞十二首》題作「春恨」。　毛本《六一詞》調下注：「或刻秦少游。」②月到：卷末校：「一作『月在』。」《類編續選草堂詩餘》作「月在」，《斷腸詞》、《花草粹編》、《古今詞統》、《林下詞選》、《詞綜》作「月上」。　③月與燈依舊：卷末校：「一作『燈月仍依舊』。」④滿：《斷腸詞》、《林下詞選》、《詞綜》作「濕」。

【注釋】

〔一〕花市：賣花街市。王觀《揚州芍藥譜序》：「揚之人與西洛不異，無貴賤皆喜戴花，故開明橋之間，方春之月，拂旦有花市焉。」李邴《女冠子·上元》：「帝城三五，燈光花市盈路。」

〔二〕「人約」句：南朝宋無名氏《讀曲歌》：「計約黄昏後，人斷猶未來。」

〔三〕「淚滿」句：南朝梁劉氏《贈夫》：「看梅復看柳，淚滿春衫中。」

【附録】

方嶽《深雪偶談》：吾鄉許左之、右之二公兄弟，落筆皆不凡。左之公一夕寓飲妓坊，醉欲狎之，妓密有所歡在矣，公捷筆賦詞而起云：「誰知花有主，誤入花深處。且放下、酒杯乾，便歸去。」又代他妓小詞：「憶你當初，惜我不去。傷我如今，留你不住。」去客聽此戀戀。如「月在柳梢頭，人約黄昏後」一詞，正歐陽居士所作。要之前輩乃一時弄翰，要不容以浮薄議左之公也。

方回《瀛奎律髓》卷一六評白居易《正月十五夜月》：三、四佳句也。如李易安「月上柳梢頭」，則詞意邪僻矣。（紀昀批：「月上柳梢頭」一闋，乃歐公小詞。後人竄入朱淑真，已爲冤抑。此更移之李易安，尤非。此詞邪僻，在下句「人約黄昏後」五字。若「月上柳梢頭」，乃是常景，有何邪僻？此論未是。）

楊慎《詞品》卷二：朱淑真「元夕」《生查子》云：「去年元夜時。（略）」詞則佳矣，豈良人家婦所宜邪。又其《元夕》詩云：「火樹銀花觸目紅，極天歌吹暖春風。新歡入手愁忙裏，舊事經心憶夢中。但願暫成人繾綣，不妨長任月朦朧。賞燈那得工夫醉，未必明年此會同。」與其詞意相合，則其行可知矣。（《詞話叢編》案：元夕詞乃歐陽修作，見廬陵集卷一百三十一。）

陳耀文《正楊》卷四：此永叔辭也，集中具載，指以爲淑真，不重誣人耶？

《類編續選草堂詩餘》卷上：（「月到柳梢頭，人約黄昏後」）關漢卿詞本此。又：感今懷昔，皆情至之語。

茅暎《詞的》卷一：離弦淒斷。

卓人月《古今詞統》卷三徐士俊評語：元曲之稱絶者，不過得此法。

金聖歎《唱經堂批歐陽永叔詞十二首》：「去年元夜時」，前後兩提頭只换一字，章法絶奇。「花市燈如晝」，第二句「燈」。「月到柳梢頭」，第三句「月」。「人約黄昏後」，第四句「人」。四句寫得目駘心蕩。「月與燈依舊」，「月與燈」只三字，便將前第二第三句繳過；「依舊」只二字，便將前花市如晝到柳梢頭八字重描，真奇絶之筆。「不見去年人，淚滿春衫袖」，只爲此句，生出一章來，其法可想。又妙在仍用「去年」二字。　又：看他又説去年，又説今年，又追述舊歡，又告訴新怨。中間凡叙兩番元夜、兩番燈、兩番月，又襯出許多「花市」字、「晝」字、「柳梢」字、「黄昏」字、「淚」字、「衫袖」字。而讀之者，只謂其清空一氣如活，蓋其筆法高妙，非人之所及也。

王士禛《池北偶談》卷一四：今世所傳女郎朱淑真「去年元夜時，花市燈如晝」《生查子》詞，見《歐陽文忠集》一百三十一卷，不知何以訛爲朱氏之作。世遂因此詞疑淑真失婦德，紀載不可不慎也。

《四庫總目提要·斷腸詞》：楊慎升庵《詞品》載其《生查子》一闋，有「月上柳梢頭，人約黄昏後」語，（毛）晋跋遂稱爲「白璧微瑕」。然此詞今載歐陽修《廬陵集》第一百三十一卷中，不知何以竄入淑真集内，誣以桑濮之行。慎收入《詞品》，既爲不考，而晋刻《宋名家詞》六十一種，《六一詞》即在其内，乃於《六一詞》漏注互見《斷腸詞》，已自亂其例，於此集更不一置辨，且證實爲「白璧微瑕」，益鹵莽之甚。

謝章鋌《賭棋山莊詞話》卷一二：朱淑真以《生查子》一詞，傳者疑其失德。然《池北偶談》曰：是詞見《歐陽文忠公集》一百三十一卷，然則非朱氏之作明矣。

胡薇元《歲寒居詞話》：又海寧朱淑貞，乃文公族侄女，有《斷腸詞》，亦清婉作。傳乃因誤入歐陽永叔《生查子》一首「月上柳梢頭，人約黄昏後」云云，遂誣以桑濮之行，指爲白璧微瑕。此詞今尚見六一集中，奈何以冤淑真。

陳廷焯《雲韶集》卷一〇：此詞非淑真作，漁洋辨之於前，雲伯辨之於後，俱有挽扶風教之心。余著《白雨齋筆談》詳辨此詞及李易安再適之誣。

陳廷焯《詞壇叢話》：陳雲伯大令云：宋人小説，往往污衊賢者。如《四朝聞見録》之於朱子，《東軒筆録》之於歐陽公，比比皆是。又謂「去年元夜」一詞，本歐陽公作，後人誤編入《斷腸集》，遂疑朱淑真爲泆女，皆不可不辨。案：「去年元夜」一詞，當是永叔少年筆墨。漁洋辨之於前，雲伯辨之於後，俱有挽扶風教之心。余謂古人托興言情，無端寄慨，非必實有其事。此詞即爲朱淑真作，亦不見是泆女，辨不辨皆可也。

張德瀛《詞徵》卷五：辛稼軒「去年燕子來」詞，仿歐陽永叔「去年元夜時」詞格。

況周頤《蕙風詞話》卷四：歐陽永叔《生查子·元夕》詞，誤入朱淑真集。升庵引之，謂非良家婦所宜。《欽定四庫全書提要》辨之詳矣。……《生查子》詞，今載《廬陵集》第一百三十一卷，宋曾慥《樂府雅詞》、明陳耀文《花草粹編》並作永叔。慥録歐詞特慎。《雅詞》序云：「當時或作艷曲，謬爲公詞，今悉删除。」此闋適在選中，其爲歐詞明甚。

況周頤《金縷曲》(蘭夕仍三五)詞序：儀徵王西御僧保《詞林瑣著》引《名媛集》：朱秋娘字希真，朱將仕女，徐必用妻。《六一詞》《生查子·元夕》闋，世傳秋娘作，非也。云云。余昔撰《詞話》，爲淑真辨誣。閲此，知先訛希真，又訛淑真也。亟拈此解，補前説所未備。時戊戌元夕。

張伯駒《叢碧詞話》：《歲寒居詞話》云：「海寧朱淑真乃文公族侄女，有《斷腸詞》。乃因誤入歐陽永叔《生查子》一首，遂誣以桑濮之行，指爲白玉微瑕。此詞今尚見《六一集》中，奈何以冤淑真。」《池北偶談》亦云：「今世所傳女郎朱淑真《生查子》詞，見《歐陽文忠公集》一百三十一卷。不知何以訛爲朱氏之作，世遂因此詞疑淑真失婦德。」余以爲置之《六一集》中，永叔亦不豈失德？如永叔《臨江仙》「柳外輕雷池上雨」一闋結句云：「水精雙枕，傍有墮釵横。」《野客叢書》謂舊説歐公爲郡幕日，因郡宴與一官妓荏苒，郡守得知，令妓求歐詞以免過，公遂爲此詞。《堯山堂外紀》亦云：「永叔任河南推官，親一妓。時錢文僖公爲西京留守，一日，宴於後園，客集而歐與妓後至，錢責妓末至，妓云：中暑往涼堂睡覺，失金釵，猶未見。錢曰：若得歐推官一詞，當爲償汝。歐即席賦詞，坐皆擊節。命妓滿斟送歐，而令公庫償錢。」楊升庵《詞品》云：「離思黯然，道學人亦作此情語。」王壬秋則謂此詞係「寫閨人睡景，亦狎語也」。余以爲有其詞，不必有其事，後人但賞好詞。有其事不必問無其事，更不可加以附會。如《生查子》詞爲畏失德之誣，置誰集中皆所不宜，豈不負此好詞。

俞平伯《唐宋詞選釋》中卷：本篇亦見朱淑真《斷腸集》，曾慥《樂府雅詞》以爲歐陽修作。按此詞雖佳，却很顯露；現存朱淑真詞，措語都很蘊藉，舊本《斷腸詞》亦無此首。今録入歐陽詞。

又①

含羞整翠鬟②〔一〕，得意頻相顧〔二〕。雁柱十三弦〔三〕，一一春鶯語〔四〕。　嬌雲容易飛〔五〕，夢斷知何處。深院鎖黄昏〔六〕，陣陣芭蕉雨〔七〕。（又見《樂府雅詞》卷上、《草堂詩餘》後集卷下、《唐宋諸賢絶妙詞選》卷二、《類編草堂詩餘》卷一、《花草粹編》卷一、《天機餘錦》卷三、《精選古今詩餘醉》卷一四、《古今詞統》卷三、《詞學筌蹄》卷四、《詞的》卷一、《唱經堂批歐陽永叔詞十二首》、《詩餘圖譜》卷一、《詞綜》卷五、《歷代詩餘》卷四、《詞則·閑情集》卷一、《宋六十一家詞選》卷一、《詞軌》卷四。）

【箋證】

此首别作張先詞，見《類編草堂詩餘》及鮑廷博刻知不足齋本《張子野詞補遺》，《花草粹編》、《精選古今詩餘醉》、《古今詞統》、《詞學筌蹄》、《詞的》、《詩餘圖譜》、《詞綜》、《詞則》同之。然明吴訥《唐宋名賢百家詞》本《張子野詞》無此詞，且《唐宋諸賢絶妙詞選》録作歐詞，故恐非張先所作。《全宋詞》亦斷爲歐陽修詞。

又此詞或作於至和二年（一〇五五）李端懿席上，時歐陽修居京，任翰林學士，兼史館修撰，主修《唐書》。該年，歐陽修有《李留後家聞箏坐上作》詩：「不聽哀箏二十年，忽逢纖指弄鳴弦。綿蠻巧囀花間舌，嗚咽交流冰下泉。嘗謂此聲今已絶，問渠從小自誰傳？樽前笑我聞彈罷，白髮蕭然涕泫然。」時劉敞亦在坐中，其和詩云：「紅顔翠髮奪春輝，繁手哀弦逐羽卮。正使千觴無復醉，誰令中曲不勝悲。」（《和永叔李太尉飲席聞箏》）兩詩對樂伎及箏聲之描寫，與本詞頗合，則本詞亦或爲此次聞箏而作。

【校記】

①毛本調下注：「或刻張子野。」《精選古今詩餘醉》題作「薄命女」。《唐宋諸賢絶妙詞選》題作「别恨」。《古今詞統》、《詞綜》題作「彈箏」。《類編草堂詩餘》、《精選古今詩餘醉》、《詞學筌蹄》、《詞的》、《詩餘圖譜》題作「詠箏」。《唱經堂批歐陽永叔詞十二首》題作「即事」。　②羞：《花草粹編》作

「愁」。 鬟：《花草粹編》作「鈿」。

【注釋】

〔一〕「含羞」句：杜牧《八六子》：「蕣華偷悴，翠鬟羞整。」

〔二〕得意：領會曲中之意。沈約《夜白紵》：「秦箏齊瑟燕趙女，一朝得意心相許。」 頻相顧：李端《聽箏》：「欲得周郎顧，時時誤拂弦。」

〔三〕「雁柱」句：李商隱《昨日》：「十三弦柱雁行斜。」 雁柱：箏上弦柱，斜行排列如雁陣，故稱。 十三弦：朱駿聲《説文通訓定聲·箏》：「箏古五弦，施於竹如筑，秦蒙恬改爲十二弦，變形如瑟，易竹以木，唐以後加十三弦。」

〔四〕春鶯語：白居易《琵琶引》：「間關鶯語花底滑。」韋莊《菩薩蠻》：「琵琶金翠羽，弦上黄鶯語。」

〔五〕「嬌雲」句：意謂曲易終，人易散。李白《宫中行樂詞》：「只愁歌舞散，化作彩雲飛。」陳陶《西川座上聽金五雲唱歌》：「須臾宴罷各東西，雨散雲飛莫知處。」

〔六〕鎖黄昏：白居易《江南遇天寶樂叟》：「新豐樹老籠明月，長生殿暗鎖黄昏。」

〔七〕芭蕉雨：芭蕉葉闊，雨打其上，聲音淒清。白居易《夜雨》：「隔窗知夜雨，芭蕉先有聲。」

【附録】

楊慎《楊氏批點草堂詩餘》：蕉雨最不可聽。

張綖《草堂詩餘後集别録》：首二句寫意甚佳，「雁柱」以下形容曲盡其妙。

《新刻題評名賢詞話草堂詩餘》卷四：鶯語百轉，而彈箏似之，其工見矣。

《重刻草堂詩餘評林》卷一：此詠美人彈箏之詞，重在「雁柱十三弦，一一春鶯語」上見之。極工。

《草堂詩餘正集》卷一沈際飛評：「鎖」字入此處致甚。

卓人月《古今詞統》卷二：「雁柱」二語，摹彈箏之神。

金聖歎《唱經堂批歐陽永叔詞十二首》：「雁柱十三弦，一一春鶯語」，此二句之妙，人未必知，予不得不説。蓋從「十三」字，生出「一一」字，從「雁柱」字，生出「鶯語」字也。「嬌雲容易飛，夢斷知何處」，如此用夢雲事，便如曾未經用。「深院鎖黄昏」，黄昏如何「鎖」得？且「鎖黄昏」與人何與？只説「鎖黄昏」，更不説怨，而怨無窮矣。又：邇來填詞家，亦貪得好句，而苦無其法，遂終成嘔噦。殊不知好句初不在「風雨」、「珠玉」等字餖飣而成，只將目前本色言語，只要結撰照耀得好，便覺此借彼襯，都成妙艷。如此詞，第三四句，「一一」字只從「十三」字注瀝而出，「鶯語」字只從「雁柱」字影射而成也。苟若不得此法，即髯枯血竭，政復何益？

黄蘇《蓼園詞評》：按「一一」字，從「頻」字生來，「春鶯語」，從「得意」字生來。前一闋寫得意時情懷，無限旖旎；次一闋寫別後情懷，無限淒苦；胥於箏寓之。凡遇合無常，思婦中年，英雄末路，讀之皆堪下淚。

陳廷焯《雲韶集》卷二：雅韻欲流，此詞頗似飛卿、延巳一類，而風格出其右。

清商怨①

雙鸞衾裯悔

關河愁思望處滿〔一〕。漸素秋向晚〔二〕。雁過南雲〔三〕，行人回淚眼。展〔四〕。夜又永〔五〕、枕孤人遠。夢未成歸，《梅花》聞塞管②〔六〕。（又見《樂府雅詞》卷上、《花草粹編》卷二、《古今詞統》卷四、《精選古今詩餘醉》卷七、《詩餘圖譜》卷一、《嘯餘譜》卷二、《詞綜》卷四、《歷代詩餘》卷八、《詞律》卷三、《欽定詞譜》卷四。）

【箋證】

楊慎《詞品》卷一以宋陳巖肖《庚溪詩話》爲據，定爲晏殊詞，《精選古今詩餘醉》、《古今詞統》、《詞綜》、《歷代詩餘》、《詞律》、《欽定詞譜》皆襲之，毛晉亦據此補入《珠玉詞》。然今本《庚溪詩話》實作歐陽修詞，詳見本詞「附録」，楊慎顯係誤記。《全宋詞》斷爲歐陽修詞。

又據《彙評》所考，此詞爲至和二年（一〇五五）歐陽修使遼途中作。該年八月，遼興宗卒，遼道宗繼位，歐陽修以賀契丹登寶位國信使赴遼稱賀，途中有《奉使契丹道中答劉原父桑乾河見寄之作》、《書素屏》、《馬齧雪》諸詩，可參看。

【校記】

①調名原作《清商志》，據慶元本、天理本改。《樂府雅詞》調作《傷情遠》。《精選古今詩餘醉》、《古今詞統》題作「秋旅」。②塞：丁本作「寒」。

【注釋】

〔一〕關河：本謂黄河與函谷諸關，後多泛指邊關、邊地。《史記·蘇秦列傳》：「秦四塞之國，被山帶渭，東有關河。」張守節《正義》：「東有黄河，有函谷、蒲津、龍門、合河等關。」

〔二〕素秋：秋季。按古時五行之説，秋屬金，白色，故云。徐堅《初學記》卷三引梁元帝《纂要》：「秋曰白藏……亦曰三秋、九秋、素秋。」　向晚：臨近夜晚。白居易《晚題東林寺雙池》：「向晚雙池好，初晴百物新。」

〔三〕南雲：南飛之雲，多指懷人思鄉。陸機《思親賦》：「指南雲以寄款，望歸風而效誠。」江總《於長安歸還揚州九月九日行薇山亭賦韻》：「心逐南雲逝，形隨北雁來。」

〔四〕衾裯：被褥與床帳。《詩經·召南·小星》：「肅肅宵征，抱衾與裯，寔命不猶。」白居易《寒閨夜》：「夜半衾裯冷，孤眠懶未能。」

〔五〕永：漫長。白居易《代書詩一百韻寄微之》：「病多知夜永，年長覺秋悲。」

〔六〕《梅花》：笛曲《梅花落》，亦名《落梅花》。段安節《樂府雜録·笛》：「笛，羌樂也。古有《落梅花》曲。」郭茂倩《樂府詩集·横吹曲辭》：「《梅花落》，本笛中曲也。」　塞管：胡地樂器，一名蘆管，以蘆爲首，竹爲管，其聲淒楚。鄭谷《江宿聞蘆管》：「塞曲淒清楚水濱，聲聲吹出落梅春。」

【附録】

陳巖肖《庚溪詩話》卷下：詩詞中多用「南雲」，晏元獻公《寄遠》詩曰：「一紙短書無寄處，數行征雁入南雲。」紹興庚午歲，余爲臨安秋賦考試官，同舍有舉歐陽公長短句詞曰：「雁過南雲，行人回淚眼。」因問曰：「南雲其義安在？」余答曰：「嘗見江總詩云：『心逐南雲去，身隨北雁來。故園籬下菊，今日幾花開？』恐出於此耳。」

楊慎《詞品》卷一：晏元獻公《清商怨》云：「關河愁思望處滿。（略）」此詞誤入歐公集中。按詩話，或問晏同叔詞「雁過南雲」何所本，庚溪以江淹詩「心逐南雲去，身隨北雁來」答之。不知陸機《思親賦》有「指南雲以寄欽」之句。陸雲《九愍》云「眷南雲以興悲。」「南雲」字，當是用陸公語也。（《詞話叢編》案：此詞乃歐陽修作，見歐公《近體樂府》，《庚溪詩話》亦謂歐公作。）

《草堂詩餘別集》卷一沈際飛評：哀音琤琤。

卓人月《古今詞統》卷四：音節之間，如有所咽而不得舒。

王奕清《欽定詞譜》卷四：古樂府有清商曲辭，其音多哀怨，故取以爲名。周邦彥以晏詞有「關河愁思」句，更名《關河令》，又名《傷情怨》。

阮郎歸①

劉郎何日是來時②〔一〕。無心雲勝伊〔二〕。行雲猶解傍山扉③〔三〕。郎行去不歸。　强匀畫④〔四〕，又芳菲。春深輕薄衣〔五〕。桃花無語伴相思⑤〔六〕。陰陰月上時〔七〕。（又見《醉翁琴趣外篇》卷三、《永樂大典》卷三〇〇四、《花草粹編》卷四、《類編續選草堂詩餘》卷上、《精選古今詩餘醉》卷八、《歷代詩餘》卷一六。）

【箋證】

此首別作張先詞，見明吳訥《唐宋名賢百家詞》本《張子野詞》及鮑廷博刻知不足齋本《張子野詞補遺》，《花草粹編》同之。《全宋詞》於張先、歐陽修下俱收録。

【校記】

①《張子野詞》調作《醉桃源》，《永樂大典》調誤作《臨江仙》，題作「思遠人詞」。《類編續選草堂詩餘》、《精選古今詩餘醉》題作「別怨」。②劉：《張子野詞》、《花草粹編》作「仙」。來：《類編續選草堂詩餘》作「歸」。時：《醉翁琴趣外篇》、《張子野詞》、《永樂大典》、《花草粹編》、《歷代詩餘》作「期」。③扉：《張子野詞》、《花草粹編》作「飛」。④勻畫：《花草粹編》作「自畫」，《歷代詩餘》作「勻面」。⑤桃：吳本作「槐」。

【注釋】

〔一〕劉郎：代指久去不歸之人。《藝文類聚》卷七引《幽明録》：「漢帝永平五年，剡縣劉晨、阮肇共入天台山。度山出一大溪，溪邊有二女子，資質妙絶，遂留半年。懷土求歸，既出，親舊零落，邑屋改異，無復相識。訊問得七世孫。」張泌《女冠子》：「何事劉郎去，信沉沉。」

〔二〕無心雲：陶淵明《歸去來兮辭》：「雲無心而出岫。」李白《酬坊州王司馬與閻正字對雪見贈》：「飄然無心雲，倏忽復西北。」

〔三〕「行雲」句：羅隱《籌筆驛》：「唯餘巖下多情水，猶解年年傍驛流。」

〔四〕匀畫：施粉畫妝。杜牧《閨情》：「暗砌匀檀粉，晴窗畫夾衣。」

〔五〕「春深」句：王維《扶南曲歌詞》：「入春輕衣好，半夜薄妝成。」

〔六〕「桃花」句：白居易《禁中九日對菊花酒憶元九》：「相思只傍花邊立。」

〔七〕陰陰：幽暗貌。白居易《和順之琴者》：「陰陰花院月，耿耿蘭房燭。」

【附録】

《草堂詩餘續集》卷上沈際飛評：「時」字韻重。又：雲無定蹤，猶勝伊人，不得比之陌上塵矣。

又①

落花浮水樹臨池②〔一〕。年前心眼期〔二〕。見來無事去還思〔三〕。而今花又飛③〔四〕。

淺螺黛〔五〕，淡燕脂。閑妝取次宜④〔六〕。隔簾風雨閉門時⑤。此情風月知⑥〔七〕。（又見《醉翁琴趣外篇》卷三、《花草粹編》卷四、《類編續選草堂詩餘》卷上、《精選古今詩餘醉》卷四、《歷代詩餘》卷一六。）

【箋證】

此首別作張先詞，見明吴訥《唐宋名賢百家詞》本《張子野詞》及鮑廷博刻知不足齋本《張子野詞》，《花草粹編》同之。《全宋詞》於張先、歐陽修下俱收録。

【校記】

①《類編續選草堂詩餘》、《精選古今詩餘醉》題作「春恨」。②浮：《類編續選草堂詩餘》作「流」。③而：《張子野詞》作「如」。④閑妝：《張子野詞》作「開花」。⑤風雨：《張子野詞》作「燈影」。⑥風：《花草粹編》作「江」。

【注釋】

〔一〕「落花」句：辛德源《浮遊花》：「窗中斜日照，池上落花浮。」

〔二〕年前：去年此時。　心眼期：韓偓《青春》：「眼意心期卒未休，暗中終擬約秦樓。」

〔三〕見來：即相見，見時。來，助詞，無義。王維《贈裴迪》：「不相見，不相見來久。」

〔四〕「而今」句：毛熙震《木蘭花》：「匀粉淚，恨檀郎，一去不歸花又落。」

〔五〕螺黛：即螺子黛，青黑色礦物顏料，多用以畫眉。朱勝非《紺珠集》卷五引《南部烟花記》：「吴絳仙善畫長蛾，（煬）帝憐之，由是争爲長蛾，司宫吏日供螺子黛五斛，號『蛾緑螺』。」

〔六〕「閑妝」句：羅虬《比紅兒詩》：「薄粉輕朱取次施，大都端正亦相宜。」　閑妝：輕粉薄妝。取次：隨意、草草。

〔七〕「此情」句：韓偓《褭娜》：「此時不敢分明道，風月應知暗斷腸。」

【附録】

《草堂詩餘續集》卷上沈際飛評：波折婉約。　又：（「見來」句）洞見。

潘游龍《精選古今詩餘醉》卷四：意極淺，而婉折多姿。

近體樂府卷二

蝶戀花①

簾幕東風寒料峭。雪裏香梅②，先報春來早〔一〕。紅蠟枝頭雙燕小〔二〕。金刀剪綵呈纖巧〔三〕。　旋暖金爐薰蕙藻③〔四〕。酒入橫波〔五〕，困不禁煩惱〔六〕。繡被五更春睡好④〔七〕。羅幃不覺紗窗曉。（又見《醉翁琴趣外篇》卷一、《樂府雅詞》卷上、《類編續選草堂詩餘》卷下、《歷代詩餘》卷三九。）

【校記】

①調下注：「一名《鳳棲梧》，又名《鵲踏枝》。」毛本調下注：「舊刻二十二首。考『遥夜亭皋閑信步』是李中主作，『六曲闌干偎碧樹』，又『簾幕風輕雙語燕』俱見《珠玉詞》，『獨倚危樓風細細』，又『簾下清歌簾外宴』俱見《樂章集》。今俱刪去。」《類編續選草堂詩餘》題作「春閨」。②香梅：毛本作「梅香」，《樂府雅詞》作「梅花」。③薰：吴本作「熏」。④睡：吴本作「夢」。

【注釋】

〔一〕「雪裏」二句：王勃《春思賦》：「霜前柳葉銜霜翠，雪裏梅花犯雪妍。霜前雪裏知春早，看柳看梅覺春好。」

〔二〕雙燕：謂紙燕。宗懔《荆楚歲時記》：「立春之日，悉剪綵爲燕以戴之。」劉憲《奉和聖製立春日侍宴内殿出剪綵花應制》：「剪花疑始發，刻燕似新窺。」

〔三〕「金刀」句：李遠《立春日》：「巧著金刀力，寒侵玉指風。」

〔四〕「旋暖」句：指爲薰爐添香。柳永《鳳棲梧》：「旋暖熏鑪温斗帳。」　蕙藻：香草名，常用於薰衣。

〔五〕横波：眼神左右顧盼，閃爍如流波。傅毅《舞賦》：「眉連娟以增繞兮，目流睇而横波。」元稹《酬樂天勸醉》：「美人醉燈下，左右流横波。」

〔六〕煩惱：謂别恨。梁瓊《遠意》：「叩頭從此去，煩惱阿誰禁。」

〔七〕五更：第五更，夜殘欲曙之時。《資治通鑑・嘉平元年》胡三省注：「夜有五更：一更爲甲夜，二更爲乙夜，三更爲丙夜，四更爲丁夜，五更爲戊夜。」王涯《宫詞》：「五更初起覺風寒，香炷燒來夜已殘。」

【附録】

《草堂詩餘續集》卷下沈際飛評：似元日。温夷。

又①

南雁依俙回側陣②〔一〕。雪霽墻陰，遍覺蘭芽嫩〔二〕。中夜夢餘消酒困〔三〕。爐香卷穗燈生暈③〔四〕。急景流年都一瞬〔五〕。往事前歡，未免縈方寸④〔六〕。臘後花期知漸近〔七〕。東風已作寒梅信⑤〔八〕。（又見《醉翁琴趣外篇》卷一、《樂府雅詞》卷上、《唐宋諸賢絶妙詞選》卷二、《類編續選草堂詩餘》卷下、《精選古今詩餘醉》卷二、《歷代詩餘》卷三九、《宋六十一家詞選》卷一。）

【箋證】

此首別作晏殊詞，見吴訥《唐宋名賢百家詞》本《珠玉詞》，《歷代詩餘》、《宋六十一家詞選》同之。《全宋詞》於晏殊、歐陽修下俱收録。

【校記】

①《醉翁琴趣外篇》調作《鳳棲梧》。《唐宋諸賢絶妙詞選》、《精選古今詩餘醉》題作「初春」。《類編續選草堂詩餘》題作「冬景」。②雁：《醉翁琴趣外篇》作「岸」。③穗：清抄本《唐宋諸賢絶妙詞選》作「蕙」。④未免：《類編續選草堂詩餘》作「無奈」。縈：《醉翁琴趣外篇》、《樂府雅詞》作「成」。⑤「東風」句：《珠玉詞》、《歷代詩餘》作「寒梅已作東風信」。

【注釋】

〔一〕南雁：南遷之雁。白居易《宿東亭曉興》：「南雁去未迴，東風來何速。」側陣：斜行雁陣。唐太宗《秋日翠微宮》：「側陣移鴻影，圓花釘菊叢。」

〔二〕「雪霽」二句：李德裕《憶藥欄》：「野人清旦起，掃雪見蘭芽。」雪霽：雪後放晴。

〔三〕中夜：半夜。曹植《美女篇》：「盛年處房室，中夜起長歎。」夢餘：夢醒。許渾《秦樓曲》：

「秦女夢餘仙路遥，月窗風簟夜迢迢。」

〔四〕爐香卷穗：香炷燃燒後彎曲倒卷，狀如燭花。　暈：火焰外圍光圈。韓愈《宿龍宫灘》：「夢覺燈生暈，宵殘雨送涼。」

〔五〕急景流年：日月飛馳，時光急促。鮑照《舞鶴賦》：「於是窮陰殺節，急景凋年。」白居易《和自勸》：「急景凋年急於水，念此攬衣中夜起。」　都一瞬：韓偓《厭花落》：「但得鴛鴦枕臂眠，也任時光都一瞬。」

〔六〕「往事」二句：馮延巳《清平樂》：「往事總堪惆悵，前歡休更思量。」　方寸：即心。心在胸中方寸之地，故稱。《列子·仲尼》：「文摯乃命龍叔背明而立，文摯自後向明而望之。既而曰：『嘻！吾見子之心矣：方寸之地虚矣。幾聖人也。』」

〔七〕臘後：古時於冬至後第三個戌日祭祀百神，曰「臘」，臘後即臘日之後，泛指歲末。李山甫《柳》：「遊人若要春消息，直向江頭臘後看。」

〔八〕「東風」句：舊時將初春至初夏（一説小寒至穀雨）分爲二十四候，每候五日，對應一花。第一候即梅花。陳元靚《歲時廣記》卷一引《東皋雜録》：「江南自初春至初夏，五日一番風候，謂之花信風。梅花風最先，楝花風最後，凡二十四番，以爲寒絶。」

【附録】

《草堂詩餘續集》卷上沈際飛評：境、趣、情皆在内而皆指不出，妙。

又

臘雪初銷梅蕊綻①〔一〕。梅雪相和，喜鵲穿花轉②〔二〕。睡起夕陽迷醉眼。新愁長向東風亂。　瘦覺玉肌羅帶緩〔三〕。紅杏梢頭③，二月春猶淺〔四〕。望極不來芳信斷④〔五〕。音書縱有爭如見〔六〕。（又見《醉翁琴趣外篇》卷一、《樂府雅詞》卷上、《歷代詩餘》卷三九。）

【校記】

①銷：吴本、《歷代詩餘》作「消」。　②轉：陳珊本、毛本、《歷代詩餘》作「囀」。　③梢：吴本作「枝」。　④芳：《樂府雅詞》作「鄉」。

【注釋】

〔一〕臘雪：臘後春前之雪。李山甫《柳》：「灞岸江頭臘雪消，東風偷軟入纖條。」

〔二〕轉：婉轉而鳴。陸翬《春日》：「鶯歸樹頂繁聲轉，雁去天邊細影斜。」

〔三〕羅帶緩：因腰圍減瘦而覺衣帶寬鬆，喻相思之苦。古詩《行行重行行》：「相去日已遠，衣帶日已緩。」陸龜蒙《贈遠》：「本是細腰人，别來羅帶緩。」

〔四〕「紅杏」二句：元稹《和樂天秋題曲江》：「梅杏春尚小。」

〔五〕芳信斷：劉允濟《怨情》：「玉關芳信斷，蘭閨錦字新。」

〔六〕争如：怎如。

又①

海燕雙來歸畫棟②〔一〕。簾影無風③，花影頻移動④〔二〕。半醉騰騰春睡重⑤〔三〕。緑鬢堆枕香雲擁〔四〕。　翠被雙盤金縷鳳〔五〕。憶得前春，有個人人共⑥〔六〕。花裏黃鶯時一弄⑦。日斜驚起相思夢〔七〕。（又見《醉翁琴趣外篇》卷一、《樂府雅詞》卷上、《草堂詩餘》前集卷上、《唐宋諸賢絶妙詞選》卷二、《類編草堂詩餘》卷二、《花草粹編》卷七、《精選古今詩餘醉》卷四、《古今詞統》卷九、《詞學筌蹄》卷三、《詞的》卷三、《唱經堂批歐陽永叔詞十二首》、《歷代詩餘》卷三九。）

【箋證】

此首别作俞克成詞，見《草堂詩餘》，《古今詞統》、《詞學筌蹄》、《詞的》同之。然《樂府雅詞》、《唐宋諸賢絶妙詞選》等皆作歐詞，故應爲歐作。《全宋詞》斷爲歐陽修詞。

【校記】

①《唐宋諸賢絶妙詞選》、《精選古今詩餘醉》題作「春情」。《類編草堂詩餘》、《花草粹編》、《古今詞統》、《詞學筌蹄》、《詞的》題作「懷舊」。《唱經堂批歐陽永叔詞十二首》題作「春睡」。　②來：叢刊本《唐宋諸賢絶妙詞選》作「飛」，清抄本《唐宋諸賢絶妙詞選》作「雙」。　畫：《草堂詩餘》作「晝」。　③影：《唐宋諸賢絶妙詞選》、《古今詞統》作「幕」。　④移：《古今詞統》作「摇」。　⑤騰騰：吴本作「朦朦」，《草堂詩餘》、《類編草堂詩餘》、《花草粹編》、《古今詞統》、《詞學筌蹄》、《詞

的》作「海棠」。⑥人人共：衡本作「人相共」。⑦黄鶯：《唐宋諸賢絶妙詞選》、《草堂詩餘》、《類編草堂詩餘》、《花草粹編》、《古今詞統》、《詞學筌蹄》、《詞的》作「鶯聲」。　弄：陳珊本、孝思堂本、惇叙堂本、衡本、《歷代詩餘》作「哢」。

【注釋】

〔一〕「海燕」句：沈佺期《獨不見》：「盧家小婦鬱金堂，海燕雙棲玳瑁梁。」毛熙震《小重山》：「梁燕雙飛畫閣前。」　海燕：古時以爲燕子自海東而來，故稱。事見王仁裕《開元天寶遺事》卷下。

〔二〕「花影」句：元稹《鶯鶯傳》：「拂墻花影動，疑是玉人來。」

〔三〕騰騰：昏沉迷糊貌。白居易《醉中歸盩厔》：「金光門外昆明路，半醉騰騰信馬迴。」

〔四〕緑鬟堆枕：馮延巳《菩薩蠻》：「嬌鬟堆枕釵横鳳。」　香雲：女子之髮。唐妓趙鸞鸞《雲鬟》：「擾擾香雲濕未乾，鴉領蟬翼膩光寒。」

〔五〕金縷鳳：金絲所繡之鳳形圖案。温庭筠《酒泉子》：「玉釵斜篸雲鬟髻，裙上金縷鳳。」

〔六〕人人：昵稱所愛，猶云「人兒」。柳永《長壽樂》：「羅綺叢中，笙歌筵上，有個人人可意。」

〔七〕「花裏」二句：韋莊《酒泉子》：「子規啼破相思夢。」　弄：本指演奏樂器，此處謂鳥啼。蕭綱《晚春》：「紫蘭葉初滿，黄鶯弄不稀。」

【附録】

《新刻注釋草堂詩餘評林》卷三引李廷機語：此亦有感而言，辭氣流利，足爽人口。

潘游龍《精選古今詩餘醉》卷四：前以驚夢起，以傷春轉；後以傷春起，驚夢轉。大概一機局，而筆性遠過之。

金聖歎《唱經堂批歐陽永叔詞十二首》：「簾影無風，花影頻移動」，輕輕鬥出「簾影」、「花影」，妙妙！説「無風」，又説「移動」；説「移動」，又偏説「無風」。深閨獨坐，活畫出來。「翠被雙盤金縷鳳」。憶得前春，有個人人共」，前春人共，何日忘之？却偏説盤被雙鳳，因而憶得。蘊藉之極，又映襯之極。「花裏黄鶯時一弄，日斜驚起相思夢」，通篇説睡，結只輕輕一掉轉。　又：余嘗言寫景是填詞家一半本事，然却必須寫得又清真，又靈幻，乃妙。只如六一詞，「簾影無風，花影頻移動」九個字，看他何等清真，却何等靈幻。蓋人徒知「簾影無風」是静，「花影頻移」是動，而殊不知花影移動，只是無情，正爲極静。而「簾影無風」四字，却從女兒芳心中仔細看出，乃是極動也。嗚呼！善填詞者，必皆深於佛事者也。只一簾影花影，皆細細分别不差，誰言慧業文人不生天上哉！

吴世昌《詞林新話》卷三：永叔《蝶戀花》首句「海燕雙飛歸畫棟」自唐詩「盧家少婦鬱金堂，海燕雙棲玳瑁梁」出。

又

面旋落花風蕩漾〔一〕。柳重烟深①，雪絮飛來往〔二〕。雨後輕寒猶未放〔三〕。春愁酒病成惆悵。枕畔屏山圍碧浪〔四〕。翠被華燈②〔五〕，夜夜空相向。寂寞起來褰繡幌〔六〕。月明正在梨花上〔七〕。（又見《醉翁琴趣外篇》卷一、《樂府雅詞》卷上、《歷代詩餘》卷三九。）

【校記】

①烟深：卷末「又續添」校：「一作『烟輕』。」天理本、宮内本同，慶元本無。　②被：《樂府雅詞》作「袂」。

【注釋】

〔一〕面旋：徘徊飛旋。宋祁《春前二日獲雪》：「面旋成遲落，繽紛不頓休。」

〔二〕「雪絮」句：李商隱《過招國李家南園》：「雪絮相和飛不休。」　雪絮：即柳絮，因飄飛如雪，故云。

〔三〕放：消歇。馮延巳《采桑子》：「笙歌放散人歸去。」

〔四〕枕畔屏山：温庭筠《菩薩蠻》：「無言勻睡臉，枕上屏山掩。」屏山，即屏風。因屏風折叠如山巒起伏，故云。　碧浪：屏風所繪緑色波紋圖案。元稹《遺春》：「波緑紫屏風，螺紅碧籌箸。」

〔五〕翠被華燈：錢惟演《又贈一絶》：「翠被華燈徹曙香。」

〔六〕褰繡幌：馮延巳《更漏子》：「褰繡幌，倚瑶琴。」褰，撩起，揭開。《詩經·鄭風·褰裳》：「子惠思我，褰裳涉溱。」幌，簾幃。

〔七〕「月明」句：温庭筠《舞衣曲》：「滿樓明月梨花白。」

【附録】

王國維《六一詞》眉間批語：歐公《蝶戀花》「面旋落花」云云，字字沉響，殊不可及。

又①

簾幕風輕雙語燕〔一〕。午後醒來②，柳絮飛撩亂。心事一春猶未見。紅英落盡青苔院③〔二〕。　百尺朱樓閑倚遍。薄雨濃雲④，抵死遮人面⑤〔三〕。羌管不須吹別怨〔四〕。無腸更爲新聲斷⑥〔五〕。（又見《醉翁琴趣外篇》卷一、《樂府雅詞》卷上、《草堂詩餘》前集卷上、《類編草堂詩餘》卷二、《花草粹編》卷七、《天機餘錦》卷一、《詞的》卷三、《古今詞統》卷九、《精選古今詩餘醉》卷二、《詞學筌蹄》卷三、《嘯餘譜》卷三、《歷代詩餘》卷三九、《詞則·別調集》卷一、《宋六十一家詞選》卷一。）

【箋證】

此首別作晏殊詞，見明吴訥《唐宋名賢百家詞》本《珠玉詞》，《草堂詩餘》、《花草粹編》、《天機餘錦》、《詞的》、《精選古今詩餘醉》、《古今詞統》、《詞學筌蹄》、《嘯餘譜》、《歷代詩餘》、《宋六十一家詞選》同之。又別作蘇軾詞，見明萬曆刊《重編東坡先生外集》、明焦竑編《蘇長公二妙集》，然元、明他本蘇軾詞集均未收，當非蘇作。《全宋詞》於晏殊、歐陽修下俱收録。

【校記】

①毛本删去此詞。《類編草堂詩餘》、《精選古今詩餘醉》、《古今詞統》、《嘯餘譜》題作「春暮」。《詞學筌蹄》題作「暮春」。　②後：《珠玉詞》、《草堂詩餘》、《類編草堂詩餘》、《花草粹編》、《詞學筌蹄》、《嘯餘譜》作「醉」，《古今詞統》、《歷代詩餘》作「睡」。　③紅英：《珠玉詞》、《類編草堂詩

餘》、《花草粹編》、《古今詞統》、《詞學筌蹄》、《嘯餘譜》、《歷代詩餘》作「餘花」。④雨：曾弘本、衡本作「霧」。⑤抵死：《歷代詩餘》作「底事」。⑥「羌管」二句：《珠玉詞》、《草堂詩餘》、《類編草堂詩餘》、《花草粹編》、《古今詞統》、《詞學筌蹄》、《嘯餘譜》、《歷代詩餘》作「消息未知歸早晚，斜陽只送平波遠」。無：曾弘本作「愁」。

【注釋】

〔一〕「簾幕」句：薛昭藴《謁金門》：「睡覺水精簾未卷，簾前雙語燕。」

〔二〕「紅英」句：王涯《春閨思》：「閑花落盡青苔地，盡日無人誰得知。」

〔三〕抵死：總是。

〔四〕羌管：即羌笛，音色悲凉。司空圖《南北史感遇十首》其七：「桃芳李艷年年發，羌管蠻弦處處多。」

〔五〕「無腸」句：白居易《山遊示小妓》：「莫唱《楊柳枝》，無腸與君斷。」無腸：腸已斷盡，再無可斷。

【附録】

張綖《草堂詩餘别録》：「薄雨濃雲」二句奇，結亦雋永。

《重刻草堂詩餘評林》卷二：理趣高妙，自然生出時光在人眼目。

茅暎《詞的》卷三：情深於辭。

卓人月《古今詞統》卷九：末句與「斜陽却照深深院」、「斜陽只與黄昏近」，各有佳境。

陳廷焯《詞則·别調集》卷一：情有所鬱，淒婉沉至。

又①

永日環堤乘綵舫〔一〕。烟草蕭疏〔二〕，恰似晴江上。水浸碧天風皺浪〔三〕。菱花荇蔓隨雙槳〔四〕。　紅粉佳人翻麗唱〔五〕。驚起鴛鴦，兩兩飛相向〔六〕。且把金樽傾美醲。休思往事成惆悵〔七〕。（又見《醉翁琴趣外篇》卷一、《樂府雅詞》卷上、《唱經堂批歐陽永叔詞十二首》、《歷代詩餘》卷三九。）

【校記】

①《唱經堂批歐陽永叔詞十二首》題作「蕩船」。

【注釋】

〔一〕永日：整日。劉楨《公讌》：「永日行遊戲，歡樂猶未央。」　乘綵舫：李珣《南鄉子》：「乘綵舫，過蓮塘。」舫，即方舟，兩船相併，亦泛指船。

〔二〕烟草：謂芳草連綿如烟。李白《鳴皋歌奉餞從翁清歸五厓山居》：「青松來風吹古道，緑蘿飛花覆烟草。」

〔三〕水浸碧天：裴説《題岳州僧舍》：「與師吟論處，秋水浸遥天。」　風皺浪：馮延巳《謁金門》：

「風乍起，吹皺一池春水。」

〔四〕「菱花」句：蕭繹《泛蕪湖》：「橈度菱根反，船去荇枝低。」　荇蔓：水生植物，根生水底，葉略呈圓形，漂浮水面。

〔五〕翻：演唱，演奏。孟浩然《美人分香》：「舞學平陽態，歌翻子夜聲。」

〔六〕「驚起」二句：李珣《南鄉子》：「乘綵舫，過蓮塘。棹歌驚起睡鴛鴦。」

〔七〕「休思」句：卓英英《理笙》：「因思往事成惆悵。」

【附録】

金聖歎《唱經堂批歐陽永叔詞十二首》：「永日環堤乘彩舫，烟草蕭疏，恰似晴江上」，天成妙景，天成妙句。「紅粉佳人翻麗唱，驚起鴛鴦，兩兩飛相向。且把金樽傾美釀，休思往事成惆悵」，從麗唱生出鴛鴦，從鴛鴦生出往事，文字只是一片。　又：從來詞家，多以前半不堪，生出後半不堪之情。此獨前半寫得蕭然天放，後半陡然因麗唱轉出鴛鴦，因鴛鴦轉出往事，又是一樣身分也。

又①

越女采蓮秋水畔〔一〕。窄袖輕羅②，暗露雙金釧〔二〕。照影摘花花似面〔三〕。芳心只共絲争亂③〔四〕。　鸂鶒灘頭風浪晚〔五〕。霧重烟輕④，不見來時伴。隱隱歌聲歸棹遠。離愁引著江南岸〔六〕。（又見《醉翁琴趣外篇》卷一、《樂府雅詞》卷上、《全芳備祖》前集卷一一、《類編續選草堂詩餘》卷下、《精選古今詩餘醉》卷一三、《唱經堂批歐陽永叔詞十二首》、《詞綜》卷四、《歷代詩餘》卷三九、《宋四家詞選》、《詞則·閑情集》卷一。）

【校記】

①《類編續選草堂詩餘》、《精選古今詩餘醉》、《唱經堂批歐陽永叔詞十二首》題作「采蓮」。②袖：《全芳備祖》作「袂」。③共：吴本作「恐」。④霧重烟輕：《全芳備祖》作「霧暝烟昏」。

【注釋】

〔一〕「越女」句：薛昭藴《浣溪沙》：「越女淘金春水上。」越女：越地女子。古時越地多出美女，尤以西施爲著。盧思道《棹歌行》：「秋江見底清，越女復傾城。方舟共采摘，最得可憐名。」

〔二〕「窄袖」二句：余延壽《南州行》：「金釧越溪女，羅衣胡粉香。」毛熙震《後庭花》：「越羅小袖新香蒨，薄籠金釧。」窄袖：女子服式，亦名小袖。白居易《柘枝詞》：「繡帽珠稠綴，香衫袖窄裁。」

〔三〕「照影」句：蕭綱《采蓮曲》：「桂楫蘭橈浮碧水，江花玉面兩相似。」

〔四〕「芳心」句：孟郊《去婦》：「妾心藕中絲，雖斷猶牽連。」

〔五〕鸂鶒灘頭：孟浩然《鸚鵡洲送王九之江左》：「洲勢逶迤遶碧流，鴛鴦鸂鶒滿灘頭。」鸂鶒，水鳥名，形似鴛鴦而稍大，多紫色，好並遊，又名紫鴛鴦。

〔六〕引著：引向，引到。張孝祥《王弱翁與余相遇漢口賦古意贈别》：「北風知人意，引著清漢濱。」

【附録】

《草堂詩餘續集》卷下沈際飛評：美人是花真身。又：如絲争亂，吾恐爲蕩婦矣。

金聖歎《唱經堂批歐陽永叔詞十二首》：「窄袖輕羅，暗露雙金釧」，九個字，只寫得上句中一個「采」字耳。却亦只須寫一「采」字，便活畫出越女全身，此顧虎頭所謂「須向阿堵中落筆」也。「照影摘花花似面」，上「影」是水中面，下「花」是水中花，造語靈幻之極。「芳心只共絲争亂」，花似面，即知面似花也，便趁勢寫出他芳心來，却又以藕絲貼之，細妙之極也。「鸂鶒灘頭風浪晚，霧重烟輕」，上句之下，下句之上，合以七字寫景，謂之兩讓法。「不見來時伴」，妙妙。不因此五字，便是采蓮，不足詠矣。從采蓮上，却想出此五字，豈非天才！「隱隱歌聲歸棹遠」，「風浪」七字，是寫此；「隱隱」七字，是寫彼。又，一是寫見，一是寫聞。「離愁引著江南岸」，因其著岸而知其心愁也，却反云愁心引之著岸，此則鍊句之妙也。畫出小心怯膽，令人讀之猶憐，何況親見其人。

陳廷焯《雲韶集》卷二：與同叔《漁家傲》結筆同妙，而語更簡妙。「引著」二字妙甚。

陳廷焯《詞則・閑情集》卷一：與元獻作同一纏綿，而語更婉雅。

徐珂《歷代詞選集評》録譚獻語：「窄袖輕羅，暗露雙金釧」句，言小人常態。「霧重烟輕，不見來時伴」句，言君子道消。

又

水浸秋天風皺浪〔一〕。縹緲仙舟，只似秋天上①〔二〕。和露采蓮愁一餉②〔三〕。看花却是啼妝樣〔四〕。折得蓮莖絲未放〔五〕。蓮斷絲牽，特地成惆悵〔六〕。歸棹莫隨花蕩漾③。江頭有個人相望。（又見《醉翁琴趣外篇》卷一、《樂府雅詞》卷上、《全芳備祖》前集卷一一、《歷代詩餘》卷三九。）

【校記】

①似：《全芳備祖》作「在」。天：《醉翁琴趣外篇》、《全芳備祖》作「江」。②餉：《全芳備祖》、《歷代詩餘》作「晌」。③隨：毛本、《歷代詩餘》作「愁」。

【注釋】

〔一〕水浸秋天：裴説《題岳州僧舍》：「與師吟論處，秋水浸遥天。」風皺浪：馮延巳《謁金門》：「風乍起，吹皺一池春水。」

〔二〕「飄渺」二句：惠標《詠水》：「舟如空裏泛，人似鏡中行。」杜甫《小寒食舟中作》：「春水船如天上坐。」

〔三〕一餉：即一晌。暫時，片刻。

〔四〕「看花」句：和凝《小重山》：「曉花擎露妒啼妝。」啼妝：古時女子妝式。見《長相思》（深花枝）注〔四〕。此處喻蓮花。

〔五〕「折得」句：庾信《和炅法師遊昆明池》：「碎珠縈斷菊，殘絲繞折蓮。」放：斷開。

〔六〕特地：特别，格外。羅隱《汴河》：「當時天子是閑遊，今日行人特地愁。」

又①

梨葉初紅蟬韻歇②〔一〕。銀漢風高〔二〕，玉管聲淒切〔三〕。枕簟乍凉銅漏徹③〔四〕。誰教社燕輕離別〔五〕。　草際蟲吟秋露結④〔六〕。宿酒醒來，不記歸時節。多少衷腸猶未説。珠簾夜夜朦朧月⑤〔七〕。（又見《醉翁琴趣外篇》卷一、《花草粹編》卷七、《歷代詩餘》卷三九。）

【箋證】

此首别作晏殊詞，見明吴訥《唐宋名賢百家詞》本《珠玉詞》，《花草粹編》同之。又别作蘇軾詞，見明萬曆刊《重編東坡先生外集》、明焦竑編《蘇長公二妙集》，然元、明他本蘇軾詞集均未收，當非蘇作。《全宋詞》於晏殊、歐陽修下俱收録。

【校記】

①《醉翁琴趣外篇》調作《鳳棲梧》。　毛本調下注：「一刻同叔，一刻子瞻。」②初：《珠玉詞》、《花草粹編》作「疏」。③徹：《花草粹編》作「咽」。④秋：《珠玉詞》、《花草粹編》作「珠」。⑤珠：《珠玉詞》、《花草粹編》作「朱」，吴本作「疏」。　夜夜：《醉翁琴趣外篇》、《珠玉詞》、《花草粹編》作「一夜」。

【注釋】

〔一〕梨葉初紅：棠梨之葉入秋轉紅。梨葉初紅，即初秋時節。竇鞏《永寧小園寄接近校書》：「東皋黍熟君應醉，梨葉初紅白露多。」　蟬韻：蟬聲悠揚，故稱蟬韻。段文昌《晚夏登張儀樓呈院中諸公》：「乍疑蟬韻促，稍覺雪風來。」

〔二〕銀漢：即銀河。《詩經·小雅·大東》：「維天有漢，監亦有光。」毛《傳》：「漢，天河也。」　風高：風大。杜甫《湖中送敬十使君適廣陵》：「秋晚岳增翠，風高湖湧波。」

〔三〕玉管：笛、笙等樂器之美稱。

〔四〕「枕簟」句：晁采《秋日再寄》：「珍簟生凉夜漏餘。」　枕簟：枕席，亦泛指卧具。　銅漏：即漏壺，古代計時器，壺形，銅製，中有浮標，底有漏孔滴水，多用於夜間。　徹：謂夜漏已盡，夜殘欲曙之時。王維《同崔員外秋宵寓直》：「九門寒漏徹，萬井曙鐘多。」

〔五〕社燕：燕之别稱。《廣雅》：「社燕，巢於梁門，春社來，秋社去，故謂社燕。」社，舊時祭祀社神（土神）之日稱爲社日，有春社、秋社之分。春社在立春後第五個戊日，秋社在立秋後第五個戊日。

〔六〕「草際」句：劉駕《長安旅舍紓情投先達》：「白露下長安，百蟲鳴草根。」

〔七〕「珠簾」句：李白《玉階怨》：「却下水精簾，玲瓏望秋月。」温庭筠《菩薩蠻》：「珠簾月上玲瓏影。」

【附録】

陳霆《渚山堂詞話》卷二：李世英《蝶戀花》句云：「朦朧淡月雲來去。」歐公《蝶戀花》句云：

「珠簾夜夜朦朧月。」二語一律，不知者疑歐出李下。予細較之：狀夜景則李爲高妙，道幽怨則歐爲醖藉。蓋各適其趣，各擅其極，殆未易優劣也。

又①

獨倚危樓風細細②。望極離愁③，黯黯生天際〔一〕。草色山光殘照裏④。無人會得凭欄意⑤〔二〕。　也擬疏狂圖一醉⑥〔三〕。對酒當歌〔四〕，强飲還無味⑦〔五〕。衣帶漸寬都不悔⑧。况伊銷得人憔悴⑨〔六〕。（又見《醉翁琴趣外篇》卷一、《花草粹編》卷七、《詞林萬選》卷二、《古今詞統》卷九、《歷代詩餘》卷三九、《詞則·閑情集》卷一、《宋六十一家詞選》卷一。）

【箋證】

此首別作柳永詞，見明吴訥《唐宋名賢百家詞》本《樂章集》，《花草粹編》、《詞林萬選》、《古今詞統》、《歷代詩餘》、《詞則》、《宋六十一家詞選》同之。《全宋詞》於柳永、歐陽修下俱收録。

【校記】

①卷末校：「第十四篇、十五篇並載柳三變《樂章集》。」毛本删去此詞。　《醉翁琴趣外篇》、《樂章集》調作《鳳棲梧》。　《古今詞統》題作「登樓有懷」。《詞林萬選》調作《鳳棲梧》，注：「即《蝶戀花》。」　②獨倚：《樂章集》、《花草粹編》、《詞林萬選》、《古今詞統》作「竚立」。　③望極：《花草粹編》作「極望」。　離：《花草粹編》作「春」，《樂章集》、《詞林萬選》、《古今詞統》作「清」。

④山：《樂章集》、《花草粹編》、《詞林萬選》、《古今詞統》作「烟」。⑤無人會得：《樂章集》、《花草粹編》、《詞林萬選》作「無言誰會」。⑥也擬：《樂章集》、《花草粹編》、《古今詞統》作「擬把」。《詞林萬選》作「也擬把」三字。⑦飲：《樂章集》、《花草粹編》、《詞林萬選》、《古今詞統》、《歷代詩餘》作「樂」。⑧都：《樂章集》、《花草粹編》、《詞林萬選》、《古今詞統》、《歷代詩餘》作「終」。⑨況：《樂章集》、《花草粹編》、《詞林萬選》、《古今詞統》、《歷代詩餘》作「爲」。銷：《樂章集》、《花草粹編》、《詞林萬選》、《古今詞統》、《歷代詩餘》作「消」。

【注釋】

〔一〕黯黯：憂愁貌。李商隱《自桂林奉使江陵途中感懷寄獻尚書》：「江生魂黯黯，泉客淚涔涔。」

〔二〕「無人」句：元稹《嘉陵驛》：「無人會得此時意，一夜獨眠西畔廊。」會得：懂得，了解。

〔三〕「也擬」句：趙嘏《十無詩寄桂府楊中丞》：「清秋擬許醉狂無。」

〔四〕對酒當歌：曹操《短歌行》：「對酒當歌，人生幾何。」

〔五〕「强飲」句：白居易《東園玩菊》：「常恐更衰老，强飲亦無歡。」

〔六〕「衣帶」二句：古詩《行行重行行》：「相去日已遠，衣帶日已緩。」賈至《寓言》：「嗟君在萬里，使妾衣帶寬。」況伊：即爲伊。銷得：值得，當得。鄭谷《海棠》：「春風用意勻顔色，銷得攜觴與賦詩。」

【附録】

俞陛雲《唐五代兩宋詞選釋》：長守尾生抱柱之信，拚減沈郎腰帶之圍，真情至語。此詞或作六一詞，汲古閣本則列入《樂章集》。

王國維《人間詞話》：古今之成大事業、大學問者，必經過三種之境界：「昨夜西風凋碧樹。獨上高樓，望盡天涯路。」此第一境也。「衣帶漸寬終不悔，爲伊消得人憔悴。」此第二境也。「衆裏尋他千百度，回頭驀見，那人正在，燈火闌珊處。」此第三境也。此等語皆非大詞人不能道。然遽以此意解釋諸詞，恐爲晏歐諸公所不許也。

王國維《人間詞話》删稿：詞家多以景寓情。其專作情語而絶妙者，如牛嶠之「甘作一生拚，盡君今日歡。」顧夐之「换我心爲你心，始知相憶深。」歐陽修之「衣帶漸寬終不悔，爲伊消得人憔悴。」美成之「許多煩惱，只爲當時，一餉留情。」此等詞求之古今人詞中，曾不多見。

王國維《人間詞話》删稿：《蝶戀花》「獨倚危樓」一闋，見《六一詞》，亦見《樂章集》。余謂：屯田輕薄子，只能道「奶奶蘭心蕙性」耳。（原注：此等語固非歐公不能道也。）

王國維《古雅之在美學上之位置》：「夜闌更秉燭，相對如夢寐」（杜甫《羌村》詩）之於「今宵剩把銀釭照，猶恐相逢是夢中」（晏幾道《鷓鴣天》詞），「願言思伯，甘心首疾」（《詩·衛風·伯兮》）之於「衣帶漸寬終不悔，爲伊消得人憔悴」（歐陽修《蝶戀花》詞），其第一形式同，而前者温厚，後者刻露者，其第二形式異也。一切藝術無不皆然，於是有所謂雅俗之區别起。

又①

簾下清歌簾外宴。雖愛新聲，不見如花面〔一〕。牙板數敲珠一串〔二〕。梁塵暗落琉璃盞〔三〕。桐樹花深孤鳳怨②〔四〕。漸遏遥天，不放行雲散〔五〕。坐上少年聽未慣③。玉山將倒腸先斷〔六〕。（又見《醉翁琴趣外篇》卷一、《歷代詩餘》卷三九。）

【箋證】

此首别作柳永詞，見明吴訥《唐宋名賢百家詞》本《樂章集》，《歷代詩餘》同之。《全宋詞》於柳永、歐陽修下俱收録。

【校記】

①卷末校：「載柳三變《樂章集》。」毛本删去此詞。《樂章集》調作《鳳棲梧》。②花深：《歷代詩餘》作「流聲」。③坐：《歷代詩餘》作「座」。

【注釋】

〔一〕「簾下」三句：白居易《醉題沈子明壁》：「愛君簾下唱歌人，色似芙蓉聲似玉。」

〔二〕牙板：象牙製拍板，亦爲拍板之美稱。珠一串：喻歌聲婉轉如珠。白居易《寄明州于駙馬使君》：「何郎小妓歌喉好，嚴老呼爲一串珠。」

〔三〕梁塵暗落：見《減字木蘭花》（歌檀斂袂）注〔二〕。

〔四〕「桐樹」句：喻歌聲哀徹動人，如孤鳳離凰之鳴。舊時以爲鳳凰棲於梧桐。《詩經·大雅·卷阿》：「鳳皇鳴矣，于彼高岡。梧桐生矣，于彼朝陽。」鄭《箋》：「鳳皇之性，非梧桐不棲，非竹實不食。」

〔五〕「漸遏」二句：見《減字木蘭花》（歌檀斂袂）注〔六〕。 不放：不教，不許。李商隱《樂遊原》：「羲和自趁虞泉宿，不放斜陽更向東。」

〔六〕「坐上」二句：劉禹錫《贈李司空妓》：「司空見慣渾閑事，斷盡蘇州刺史腸。」 玉山將倒：酒醉欲倒之態。《世説新語・容止》：「嵇叔夜之爲人也，巖巖若孤松之獨立；其醉也，傀俄若玉山之將崩。」李白《襄陽歌》：「清風朗月不用一錢買，玉山自倒非人推。」

又①

翠苑紅芳晴滿目。綺席流鶯，上下長相逐〔一〕。紫陌閑隨金轣轆〔二〕。馬蹄踏遍春郊緑。 一覺年華春夢促。往事悠悠，百種尋思足〔三〕。烟雨滿樓山斷續〔四〕。人閑倚遍欄干曲〔五〕。（又見《醉翁琴趣外篇》卷三、《歷代詩餘》卷三九、《宋六十一家詞選》卷一。）

【校記】

①《醉翁琴趣外篇》調作《鵲踏枝》。

【注釋】

〔一〕「綺席」二句：李商隱《評事翁寄賜餳粥走筆爲答》：「省對流鶯坐綺筵。」又《池邊》：「流鶯上下燕參差。」 綺席：華美筵席。

〔二〕「紫陌」句：于仲文《侍宴東宮應令》：「青宮列紺幰，紫陌結朱輪。」 紫陌：京郊道路。轣轆：車輪，代指馬車。

〔三〕足：多。庾信《奉和泛江》：「岸社多喬木，山城足迴樓。」

〔四〕山斷續：王胄《燉煌樂》：「長途望無已，高山斷還續。」

〔五〕「人閑」句：韋莊《謁金門》：「樓外翠簾高軸，倚遍闌干幾曲。」

又①

小院深深門掩亞②〔一〕。寂寞珠簾，畫閣重重下。欲近禁烟微雨罷〔二〕。緑楊深處鞦韆掛〔三〕。　傅粉狂遊猶未捨〔四〕。不念芳時③。眉黛無人畫〔五〕。薄倖未歸春去也〔六〕。杏花零落香紅謝④〔七〕。（又見《醉翁琴趣外篇》卷一、《詞綜》卷四、《歷代詩餘》卷三九、《詞則·大雅集》卷二。）

【校記】

①《醉翁琴趣外篇》調作《鳳棲梧》。　②亞：《詞綜》作「乍」，下注：「一作『亞』。」　③時：吳本作「晨」。　④香紅：吳本、《詞綜》作「紅香」。

【注釋】

〔一〕亞：掩閉、關閉。蔡伸《醜奴兒慢》：「當時携手，花籠淡月，重門深亞。」

〔二〕禁烟：寒食節。宗懔《荊楚歲時記》：「去冬節一百五日，即有疾風甚雨，謂之寒食。禁火三日。」杜公瞻注：「按據《曆》合在清明前二日，亦有去冬至一百六日者。介子推三月五日爲火所焚，國人哀之，每歲暮春，爲不舉火，謂之『禁烟』。」

〔三〕「緑楊」句：韋莊《長安清明》：「緑楊高映畫鞦韆。」舊時寒食日有蕩戲鞦韆之俗。王仁裕《開元天寶遺事》卷下：「天寶宮中至寒食節，競竪鞦韆，令宮嬪輩戲笑以爲宴樂，帝呼爲半仙之戲，都中士民因而呼之。」《太平御覽》卷三〇引《古今藝術圖》：「寒食鞦韆，本北方山戎之戲，以習輕趫者也。」

〔四〕傅粉：即傅粉何郎，見《望江南》（江南蝶）注〔二〕。此處指所思之人。毛熙震《南歌子》：「暗想爲雲女，應憐傅粉郎。」

〔五〕「眉黛」句：《漢書·張敞傳》：「（敞）又爲婦畫眉，長安中傳張京兆眉憮。有司以奏敞。上問之，對曰：『臣聞閨房之内，夫婦之私，有過於畫眉者。』」薛道衡《豫章行》：「空憶常時角枕處，無復前日畫眉人。」

〔六〕薄倖：薄情，無情。亦代指薄情之人。施肩吾《望夫詞》：「看看北雁又南飛，薄倖征夫久不歸。」春去也：劉禹錫《憶江南》：「春去也，共惜艷陽年。」李煜《浪淘沙》：「流水落花春去也，天上人間。」

〔七〕杏花零落：吴融《憶街西所居》：「長憶去年寒食夜，杏花零落雨霏霏。」香紅：花瓣。顧况《春懷》：「園鶯啼已倦，樹樹隕香紅。」

【附録】

陳廷焯《雲韶集》卷二：秀麗纏綿突過馮延巳。情生文，文生情，令讀者魂移骨化。

陳廷焯《詞則·大雅集》卷二：清雅芊麗，正中之匹也。

又

欲過清明烟雨細。小檻臨窗，點點殘花墜。梁燕語多驚曉睡〔一〕。銀屏一半堆香被〔二〕。

新歲風光如舊歲。所恨征輪，漸漸程迢遞〔三〕。縱有遠情難寫寄〔四〕。何妨解有相思淚〔五〕。（又見《醉翁琴趣外篇》卷一、《歷代詩餘》卷三九。）

【注釋】

〔一〕「梁燕」句：牛嶠《菩薩蠻》：「畫梁語燕驚殘夢。」

〔二〕銀屏一半：屏風半開半掩。堆香被：香被閑放未整。尹鶚《撥棹子》：「繡被堆紅閑不徹。」孫光憲《更漏子》：「燭熒煌，香旖旎，閑放一堆鴛被。」

〔三〕迢遞：遥遠貌。姚合《送杜立歸蜀》：「迢遞三千里，西南是去程。」

〔四〕「縱有」句：鮑溶《古意》：「夜裁遠道書，剪破相思字。妾心不自信，遠道終難寄。」

〔五〕解有：會有，應有。李商隱《柳》：「解有相思否，應無不舞時。」

又①

畫閣歸來春又晚〔一〕。燕子雙飛，柳軟桃花淺。細雨滿天風滿院〔二〕。愁眉斂盡無人見。獨倚欄干心緒亂。芳草芊綿，尚憶江南岸〔三〕。風月無情人暗換〔四〕。舊遊如夢空腸斷②〔五〕。（又見《醉翁琴趣外篇》卷一、《歷代詩餘》卷三九、《詞則·大雅集》卷二、《宋六十一家詞選》卷一。）

【校記】

①《醉翁琴趣外篇》調作《鳳棲梧》。　②空腸：吴本作「腸空」。

【注釋】

〔一〕「畫閣」句：張起《春情》：「畫閣餘寒在，新年舊燕歸。」

〔二〕「細雨」句：崔櫓《春晚泊船江村》：「細雨滿天風似愁。」

〔三〕「芳草」二句：温庭筠《菩薩蠻》：「畫樓音信斷，芳草江南岸。」芊綿：草木繁盛貌。《説文》：「芊，草盛也。」貫休《送崔使君》：「柳門柳門，芳草芊綿。」

〔四〕「風月」句：杜牧《春懷》：「明月誰爲主，江山暗換人。」

〔五〕「舊遊」句：馮延巳《鵲踏枝》：「朦朧如夢空腸斷。」舊遊如夢：劉長卿《贈元容州》：「舊遊如夢裏，此別是天涯。」

又①

嘗愛西湖春色早。臘雪方銷〔一〕，已見桃開小。頃刻光陰都過了〔二〕。如今緑暗紅英少。且趁餘花謀一笑。況有笙歌，艷態相縈繞〔三〕。老去風情應不到〔四〕。憑君剩把芳樽倒〔五〕。（又見《醉翁琴趣外篇》卷四、《歷代詩餘》卷三九。）

【箋證】

詞中西湖，即潁州西湖。據詞中「老去風情應不到」語，當爲歐陽修晚年退居潁州時作。

【校記】

①《醉翁琴趣外篇》調作《鳳棲梧》。

【注釋】

〔一〕臘雪：臘後春前之雪。見本調（臘雪初銷梅蕊綻）注〔一〕。

〔二〕「頃刻」句：姚合《惜別》：「光陰不覺朝昏過，岐路無窮早晚休。」

〔三〕艷態：妖艷舞姿。楊衡《白紵歌》：「輕身起舞紅燭前，芳姿艷態妖且妍。」

〔四〕「老去」句：白居易《題峽中石上》：「誠知老去風情少，見此争無一句詩。」風情：風雅之興。

〔五〕剩把：即「賸把」，盡把、任把。劉禹錫《送李二十九兄員外赴邠寧使幕》：「鼎門爲别霜天曉，賸把離觴三五巡。」

漁家傲①

一派潺湲流碧漲〔一〕。新亭四面山相向。翠竹嶺頭明月上。迷俯仰〔二〕。月輪正在泉中漾②〔三〕。更待高秋天氣爽〔四〕。菊花香裏開新釀。酒美賓嘉真勝賞〔五〕。紅粉唱。

山深分外歌聲響。（又見《醉翁琴趣外篇》卷二、《樂府雅詞》卷上、《歷代詩餘》卷四二。）

【箋證】

據李本、《彙評》所考，本詞作於慶曆六年（一〇四六）歐陽修知滁州時，爲醉翁亭或豐樂亭落成時作。又據筆者考，詞中「新亭」當專指豐樂亭，「泉」即幽谷泉。

歐陽修於慶曆六年（一〇四六）夏秋之交建豐樂亭於滁州城西南豐山谷中，其《與韓忠獻王稚圭書》云：「昨夏秋之初，偶得一泉於州城之西南豐山之谷中，水味甘冷。因愛其山勢回抱，構小亭於泉側。」又《與梅聖俞書》云：「去年夏中，因飲滁水甚甘，問之，有一土泉在城東百步許，遂往訪之。乃一山谷中，山勢一面高峰，三面竹嶺回抱……遂引其泉爲石池，甚清甘，作亭其上，號『豐樂』。」其述與詞中「四面山相向」、「翠竹嶺頭」諸語相合。又豐樂亭建於夏末秋初，故詞中云「更待高秋天氣爽，菊花香裏開新釀」，蓋爲重陽宴集張本。

【校記】

①毛本調下注：「舊刻三十二首。考『幽鷺謾來窺品格』、又『楚國細腰元自瘦』俱晏元獻公作。今刪去。」②輪：《醉翁琴趣外篇》作「明」。

【注釋】

〔一〕潺湲：緩流貌。《九歌·湘夫人》：「荒忽兮遠望，觀流水兮潺湲。」流碧：蕭瑱《春日貽劉孝綽》：「澗水初流碧，山櫻早發紅。」

〔二〕迷俯仰：韓愈《岳陽樓别竇司直》：「星河盡涵泳，俯仰迷下上。」

〔三〕「月輪」句：隋煬帝《春江花月夜》：「夜露含花氣，春潭漾月暉。」

〔四〕天氣爽：元稹《秋夕遠懷》：「旦夕天氣爽，風飄葉漸輕。」

〔五〕勝賞：盡興快意之遊。《陳書·孫瑒傳》：「每良辰美景，賓僚並集，泛長江而置酒，亦一時之勝賞焉。」徐鉉《和翰長聞西樞副翰鄰居夜宴》：「京邑衣冠多勝賞，鱸魚争敢道思鄉。」

又①

十月小春梅蕊綻〔一〕。紅爐畫閣新裝遍②。錦帳美人貪睡暖〔二〕。羞起晚③。玉壺一夜冰澌滿④〔三〕。　樓上四垂簾不卷。天寒山色偏宜遠⑤。風急雁行吹字斷〔四〕。紅日短⑥。江天雪意雲撩亂〔五〕。（又見《醉翁琴趣外篇》卷二、《樂府雅詞》卷上、《草堂詩餘》前集卷下、《唐宋諸賢絶妙詞選》卷二、《類編草堂詩餘》卷二、《花草粹編》卷七、《天機餘錦》卷四、《精選古今詩餘醉》卷一、《詞學筌蹄》卷三、《詞學筌蹄》卷八、《詞軌》卷四。）

【箋證】

此首又見本卷一九〇頁，爲《漁家傲》十二月聯章鼓子詞之一，惟數字不同。

【校記】

①《唐宋諸賢絶妙詞選》、《精選古今詩餘醉》題作「小春」。《類編草堂詩餘》、《花草粹編》、《詞學筌

蹄》題作「冬景」。又此詞《詞學筌蹄》卷三、卷八重收，其中卷三誤入《桃源憶故人》調下，並注：「此首多一十五字。」②畫：吴本、《草堂詩餘》、《唐宋諸賢絶妙詞選》、《類編草堂詩餘》、《花草粹編》、《詞學筌蹄》作「暖」。　裝：《醉翁琴趣外篇》、吴本、《草堂詩餘》、《花草粹編》、《詞學筌蹄》作「妝」。　③晚：卷末校：「一作『懶』。」《草堂詩餘》、《唐宋諸賢絶妙詞選》、《類編草堂詩餘》、《花草粹編》、《詞學筌蹄》作「懶」。　④冰澌：《醉翁琴趣外篇》作「新冰」。　⑤寒：《詞學筌蹄》作「高」。　⑥短：卷末校：「一作『晚』。」《草堂詩餘》、《唐宋諸賢絶妙詞選》、《類編草堂詩餘》、《花草粹編》、《詞學筌蹄》作「晚」。

【注釋】

〔一〕十月小春：宗懍《荆楚歲時記》：「（十月）天氣和暖似春，故曰『小春』。」

〔二〕「紅爐」二句：歐陽炯《菩薩蠻》：「紅爐暖閣佳人睡，隔簾飛雪添寒氣。」

〔三〕「玉壺」句：《禮記·月令》：「（孟冬之月）水始冰。」杜甫《贈特進汝陽王二十韻》：「硯寒金井水，檐動玉壺冰。」　澌：浮冰。方干《酬故人陳乂都》：「坐久吟移調，更長硯結澌。」

〔四〕雁行：雁群飛時排列成行，形如「一」字或「人」字，亦稱「雁字」。白居易《江樓晚眺景物鮮奇吟玩成篇寄水部張員外》：「風翻白浪花千片，雁點青天字一行。」

〔五〕雪意：雪前天色。范仲淹《依韻答賈黯監丞賀雪》：「同雲千里結雪意，一夕密下誠如羞。」

【附録】

陳元靚《歲時廣記》卷四：《西京雜記》曰：「陰德用事，則和氣皆陰，建亥之月是也。故謂之正陰之月，又曰十月陰。雖用事，而陰不孤立。此月純陰，疑於無陽，故亦謂之陽月。」歐陽公詞曰：「十月小春梅蕊綻。」

陶宗儀《説郛》卷二〇引《行都紀事》：某邑宰因預借違旨，遭按而歸其郡，郡將乃宰公之故舊，因留連。有妓慧黠，得宰罷官之由，時方仲秋，忽謳《漁家傲》「十月小春梅蕊綻。」宰云：「何太早邪？」答云：「乃預借也。」宰公大慚。

《草堂詩餘正集》卷二沈際飛評：山不近而遠，而風致猶可掬，作詩詞者那能捨却山水。

《新刻李于鱗先生批評注釋草堂詩餘雋》卷四：上小陽天氣温和，正負長睡。下初冬風聲凉冽，差堪遠玩。　又：紅爐暖閣，美人貪睡，隆冬景也，但風吹雁字，似秋矣。　又：貪睡暖簾不卷，只是初冬寒氣迫人耳，又寫出小春江空，在在可畫。

鄧志謨《丰韻情書》卷五：清逸瀟灑，不是尋常口吻，歐公長於文，且長於詞調哉！真名家筆也。

楊希閔《詞軌》卷四引陳廣夫語：一幅絶妙冬閨圖，王、仇畫所不到，全是解悟筆墨，此解悟是菩薩知覺，持校少游《滿庭芳》、賀方回《浣溪紗》，便知彼落色界天中。

楊希閔《詞軌》卷四引陳廣敷語：「羞」字應作「朝」，又云：前半了過本事，後半是意興佳致。

俞陛雲《唐五代兩宋詞選釋》：後闋狀江山寒色，足當清遠二字。此調舊刻凡三十二首，以《珠玉詞》攙入。汲古閣定爲三十首，此首最爲擅勝。

又與趙康靖公①

四紀才名天下重〔一〕。三朝構廈爲梁棟②〔二〕。定册功成身退勇③〔三〕。辭榮寵。歸來白首笙歌擁。　顧我薄才無可用。君恩近許歸田壠④〔四〕。今日一觴難得共。聊對捧。官奴爲我高歌送〔五〕。（又見《醉翁琴趣外篇》卷二、《樂府雅詞》卷上、《歷代詩餘》卷四二。）

【箋證】

此首作於熙寧五年（一〇七二），時歐陽修退居潁州，年六十六。趙康靖公，即趙槩，字叔平，虞城（今河南虞城）人，官至參知政事，《宋史》卷三一八有傳。熙寧初，趙槩以太子少師致仕，歸睢陽。熙寧五年春，趙槩訪歐陽修於潁，留月餘，二人縱遊劇飲，傳爲一時美談，其間歐陽修又有《會老堂》、《會老堂致語》等詩，可與本詞參看。又歐陽修卒於趙槩之前，不當稱其謚號，林大椿校云：「係出後人追記。」當是。

【校記】

①《醉翁琴趣外篇》無題。②構：《樂府雅詞》作「建」。③册：《歷代詩餘》作「策」。④壠：吴本作「隴」。

【注釋】

〔一〕「四紀」句：元稹《代杭人作使君一朝去》：「惠化境内春，才名天下首。」紀：古時以歲星十二年行天一周爲一紀。

〔二〕三朝：趙概歷仁宗（趙禎）、英宗（趙曙）、神宗（趙頊）三朝。　構厦：營建大厦，喻治理國事，建功立業。潘尼《贈侍御史王元貺》：「廣厦構衆材。」杜甫《自京赴奉先縣詠懷五百字》：「當今廊廟具，構厦豈云缺。」　梁棟：屋宇大梁。喻國之重臣。杜甫《古柏行》：「大厦如傾要梁棟，萬牛回首丘山重。」

〔三〕定册：即定策。古時尊立天子，書其事於簡策，以告宗廟，故稱大臣擁立天子爲定策。《東都事略》卷七一《趙概傳》：「方是時，皇嗣未立，天下以爲憂。仁宗命英宗領宗正，概言：『宗正未足爲重。』遂與執政建言：『宜立爲皇子。』從之。」　身退勇：《宋史·趙概傳》：「擢樞密使、參知政事。數以老求去。熙寧初，拜觀文殿學士、知徐州。自左丞轉吏部尚書，前此執政遷官，未有也。以太子少師致仕，退居十五年。」

〔四〕「君恩」句：神宗熙寧四年（一〇七一），歐陽修獲允致仕，歸潁州。

〔五〕官奴：官妓。　高歌送：以歌勸酒。張詠《筵上贈小英》：「爲我高歌送一杯，我今贈爾新翻曲。」

【附録】

蘇頌《歐陽文忠公挽辭二首序》：某到東陽累月，不聞中朝士大夫新作，頗有孤陋之歎。忽得潁上故人書，録公會老堂唱和詩詞爲示。遠方見之，不勝企聳，輒遍和以寄獻。未幾，聞公訃音，且思昨寓書時，乃公夢謝之月。因愴前事，作哀辭二篇，以述感舊懷德之思焉。

王闢之《澠水燕談録》卷四：初，歐陽文忠公與趙少師概同在中書，嘗約還政後再相會。及告老，趙自南京訪文忠公於潁上。文忠公所居之西堂曰「會老」，仍賦詩以志一時盛事。

吴處厚《青箱雜記》卷八：少師趙公概，字叔平，天聖初王堯臣下第三人及第。爲人寬厚長者，留滯内相十餘年，晚始大用，參貳大政。治平中，退老睢陽，素與歐陽文忠公友善，時文忠退居東潁，公即自睢陽乘興挐舟訪之，文忠喜公之來，特爲展宴，而潁守翰林吕公亦預會。

胡仔《苕溪漁隱叢話後集》卷二三引《蔡寬夫詩話》：文忠與趙康靖公概同在政府，相得歡甚。康靖先告老，歸睢陽，文忠相繼謝事，歸汝陰，康靖一日單車特往過之，時年幾八十矣，留劇飲踰月，日於汝陰縱游而後返。前輩掛冠後，能從容自適，未有若此者。

又

暖日遲遲花裊裊〔一〕。人將紅粉争花好。花不能言惟解笑〔二〕。金壺倒。花開未老人年少①。　車馬九門來擾擾〔三〕。行人莫羨長安道〔四〕。丹禁漏聲衢鼓報〔五〕。催昏曉〔六〕。長安城裏人先老〔七〕。（又見《醉翁琴趣外篇》卷二。）

【箋證】

此詞或作於嘉祐、治平年間居京師時。

至和元年（一〇五四），歐陽修由外任入朝，此後居京師十三年之久，其間屢獲升遷，嘉祐五年（一〇六〇）十一月拜樞密副使，六年（一〇六一）閏八月任參知政事，又進開國公，進階金紫光禄大夫，直至治平四年（一〇六七）三月方始離京，出知亳州。歐陽修居京師期間，屢屢作詩，抒發爲功名所羈而不得自適之慨，如《偶書》：「官高責愈重，禄厚足憂患。暫息不可得，况欲閑長年。」《集禧謝雨》：「十里長街五鼓催，泥深雨急馬行遲。卧聽竹屋蕭蕭響，却憶滁州睡足時。」本詞意旨與以上諸詩頗合，或爲同一時期所作。

【校記】

①花開：《醉翁琴趣外篇》作「開花」。

【注釋】

〔一〕遲遲：悠長舒緩。《詩經·豳風·七月》：「春日遲遲，采蘩祁祁。」朱熹《集傳》：「遲遲，日長而暄也。」

〔二〕解：懂得，能够。元稹《獨醉》：「桃花解笑鶯能語。」李敬方《勸酒》：「不向花前醉，花應解笑人。」

〔三〕「車馬」句：白居易《過駱山人野居小池》：「門前車馬路，奔走無昏曉。名利驅人心，賢愚同擾擾。」徐振《古意》：「擾擾都城曉又昏，六街車馬五侯門。」九門：古制天子設九門。《禮記·月令》：「（季春之月）田獵、罝罘、羅罔、畢翳、餧獸之藥，毋出九門。」鄭玄注：「天子九門者，路門也、應門也、雉門也、庫門也、皋門也、城門也、近郊門也、遠郊門也、關門也。」此處代指都城。

〔四〕「行人」句：孟郊《送柳淳》：「青山臨黄河，下有長安道。世上名利人，相逢不知老。」五代無名氏《賀聖朝》：「長安道上行客，依舊利深名切。」

〔五〕丹禁：宫禁。李白《江夏使君叔席上贈史郎中》：「鳳凰丹禁裏，銜出紫泥書。」王琦注引《潛確居類書》：「天子所居曰禁，以丹塗壁，故曰丹禁。亦曰紫禁。」衢鼓：街鼓。唐宋街市中置有大鼓，每日晨昏擊以報時。

〔六〕催昏曉：歐陽修《代書寄尹十一兄楊十六王三》：「京師天下聚，奔走紛擾擾。但聞街鼓喧，忽忽夜復曉。」

〔七〕「長安」句：白居易《長安道》：「君不見外州客，長安道，一回來，一回老。」

又

紅粉墻頭花幾樹〔一〕。落花片片和鷩絮〔二〕。墻外有樓花有主。尋花去。隔墻遥見鞦韆侣。　緑索紅旗雙綵柱〔三〕。行人只得偷回顧。腸斷樓南金鎖户〔四〕。天欲暮。流鶯飛到鞦韆處。（又見《醉翁琴趣外篇》卷二、《歷代詩餘》卷四二。）

【注釋】

〔一〕「紅粉」句：白居易《府中夜賞》：「白粉墻頭花半出。」

〔二〕和：連帶，伴隨。　驚絮：即柳絮。驚，喻其紛亂無緒。庾信《詠畫屏風》：「細塵障路起，驚花亂眼飄。」

〔三〕緑索：緑色鞦韆索。　綵柱：鞦韆架，飾以綵綢或綵繪，故稱。宗懔《荆楚歲時記》杜公瞻注引《古今藝術圖》：「鞦韆，本北方山戎之戲，以習輕趫者。後中國女子學之，乃以綵繩懸木立架，士女炫服坐立其上，推引之。」

〔四〕金鎖户：配以金鎖之門，代指富貴之家。馮延巳《菩薩蠻》：「沉沉朱户横金鎖，紗窗月影隨花過。」

【附録】

楊慎《詞品》卷二：陸放翁詩云：「鞦韆旗下一春忙。」歐陽公《漁家傲》云：「隔墻遥見鞦韆侣。緑索紅旗雙綵柱。」李元膺《鷓鴣天》云：「寂寞鞦韆兩繡旗。」予嘗命畫工作《寒食士女圖》，鞦韆架作兩繡旗，人多駭之。蓋未見三公之詩詞也。

又①

妾本錢塘蘇小妹〔一〕。芙蓉花共門相對。昨日爲逢青傘蓋〔二〕。慵不采〔三〕。今朝斗覺凋零噉②〔四〕。　愁倚畫樓無計奈〔五〕。亂紅飄過秋塘外。料得明年秋色在。香可愛。其如鏡裏花顔改③〔六〕。（又見《醉翁琴趣外篇》卷二、《歷代詩餘》卷四二。）

【校記】

①《歷代詩餘》調下注：「采蓮詞五首。」（即「妾本錢塘」、「花底忽聞」、「葉有清風」、「荷葉田田」、「粉蕊丹青」五首） ②斗：《醉翁琴趣外篇》、陳珊本、孝思堂本、惇叙堂本、衡本作「陡」。 零：《醉翁琴趣外篇》作「凌」。 嚥：衡本作「曬」，陳珊本、《歷代詩餘》作「煞」。 ③顔改：《醉翁琴趣外篇》作「難在」。

【注釋】

〔一〕蘇小妹：即蘇小小。郭茂倩《樂府詩集》卷八五引《樂府廣題》：「蘇小小，錢塘名倡也，蓋南齊時人。」後多代指美女。白居易《和春深》：「杭州蘇小小，人道最夭斜。」

〔二〕青傘蓋：指荷葉。

〔三〕慵：困倦，懶惰。

〔四〕斗覺：即陡覺、頓覺。 嚥：亦作殺、煞，表示程度，即非常、甚之義。柳永《迎春樂》：「近來憔悴人驚怪，爲别後、相思煞。」

〔五〕無計奈：無計可施，無可奈何。隋侯夫人《自感》：「庭花方爛熳，無計奈春何。」

〔六〕其如：怎奈，無奈。白居易《初著刺史緋答友人見贈》：「徒使花袍紅似火，其如蓬鬢白成絲。」

【附録】

張德瀛《詞徵》卷三：嚥，《説文》：暴也。歐陽永叔《漁家傲》詞「今朝陡覺凋零嚥」，斗與陡同，猝然也。

又①

花底忽聞敲兩槳。逡巡女伴來尋訪②〔一〕。酒盞旋將荷葉當③〔二〕。蓮舟蕩。時時盞裏生紅浪〔三〕。　花氣酒香清廝釀〔四〕。花腮酒面紅相向。醉倚緑陰眠一餉④〔五〕。驚起望。船頭閣在沙灘上〔六〕。（又見《醉翁琴趣外篇》卷二、《精選古今詩餘醉》卷一二、《歷代詩餘》卷四二。）

【校記】

①《精選古今詩餘醉》題作「蓮女」。　②尋：字下注：「一作『相』。」　③將：《醉翁琴趣外篇》作「傾」。　④餉：孝思堂本、惇叙堂本、衡本、《歷代詩餘》作「晌」。

【注釋】

〔一〕逡巡：迅速，頃刻之間。元稹《感夢》：「逡巡急吏來，呼唤願且止。」

〔二〕「酒盞」句：殷英童《采蓮曲》：「藕絲牽作縷，蓮葉捧成杯。」　旋將：即漫將。

〔三〕「蓮舟」二句：李群玉《望月懷友》：「酒花蕩漾金尊裏，棹影飄飖玉浪中。」

〔四〕廝釀：相互醖釀，相互滲透。廝，相互、共同。

〔五〕一餉：片刻。

〔六〕閣：同「擱」。

【附録】

樓儼《洗硯齋集·書曹冠詞後》：猶記歐公《蝶戀花》（按當爲《漁家傲》）詞：「酒盞旋將荷葉當。蓮花蕩，時時盞裏生紅浪。」花氣酒香，如揲紙上，荷花亦何幸，而見知於六一乎？頓使花腮酒面一時生色。

《草堂詩餘別集》卷三沈際飛評：亞於「瀏鶒」句，亦冷。

沈曾植《菌閣瑣談》：歐公詞好用「厮」字，《漁家傲》之「花氣酒香皆厮釀」、「蓮子與人長厮類」、「誰厮惹」，皆是也。山谷亦好用此字。

又

葉有清風花有露。葉籠花罩鴛鴦侶①。白錦頂絲紅錦羽〔一〕。蓮女妒。驚飛不許長相聚〔二〕。　日脚沉紅天色暮〔三〕。青凉傘上微微雨②〔四〕。早是水寒無宿處③〔五〕。須回步。枉教雨裏分飛去。（又見《醉翁琴趣外篇》卷二、《全芳備祖》前集卷一一、《歷代詩餘》卷四二。）

【校記】

①葉：《全芳備祖》作「蕖」。　②青：毛本作「清」。　③「早是」句：《全芳備祖》作「莫教香臉重相顧」。

【注釋】

〔一〕頂絲：禽鳥頭頂所生細長羽毛。劉象《鷺鷥》：「潔白孤高生不同，頂絲清軟冷摇風。」

〔二〕「蓮女」二句：胡玢《巢燕》：「妒爾長雙飛，打爾危巢破。」

〔三〕日脚：日光穿過雲隙所射光綫。岑參《送李司諫歸京》：「雨過風頭黑，雲開日脚黄。」

〔四〕青涼傘：宋代貴胄所用傘形儀仗。周煇《清波雜志》卷二：「京城士庶舊通用青涼傘。大中祥符五年，唯許親王用之，餘並禁止。六年，始許中書樞密院依舊用傘出入。」此處喻荷葉。

〔五〕早是：本是，已是。李中《春夕偶作》：「早是春愁觸目生，那堪春夕酒初醒。」

又①

荷葉田田青照水②〔一〕。孤舟挽在花陰底。昨夜蕭蕭疏雨墜③。愁不寐。朝來又覺西風起。　雨擺風摇金蕊碎。合歡枝上香房翠〔二〕。蓮子與人長厮類〔三〕。無好意〔四〕。年年苦在中心裏④〔五〕。（又見《醉翁琴趣外篇》卷二、《全芳備祖》前集卷一一、《古今詞統》卷一〇、《歷代詩餘》卷四二。）

【校記】

①《古今詞統》題作「蓮花」。②青：吴本作「清」。③蕭蕭：《全芳備祖》作「瀟瀟」。④苦：《全芳備祖》作「共」。中心：陳珊本、《全芳備祖》作「心中」。

【注釋】

〔一〕田田：蓮葉盛密貌。古樂府《江南》：「江南可采蓮，蓮葉何田田。」

〔二〕合歡枝：此處謂雙頭蓮，又名同心蓮。韋莊《合歡蓮花》：「空留萬古香魂在，結作雙葩合一枝。」香房：即蓮房。

〔三〕厮類：相類，相似。

〔四〕意：諧音「薏」，蓮心。陸璣《毛詩草木鳥獸蟲魚疏》：「蓮，青皮裏白，子爲的，的中有青，長三分如鉤，爲薏，味甚苦。故俚語曰『苦如薏』是也。」

〔五〕「年年」句：以蓮心喻人心。李群玉《寄人》：「莫嫌一點苦，便擬棄蓮心。」皇甫松《竹枝》：「劈開蓮子苦心多。」

【附録】

沈曾植《菌閣瑣談》：歐公詞好用「厮」字，《漁家傲》之「花氣酒香皆厮釀」、「蓮子與人長厮類」、「誰厮惹」，皆是也。山谷亦好用此字。

又①

葉重如將青玉亞〔一〕。花輕疑是紅綃掛〔二〕。顏色清新香脱灑〔三〕。堪長價〔四〕。牡丹怎得稱王者〔五〕。　雨筆露牋匀彩畫。日爐風炭薰蘭麝〔六〕。天與多情絲一把〔七〕。誰厮惹〔八〕。千條萬縷縈心下。（又見《醉翁琴趣外篇》卷二、《精選古今詩餘醉》卷一三、《古今詞統》卷一〇。）

【校記】

①《古今詞統》題作「蓮花」。《精選古今詩餘醉》題作「詠蓮」。

【注釋】

〔一〕亞：低俯。杜甫《上巳日徐司録林園宴集》：「鬢毛垂領白，花蕊亞枝紅。」

〔二〕紅綃：紅色綢紗。

〔三〕脱灑：清逸高遠。

〔四〕長價：提高聲價。李白《與韓荆州書》：「庶青萍結緑，長價於薛卞之門。」

〔五〕「牡丹」句：皮日休《牡丹》：「落盡殘紅始吐芳，佳名喚作百花王。」

〔六〕日爐風炭：賈誼《鵩鳥賦》：「且夫天地爲爐兮，造化爲工；陰陽爲炭兮，萬物爲銅。」

〔七〕絲：諧音「思」。

〔八〕厮惹：相惹，招惹。

【附録】

楊慎《詞品》卷二：歐陽公詠蓮花《漁家傲》云：「葉重如將青玉亞。（略）」又云：「楚國纖腰元自瘦。（略）」前首工緻，後首情思兩極，古今蓮詞第一也。

《草堂詩餘别集》卷三沈際飛評：奇麗諦詳，蓮詞允推永叔。　又：同叔詞：「蓮葉層層張絲傘，蓮房個個垂金盞，一把藕絲牽不斷。」略相當。

卓人月《古今詞統》卷一〇：此首工緻。

沈曾植《菌閣瑣談》：歐公詞好用「斷」字，《漁家傲》之「花氣酒香皆厮釀」、「蓮子與人長厮類」、「誰厮惹」，皆是也。山谷亦好用此字。

又①

粉蕊丹青描不得②〔一〕。金針綫綫功難敵③〔二〕。誰傍暗香輕采摘④。風淅淅〔三〕。船頭觸散雙鸂鶒〔四〕。　夜雨染成天水碧⑤〔五〕。朝陽借出烟脂色⑥。欲落又開人共惜。秋氣逼⑦。盤中已見新荷的⑧〔六〕。（又見《醉翁琴趣外篇》卷二、《全芳備祖》後集卷二、《精選古今詩餘醉》卷一三、《歷代詩餘》卷四二。）

【箋證】

此首別作晏殊詞，見明吳訥《唐宋名賢百家詞》本《珠玉詞》。又《全芳備祖》作晏幾道詞，然諸本《小山詞》皆無，當非晏幾道作。《全宋詞》於晏殊、歐陽修下俱收録。

【校記】

①毛本調下注：「一刻同叔。」《精選古今詩餘醉》題作「詠蓮」。　②粉蕊：《珠玉詞》作「彩筆」，《全芳備祖》作「粉筆」。　不：《珠玉詞》、《全芳備祖》作「未」。　③綫綫：《珠玉詞》、《全芳備

祖》作「綵綫」。④香：《全芳備祖》作「叢」。⑤碧：《全芳備祖》作「質」。⑥借：《全芳備祖》作「烘」。⑦氣：陳珊本、吴本作「風」。⑧荷：《醉翁琴趣外篇》、《珠玉詞》、《全芳備祖》作「蓮」。　的：毛本、陳珊本、《歷代詩餘》作「菂」。

【注釋】

〔一〕「粉蕊」句：吴融《綿竹山四十韻》：「丹青畫不成，造化供難足。」

〔二〕金針：刺繡之針。劉言史《看山木瓜花》：「深藏數片將歸去，紅縷金針繡取看。」

〔三〕淅淅：風聲。杜甫《秋風》：「秋風淅淅吹巫山，上牢下牢修水關。」

〔四〕鸂鶒：水鳥名，形似鴛鴦而稍大，多紫色，亦稱「紫鴛鴦」。李紳《憶西湖雙鸂鶒》：「雙鸂鶒。錦毛爛斑長比翼。」

〔五〕天水碧：淺青色。《五國故事》卷上：「天水碧，因煜之内人染碧，夕露於中庭，爲露所染，其色特好，遂名之。」

〔六〕「盤中」句：温庭筠《織錦詞》：「碧池已有新蓮子。」　盤：即蓮蓬。　的：即「菂」，蓮子。

【附録】

《草堂詩餘别集》卷三沈際飛評：婉約風華。　又：嬌冷。

又①

幽鷺謾來窺品格②〔一〕。雙魚豈解傳消息〔二〕。緑柄嫩香頻采摘。心似織〔三〕。條條不斷誰牽役〔四〕。　珠淚暗和清露滴③。羅衣染盡秋江色④〔五〕。對面不言情脉脉〔六〕。烟水隔〔七〕。無人説似長相憶〔八〕。（又見《醉翁琴趣外篇》卷二、《歷代詩餘》卷四二。）

【箋證】

此首别作晏殊詞，見明吴訥《唐宋名賢百家詞》本《珠玉詞》，《歷代詩餘》同之。《全宋詞》於晏殊、歐陽修下俱收録。

【校記】

①毛本删去此詞。②謾：《珠玉詞》、吴本、《歷代詩餘》作「慢」。③珠：《珠玉詞》、《歷代詩餘》作「粉」。④盡：《歷代詩餘》作「就」。

【注釋】

〔一〕「幽鷺」句：杜牧《晚晴賦》：「白鷺潛來兮，邈風標之公子；窺此美人兮，如慕悦其容媚。」謾：枉然、徒然。杜甫《絶句》：「謾道春來好，狂風大放顛。」

〔二〕「雙魚」句：謂音信阻隔。　雙魚：古人有鯉魚傳書之説，古樂府《飲馬長城窟行》：「客從遠方來，遺我雙鯉魚。呼兒烹鯉魚，中有尺素書。」

〔三〕心似織：心緒紛亂不寧。皎然《浮雲》：「嗟我懷人，憂心如織。」

〔四〕牽役：即牽引，此處謂牽動情思。顧敻《獻衷心》：「幾多心事，暗地思惟。被嬌娥牽役，魂夢如癡。」

〔五〕「羅衣」句：李賀《河陽歌》：「染羅衣，秋藍難著色。」魏承班《菩薩蠻》：「羅裾薄薄秋波染。」

〔六〕脉脉：情深而無語。古詩《迢迢牽牛星》：「盈盈一水間，脉脉不得語。」

〔七〕烟水隔：元稹《寄贈薛濤》：「别後相思隔烟水，菖蒲花發五雲高。」魏承班《謁金門》：「獨坐思量愁似織，斷腸烟水隔。」

〔八〕説似：説與。長相憶：古樂府《飲馬長城窟行》：「上言加餐飯，下言長相憶。」

又①

楚國細腰元自瘦②〔一〕。文君膩臉誰描就③〔二〕。日夜鼓聲催箭漏〔三〕，昏復晝，紅顔豈得長如舊④。　醉折嫩房紅蕊嗅⑤〔四〕。天絲不斷清香透⑥〔五〕。却傍小欄凝望久⑦。風滿袖。西池月上人歸後。（又見《醉翁琴趣外篇》卷二、《精選古今詩餘醉》卷一三、《古今詞統》卷一〇、《歷代詩餘》卷四二。）

【箋證】　此首别作晏殊詞，見明吴訥《唐宋名賢百家詞》本《珠玉詞》，《精選古今詩餘醉》、《歷代詩餘》同之。《全宋詞》於晏殊、歐陽修下俱收録。

【校記】

①毛本删去此詞。《古今詞統》題作「蓮花」。《精選古今詩餘醉》題作「采蓮」。　②細：《古今

詞統》作「纖」。③膩臉：吴本作「臉膩」。④如：《歷代詩餘》作「依」。⑤拆：陳珊本、孝思堂本、惇叙堂本、吴本、《珠玉詞》、《古今詞統》、《歷代詩餘》作「折」。紅：《珠玉詞》、《古今詞統》、《歷代詩餘》作「和」。⑥天：《古今詞統》作「柔」。⑦傍：《古今詞統》作「倚」。

【注釋】

〔一〕楚國細腰：《韓非子·二柄》：「楚靈王好細腰，而國中多餓人。」

〔二〕文君：即卓文君，漢臨邛富商卓王孫女，好音律，新寡家居。司馬相如過飲於卓氏，以琴心挑之，文君夜奔相如，同馳歸成都。後世多以文君代指美女。喬知之《倡女行》：「文君正新寡，結念在歌倡。」

〔三〕鼓聲：晨鼓之聲。　箭漏：即漏壺，古代計時器。箭，漏壺中部件，用以標記時刻。《後漢書·律曆志》：「孔壺爲漏，浮箭爲刻，下漏數刻，以考中星。」

〔四〕「醉拆」句：王仁裕《開元天寶遺事》卷下：「上親折一枝與妃子，遞嗅其艷。帝曰：『不惟萱草忘憂，此花香艷尤能醒酒。』」李煜《浣溪沙》：「酒惡時拈花蕊嗅。」

〔五〕天絲：本指蜘蛛等昆蟲所吐之絲，此處指藕絲。庾信《梁東宮行雨山銘》：「天絲劇藕，蝶粉多塵。」

【附録】

楊慎《詞品》卷二：歐陽公詠蓮花《漁家傲》云：「葉重如將青玉亞。（略）」又云：「楚國纖腰元自瘦。（略）」前首工緻，後首情思兩極，古今蓮詞第一也。

《草堂詩餘别集》卷三沈際飛評：言下神領意得。

卓人月《古今詞統》卷一〇：情思兩極，古今蓮詞第一手。

又七夕①

喜鵲填河仙浪淺②〔一〕。雲軿早在星橋畔③〔二〕。街鼓黄昏霞尾暗④〔三〕。炎光斂〔四〕。金鈎側倒天西面⑤〔五〕。　一别經年今始見。新歡往恨知何限〔六〕。天上佳期貪眷戀。良宵短。人間不合催銀箭〔七〕。（又見《醉翁琴趣外篇》卷二、《歷代詩餘》卷四二。）

【校記】

①毛本無題。《歷代詩餘》調下注：「七夕三首。」（即「喜鵲填河」、「乞巧樓頭」、「别恨長長」三首）

②喜：《歲時廣記》作「烏」。③軿：《醉翁琴趣外篇》作「屏」。　畔：《醉翁琴趣外篇》作「伴」。

④尾：曾弘本作「影」。　暗：卷末校：「一作『亂』。」⑤倒：《醉翁琴趣外篇》作「卧」。

【注釋】

〔一〕喜鵲填河：韓鄂《歲華紀麗》卷三引《風俗通義》：「織女七夕當渡河，使鵲爲橋。」庾肩吾《七夕》：「倩語雕陵鵲，填河未可飛。」　仙浪淺：古詩《迢迢牽牛星》：「河漢清且淺，相去復幾許。」

〔二〕雲軿：神仙所乘之車。以雲爲之，故稱。此處謂織女渡河之車。劉憲《奉和七夕宴兩儀殿應制》：「更深移月鏡，河淺度雲軿。」　星橋：即鵲橋。庾信《七夕》：「星橋通漢使，機石逐仙槎。」

〔三〕霞尾：即殘霞。宋祁《對月》：「林梢霞尾暗，海面月華新。」

〔四〕炎光斂：謂日色漸收。蕭綱《和林下妓應令》：「炎光向夕斂，促宴臨前池。」

〔五〕金鈎：喻彎月。七夕之夜，月爲上弦，其弧在右，其形如鈎。

〔六〕「新歡」句：白居易《陵園妾》：「年月多，時光换，春愁秋思知何限。」

〔七〕不合：不應，不該。白居易《對鏡吟》：「眼前有酒心無苦，只合歡娱不合悲。」　銀箭：即漏箭，代指時間。江總《雜曲》：「虬水銀箭莫相催。」武平一《夜宴安樂公主宅》：「唯愁銀箭曉相催。」

【附録】

陳元靚《歲時廣記》卷二六：《淮南子》：「烏鵲填河成橋而渡織女。」庾肩吾《七夕》詩云：「寄語雕陵鵲，填河未可飛。」歐陽公詞云：「烏鵲填河仙浪淺，雲軿早在星橋畔。」

龍榆生《唐宋名家詞選》引夏敬觀語：七夕詞三闋，意皆不複，此詞選韻尤新。

朱庸齋《分春館詞話》卷五：宋人七夕詞多，北宋總勝於南宋，亦因南宋過於刻意費力之故。六一《漁家傲》三闋，當是七夕聯章之作。所詠極工，但似只爲七夕而作，無作者本人在其中。

又①

乞巧樓頭雲幔卷〔一〕。浮花催洗嚴妝面〔二〕。花上蛛絲尋得遍〔三〕。顰笑淺②。雙眸望月牽紅綫〔四〕。　奕奕天河光不斷〔五〕。有人正在長生殿〔六〕。暗付金釵清夜半〔七〕。千秋願。年年此會長相見。（又見《醉翁琴趣外篇》卷二、《歷代詩餘》卷四二。）

【校記】

①《醉翁琴趣外篇》題作「七夕」。　②顰：《醉翁琴趣外篇》作「頻」。

【注釋】

〔一〕乞巧樓：孟元老《東京夢華録》卷八：「至（七月）初六日七日晚，貴家多結綵樓於庭，謂之乞巧樓。」　雲幔：輕柔幃帳。

〔二〕浮花：水面花瓣，用於沐髮濯面。北齊崔氏《靧面辭》：「取紅花，取白雪，與兒洗面作光悦。」一説謂水上浮。孟元老《東京夢華録》卷八「七夕」：「禁中及貴家與士庶爲時物追陪。又以黄蠟鑄爲鳬、雁、鴛鴦、鸂鶒、龜、魚之類，彩畫金縷，謂之『水上浮』。」　嚴妝：整妝。古詩《爲焦仲卿妻作》：「鷄鳴外欲曙，新婦起嚴妝。」

〔三〕花上蛛絲：王仁裕《開元天寶遺事》卷下：「時宫女輩陳瓜花酒饌列於庭中，求恩於牽牛、織女星也。又各捉蜘蛛於小合中，至曉開視蛛網稀密，以爲得巧之候。密者言巧多，稀者言巧少。

民間亦效之。」

〔四〕紅綫：李復言《續玄怪録》卷四載：唐韋固旅次宋城。遇一老人倚囊坐階上，向月檢書。因問囊中何物，曰「赤繩子耳，以繫夫妻之足。及其生，則潛用相繫，雖仇敵之家，貴賤懸隔，天涯從宦，吴楚異鄉，此繩一繫，終不可逭。」

〔五〕「奕奕」句：温庭筠《七夕》：「微光奕奕凌天河。」奕奕：陳元靚《歲時廣記》卷二七引周處《風土記》：「或云見天漢中有奕奕白氣，或光耀五色。」

〔六〕長生殿：李吉甫《元和郡縣圖志》卷一：「華清宫，在驪山上。開元十一年，初置温泉宫，天寶六年改爲華清宫。又造長生殿，名爲集靈臺，以祀神也。」王仁裕《開元天寶遺事》卷下：「帝與貴妃每至七月七日夜，在華清宫遊宴。」白居易《長恨歌》：「七月七日長生殿，夜半無人私語時。」

〔七〕暗付金釵：用唐明皇楊貴妃事。白居易《長恨歌》：「唯將舊物表深情，鈿合金釵寄將去。釵留一股合一扇，釵擘黄金合分鈿。但教心似金鈿堅，天上人間會相見。」

又①

別恨長長歡計短〔一〕。疏鐘促漏真堪怨〔二〕。此會此情都未半〔三〕。星初轉〔四〕。鸞琴鳳樂匆匆卷②〔五〕。　河鼓無言西北盼③。香蛾有恨東南遠④〔六〕。脉脉横波珠淚滿〔七〕。歸心亂。離腸便逐星橋斷〔八〕。（又見《醉翁琴趣外篇》卷二、《歷代詩餘》卷四二。）

【校記】

①《醉翁琴趣外篇》題作「七夕」。②樂：《歷代詩餘》作「管」。③鼓：《歲時廣記》作「漢」。④香：《歲時廣記》作「星」。

【注釋】

〔一〕别恨長長：劉商《送女子》：「青娥宛宛聚爲裳，烏鵲橋成别恨長。」歡計：歡會。柳永《剔銀燈》：「漸漸園林明媚，便好安排歡計。」

〔二〕疏鐘促漏：鐘聲稀疏，漏聲急促。代指時光流逝。李商隱《促漏》：「促漏遥鐘動静聞。」

〔三〕「此會」句：崔液《踏歌詞》：「樂笑暢歡情，未半著天明。」

〔四〕星初轉：星斗位置發生變化，謂夜欲盡，天將曉。元稹《欲曙》：「片月低城堞，稀星轉角樓。」

〔五〕卷：收斂，結束。

〔六〕「河鼓」二句：陸機《擬迢迢牽牛星》：「牽牛西北迴，織女東南顧。」河鼓：即牽牛星。《太平御覽》卷六引《大象列星圖》：「河鼓三星，在牽牛北。……昔傳牽牛織女七月七日相見者，則此是也。故《爾雅》云：『河鼓謂之牽牛。』」盻：《説文》：「盻，恨視也。」牛郎心有離恨，故云。香蛾：古時以蠶蛾觸鬚喻女子彎眉，故有「蛾眉」、「香蛾」之稱。《詩經·衛風·碩人》：「齒如瓠犀，螓首蛾眉。」戎昱《送零陵妓》：「寶鈿香蛾翡翠裙。」此處指織女。

〔七〕「脉脉」句：王筠《秋夜》：「愁縈翠羽眉，淚滿横波目。」横波：眼神流動如波。傅毅《舞賦》：「眉連娟以增繞兮，目流睇而橫波。」

〔八〕星橋：即鵲橋。李商隱《七夕》：「鸞扇斜分鳳幄開，星橋橫過鵲飛迴。」

【附録】

陳元靚《歲時廣記》卷二六：《夏小正》：「七月初昏，織女正東向。」沈休文《七夕》詩云：「牽牛西北回，織女東南顧。」歐陽公七夕詞云：「河漢無言西北盼，星娥有恨東南遠。」

又①

九日歡遊何處好。黃花萬蕊雕欄遶〔一〕。通體清香無俗調〔二〕。天氣好②。烟滋露結功多少。日脚清寒高下照〔三〕。寶釘密綴圓斜小〔四〕。落葉西園風裊裊。催秋老。叢邊莫厭金樽倒。（又見《醉翁琴趣外篇》卷二、《歷代詩餘》卷四二。）

【校記】

①《醉翁琴趣外篇》題作「重陽」。《歷代詩餘》調下注「菊花四首」（即「九日歡遊」、「青女霜前」、「露裛嬌黃」、「對酒當歌」四首）。②好：《醉翁琴趣外篇》作「巧」。

【注釋】

〔一〕黃花：即菊花。《禮記·月令》：「（季秋之月）鞠有黃華。」

〔二〕通體：全身，渾身。齊己《渚宮西城池上居》：「鷺鷥通體格非低。」無俗調：格調高雅。陶淵明《答龐參軍》：「談諧無俗調，所説聖人篇。」

〔三〕日脚：見本調（葉有清風花有露）注〔三〕。

〔四〕寶釘：菊花圓形而小，密集綻放，狀若叢釘。唐太宗《秋日翠微宫》：「側陣移鴻影，圓花釘菊叢。」

又

青女霜前催得綻〔一〕。金鈿亂散枝頭遍〔二〕。落帽臺高開雅宴①〔三〕。芳樽滿。挼花吹在流霞面〔四〕。　桃李三春雖可羡②〔五〕。鶯來蝶去芳心亂。争似仙潭秋水岸③〔六〕。香不斷。年年自作茱萸伴〔七〕。（又見《醉翁琴趣外篇》卷二、《歷代詩餘》卷四二。）

【校記】

①雅：曾弘本作「綺」。　②雖：《醉翁琴趣外篇》作「誰」，吴本作「須」。　③仙：吴本作「山」。

【注釋】

〔一〕青女：掌管霜雪之神。《淮南子·天文訓》：「至秋三月，地氣不藏，乃收其殺，百蟲蟄伏，静居閉户，青女乃出，以降霜雪。」楊億《梨》：「九秋青女霜添味，五夜方諸月溜津。」

〔二〕金鈿：喻菊花。陸龜蒙《引泉詩》：「嵐盤百萬髻，上插黄金鈿。」　雅宴：宴席之美稱。見《減字木蘭花》（畫堂雅宴）注〔一〕。

〔三〕落帽：形容灑脱不拘。《晋書·孟嘉傳》：「（嘉）後爲征西桓温參軍，温甚重之。九月九日，温燕龍山，僚佐畢集。時佐吏並著戎服，有風至，吹嘉帽墮落，嘉不之覺。温使左右勿言，欲觀其舉止。嘉良久如厠，温令取還之，命孫盛作文嘲嘉，著嘉坐處。嘉還見，即答之，其文甚美，四坐嗟歎。」

〔四〕「挼花」句：謂采摘菊花浸於酒中。挼：揉搓、摩搓。馮延巳《謁金門》：「手挼紅杏蕊。」流霞：指美酒。葛洪《抱朴子·祛惑》：「及到天上，先過紫府，金床玉几，晃晃昱昱，真貴處也。仙人但以流霞一杯與我，飲之輒不飢渴。」李商隱《武夷山》：「只得流霞酒一杯。」

〔五〕「桃李」句：劉禹錫《答樂天所寄詠懷且釋其枯樹之歎》：「莫羨三春桃與李。」三春：陰曆正月爲孟春，二月爲仲春，三月爲季春，合稱三春。

〔六〕「争似」句：張正見《賦得岸花臨水發》：「别有仙潭菊，含芳獨向秋。」争似：怎似。

〔七〕「年年」句：菊花、茱萸皆爲重陽清供，故云。馮延巳《抛球樂》：「莫厭登高白玉杯，茱萸微綻菊花開。」

又

露裛嬌黄風擺翠〔一〕。人間晚秀非無意〔二〕。仙格淡妝天與麗〔三〕。誰可比。女真裝束真相似①〔四〕。　筵上佳人牽翠袂。纖纖玉手挼新蕊〔五〕。美酒一杯花影膩。邀客醉。紅瓊共作熏熏媚〔六〕。（又見《醉翁琴趣外篇》卷二、《歷代詩餘》卷四二。）

【校記】

①裝：吴本作「妝」。

【注釋】

〔一〕露裛：陶淵明《飲酒》：「秋菊有佳色，裛露掇其英。」裛，沾濕。

〔二〕晚秀：謝惠連《連珠》：「秋菊晚秀，無憚繁霜。」

〔三〕「仙格」句：劉禹錫《和令狐相公玩白菊》：「仙人披雪氅，素女不紅妝。」仙格：即神仙品流。吴筠《神仙可學論》：「伯夷叔齊、曾參孝己……如此之流，咸入仙格。」此處喻菊花清雅。

〔四〕女真：女道士，多著黄冠素服。殷堯藩《宫人入道》：「鉀却宫妝錦繡衣，黄冠素服製相宜。」鄭谷《黄鶯》：「應爲能歌繫仙籍，麻姑乞與女真衣。」此處形容菊花嫩黄素雅。

〔五〕「纖纖」句：馮延巳《謁金門》：「閑引鴛鴦芳徑裏，手挼紅杏蕊。」挼：揉搓。

〔六〕紅瓊：紅色美玉，此處喻佳人醉顔。庾信《杏花》：「好折待賓客，金盤襯紅瓊。」鮑溶《懷尹真人》：「羽人杏花發，倚樹紅瓊顔。」熏熏：即醺醺，酣醉貌。

又

對酒當歌勞客勸〔一〕。惜花只惜年華晚。寒艷冷香秋不管〔二〕。情眷眷〔三〕。凭欄盡日愁無限。　思抱芳期隨塞雁①〔四〕。　悔無深意傳雙燕〔五〕。　悵望一枝難寄遠〔六〕。　人不見。樓頭望斷相思眼。（又見《醉翁琴趣外篇》卷二、《歷代詩餘》卷四二。）

【箋證】

以上四首皆重陽詠菊之作，或作於嘉祐年間，歐陽修時居京師，任翰林學士、史館修撰，主修《唐書》，並於嘉祐五年（一〇六〇）十一月拜樞密副使。

歐陽修汴京居所名西齋。閑暇之時，歐陽修多種菊花於其中，頗得賞會之樂。如嘉祐二年（一〇五七）九月，歐陽修有《西齋手植菊花過節始開偶書奉呈聖俞》詩云：「我有一尊酒，念君思共倒。上浮黄金蕊，送以清歌臯。爲君發朱顏，可以却君老。」梅堯臣、韓維皆有和詩。又嘉祐五年（一〇六〇）重陽前後，歐陽修與諸公數作西齋賞菊之會。如《西齋小飲贈别陝州沖卿學士》詩：「今日胡不樂，衆賓會高堂。坐中瀛洲客，新佩太守章。豈無芳尊酒，笑語共一觴。亦有嘉菊叢，新苞弄微黄。」劉敞亦有《九月八日晚會永叔西齋》詩：「醉翁手種菊，呼我宴西齋。落日有餘興，窮秋多所懷。緩歌揮白羽，趣舞墮金釵。烏帽何勝落，黄花故自佳。」歐陽修作詩答之：「我歌君當和，我酌君勿辭。艷艷庭下菊，與君吟繞之。擷其黄金蕊，泛此白玉卮。」（《奉答原甫九月八日見過會飲之作》）以上諸詩，與此四首重陽詠菊之詞意多相合。又嘉祐六年（一〇六一），歐陽修有《與王懿敏公仲儀書》云：「弊齋有菊數叢，去歲自開便邀諸公，比過重陽，凡作數會。」亦可見當時賞菊歡遊之頻。

【校記】

①塞雁：卷末「又續添」校：「一作『去雁』。」天理本、宫内本同，慶元本無。

【注釋】

〔一〕對酒當歌：曹操《短歌行》：「對酒當歌，人生幾何。」

〔二〕寒艷冷香：菊花於秋日綻放，故云。王建《野菊》：「晚艷出荒籬，冷香著秋水。」

〔三〕眷眷：依戀貌。王粲《登樓賦》：「情眷眷而懷歸兮，孰憂思之可任。」

〔四〕芳期：春日花開時節。文彦博《詩答鄆州分司李待制許中春寵訪》：「二月芳期近，三臺淑景長。」此處代指相會之期。

〔五〕「悔無」句：用雙燕傳書事。王仁裕《開元天寶遺事》卷下《傳書燕》：「長安豪民郭行先，有女子紹蘭，適巨商任宗，爲賈於湘中，數年不歸，復音信不達。紹蘭目睹堂中有雙燕戲於梁間，蘭長吁而語於燕曰：『我聞燕子自海東來，往復必經由於湘中。我婿離家不歸數歲，蔑有音耗，生死存亡弗可知也，欲憑爾附書授於我婿。』言訖淚下，燕子飛鳴上下，似有所諾。蘭復問曰：『爾若相允，當泊我懷中。』燕遂飛於膝上。蘭遂吟詩一首云：『我婿去重湖，臨窗泣血書。慇懃憑燕翼，寄與薄情夫。』蘭遂小書其字，繫於足上，燕遂飛鳴而去。任宗時在荆州，忽見一燕飛鳴於廳上，宗訝視之，燕遂泊於肩上，見有一小封書繫在足上。宗解而視之，乃妻所寄之詩。宗感而泣下，燕復飛鳴而去。」

〔六〕「悵望」句：用陸凱寄梅事。《太平御覽》卷九七〇引《荆州記》：「陸凱與范曄相善，自江南寄梅花一枝詣長安與曄，并贈花詩曰：『折花逢驛使，寄與隴頭人。江南無所有，聊贈一枝春。』」

玉樓春①題上林後亭

風遲日媚烟光好。緑樹依依芳意早。年華容易即凋零，春色只宜長恨少。池塘隱隱驚雷曉〔一〕。柳眼未開梅蕚小〔二〕。樽前貪愛物華新〔三〕，不道物新人漸老〔四〕。（又見《醉翁琴趣外篇》卷五、《樂府雅詞》卷上、《花草粹編》卷六、《歷代詩餘》卷三一。）

【箋證】

此詞作於天聖九年（一〇三一）至景祐元年（一〇三四）間，歐陽修時爲西京（今河南洛陽）留守推官，居洛陽。

上林，即上林院，東漢皇家苑囿上林苑遺址所在地。《嘉慶重修一統志》卷二〇六《河南府》：「上林苑，在洛陽縣東，故洛陽城西，後漢時所置。永平十五年，車騎較獵上林苑。桓帝時屢幸焉。」至宋乃爲寺院。歐陽修居洛期間，常與謝絳、梅堯臣等遊於寺院後亭，有《陪飲上林院後亭見櫻桃花悉已披謝因成七言四韻》、《春日獨遊上林院後亭見櫻桃花奉寄希深聖俞仍酬遞中見寄之什》諸詩，可參看。

又陳元靚《歲時廣記》卷七引《古今詞話》云：「慶曆癸未十二月十九日立春，甲申元日，丞相晏元獻公會兩禁於私第，丞相席上自作《木蘭花》以侑觴曰：『東風昨夜回梁苑。（略）』於時坐客皆和，亦不敢改首句『東風昨夜』四字。今得三闋，皆失姓名。」其中所録第三闋爲：「東風昨夜傳歸耗，便覺銀屏寒料峭。年華容易即凋零，春色只宜長恨少。池塘隱隱驚雷曉。柳眼初開梅萼小。樽前貪愛物華新，不道物新人漸老。」此詞與本詞惟起首二句不同，以下諸句大抵無異。按慶曆三年（一〇四三），歐陽修爲諫官，居京師，同年十二月八日，以右正言知制誥，仍供諫院。晏殊於本年十二月會宴兩禁於私第，歐陽修亦當預宴。故《古今詞話》所録之第三闋，當爲歐陽修即席更改本詞而成。

【校記】

①調下注：「一名《木蘭花令》。」毛本調下無題、無注。

【注釋】

〔一〕「池塘」句：李商隱《無題》：「颯颯東風細雨來，芙蓉塘外有輕雷。」隱隱：雷聲，亦作「殷殷」。司馬相如《長門賦》：「雷殷殷而響起兮，聲象君之車音。」

〔二〕柳眼：柳葉初生，如人睡眼初展，故云。元稹《遣春》：「柳眼開渾盡，梅心動已闌。」萼：花瓣下部葉狀緑色小片。

〔三〕「樽前」句：杜甫《曲江陪鄭八丈南史飲》：「自知白髮非春事，且盡芳尊戀物華。」物華：美好景物。

〔四〕不道：不堪，無奈。

又①

西亭飲散清歌闋〔一〕。花外遲遲宮漏發〔二〕。塗金燭引紫騮嘶〔三〕，柳曲西頭歸路別〔四〕。佳辰只恐幽期闊②〔五〕。密贈殷勤衣上結〔六〕。翠屏魂夢莫相尋③，禁斷六街清夜月〔七〕。（又見《醉翁琴趣外篇》卷五、《樂府雅詞》卷上、《類編續選草堂詩餘》卷下、《精選古今詩餘醉》卷三、《歷代詩餘》卷三一。）

【箋證】

此詞《樂府雅詞》題作「上林後亭」，亦當作於西京留守推官任上。

【校記】

①《樂府雅詞》題作「上林後亭」。《類編續選草堂詩餘》、《精選古今詩餘醉》調作《木蘭花》，題作「宴飲」。②辰：《醉翁琴趣外篇》作「晨」，孝思堂本、惇叙堂本作「期」，《類編續選草堂詩餘》作「人」。③魂：原作「槐」，慶元本、宮内本、天理本、《醉翁琴趣外篇》、《樂府雅詞》皆作「魂」，據改。

【注釋】

〔一〕闋：樂曲終止。

〔二〕「花外」句：和凝《宮詞》：「穿花宮漏正遲遲。」宮漏：宮中計時漏刻，參見《蝶戀花》（梨葉初紅蟬韻歇)注〔四〕。

〔三〕塗金燭引：以蠟燭導引行路。劉禹錫《更衣曲》：「博山炯炯吐香霧，紅燭引至更衣處。」塗金燭，飾以金粉之燭，極言其富貴。　紫騮：古駿馬名。《西京雜記》卷二：「文帝自代還，有良馬九匹，皆天下之駿馬也……一名紫燕騮。」李白《采蓮曲》：「紫騮嘶入落花去，見此踟躕空斷腸。」

〔四〕柳曲：花柳叢生之濱，代指遊冶歡會之所。白居易《和元九與呂二同宿話舊感贈》：「争入杏園齊馬首，潛過柳曲鬬蛾眉。」

〔五〕幽期：男女密約之期。劉駿《七夕》：「瞻言媚天漢，幽期濟河梁。」　闊：隔絶，久不相見。獨孤及《送相里郎中赴江西》：「前期儻猶闊，加飯勉自强。」

〔六〕殷勤：情意深重。孫光憲《遐方怨》：「爲表花前意，殷勤贈玉郎。」　衣上結：即同心結，以錦帶編織，狀如連環回文。蕭衍《有所思》：「腰中雙綺帶，夢爲同心結。」劉禹錫《楊柳枝詞》：「如今綰作同心結，將贈行人知不知。」

〔七〕禁斷六街：唐代長安左右六街，夜間有執金吾巡視，以禁夜行。《資治通鑑》卷二〇九唐睿宗景雲元年：「中書舍人韋元徽巡六街。」胡三省注：「長安城中左、右六街，金吾街使主之。左、右金吾將軍，掌晝夜巡警之法，以執禦非違。」彭大翼《山堂肆考》卷八引韋述《西都雜記》：「西都京城街衢有執金吾，曉暝傳呼，以禁夜行。」

【附録】

《草堂詩餘續集》卷下沈際飛評：衣上結，盡密贈之况。　又：禁風不發，禁水不流，禁月不明，唐人句法。

又①

春山斂黛低歌扇〔一〕。暫解吴鈎登祖宴〔二〕。畫樓鐘動已魂銷〔三〕。何況馬嘶芳草岸〔四〕。

青門柳色隨人遠〔五〕。望欲斷時腸已斷②。洛城春色待君來③，莫到落花飛似霰④〔六〕。

（又見《醉翁琴趣外篇》卷五、《樂府雅詞》卷上、《唐宋諸賢絶妙詞選》卷二、《花草粹編》卷六、《類編續選草堂詩餘》卷下、《精選古今詩餘醉》卷三、《詞綜》卷四、《歷代詩餘》卷三一、《宋六十一家詞選》卷一。）

【箋證】

據《彙評》所考，本詞爲送謝絳離洛之作，詞中「畫樓鐘動」一語即引用謝絳《夜行船》詞句「月西斜，畫樓鐘動」。李燾《續資治通鑑長編》景祐元年（一〇三四）三月「開封府判官謝絳」言事後附注：「絳爲府判，乃二月丙午（十五日）也。」則謝絳離洛之時在景祐元年（一〇三四）初，本詞亦當作於此時，又歐陽修同時有《送謝學士歸闕》詩，可參看。

【校記】

①《類編續選草堂詩餘》、《精選古今詩餘醉》調作《木蘭花》。《唐宋諸賢絶妙詞選》題作「别恨」，《類編續選草堂詩餘》、《精選古今詩餘醉》題作「祖宴」。②欲：《詞綜》作「未」。③城：毛本、《詞綜》、《歷代詩餘》作「陽」。④到：《唐宋諸賢絶妙詞選》作「待」。

【注釋】

〔一〕春山：即眉山。李商隱《代贈》：「總把春山掃眉黛，不知供得幾多愁。」牛嶠《菩薩蠻》：「愁匀紅粉淚，眉剪春山翠。」　斂黛：皺眉，歌者於表演之前略皺眉頭，以示莊重。羊士諤《彭州蕭使君出妓夜宴見送》：「自是當歌斂眉黛，不因惆悵爲行人。」　歌扇：古時歌伎常以扇障面而歌，故云歌扇。羅隱《殘花》：「黛斂愁歌扇，妝殘泣鏡臺。」

〔二〕吴鈎：春秋時吴地所産兵器，形似劍而曲，故稱吴鈎。此處代指寶劍。古時離别多以佩劍相贈。杜甫《後出塞》：「少年别有贈，含笑看吴鈎。」　祖宴：古代出行時祭祀路神曰祖，故稱餞别之宴爲祖宴。

〔三〕鐘動：謂晨鐘報曉。

〔四〕馬嘶芳草岸：趙嘏《送權先輩歸覲信安》：「馬嘶芳草渡，門掩百花塘。」韋莊《雜體聯錦》：「寂寂古城道，馬嘶芳岸草。」

〔五〕青門柳色：青門，漢長安城東南門，本名霸城門，因其門色青，又稱「青門」。門外有霸橋，時人多於此折柳送别。岑參《青門歌送東臺張判官》：「青門柳枝正堪折，路傍一日幾人别。」

〔六〕「莫到」句：王維《崔九弟欲往南山馬上口號與别》：「山中有桂花，莫待花如霰。」　霰：雪珠，俗稱米雪、雪籽。《詩經·小雅·頍弁》：「如彼雨雪，先集維霰。」

【附録】

《草堂詩餘續集》卷下沈際飛評：「隨人遠」，妙景。　又：本自屈曲，而但見莊渾。

又①

樽前擬把歸期説。未語春容先慘咽〔一〕。人生自是有情癡〔二〕，此恨不關風與月〔三〕。

離歌且莫翻新闋②〔四〕。一曲能教腸寸結③〔五〕。直須看盡洛城花〔六〕，始共春風容易别。

（又見《醉翁琴趣外篇》卷五、《類編續選草堂詩餘》卷下、《精選古今詩餘醉》卷四、《歷代詩餘》卷三一。）

【箋證】

此詞當爲景祐元年（一〇三四）三月離别洛陽時作，時歐陽修西京留守推官秩滿，此詞即作於離筵之上。

【校記】

①天理本、宫内本、《醉翁琴趣外篇》題作「答周太傅」，然其人已不可考。《類編續選草堂詩餘》、《精選古今詩餘醉》調作《木蘭花》，題作「春恨」。②翻：《醉翁琴趣外篇》作「番」。③寸：《類編續選草堂詩餘》作「萬」。

【注釋】

〔一〕春容：女子容顔。温庭筠《蘇小小歌》：「酒裏春容抱離恨，水中蓮子懷芳心。」慘咽：淒惻哽咽。

〔二〕情癡：深情成癡。《世説新語·紕漏》：「（任育長）嘗行從棺邸下度，流涕悲哀，王丞相聞之曰：『此是有情癡。』」

〔三〕「此恨」句：庾信《擬連珠》：「山河離異，不妨風月關人。」

〔四〕翻：演唱，演奏。皎然《擬長安春詞》：「春期不可定，春曲懶新翻。」

〔五〕「一曲」句：韋莊《應天長》：「別來半歲音書絶，一寸離腸千萬結。」

〔六〕洛城花：謂牡丹。歐陽修《洛陽牡丹記》：「洛陽亦有黄芍藥、緋桃、瑞蓮、千葉李、紅郁李之類，皆不減他出者，而洛陽人不甚惜，謂之果子花，曰某花、某花。至牡丹，則不名，直曰花。其意謂天下真花獨牡丹，其名之著，不假曰牡丹而可知也。」

【附録】

《草堂詩餘續集》卷下沈際飛評：風月特寄情，而非即情，語超然。　又：前詞（按指《玉樓春》「西湖南北烟波闊」）轉語。

潘游龍《精選古今詩餘醉》卷四：有情自癡，何關風月。語極超脱，而意自有寄。

王國維《人間詞話》：永叔「人間自是有情癡，此恨不關風與月。」「直須看盡洛城花，始與東風容易別。」於豪放之中有沉著之致，所以尤高。

顧隨《駝庵詞話》卷五：「人生自是有情癡。（略）」（六一詞《玉樓春》）是純粹抒情，而都是用過一番思想的。「恨」是由於「情癡」，於「風月」無關，即使無風月也一樣恨。「東風」者，春天代表，春不長久也罷，須離别也罷，雖然短，總之還有，不是你（春天）來了麽，則雖是短短幾十天，我還要在這幾十天中拚命的享樂。此非純粹樂觀積極，而是在消極中有積極精神，悲觀中有樂觀態度。人生不過百年，因此而不努力是純粹悲觀，不用說人生短短幾十年，即使還剩一天、一時、一分鐘，只要我有一口氣，在我就要活個樣給你看看，絶不投降，决不氣餒。「洛城花」不但要看，而且要看盡，每園、每樣、每朵、每瓣，看完了，你不是走麽，走吧。

顧隨《駝庵詞話》卷七：於頽唐之中寓有享樂之意。於無可奈何之中，殺出一條生路。

又

洛陽正值芳菲節〔一〕。穠艷清香相間發。游絲有意苦相縈〔二〕，垂柳無端争贈别〔三〕。

杏花紅處青山缺〔四〕。山畔行人山下歇。今宵誰肯遠相隨，惟有寂寥孤館月。（又見《醉翁琴趣外篇》卷五、《樂府雅詞》卷上、《花草粹編》卷六、《歷代詩餘》卷三一。）

【箋證】

此詞同爲景祐元年（一〇三四）三月離洛時作。

【注釋】

〔一〕芳菲節：花木茂盛之時。駱賓王《夏日遊德州贈高四》：「風月芳菲節，物華紛可悦。」唐妓柳氏《答韓翃》：「楊柳枝，芳菲節。可恨年年贈離别。」

〔二〕游絲：蜘蛛等昆蟲所吐之絲，隨風飄蕩空中，故稱。李白《惜餘春賦》：「見游絲之横路，網春暉以留人。」

〔三〕無端：無緣由。

〔四〕「杏花」句：白居易《長安道》：「花枝缺處青樓開，艷歌一曲酒一杯。」

【附録】

曾季貍《艇齋詩話》：歐公詞云「杏花紅處青山缺」，本樂天詩「花枝缺處青樓開」。

又

殘春一夜狂風雨〔一〕。斷送紅飛花落樹〔二〕。人心花意待留春，春色無情容易去。高樓把酒愁獨語①。借問春歸何處所②〔三〕。暮雲空闊不知音，惟有緑楊芳草路。（又見《醉翁琴趣外篇》卷五、《樂府雅詞》卷上、《花草粹編》卷六、《歷代詩餘》卷三一。）

【校記】

①獨：《歷代詩餘》作「無」。②借：《歷代詩餘》作「欲」。

【注釋】

〔一〕「殘春」句：柳永《歸去來》：「一夜狂風雨。花英墜、碎紅無數。」

〔二〕「斷送」句：韓偓《五更》：「却似殘春間，斷送花時節。」

〔三〕「高樓」二句：嚴惲《落花》：「春光冉冉歸何處，更向花前把一杯。」

又①

常憶洛陽風景媚〔一〕。烟暖風和添酒味。鶯啼宴席似留人，花出墻頭如有意〔二〕。別來已隔千山翠。望斷危樓斜日墜。關心只爲牡丹紅〔三〕，一片春愁來夢裏〔四〕。（又見《醉翁琴趣外篇》卷五、《樂府雅詞》卷上、《歷代詩餘》卷三一。）

【校記】

①《醉翁琴趣外篇》調作《木蘭花令》，《樂府雅詞》調作《木蘭花》。

【注釋】

〔一〕常憶洛陽：歐陽修天聖九年至景祐元年間任西京留守推官，居洛陽。

〔二〕「鶯啼」二句：杜甫《發潭州》：「岸花飛送客，檣燕語留人。」劉長卿《戲贈干越尼子歌》：「一花一竹如有意，不語不笑能留人。」

〔三〕「關心」句：唐宋時洛陽牡丹甲於天下，歐陽修爲撰《洛陽牡丹記》，又曾撰《洛陽牡丹圖》、《謝觀文王尚書惠西京牡丹》諸詩，追憶早年居洛時觀賞牡丹之樂。

〔四〕「一片」句：和凝《天仙子》：「瑶臺夢，一片春愁誰與共。」

又①

兩翁相遇逢佳節。正值柳綿飛似雪。便須豪飲敵青春〔一〕，莫對新花羞白髮〔二〕。人生聚散如弦筈〔三〕。老去風情尤惜別〔四〕。大家金盞倒垂蓮〔五〕，一任西樓低曉月〔六〕。（又見《醉翁琴趣外篇》卷五、《樂府雅詞》卷上。）

【箋證】

此詞或爲熙寧五年（一〇七二）春歐陽修與趙概潁州聚會時作，事見《漁家傲》（四紀才名天下重）「箋證」。歐陽修時年六十六，趙概時年七十七，故云「兩翁」。

【校記】

①《醉翁琴趣外篇》調作《木蘭花令》，《樂府雅詞》調作《木蘭花》。

【注釋】

〔一〕敵：匹敵、應對。引申爲消遣之意。司空圖《力疾山下吴村看杏花》：「掉臂只將詩酒敵，不勞金鼓助横行。」

〔二〕「莫對」句：李嘉祐《春日長安送從弟尉吴縣》：「見花羞白髮，因爾憶滄波。」歐陽修《病中代書奉寄聖俞二十五兄》：「怕見新花羞白髮。」

〔三〕「人生」句：陸機《爲顧彦先贈婦》：「離合非有常，譬彼弦與筈。」弦筈：弓弦與箭末扣弦處，二者時合時離。

〔四〕老去風情：白居易《夢得前所酬篇有鍊盡美少年之句因思往事兼詠今懷重以長句答之》：「風情雖老未全銷。」又《題峽中石上》：「誠知老去風情少。」風情，心情、懷抱。

〔五〕垂蓮：蓮葉形酒杯。韓琦《壬辰重九即席》：「笑問此身何計是，不如嘉節倒垂蓮。」

〔六〕「一任」句：楊億《鶴》：「終年已結雲羅恨，忍送西樓曉月低。」

又①

西湖南北烟波闊。風裏絲簧聲韻咽②〔一〕。舞餘裙帶綠雙垂③〔二〕，酒入香腮紅一抹〔三〕。　杯深不覺琉璃滑〔四〕。貪看《六幺》《花十八》〔五〕。明朝車馬各西東④〔六〕，惆悵畫橋風與月⑤。（又見《醉翁琴趣外篇》卷五、《樂府雅詞》卷上、《唐宋諸賢絶妙詞選》卷二、《花草粹編》卷六、《天機餘錦》卷二、《類編續選草堂詩餘》卷下、《精選古今詩餘醉》卷三、《詞綜》卷四、《歷代詩餘》卷三一。）

【箋證】

此詞爲皇祐元年（一〇四九）二月至皇祐二年（一〇五〇）七月間守潁時作。西湖，即潁州西湖。後元祐六年（一〇九一）蘇軾守潁，「游西湖，聞歌者唱《木蘭花令》，詞則歐陽修所遺也，和韻」（王文誥《蘇詩總案》卷三四），即指本詞。

【校記】

①《醉翁琴趣外篇》、《天機餘錦》調作《木蘭花令》，《樂府雅詞》、《唐宋諸賢絶妙詞選》、《花草粹編》、《類編續選草堂詩餘》、《精選古今詩餘醉》調作《木蘭花》。《唐宋諸賢絶妙詞選》、《花草粹編》題作「西湖」，《類編續選草堂詩餘》、《精選古今詩餘醉》題作「遊宴」。②簧：《醉翁琴趣外篇》、《唐宋諸賢絶妙詞選》、《花草粹編》作「篁」。③舞餘：卷末校：「《文海》作『舞徐』。」《詞綜》「餘」字下注：「一作『徐』。」　裙：《唐宋諸賢絶妙詞選》、《花草粹編》作「羅」。　雙：《類編續選草堂詩餘》作「羅」。④西東：《醉翁琴趣外篇》、毛本、吴本、《詞綜》、《歷代詩餘》作「東西」。⑤橋：《唐宋諸賢絶妙詞選》、《花草粹編》作「樓」。

【注釋】

〔一〕絲簧：管弦類樂器。《文選·馬融〈長笛賦〉》：「漂凌絲簧，覆冒鼓鍾。」吕向注：「絲，琴瑟也；簧，笙也。」　聲韻咽：謂樂聲因風而略顯滯澀。李嶠《和周記室從駕曉發合璧宮》：「風長笳響咽，川迥騎行疏。」

〔二〕舞餘：即舞罷。餘，結束、停止。鄭愔《銅雀妓》：「舞餘依帳泣，歌罷向陵看。」

〔三〕酒入香腮：謂女子臉色因微醺而紅潤。柳永《瑞鷓鴣》：「壽陽妝罷無端飲，凌晨酒入香腮。」

〔四〕琉璃：喻酒色。　滑：順滑可口。鄭剛中《春到村居好》：「杯深新酒滑，焙暖早茶香。」

〔五〕《六幺》《花十八》：《六幺》，又名《緑腰》、《録要》，唐教坊曲，此曲節奏豐富急促，其中一叠名

《花十八》。

〔六〕「明朝」句：蕭綱《大同八年秋九月》：「酒闌嘉宴罷，車騎各西東。」

【附録】

蘇軾《木蘭花令·次歐公西湖韻》：霜餘已失長淮闊，空聽潺潺清潁咽。佳人猶唱醉翁詞，四十三年如電抹。　草頭秋露流珠滑，三五盈盈還二八。與余同是識翁人，惟有西湖波底月。

傅幹《注坡詞》卷一一引楊繪《本事曲集》：汝陰西湖勝絶名天下，蓋自歐陽永叔始。往歲子瞻自禁林出守，賞詠尤多，而去歐陽公時已久，故其繼和《木蘭花》，有「四十三年如電抹」之句。二詞俱奇峭雅麗，如出一人。此所以中間歌詠寂寥無聞也。

王灼《碧雞漫志》卷三：歐陽永叔云：「貪看六幺花十八。」此曲内一叠，名花十八，前後十八拍，又四花拍，共二十二拍。樂家者流所謂花拍，蓋非其正也。曲節抑揚可喜，舞亦隨之。而舞築球六幺，至花十八益奇。

張知甫《可書》：王安中從梁子美辟置大名幕中，時有妓籍一小鬟，名冠河朔。子美因令安中作小詞以贈，末句有云：「笑裏眼迷青意貼，行時鞋露繡旁相。」安中曰：「此乃『杯深不覺琉璃滑，貪看六幺花十八』，無異也。」時人稱之。

《草堂詩餘續集》卷下沈際飛評：「雙垂」，餘之態；「一抹」，入之神。秀令復工。　又：此潁州西湖，功甫舊注以爲杭西湖，未深考。

許昂霄《詞綜偶評》：「花十八」未詳，疑是舞之節拍也，俟考。按詞調中有「六幺花十八」，意必曲名也。

許起《珊瑚舌雕談初筆》卷一：詞如桃杏之姿，筆不著紙，冷然風飛。有時有一種語，雖極倩妙而不可入詩，不可入而不忍棄之，則有倚聲在，故謂之詩餘也。如「金釵欲醉座添香」，如「酒入香腮紅一抹」……等句，雖極艷麗，細思之，皆綺羅香澤中本色情態，不過偶然道破，曾何傷於昌黎、六一，真可謂好色不淫者。

俞樾《茶香室叢鈔》卷一八：余嘗於書院中出《花十八賦》題，松江朱明經昌鼎云：歐陽文忠詞「杯深不覺琉璃滑，貪看《六幺》《花十八》」，不曰聽，而曰看，其爲舞曲無疑。余謂此説良然。范石湖詩「新樣築毬《花十八》，丁寧小玉謾吹簫」，亦謂築毬者，以此爲節也。

顧隨《駝庵詞話》卷一：龍箋引傅注引《本事曲集》，謂：六一翁《木蘭花令》原唱與坡公和作「二詞皆奇峭雅麗」。苦水曰：歐詞足足當得起此四字，若坡作，奇峭雅有之，麗則未也。

又①

燕鴻過後春歸去②〔一〕。細算浮生千萬緒〔二〕。來如春夢幾多時③，去似朝雲無覓處④〔三〕。聞琴解珮神仙侶〔四〕。挽斷羅衣留不住。勸君莫作獨醒人〔五〕，爛醉花間應有數⑤〔六〕。（又見《樂府雅詞》卷上、《歷代詩餘》卷三二、《宋六十一家詞選》卷一。）

【箋證】

此首别作晏殊詞，見明吴訥《唐宋名賢百家詞》本《珠玉詞》，《宋六十一家詞選》同之。《全宋詞》於晏殊、歐陽修下俱收録。

【校記】

①《樂府雅詞》、《珠玉詞》調作《木蘭花》。　②春：《珠玉詞》作「鶯」。　③來如：《珠玉詞》作「長於」。　幾多：卷末校：「一作『不多』。」　④去似朝雲：《珠玉詞》作「散似秋雲」。　⑤間：吴本作「前」。

【注釋】

〔一〕燕鴻：燕地之雁，猶言北雁。李白《擬古》：「越燕喜海日，燕鴻思朔雲。」

〔二〕浮生：《莊子·刻意篇》：「其生若浮，其死若休。」李白《春夜宴從弟桃花園序》：「夫天地者，萬物之逆旅；光陰者，百代之過客。而浮生若夢，爲歡幾何。」

〔三〕「來如」二句：白居易《花非花》：「來如春夢幾多時，去似朝雲無覓處。」

〔四〕聞琴：《漢書·相如傳》：「是時卓王孫有女文君新寡，好音，故相如繆與令相重，而以琴心挑之……文君竊從户窺之，心説而好之。」　解佩：《文選·郭璞〈江賦〉》李善注引《韓詩内傳》：「鄭交甫遵彼漢臯臺下，遇二女，與言曰：願請子之佩。二女與交甫，交甫受而懷之，超然而去，十步循探之，即亡矣，迴顧二女，亦即亡矣。」

〔五〕「勸君」句：文彦博《次韻致政中散荀龍寵惠雅章》：「清罇莫作獨醒人。」

〔六〕「爛醉」句：劉禹錫《杏園花下酬樂天見贈》：「遊人莫笑白頭醉，老醉花間有幾人。」爛醉：沉醉。杜甫《杜位宅守歲》：「誰能更拘束，爛醉是生涯。」有數：因緣、定數。白居易《村中留李三固言宿》：「如我與君心，相知應有數。」

【附録】

張德瀛《詞徵》卷一：白太傅花非花詞：「來如春夢不多時，去似朝雲無覓處。」此二語歐陽永叔用之，張子野《御階行》、毛平仲《玉樓春》亦用之。

又

蝶飛芳草花飛路〔一〕。把酒已嗟春色暮。當時枝上落殘花，今日水流何處去。樓前獨遶鳴蟬樹。憶把芳條吹暖絮。紅蓮緑芰亦芳菲，不奈金風兼玉露〔二〕。（又見《醉翁琴趣外篇》卷五、《樂府雅詞》卷上、《花草粹編》卷六、《歷代詩餘》卷三一、《宋六十一家詞選》卷一。）

【注釋】

〔一〕蝶飛芳草：李白《山人勸酒》：「春風爾來爲阿誰，胡蝶忽然滿芳草。」

〔二〕金風兼玉露：李密《淮陽感懷》：「金風蕩初節，玉露凋晚林。」李商隱《辛未七夕》：「由來碧落銀河畔，可要金風玉露時。」金風，即秋風。按古代五行之説，秋屬西方，西方主金，故稱。

又①

別後不知君遠近。觸目淒凉多少悶。漸行漸遠漸無書②，水闊魚沉何處問〔一〕。　夜深風竹敲秋韻〔二〕。萬葉千聲皆是恨〔三〕。故欹單枕夢中尋③，夢又不成燈又燼。（又見《醉翁琴趣外篇》卷四、《樂府雅詞》卷上、《花草粹編》卷六、《歷代詩餘》卷三一、《宋六十一家詞選》卷一。）

【校記】

①《醉翁琴趣外篇》調作《轉調木蘭花》，《樂府雅詞》調作《木蘭花》。　②無書：《歷代詩餘》作「無情」。　③單枕：卷末「又續添」校：「一作『孤枕』。」天理本、宫内本同，慶元本無。

【注釋】

〔一〕水闊魚沉：謂音書阻隔，消息不通。古人有鯉魚傳書之説，故云。

〔二〕秋韻：秋聲。庾信《詠畫屏風》：「急節迎秋韻，新聲入手調。」

〔三〕「萬葉」句：孟郊《秋夕貧居述懷》：「卧冷無遠夢，聽秋酸別情。高枝低枝風，千葉萬葉聲。」

【附録】

唐圭璋《唐宋詞簡釋》：此首寫別恨，兩句一意，次第顯然。分別是一恨。無書是一恨。夜聞風竹，又攪起一番離恨。而夢中難尋，恨更深矣。層層深入，句句沉着。

又①

紅條約束瓊肌穩②〔一〕。拍碎香檀催急衮③〔二〕。隴頭嗚咽水聲繁〔三〕，葉下間關鶯語近〔四〕。美人才子傳芳信。明月清風傷别恨。未知何處有知音〔五〕，常爲此情留此恨④。（又見《醉翁琴趣外篇》卷五、《樂府雅詞》卷上、《歷代詩餘》卷三一。）

【箋證】

此首别作晏殊詞，見明吴訥《唐宋名賢百家詞》本《珠玉詞》，《歷代詩餘》同之。《全宋詞》於晏殊、歐陽修下俱收録。

【校記】

①《珠玉詞》調作《木蘭花》。《醉翁琴趣外篇》題作「即席賦琵琶」。②肌：吴本作「腰」。③衮：《歷代詩餘》作「滚」。④常：《歷代詩餘》作「長」。留此恨：《珠玉詞》、《歷代詩餘》作「言不盡」。

【注釋】

〔一〕紅條約束：以紅色絲帶束腰。穩：身材匀稱。薛能《柳枝》：「柔娥幸有腰支穩，試踏吹聲作唱聲。」

〔二〕香檀：即檀槽。琵琶首部檀木製槽格，用以架弦。衮：大曲中節奏急促之部分，亦作「滚」。

王灼《碧鷄漫志》卷三：「凡大曲有散序、靸、排、遍、攧、正攧、入破、虚催、實催、衮遍、歇指、殺衮，始成一曲，此謂大遍。」

〔三〕隴頭嗚咽：南朝梁無名氏《隴頭歌辭》：「隴頭流水，鳴聲幽咽。」韋莊《贈峨嵋山彈琴李處士》：「淒淒清清松上風，咽咽幽幽隴頭水。」此處喻樂聲。

〔四〕「葉下」句：白居易《琵琶引》：「間關鶯語花底滑，幽咽泉流冰下難。」 間關：象鳥鳴聲。

〔五〕「未知」句：文彦博《古寺清秋日》：「静彈流水曲，何處有知音。」

【附録】

張德瀛《詞徵》卷二：衮與滚同，其聲溜而下，歐陽永叔詞「拍碎香檀催急衮」，劉攽之詞「繡茵催衮」，即南曲後庭花破滚之屬。

又①

檀槽碎響金絲撥②〔一〕。露濕潯陽江上月。不知商婦爲誰愁，一曲行人留夜發③〔二〕。

畫堂花月新聲别④。《紅蕊》調長彈未徹⑤〔三〕。暗將深意祝膠弦⑥，唯願弦弦無斷絶⑦〔四〕。（又見《樂府雅詞》卷上、《類編續選草堂詩餘》卷下、《詞林萬選》卷四、《精選古今詩餘醉》卷一四、《歷代詩餘》卷三一。）

【箋證】

此首别作蘇軾詞，見《類編續選草堂詩餘》，《詞林萬選》、《精選古今詩餘醉》同之，然諸本《東坡詞》皆不收，當非蘇作。又别作張先詞，見明吴訥《唐宋名賢百家詞》本《張子野詞》及鮑廷博刻知不足齋本《張子野詞補遺》，且有題曰「晏觀文畫堂席上」，故似非歐詞，然《全宋詞》於張先、歐陽修下俱收録，姑從之。

【校記】

①《張子野詞》、《類編續選草堂詩餘》、《精選古今詩餘醉》調作《木蘭花》。②碎響：《類編續選草堂詩餘》作「響碎」。③夜：《張子野詞》作「晚」，《類編續選草堂詩餘》、《詞林萬選》作「未」。④月：《張子野詞》作「入」。⑤長：《張子野詞》作「高」，《類編續選草堂詩餘》、《詞林萬選》作「張」。⑥暗：《類編續選草堂詩餘》、《詞林萬選》作「試」。⑦唯願弦弦：《張子野詞》作「長願絲弦」。祝：《張子野詞》作「語」。

【注釋】

〔一〕檀槽：琵琶首部檀木製槽格，用以架弦。張籍《宫詞》：「黄金捍撥紫檀槽，弦索初張調更高。」金絲撥：即撥頭、撥片，飾以金縷，故稱。

〔二〕「露濕」三句：語出白居易《琵琶引》「潯陽江頭夜送客」、「忽聞水上琵琶聲，主人忘歸客不發」、「老大嫁作商人婦」諸句。

〔三〕《紅蕊》：樂曲名。和凝《宮詞》：「含笑試彈《紅蕊》調，君王宣賜酪櫻桃。」 彈未徹：馮延巳《菩薩蠻》：「玉箏彈未徹，鳳髻鸞釵脱。」徹，完畢。

〔四〕「暗將」二句：《北史·后妃傳》：「淑妃彈琵琶，因弦斷，作詩曰：『雖蒙今日寵，猶憶昔時憐。欲知心斷絶，應看膠上弦。』」趙嘏《昔昔鹽》：「妾意何聊賴，看看劇斷弦。」 膠弦：《海内十洲記》：「（鳳麟洲）多仙家，煮鳳喙及麟角，合煎作膏，名之爲續弦膠，或名連金泥。此膠能續弓弩已斷之弦、刀劍斷折之金，更以膠連續之，使力士掣之，他處乃斷，所續之際終無斷也。」陶穀《風光好》：「待得鸞膠續斷弦，是何年。」

【附録】

《草堂詩餘續集》卷下沈際飛評：軟款。 又：陶穀詞「安得鸞膠續斷弦，是何年」，極類。

又①

春葱指甲輕攏撚〔一〕。五彩垂條雙袖卷②〔二〕。雪香濃透紫檀槽〔三〕，胡語急隨紅玉腕③〔四〕。 當頭一曲情何限④〔五〕。入破錚鏦金鳳戰⑤〔六〕。百分芳酒祝長春〔七〕，再拜斂容擡粉面⑥〔八〕。（又見《醉翁琴趣外篇》卷五、《歷代詩餘》卷三一。）

【箋證】

此首別作晏殊詞，見明吳訥《唐宋名賢百家詞》本《珠玉詞》，《歷代詩餘》同之。《全宋詞》於晏殊、歐陽修下俱收録。

【校記】

①《珠玉詞》調作《木蘭花》。②垂條：《珠玉詞》、《歷代詩餘》作「絛垂」。③胡：《歷代詩餘》作「梵」。④何：《珠玉詞》、《歷代詩餘》作「無」。⑤鏦：《醉翁琴趣外篇》作「樅」。⑥擡：《醉翁琴趣外篇》作「臺」。

【注釋】

〔一〕春葱：喻女子手指纖細白嫩。白居易《箏》：「雙眸剪秋水，十指剥春葱。」攏撚：琵琶彈撥指法。李群玉《索曲送酒》：「煩君玉指輕攏撚，慢撥鴛鴦送一杯。」

〔二〕垂條：下垂之裙帶。

〔三〕雪香：女子肌膚之香。毛熙震《浣溪沙》：「緑鬢雲散裊金翹，雪香花語不勝嬌。」

〔四〕胡語：琵琶由西域傳入中土，其樂曲多爲西域邊地之樂，故稱琵琶曲爲胡語。杜甫《詠懷古跡》：「千載琵琶作胡語，分明怨恨曲中論。」

〔五〕當頭：對面。王建《宫詞》：「紅鸞捍撥帖胸前，移坐當頭近御筵。」

〔六〕入破：見《減字木蘭花》（樓臺向曉）注〔二〕。錚鏦：清越之聲。白居易《九日宴集醉題郡樓兼呈周殷二判官》：「胡琴錚鏦指撥刺。」金鳳：琵琶弦柱上端所刻鳳形樣式，亦代指琵琶。李群玉《王内人琵琶引》：「檀槽一曲黄鍾羽，細撥紫雲金鳳語。」戰：顫抖。

〔七〕百分：滿盞而飲。白居易《醉中重留夢得》：「酒盞來從一百分。」高駢《廣陵宴次戲簡幕賓》：「一曲狂歌酒百分。」長春：長壽。

〔八〕再拜：古時禮節，先後拜兩次，以示鄭重。白居易《醉歌示伎人商玲瓏》：「玲瓏再拜歌初畢。」斂容：演奏完畢後收起顔容。白居易《琵琶引》：「沉吟放撥插弦中，整頓衣裳起斂容。」

又

金花盞面紅烟透。舞急香茵隨步皺〔一〕。青春才子有新詞〔二〕，紅粉佳人重勸酒。也知自爲傷春瘦。歸騎休交銀燭候〔三〕。擬將沉醉爲清歡，無奈醒來還感舊。（又見《歷代詩餘》卷三二。）

【注釋】

〔一〕「金花」二句：李煜《浣溪沙》：「紅日已高三丈透，金爐次第添香獸。紅錦地衣隨步皺。」金花盞：花形酒盞。白居易《醉後贈人》：「香毬趁拍回環匼，花盞抛巡取次飛。」紅烟：爐烟爲陽光照射，呈現紅色。王建《春詞》：「紅烟滿户日照梁，天絲軟弱蟲飛揚。」香茵：地毯。

〔二〕「青春」句：白居易《楊柳枝》：「樂童翻怨調，才子與妍詞。」

〔三〕「歸騎」句：徐夤《曉》：「潼關鷄唱促歸騎，金殿燭殘求御衣。」銀燭：燭之美稱。王嘉《拾遺記》卷五：「元封元年，浮忻國貢蘭金之泥。此金出湯泉……有人冶此金爲器，金狀混混若泥，如紫磨之色；百鑄，其色變白，有光如銀，即『銀燭』是也。」

又

雪雲乍變春雲簇〔一〕。漸覺年華堪送目①〔二〕。北枝梅蕊犯寒開〔三〕，南浦波紋如酒緑〔四〕。　芳菲次第還相續②〔五〕。不奈情多無處足③。樽前百計得春歸〔六〕，莫爲傷春歌黛蹙④。（又見《醉翁琴趣外篇》卷五、《尊前集》、《歷代詩餘》卷三一。）

【箋證】

此首别作馮延巳詞。卷末校：「此篇《尊前集》作馮延巳，而《陽春録》不載。」《歷代詩餘》録作馮延巳詞。《全宋詞》斷爲歐陽修詞。唐圭璋《宋詞互見考》云：「案此首歐陽修詞，見《歐陽文忠公近體樂府》。《尊前集》作馮延巳詞，而《陽春集》不載，非馮作也，《尊前》誤。」

【校記】

①送目：卷末校：「一作『縱目』。」《尊前集》、《歷代詩餘》作「縱目」。　②還相：卷末校：「一作『長相』。」《尊前集》、《歷代詩餘》作「長相」。　③不奈：卷末校：「一作『自是』。」《尊前集》、《歷代詩餘》作「自是」。　④歌：《尊前集》、《歷代詩餘》作「眉」。

【注釋】

〔一〕雪雲：冬日欲雪之雲。宋之問《上陽宮侍宴應制得林字》：「砌蓂霜月盡，庭樹雪雲深。」 簇：簇擁，聚集。

〔二〕年華：即春光。盧照鄰《春晚山莊率題》：「年華已可樂，高興復留人。」

〔三〕北枝梅蕊：白居易《白氏六帖事類集》卷三〇：「大庾嶺上梅，南枝落，北枝開。」李德裕《到惡溪夜泊蘆島》：「嶺頭無限相思淚，泣向寒梅近北枝。」 犯寒開：蕭繹《關山月》：「寒沙逐風起，春花犯雪開。」王勃《春思賦》：「雪裏梅花犯雪妍。」

〔四〕南浦：《九歌·河伯》：「子交手兮東行，送美人兮南浦。」江淹《別賦》：「春草碧色，春水淥波。送君南浦，傷如之何。」 酒緑：新酒未濾之前浮有酒滓，色微緑。陶淵明《諸人共遊周家墓柏下》：「清歌散新聲，緑酒開芳顏。」李咸用《短歌行》：「一罇緑酒緑於染。」

〔五〕次第：進展之辭，猶云接着、轉眼。白居易《春風》：「春風先發苑中梅，櫻杏桃梨次第開。」

〔六〕百計：千方百計。韓偓《江樓》：「風光百計牽人老，争奈多情是病身。」

【附録】

俞陛雲《唐五代兩宋詞選釋》：詞借春光以託諷，「足」字韻戒貪求之無厭。「尊前」二句既盼春來，又傷春去，患得患失之心，寧有盡時耶。

王國維《人間詞話》：余謂：馮正中《玉樓春》詞：「芳菲次第長相續，自是情多無處足。尊前百計得春歸，莫爲傷春眉黛促。」永叔一生似專學此種。

顧隨《駝庵詞話》卷七：古今感官鋭敏者，言歡已歎，方忻已哀。至歐公則寓享樂於頽廢矣。

吴世昌《詞林新話》卷一：今世之論詞者，多稱東坡、稼軒爲豪放詞派，其它北宋詞家爲婉約派，不知何所據而云然。……「芳菲次第長相續」、「莫爲傷春眉黛蹙」之句，乘時轉移，絶無愁緒。彼之所謂「豪放」、「婉約」者，不亦可以已乎？

又 柳①

黄金弄色輕於粉〔一〕。濯濯春條如水嫩〔二〕。爲縁力薄未禁風②，不奈多嬌長似困③〔三〕。　腰柔乍怯人相近〔四〕。眉小未知春有恨〔五〕。勸君着意惜芳菲，莫待行人攀折盡〔六〕。（又見《醉翁琴趣外篇》卷五、《全芳備祖》後集卷一七、《歷代詩餘》卷三一。）

【箋證】

梅堯臣有《玉樓春》（天然不比花含粉）詞，與本詞韻字全同，亦詠柳樹，當爲同題唱和之作。

【校記】

①《醉翁琴趣外篇》題作「柳詞」。　②禁：《全芳備祖》作「經」。　③多嬌：《醉翁琴趣外篇》、《全芳備祖》作「嬌多」。

【注釋】

〔一〕弄色：展現色彩。高適《人日寄杜二拾遺》：「柳條弄色不忍見。」姚合《迎春》：「今日柳條全弄色。」

〔二〕濯濯春條：《晋書·王恭傳》：「恭美姿儀，人多愛悦，或目之云：『濯濯如春月柳。』」喬知之《折楊柳》：「可憐濯濯春楊柳，攀折將來就纖手。」濯濯，光澤輕柔貌。

〔三〕長似困：陸龜蒙《和襲美虎丘寺西小溪閑泛》：「荒柳卧波渾似困。」

〔四〕乍怯：猶云正怯。

〔五〕眉小：喻初生柳葉。孫魴《楊柳枝》：「小眉初展緑條稠，露壓烟濛不自由。」

〔六〕「莫待」句：唐無名氏《金縷衣》：「花開堪折直須折，莫待無花空折枝。」李商隱《離亭賦得折楊柳》：「爲報行人休盡折，半留相送半迎歸。」

【附録】

梅堯臣《玉樓春》：天然不比花含粉。約月眉黄春色嫩。小橋低映欲迷人，閑倚東風無奈困。　烟姿最與章臺近。冉冉千絲誰結恨。狂鶯來往戀芳陰，不道風流真能盡。

又①

珠簾半下香銷印②〔一〕。二月東風催柳信〔二〕。琵琶傍畔且尋思③，鸚鵡前頭休借問〔三〕。驚鴻過後生離恨④〔四〕。紅日長時添酒困。未知心在阿誰邊〔五〕，滿眼淚珠言不盡。（又見《醉翁琴趣外篇》卷四、《花草粹編》卷六、《歷代詩餘》卷三一。）

【箋證】

此首别作晏殊詞，見明吴訥《唐宋名賢百家詞》本《珠玉詞》，《歷代詩餘》同之。《全宋詞》於晏殊、歐陽修下俱收録。

【校記】

①《醉翁琴趣外篇》調作《轉調木蘭花》，《珠玉詞》調作《木蘭花》。②珠：《珠玉詞》、《歷代詩餘》作「朱」。③傍：《珠玉詞》、《歷代詩餘》作「旁」。④過：《珠玉詞》、《歷代詩餘》作「去」。

【注釋】

〔一〕香銷印：指印香燒燼。印香，香料搗末勻和所製香餅，上印圖案，故稱。許渾《遊果晝二僧院》：「鏡朗燈分焰，香銷印絶烟。」

〔二〕柳信：柳樹萌芽之期。

〔三〕「鸚鵡」句：朱慶餘《宫詞》：「含情欲説宫中事，鸚鵡前頭不敢言。」

〔四〕驚鴻：喻離人。庾信《謝趙王賚馬并織啓》：「况復驚鴻别水，但見徘徊；黄鶴去關，惟知反顧。」

〔五〕「未知」句：歐陽炯《浣溪沙》：「斜欹瑶枕髻鬟偏，此時心在阿誰邊。」

又①

沉沉庭院鶯吟弄②〔一〕。日暖烟和春氣重。緑楊嬌眼爲誰回〔二〕，芳草深心空自動〔三〕。　倚欄無語傷離鳳〔四〕。一片風情無處用。尋思還有舊家心〔五〕，蝴蝶時時來役夢③〔六〕。（又見《醉翁琴趣外篇》卷四、《歷代詩餘》卷三一。）

【校記】

①《醉翁琴趣外篇》調作《轉調木蘭花》。　②弄：陳珊本作「哢」。　③役夢：字下注：「一作『入夢』。」天理本、宫内本同，慶元本無。

【注釋】

〔一〕沉沉：深邃幽静。高適《宴韋司户山亭院》：「高館何沉沉，颯然凉風起。」柳永《郭郎兒近拍》：「庭院沉沉朱户閉。」　吟弄：吟唱，吟詠。李白《鳳凰曲》：「嬴女吹玉簫，吟弄天上春。」

〔二〕嬌眼：指柳葉。元稹《遺春》：「柳眼開渾盡，梅心動已闌。」

〔三〕芳草深心：古人稱草芽爲草心。李中《早春》：「草心並柳眼，長是被恩先。」梅堯臣《二月十四夜霜》：「今同草吐心，不似草心長。」

〔四〕離鳳：代指離人。李賀《湘妃》：「離鸞别鳳烟梧中，巫雲蜀雨遥相通。」

〔五〕舊家：舊時，從前。柳永《少年遊》：「想得别來，舊家模樣，只是翠蛾顰。」

〔六〕「蝴蝶」句：《莊子·齊物論》：「昔者莊周夢爲胡蝶，栩栩然胡蝶也，自喻適志與！不知周也。俄然覺，則蘧蘧然周也。不知周之夢爲胡蝶與，胡蝶之夢爲周與？」崔塗《春夕》：「胡蝶夢中家萬里，子規枝上月三更。」役夢：牽引夢魂。潘閬《酒泉子》：「別來塵土污人衣，空役夢魂飛。」

又

去時梅萼初凝粉①〔一〕。不覺小桃風力損〔二〕。梨花最晚又凋零，何事歸期無定準〔三〕。
闌干倚遍重來凭。淚粉偷將紅袖印〔四〕。蜘蛛喜鵲誤人多，似此無憑安足信〔五〕。（又見《醉翁琴趣外篇》卷五、《歷代詩餘》卷三二。）

【校記】

①萼：吴本作「蕊」。

【注釋】

〔一〕萼：見本調（風遲日媚烟光好）注〔二〕。凝粉：形容梅花吐蕾。

〔二〕小桃：桃花之一種，正月上元前後即開。歐陽修有《小桃》詩：「雪裏花開人未知，摘來相顧共驚疑。便當索酒花前醉，初見今年第一枝。」陸游《老學庵筆記》卷四：「歐陽公、梅宛陵、王文恭集，皆有《小桃》詩。……初但謂桃花有一種早開者耳。及遊成都，始識所謂小桃者，上元前後即著花，狀如垂絲海棠。」 損：因風零落。李群玉《人日梅花病中作》：「已被兒童苦攀折，更遭風雨損馨香。」

〔三〕「何事」句：王貞白《隨計》：「歸期無定日，鄉思羨迴潮。」

〔四〕淚粉：脂粉爲淚水所濕。韓偓《懶起》：「枕痕霞黯澹，淚粉玉闌珊。」

〔五〕「蜘蛛」二句：古人視蜘蛛、喜鵲爲喜事之瑞。《西京雜記》卷三：「乾鵲噪而行人至，蜘蛛集而百事喜。」

【附録】

俞平伯《唐宋詞選釋》中卷：上片三折而下，作一句讀。

又①

酒美春濃花世界。得意人人千萬態〔一〕。莫教辜負艷陽天，過了堆金何處買〔二〕。已去少年無計奈〔三〕。且願芳心長恁在〔四〕。閑愁一點上心來，算得東風吹不解〔五〕。（又見《醉翁琴趣外篇》卷四、《歷代詩餘》卷三一。）

【校記】

①《醉翁琴趣外篇》調作《轉調木蘭花》。

【注釋】

〔一〕人人：人兒。見《蝶戀花》（海燕雙來歸畫棟）注〔六〕。千萬態：千姿萬媚。白居易《古冢狐》：「忽然一笑千萬態，見者十人八九迷。」

〔二〕「過了」句：徐夤《依韻和尚書再贈牡丹花》：「多著黄金何處買。」

〔三〕無計奈：即無奈何。

〔四〕長恁在：即長如此。恁，如此、這般。

〔五〕「算得」句：韓愈《李花》：「東風來吹不解顔。」算得：料定，料想。孟貫《山中夏日》：「算得紅塵裏，誰知此興長。」

又①

湖邊柳外樓高處②。望斷雲山多少路。闌干倚遍使人愁，又是天涯初日暮〔一〕。　輕無管繫狂無數③〔二〕。水畔花飛風裹絮④。算伊渾似薄情郎⑤〔三〕，去便不來來便去〔四〕。（又見《花草粹編》卷六、《詞的》卷二、《類編續選草堂詩餘》卷下、《精選古今詩餘醉》卷一〇、《古今詞統》卷八、《詞綜》卷四、《歷代詩餘》卷三一、《詞則・大雅集》卷二、《宋六十一家詞選》卷一。）

【箋證】

此首《詞的》誤作明人顧清詞，《古今詞統》注「一刻顧清」，亦誤。

【校記】

①《類編續選草堂詩餘》、《精選古今詩餘醉》調作《木蘭花》。《類編續選草堂詩餘》、《精選古今詩餘醉》、《古今詞統》題作「閨情」。②樓高：《古今詞統》作「高樓」。③管繫：《類編續選草堂詩餘》、《古今詞統》作「拘管」。④花飛：卷末「又續添」校：「一作『飛花』。」天理本、宮内本同，慶元本無。《類編續選草堂詩餘》、《古今詞統》、《詞綜》作「飛花」。⑤似：《歷代詩餘》作「是」。

【注釋】

〔一〕「欄干」二句：崔顥《黄鶴樓》：「日暮鄉關何處是，烟波江上使人愁。」

〔二〕管繫：管束。　狂無數：林逋《春陰》：「北園南陌狂無數，只有芳菲會此心。」

〔三〕算：料得，料想。見本調（酒美春濃花世界）注〔五〕。　渾似：全似。徐夤《十里烟籠》：「浮世宦名渾似夢，半生勤苦謾爲文。」

〔四〕「去便」句：尹鶚《菩薩蠻》：「去便不歸來，空教駿馬回。」

【附録】

《類編續選草堂詩餘》卷下：（「算伊」二句）千古情至之語。

《草堂詩餘續集》卷下沈際飛評：問人何似冶遊郎，疑信總妙。　又：吴歈便門，得情之至。

卓人月《古今詞統》卷八徐士俊評末句：李知幾「坐待不來來又去」，極肖。

陳廷焯《雲韶集》卷二：上半闋淡淡著筆，已自魂銷。（下闋）綺思妙語，超出意表，讀之不忍釋手。

又①

南園粉蝶能無數②〔一〕。度翠穿紅來復去。倡條冶葉恣留連③〔二〕，飄蕩輕於花上絮。朱欄夜夜風兼露〔三〕。宿粉棲香無定所〔四〕。多情翻却似無情〔五〕，贏得百花無限妒。（又見《醉翁琴趣外篇》卷五、《類編續選草堂詩餘》卷下、《精選古今詩餘醉》卷五、《歷代詩餘》卷三一。）

【校記】

①《醉翁琴趣外篇》題作「詠蝶」。《類編續選草堂詩餘》、《精選古今詩餘醉》調作《木蘭花》，題作「春景」。②粉：《類編續選草堂詩餘》作「春」。③倡：衡本作「嫩」。

【注釋】

〔一〕南園粉蝶：張協《雜詩》：「借問此何時，胡蝶飛南園。」劉筠《無題》：「南園蝴蝶飛無限。」能無數：即如許多。能，同「恁」，如此、這般。

〔二〕倡條冶葉：李商隱《燕臺四首·春》：「蜜房羽客類芳心，冶葉倡條遍相識。」

〔三〕「朱欄」句：晏殊《漁家傲》：「空怨慕，西池夜夜風兼露。」

〔四〕宿粉棲香：棲息花叢之間。陸龜蒙《春曉》：「黄蜂一過慵，夜夜棲香蕊。」鄭谷《趙璘郎中席上賦蝴蝶》：「暖烟沉蕙徑，微雨宿花房。」

〔五〕「多情」句：杜牧《贈别》：「多情却似總無情。」　翻：同「反」。

【附録】

《草堂詩餘續集》卷下沈際飛評：可作詠蝶。　又：蝶於花爲無情，曰「多情却似」，則世上濫好人有出脱矣，一笑。　又：詞最雋。

潘游龍《精選古今詩餘醉》卷五：詞最雋，可作詠蝶。

又子規①

江南三月春光老〔一〕。月落禽啼天未曉〔二〕。露和啼血染花紅〔三〕，恨過千家烟樹杪〔四〕。　雲垂玉枕屏山小〔五〕。夢欲成時驚覺了〔六〕。人心應不似伊心，若解思歸歸合早②〔七〕。（又見《醉翁琴趣外篇》卷四、《類編續選草堂詩餘》卷下、《精選古今詩餘醉》卷一四、《歷代詩餘》卷三一、《宋六十一家詞選》卷一。）

【校記】

①《醉翁琴趣外篇》調作《轉調木蘭花》，無題。《類編續選草堂詩餘》、《精選古今詩餘醉》調作《木蘭花》，題作「杜鵑」。　②若：吴本作「欲」。

【注釋】

〔一〕「江南」句：許稷《江南春》：「江南三月春光暮。」

〔二〕月落禽啼：張繼《楓橋夜泊》：「月落烏啼霜滿天。」　禽啼：此處指杜鵑。

〔三〕啼血：陸佃《埤雅》卷九：「杜鵑，一名子規，苦啼，啼血不止；一名怨鳥，夜啼達旦，血漬草木。」

〔四〕杪：樹枝細梢。

〔五〕雲垂玉枕：形容女子睡態。雲，即鬢雲。孫光憲《浣溪沙》：「鬢雲垂枕響微鍠。」

〔六〕「夢欲」句：李咸用《江南曲》：「鄉夢欲成山鳥啼。」

〔七〕「人心」二句：謂杜鵑猶解思歸，人却了無歸意。彭大翼《山堂肆考》卷二一四引師曠《禽經》：「春夏有鳥若云『不如歸去』，乃子規也。」　伊：指杜鵑。　合：應當。

【附録】

《草堂詩餘續集》卷下沈際飛評：比擬精當。　又：矯健。

潘游龍《精選古今詩餘醉》卷一四：末語比擬精當，且矯健。

陸雲龍《詞菁》卷二：（「人心」二句）就聲上生想。

又①

東風本是開花信〔一〕。及至花時風更緊。吹開吹謝苦匆匆〔二〕，春意到頭無處問。　把酒臨風千萬恨。欲掃殘紅猶未忍②〔三〕。夜來風雨轉離披〔四〕，滿眼淒涼愁不盡。（又見《醉翁琴趣外篇》卷四、《花草粹編》卷六、《歷代詩餘》卷三一。）

【校記】

①《醉翁琴趣外篇》調作《轉調木蘭花》。　②猶：《醉翁琴趣外篇》作「由」。

【注釋】

〔一〕開花信：《演繁露》卷一引徐鍇《歲時記》：「三月花開時，風名花信風。初而泛觀，則似謂此風來報花之消息耳。按《呂氏春秋》曰：『春之得風，風不信則其花不成。』乃知花信風者，風應花期，其來有信也。」

〔二〕吹開吹謝：李山甫《落花》：「落拓東風不藉春，吹開吹謝兩何因。」

〔三〕「欲掃」句：李商隱《落花》：「腸斷未忍掃，眼穿仍欲歸。」

〔四〕「夜來」句：白居易《惜落花》：「夜來風雨急，無復舊花林。」　離披：凋零散落。《楚辭·九辯》：「白露既下百草兮，奄離披此梧楸。」王逸注：「離披，分散貌。」温庭筠《和沈參軍招友生觀芙蓉池》：「湘莖久鮮澀，宿雨增離披。」

又①

陰陰樹色籠晴晝②〔一〕。清淡園林春過後。杏腮輕粉日催紅③〔二〕，池面緑羅風卷皺〔三〕。佳人向晚新妝就。圓膩歌喉珠欲溜〔四〕。當筵莫放酒杯遲〔五〕，樂事良辰難入手〔六〕。（又見《醉翁琴趣外篇》卷四、《歷代詩餘》卷三一。）

【校記】

①《醉翁琴趣外篇》調作《轉調木蘭花》。②樹色：吴本作「緑樹」。③日：《醉翁琴趣外篇》作「口」。

【注釋】

〔一〕陰陰：枝葉蔽覆貌。王維《積雨輞川莊作》：「漠漠水田飛白鷺，陰陰夏木囀黄鸝。」

〔二〕杏腮：即杏花，因花色如紅腮，故云。

〔三〕緑羅：緑色羅綺，喻碧波。張祜《題于越亭》：「山銜落照欹紅蓋，水蹙斜文卷緑羅。」

〔四〕珠欲溜：謂歌聲圓潤，流轉如珠。

〔五〕莫放：莫令，莫使。郭震《東郊賦詩》：「青青原上草，莫放征馬食。」黄庭堅《鷓鴣天》：「人生莫放酒杯乾。」

〔六〕樂事良辰：謝靈運《擬魏太子鄴中集詩八首序》：「天下良辰美景，賞心樂事，四者難并。」入手：得手，得到。白居易《聞楊十二新拜省郎遥以詩賀》：「官職聲名俱入手，近來詩客似君稀。」

又

芙蓉鬬暈燕支淺〔一〕。留着晚花開小宴〔二〕。畫船紅日晚風清①，柳色溪光晴照暖。美人争勸梨花盞〔三〕。舞困玉腰裙縷慢。莫交銀燭促歸期，已祝斜陽休更晚②〔四〕。（又見《歷代詩餘》卷三一。）

【校記】

①晚：《歷代詩餘》作「水」。②更：《歷代詩餘》作「便」。

【注釋】

〔一〕鬬暈：争相暈染。鬬，相互争勝。燕支：即胭脂。

〔二〕小宴：輕鬆隨意之宴。白居易《想東遊五十韻》：「小宴閑談笑，初筵雅獻酬。」

〔三〕「美人」句：韋莊《河傳》：「翠娥争勸臨邛酒。」梨花盞：梨花形酒杯。黄庭堅《謝景仁承事送惠酒器》：「楊君喜我梨花盞，却念初無注酒魁。」

〔四〕祝：祈禱，祈求。

漁家傲①

正月斗杓初轉勢〔一〕。金刀剪綵功夫異②〔二〕。稱慶高堂歡幼稚〔三〕。看柳意。偏從東面春風至〔四〕。十四新蟾圓尚未〔五〕。樓前乍看紅燈試〔六〕。冰散緑池泉細細〔七〕。魚欲戲〔八〕。園林已是花天氣。（又見《歷代詩餘》卷四二。）

【校記】

①此組《漁家傲》「十二月鼓子詞」列於卷二後，標「又續添」。叢刊本、丁本調下注：「續添。」毛本併入前《漁家傲》調下，且注：「以下元刻續添，次《玉樓春》後。」②功：吴本作「工」。

【注釋】

〔一〕斗杓：北斗斗柄三星。《史記·天官書》：「北斗七星，所謂『旋、璣、玉衡以齊七政』。杓携龍角，衡殷南斗，魁枕參首。」司馬貞《索隱》引《春秋運斗樞》：「斗，第一天樞，第二旋，第三璣，第四權，第五衡，第六開陽，第七摇光。第一至第四爲魁，第五至第七爲標（即杓）。」轉勢：此處謂斗柄轉指東方。《太平御覽》卷一九引《鶡冠子》：「斗柄指東，天下皆春。」歐陽詹《元日陪早朝》：「斗柄東迴歲又新。」

〔二〕金刀剪綵：宗懔《荆楚歲時記》：「正月七日爲人日，以七種菜爲羹，剪綵爲人，或鏤金箔爲人，以貼屏風，亦戴之頭鬢。」余延壽《人日剪綵》：「閨婦持刀坐，自憐裁剪新。葉催情綴色，花寄手成春。」

〔三〕稱慶：道賀。《隋書·魏德深傳》：「貴鄉吏人歌呼滿道，互相稱慶。」高堂：代指父母。古時父母居室多位於一家正中，稱爲堂屋，且地面略高於它室，故稱。韋應物《送黎六郎赴陽翟少府》：「祇應傳善政，日夕慰高堂。」

〔四〕「看柳」二句：張子容《除日》：「柳覺東風至，花疑小雪餘。」柳意：柳樹萌芽。韋應物《曉坐西齋》：「柳意不勝春，巖光已知曙。」

〔五〕「十四」句：元稹《八月十四日夜玩月》：「猶欠一宵輪未滿。」新蟾：謂新月。蟾即蟾蜍，月之代稱。《太平御覽》卷九四九引張衡《靈憲》：「羿請不死之藥於西王母，姮娥竊之以奔月，遂托身於月，是爲蟾蜍。」

〔六〕紅燈試：正月十四日元宵節前夕張燈預賞，謂之試燈。王十朋《十四日登真武山》：「來向元宵試燈火，却移星斗下人間。」

〔七〕冰散緑池：張正見《初春賦得池應教》：「雪盡青山路，冰銷緑水池。」

〔八〕魚欲戲：《禮記·月令》：「（孟春之月）東風解凍，蟄蟲始振，魚上冰。」

又

二月春耕昌杏密〔一〕。百花次第争先出。惟有海棠梨第一〔二〕。深淺拂。天生紅粉真無匹。　畫棟歸來巢未失。雙雙款語憐飛乙①〔三〕。留客醉花迎曉日②。金盞溢。却憂風雨飄零疾。（又見《歷代詩餘》卷四二。）

【校記】

①款：曾弘本作「次」。　②曉：吴本作「晚」。

【注釋】

〔一〕昌杏：菖蒲與杏花，農家以此爲春耕之信。《吕氏春秋·任地》：「冬至後五旬七日，菖始生。菖者，百草之先生者也，於是始耕。」賈思勰《齊民要術》：「杏始華榮，輒耕輕土弱土。望杏花落，復耕。」儲光羲《田家即事》：「蒲葉日已長，杏花日已滋。老農要看此，貴不違天時。」

〔二〕海棠梨：即甘棠，又稱棠梨，二月開花。韓偓《以庭前海棠梨花一枝寄李十九員外》：「二月春風澹蕩時，旅人虚對海棠梨。」

〔三〕款語：親切交談。飛乙：飛燕。乙，同「鳦」。《大戴禮記》卷二：「(二月)乃睇燕乙也。」沈炯《六甲詩》：「乙飛上危幕。」

又

三月清明天婉娩〔一〕。晴川祓禊歸來晚〔二〕。况是踏青來處遠〔三〕。猶不倦。鞦韆别閉深庭院。　更值牡丹開欲遍。酴醿壓架清香散①〔四〕。花底一樽誰解勸②。增眷戀。東風回晚無情絆③〔五〕。(又見《歷代詩餘》卷四二。)

【校記】

①酴醾：陳珊本作「荼蘪」。　②花底一樽：四字原爲墨丁，諸集本、吴本、丁本亦闕，唯毛本作「花底一樽」，然不知所本，姑據補。　③回：毛本、陳珊本、《歷代詩餘》作「向」。

【注釋】

〔一〕婉娩：和順，美好。庾肩吾《奉使北徐州參丞御》：「年光正婉娩，春樹轉豐茸。」貫休《送越將歸會稽》：「冉冉春光方婉娩。」

〔二〕祓禊：古時風俗，於水濱盥濯去垢，以祓除妖邪。有春禊、秋禊，春禊多於三月上巳日舉行，魏以後定爲三月初三，其間有沐浴、采蘭、嬉遊、飲酒等活動。李商隱《向晚》：「北土鞦韆罷，南朝祓禊歸。」

〔三〕踏青：秦嘉謨《月令粹編》卷六引《秦中歲時記》：「上巳賜宴曲江，都人於江頭禊飲，踐踏青草，謂之曰踏青履。」

〔四〕酴醾：即荼蘼花，落葉灌木，春末時開。焦竑《焦氏筆乘》卷三：「穀雨：一候牡丹，二候酴醾，三候楝花，楝花竟則立夏。」王琪《春暮遊小園》：「開到荼醾花事了，絲絲天棘出莓墻。」　壓架：攀附花架。

〔五〕絆：牽繫，挽留。

又

四月園林春去後。深深密幄陰初茂〔一〕。折得花枝猶在手。香滿袖〔二〕。葉間梅子青如豆。　風雨時時添氣候〔三〕。成行新筍霜筠厚〔四〕。題就送春詩幾首〔五〕。聊對酒。櫻桃色照銀盤溜〔六〕。（又見《歷代詩餘》卷四二。）

【注釋】

〔一〕密幄：樹葉茂密如篷帳。陸機《招隱詩》：「輕條象雲構，密葉成翠幄。」

〔二〕「折得」二句：晏殊《雨中花》：「剪翠妝紅欲就，折得清香滿袖。」

〔三〕添氣候：氣候漸暖，氣温上升。

〔四〕霜筠：新竹外皮所覆白粉。白居易《與微之唱和來去常以竹筒貯詩陳協律美而成篇因以此答》：「粉節堅如太守信，霜筠冷稱大夫容。」

〔五〕「題就」句：韓愈《柳巷》：「吏人休報事，公作送春詩。」

〔六〕「櫻桃」句：夏侯湛《春可樂》：「進櫻桃於玉盤。」韓愈《和水部張員外宣政衙賜百官櫻桃》：「色映銀盤寫未停。」　溜：光滑圓轉。　孟元老《東京夢華録》卷八：「四月八日，佛生日。……在京七十二户諸正店，初賣煮酒。市井一新，唯州南清風樓，最宜夏飲。初嘗青杏，乍薦櫻桃。時得佳賓，觥酧交作。」

又

五月榴花妖艷烘〔一〕。緑楊帶雨垂垂重。五色新絲纏角粽①〔二〕。金盤送。生綃畫扇盤雙鳳②。　正是浴蘭時節動〔三〕。昌蒲酒美清尊共③〔四〕。葉裏黄鸝時一弄④。猶瞢鬆〔五〕。等閑驚破紗窗夢〔六〕。（又見《歷代詩餘》卷四二。）

【校記】

①絲：毛本作「詩」。②盤：《歷代詩餘》作「蟠」。③美：吴本作「滿」。④弄：毛本、陳珊本、孝思堂本、惇叙堂本、衡本、《歷代詩餘》作「哢」。

【注釋】

〔一〕五月榴花：韓愈《榴花》：「五月榴花照眼明，枝間時見子初成。」李時珍《本草綱目》：「榴受少陽之氣，而榮於四月，盛於五月。」烘：映照。楊億《後苑賞花應制》：「仙葩四照烘初日，濃艷千苞賜近臣。」

〔二〕五色新絲：張守節《史記正義》引吴均《續齊諧記》：「漢建武中，長沙區回白日忽見一人，自稱三閭大夫。謂回曰：『聞君嘗見祭，甚善。但常年所遺，並爲蛟龍所竊。今若有惠，可以楝樹葉塞上，以五色絲轉縛之，此物蛟龍所憚。』回依其言。世人五月五日作粽，并帶五色絲及楝葉。」角粽：《北堂書鈔》卷一四七引《風俗記》：「俗以菰葉裹黍米，煮令爛熟，於五月五日及夏至日啖之。一名粽，一名角黍。」

〔三〕浴蘭時節：宗懍《荆楚歲時記》：「五月五日，謂之浴蘭節。」杜公瞻注：「按《大戴禮》曰：『五月五日，蓄蘭爲沐浴。』《楚辭》曰：『浴蘭湯兮沐芳華。』今謂之浴蘭節，又謂之端午。」　動：謂出遊賞樂。宗懍《荆楚歲時記》：「（五月五日）四民並踏百草。」

〔四〕昌蒲酒美：宗懍《荆楚歲時記》：「（五月五日）以菖蒲或縷或屑，以泛酒。」

〔五〕瞢鬆：迷糊、似醒未醒。晏殊《木蘭花》：「宿醉醒來長瞢鬆。」

〔六〕「等閑」句：來鵠《曉鷄》：「不嫌驚破紗窗夢。」　等閑：平白、無端。

【附録】

王十朋《五月四日與同僚南樓觀競渡因成小詩四首明日同行可元章登樓又成五首》其七：細葛含風羅叠雪，近臣初拜賜衣時。願因角黍詢遺俗，學士寧無六一詞。

周稚廉《漁家傲·十二月閨詞》序：乃若題名鼓子，調譜《漁家》。仿《子夜》《懊儂》之體，字句碎金；追諸皋杜陽之遺，唾咳漱玉。紅絲裹粽，歐陽揮硯北之毫；瘴嶺蒸霞，修纂寫滇南之景。

又

六月炎天時霎雨〔一〕。行雲湧出奇峰露〔二〕。沼上嫩蓮腰束素〔三〕。風兼露〔四〕。梁王宫闕無煩暑〔五〕。　畏日亭亭殘蕙炷〔六〕。傍簾乳燕雙飛去①。碧碗敲冰傾玉處〔七〕。朝與莫②〔八〕。故人風快涼輕度〔九〕。（又見《歷代詩餘》卷四二。）

【校記】

①簾：吴本作「檐」。　②莫：吴本、陳珊本、《歷代詩餘》作「暮」。

【注釋】

〔一〕「六月」句：《禮記·月令》：「（季夏之月）土潤溽暑，大雨時行。」　霎雨：即陣雨。　孟郊《春雨後》：「昨夜一霎雨，天意蘇群物。」

〔二〕「行雲」句：顧愷之《神情詩》：「夏雲多奇峰。」

〔三〕腰束素：宋玉《登徒子好色賦》：「肌如白雪，腰如束素。」此處喻蓮莖細長。

〔四〕風兼露：或指迎風觀、寒露臺。　彭大翼《山堂肆考》卷一〇：「晉武帝作迎風觀、寒露臺以避暑。」

〔五〕梁王宮闕：即梁苑，又名兔園。西漢梁孝王劉武所建，故址在今河南商丘。《西京雜記》卷二：「梁孝王好營宮室苑囿之樂，作曜華之宮，築兔園。園中有百靈山，山有膚寸石、落猿巖、棲龍岫，又有雁池，池間有鶴洲鳧渚。其諸宮觀相連，延亘數十里，奇果異樹，瑰禽怪獸畢備。王日與宮人賓客弋釣其中。」李白《梁園吟》：「梁王宮闕今安在，枚馬先歸不相待。」此處借指王公居所。　煩暑：暑日酷熱。《南史·梁武陵王紀》：「季月煩暑，流金鑠石，聚蚊成雷，封狐千里。」方干《夏日登靈隱寺後峰》：「絶頂無煩暑，登臨三伏中。」

〔六〕畏日：夏日驕陽。《左傳·文公七年》：「趙衰冬日之日也，趙盾夏日之日也。」杜預注：「冬日可愛，夏日可畏。」　亭亭：直立貌。此處謂香烟因無風而裊裊直升。李璟《望遠行》：「餘寒欲去夢難成，爐香烟冷自亭亭。」　蕙炷：即香炷。晏殊《踏莎行》：「帶緩羅衣，香殘蕙炷。」

〔七〕「碧碗」句：唐彦謙《叙別》：「碧碗敲冰分蔗漿。」　碧碗：名貴碗具，多用瑪瑙、琉璃製成。杜甫《鄭駙馬宅宴洞中》：「春酒杯濃琥珀薄，冰漿碗碧瑪瑙寒。」孟元老《東京夢華録》卷四：「吾輩入店，則用一等琉璃淺稜碗，謂之碧碗。」　敲冰：古人於冬季藏冰窖中，夏日敲取使用，以降温消暑。《詩經·豳風·七月》：「二之日鑿冰沖沖，三之日納于凌陰。」陸龜蒙《子夜四時歌·夏》：「金龍傾漏盡，玉井敲冰早。」　傾玉：喻冰塊落碗。

〔八〕莫：同「暮」。

〔九〕風快：謂涼風送爽，令人舒適。宋玉《風賦》：「楚襄王遊於蘭臺之宫，宋玉、景差侍。有風颯然而至，王乃披襟而當之，曰：『快哉此風！寡人所與庶人共者邪？』」白居易《題新潤亭兼酬寄朝中親故見贈》：「何處披襟風快哉，一亭臨潤四門開。」　輕度：即輕送。杜審言《晦日宴遊》：「歌管風輕度，池臺日半斜。」

又

七月新秋風露早〔一〕。渚蓮尚拆庭梧老〔二〕。是處瓜華時節好〔三〕。金樽倒。人間彩縷争祈巧〔四〕。萬葉敲聲涼乍到〔五〕。百蟲啼晚烟如掃〔六〕。箭漏初長天杳杳〔七〕。人語悄。那堪夜雨催清曉。（又見《歷代詩餘》卷四二。）

【注釋】

〔一〕風露早：《禮記·月令》：「（孟秋之月）涼風至，白露降。」

〔二〕拆：同「坼」，裂開、綻開。白居易《早春獨遊曲江》：「露杏紅初坼，烟楊緑未成。」

〔三〕是處：即處處。瓜華：各色瓜果，以供祀織女。宗懔《荆楚歲時記》「七月七日」條杜公瞻注：「牽牛星，荆州呼爲『河鼓』，主關梁。織女則主瓜果。」陳鴻《長恨歌傳》：「秦人風俗，是夜張錦繡，陳飲食，樹瓜華，焚香於庭，號爲乞巧。」

〔四〕彩縷：五色絲縷。《西京雜記》卷三：「至七月七日，臨百子池，作于闐樂。樂畢，以五色縷相羈，謂爲相連愛。」

〔五〕萬葉敲聲：孟郊《秋夕貧居述懷》：「高枝低枝風，千葉萬葉聲。」

〔六〕百蟲啼晚：劉駕《長安旅舍紓情投先達》：「白露下長安，百蟲鳴草根。」

〔七〕箭漏初長：謂入秋之後，夜晚時間逐漸增長。閻選《虞美人》：「深秋不寐漏初長。」箭漏，即夜漏，代指夜晚時間。

又

八月秋高風歷亂〔一〕。衰蘭敗芷紅蓮岸〔二〕。皓月十分光正滿〔三〕。清光畔〔四〕。年年常願瓊筵看〔五〕。社近愁看歸去燕〔六〕。江天空闊雲容漫〔七〕。宋玉當時情不淺〔八〕。成幽怨。鄉關千里危腸斷①〔九〕。（又見《歷代詩餘》卷四二。）

【校記】

①鄉關：吴本作「關山」。

【注釋】

〔一〕歷亂：紛亂無定。顔之推《和陽納言聽鳴蟬篇》：「長楊明月曙，歷亂起秋聲。」

〔二〕芷，即白芷，香草名，又稱「辟芷」。

〔三〕十分：形容月滿。韋驤《和孫叔康中秋寄運判胡秘丞》：「涼秋一半無邊爽，皓月十分何太明。」

〔四〕清光：月光。常建《宿王昌齡隱居》：「松際露微月，清光猶爲君。」

〔五〕瓊筵：華美筵席。孟元老《東京夢華録》卷八：「中秋夜，貴家結飾臺榭，民間争占酒樓玩月。絲篁鼎沸，近内庭居民，夜深遥聞笙竽之聲，宛若雲外。」

〔六〕「社近」句：白居易《秋池》：「社近燕影稀，雨餘蟬聲歇。」社：此處指秋社，參見《蝶戀花》（梨葉初紅蟬韻歇）注〔五〕。

〔七〕雲容：即雲，因其形態萬端，故云。子蘭《華嚴寺望樊川》：「疏鐘摇雨脚，秋水浸雲容。」

〔八〕「宋玉」句：宋玉有《九辯》詩，以悲秋爲旨，其首句云：「悲哉！秋之爲氣也。」後人譽爲「千古悲秋之祖」。李白《贈易秀才》：「地遠虞翻老，秋深宋玉悲。」杜甫《詠懷古跡》：「摇落深知宋玉悲。」

〔九〕「鄉關」句：岑參《暮春虢州東亭送李司馬歸扶風別廬》：「西望鄉關腸欲斷。」危腸：將斷之腸。吴融《塗中偶懷》：「迴腸一寸危如綫，賴得商山未有猿。」

又

九月霜秋秋已盡〔一〕。烘林敗葉紅相映〔二〕。惟有東籬黄菊盛①〔三〕。遺金粉〔四〕。人家簾幕重陽近。　曉日陰陰晴未定。授衣時節輕寒嫩〔五〕。新雁一聲風又勁〔六〕。雲欲凝〔七〕。雁來應有吾鄉信〔八〕。（又見《歷代詩餘》卷四二。）

【校記】

①東籬：二字原爲墨丁，慶元本、天理本、宫内本作「東籬」，吴本、丁本、毛本、《歷代詩餘》亦同，據補。

【注釋】

〔一〕「九月」句：《禮記·月令》：「（季秋之月）霜始降。」

〔二〕烘：映照。吴可《簇翠亭》：「朝陽破霧烘林影，醉袖扶花繞鬢鬟。」

〔三〕東籬黄菊：陶淵明《飲酒》：「采菊東籬下，悠然見南山。」

〔四〕遺金粉：喻菊花凋零。柳永《甘草子》：「葉剪紅綃，砌菊遺金粉。」

〔五〕授衣時節：《詩經·豳風·七月》：「九月授衣。」毛《傳》：「九月霜始降，婦功成，可以授冬衣矣。」

〔六〕新雁一聲：《禮記·月令》：「（季秋之月）鴻雁來賓。」

〔七〕凝：凝結，凝聚。顔延之《還至梁城作》：「故國多喬木，空城凝寒雲。」

〔八〕「雁來」句：岑參《巴南舟中夜市》：「見雁思鄉信，聞猿積淚痕。」喬琳《綿州越王樓即事》：「行雁南飛似鄉信。」

又①

十月小春梅蕊綻。紅爐畫閣新裝遍。鴛帳美人貪睡暖。梳洗懶②。玉壺一夜輕澌滿③。　樓上四垂簾不卷。天寒山色偏宜遠。風急雁行吹字斷。紅日晚。江天雪意雲撩亂。（又見《歷代詩餘》卷四二。）

【箋證】

此詞又見前《漁家傲》調下，此處屬十二月聯章鼓子詞之一，故仍録之。

【校記】

①調下注：「此篇已載本卷，但數字不同。」衡本、吳本調下無注。毛本調下注：「重前略異，仍舊並刻。」②梳洗：前詞作「羞起」。③輕：前詞作「冰」。

又

十一月新陽排壽宴①〔一〕。黄鐘應管添宫綫〔二〕。獵獵寒威雲不卷〔三〕。風頭轉〔四〕。時看雪霰吹人面。　南至迎長知漏箭〔五〕。書雲紀候冰生研〔六〕。臘近探春春尚遠〔七〕。閑庭院②。梅花落盡千千片。（又見《歷代詩餘》卷四二。）

【校記】

①十一月：《歷代詩餘》作「子月」。　②庭：毛本、《歷代詩餘》作「亭」。

【注釋】

〔一〕新陽：冬至。冬至之後白日漸長，陽氣初動，故云。《易·復卦》：「先王以至日閉關，商旅不行，后不省方。」孔穎達疏：「冬至一陽生，是陽動用而陰復於静也。」　排壽宴：崔寔《四民月令》：「十一月，冬至之日，薦黍、羔；先薦玄冥於井，以及祖禰。齊、饌、掃、滌，如薦黍、豚。其進酒尊長，及修刺謁賀君、師、耆老，如正月。」

〔二〕黄鐘應管：《禮記·月令》：「（仲冬之月）律中黄鐘。」古時有以律琯探測時令變化之説。《夢溪筆談》卷七引司馬彪《續漢書》：「候氣之法，於密室中以木爲案，置十二律琯各如其方，實以葭灰，覆以緹縠，氣至則一律飛灰。」又云：「冬至陽氣距地面九寸而止，唯黄鐘一琯達之，故黄鐘爲之應。」　添宫綫：古時以紅綫測日影短長。冬至後，日影增長一綫。宗懔《荆楚歲時記》

「冬至」條杜公瞻注：「晉魏間，宮中以紅綫量日影。冬至後，日影添長一綫。」又秦嘉謨《月令粹編》卷一五引《唐雜録》：「唐宮中以女功揆日之長短，冬至後日晷漸長，比常日增一綫之功。」

〔三〕獵獵：風聲。江淹《應劉豫章別詩》：「獵獵風剪樹，颯颯露傷蓮。」

〔四〕風頭：風勢。白居易《房家夜宴喜雪戲贈主人》：「風頭向夜利如刀，賴此温爐軟錦袍。」

〔五〕南至：即冬至。《左傳・僖公五年》：「春，王正月，辛亥，朔，日南至。」杜預注：「周正月，今十一月。冬至之日，日南極。」孔穎達疏：「日南至者，冬至日也。」　迎長：《禮記・郊特牲》：「郊之祭也，迎長日之至也。」

〔六〕書雲紀候：古人於冬至日觀察雲色並予記録，以占來年吉凶。《易通卦驗》：「冬至之日，見雲送迎從下鄉，來歲美，人民和，不疾疫；無雲送迎，德薄歲惡。」　冰生研：崔寔《四民月令・十一月》：「研水凍，命幼童讀《孝經》、《論語》篇章，入小學。」

〔七〕臘：即臘日，十二月初八，俗稱「臘八」。　探春：唐代風俗，每於元宵後至園林或郊外舉行宴會，謂之探春。王仁裕《開元天寶遺事》卷下：「都人士女每至正月半後，各乘車跨馬，供帳於園圃或郊野中，爲探春之宴。」此詞寫十一月事，故云探春而春尚遠。

又

十二月嚴凝天地閉①〔一〕。莫嫌臺榭無花卉。惟有酒能欺雪意〔二〕。增豪氣。直教耳熱笙歌沸〔三〕。　隴上雕鞍惟數騎②。獵圍半合新霜裏〔四〕。霜重鼓聲寒不起③〔五〕。千人指。馬前一雁寒空墜〔六〕。（又見《歷代詩餘》卷四二。）

【校記】

①十二月：《歷代詩餘》作「臘月」。　②惟：慶元本、宫内本字下有陰刻小注「疑」字，天理本無。丁本將「疑」字誤作正文。　③聲寒：《歷代詩餘》作「寒聲」。

【注釋】

〔一〕嚴凝：即嚴寒。《禮記·鄉飲酒義》：「天地嚴凝之氣，始於西南，而盛於西北。」元稹《詠廿四氣詩·小寒十二月節》：「莫怪嚴凝切，春冬正月交。」　天地閉：天地陰陽之氣無法相交。《禮記·月令》：「天氣上騰，地氣下降，天地不通，閉塞而成冬。」白居易《秦中吟·重賦》：「歲暮天地閉，陰風生破村。」

〔二〕欺：壓住，超過。此處有抵禦、驅除之義。方干《海石榴》：「滿枝猶待春風力，數朵先欺臘雪寒。」

〔三〕耳熱：曹丕《又與吴質書》：「每至觴酌流行，絲竹並奏，酒酣耳熱，仰而賦詩。」　笙歌沸：鮑溶《懷仙》：「十二樓上人，笙歌沸天引。」

〔四〕「隴上」二句：謂冬季狩獵。《左傳·隱公五年》：「故春蒐、夏苗、秋獮、冬狩，皆於農隙以講事也。」　隴上：舊稱陝北、甘肅及其以西一帶，此處泛指邊塞。隴又或同「壟」，指郊外。　獵圍：狩獵圍場。盧綸《臘日觀咸寧王部曲娑勒擒豹歌》：「山頭曈曈日將出，山下獵圍照初日。」

〔五〕「霜重」句：李賀《雁門太守行》：「霜重鼓寒聲不起。」

〔六〕「千人」二句：張祜《觀徐州李司空獵》：「萬人齊指處，一雁落寒空。」

【荆公嘗對客誦永叔小闋云：「五綵新絲纏角粽，金盤送，生綃畫扇盤雙鳳。」曰三十年前見其全篇，今才記三句，乃永叔在李太尉端願席上所作十二月鼓子詞。數問人求之，不可得。嗚呼！荆公之没二紀，余自永平幕召還，過武陵，始得於州將李君誼。追恨荆公之不獲見也。誼，太尉猶子也。□□□□年中秋日，金陵□□□。闕其名】

【政和丙申冬，余還自京師，過歙州，太守濠梁許君頌之席上，見許君舉荆公所記三句，且云此詞才情有餘①，它人不能道也。後十二年，建炎戊申，偶得此本於長樂同官方君。後四年，辛亥紹興二月朔，自尤溪避盗宿龍爬以待二弟，適無事，謾録於此。吏部員外郎朱松喬年。】②

【校記】

①有餘：「有」字原闕，慶元本、天理本、宫内本、叢刊本同。毛本、孝思堂本、惇叙堂本作「有餘」，據補。②此二跋原在《漁家傲》（八月秋高風歷亂）之後。慶元本、天理本、宫内本皆在《漁家傲》（十二月嚴凝天地閉）後，據改。又曾弘本、衡本不録此跋，毛本移置書末。

【箋證】

以上十二首，爲聯章鼓子詞。據詞後二跋，可知作於李端願席上。劉《録》、嚴《譜》繫於嘉祐元年（一〇五六）前後，《彙評》定爲治平初。按王安石卒於元祐元年（一〇八六），若此詞作於治平初，即使以治平元年（一〇六四）算起，下距王安石辭世亦不過二十二年，與其所言「三十年前見其全篇」不合，故當以劉《録》、嚴《譜》爲是。

嘉祐元年（一〇五六）前後，歐陽修居京師，任翰林學士、史館修撰，主修《唐書》，時李端願亦在京城，二人多有往來，該年春，李端願作「來燕堂」，宴請歐陽修、趙概、王珪、王洙諸人，爲一時勝事。（見《西塘集耆舊續聞》卷五）時王安石亦在京城，故其所謂「作於李太尉端願席上」，或即指「來燕堂」之會，而王氏也當在此時「見其全篇」。

【附録】

歐陽玄《漁家傲南詞序》：余讀歐公李太尉席上作十二月《漁家傲》鼓子詞，王荆公亟稱賞之。心服其盛麗，生平思仿佛一言不可得。近年竊官於朝，久客輦下，每欲仿此，作十二闋，以道京師兩城人物之富，四時節令之華，他日歸農，或可資閑暇也。

吴一鵬《少傅桂洲公詩餘序》：李太白兩詞之後，歐陽公《平山集》盛傳於世，如十二月鼓子詞，爲王荆公所稱，而未嘗進御。東坡先生多即席上口占歌詞，如《水調歌頭》「瓊樓玉宇」之句，聞於禁中，僅取「終是愛君」之賞而已，而未嘗大用。

楊慎《詞品補》：宋歐陽六一作十二月鼓子詞，即今之《漁家傲》也。元歐陽圭齋亦擬爲之，專詠元世燕風物。

卓人月《古今詞統》卷一〇評楊慎《漁家傲》「十二月滇南鼓子詞」：永叔在李太尉端願席上作十二月鼓子詞，荆公記其三句云：「五綵新絲纏角粽，金盤送，生綃畫扇雙盤鳳。」常問人求其全篇不可得。今歐集中全載之。以余觀升庵所作，真覺後來者居上也。

竇遴奇《漁家傲》詞序：閱宋詞，六一居士有《漁家傲》十二調，乃十二月樂章也。予讀而愛之。一日無事，亦成十二調，學步效顰，不論其詞之工拙也。

曹貞吉《蝶戀花》詞序：讀《六一集》十二月鼓子詞，嫌其過於富麗，吾輩爲之，正不妨作酸餡語耳。閑中試筆，即以故鄉風物譜之十二首。

王奕清《欽定詞譜》卷一四：外有十二個月鼓子詞，其十一月、十二月起句俱多一字，歐陽修詞云「十一月新陽排壽宴」、「十二月嚴凝天地閉」……此皆因月令，故多一字，非添字體也。

李調元《雨村詞話》卷一：按公此詞名《漁家傲》，按十二月作，如其數，皆工膩熨貼，不獨「五綵絲」佳也。荆公以不可得爲恨，而選詞家多不采。

冒廣生《疚齋詞論》卷下：聯套者，以一詞聯綴衆詞而成，或以兩詞回環聯綴而成。曲家謂之套數，詞亦有之。樂府之《九張機》，歐公之十二月《漁家傲》詞，皆聯套之先聲也。

漁家傲

正月新陽生翠琯〔一〕。花苞柳綫春猶淺〔二〕。簾幕千重方半卷。池冰泮〔三〕。東風吹水琉璃軟〔四〕。　漸好凭欄醒醉眼。隴梅暗落芳英斷。初日已知長一綫〔五〕。清宵短。夢魂怎奈珠宫遠〔六〕。

【箋證】

本詞調下原注:「京本《時賢本事曲子後集》云:『歐陽文忠公,文章之宗師也。其於小詞,尤膾炙人口。有十二月詞,寄《漁家傲》調中,本集亦未嘗載,今列之於此。』前已有十二篇鼓子詞,此未知果公作否。」按此組《漁家傲》十二月鼓子詞慶元本、宫内本無,元明清諸歐集及吴本、丁本、毛本亦無。又《時賢本事曲子集》,宋人楊繪所纂。繪字元素,仁宗皇祐五年(一〇五三)進士。《宋史》卷三二二有傳。楊氏與蘇軾交誼深厚,與歐陽修友人劉攽亦有過從,且《時賢本事曲子集》約成於元豐初年,上距歐陽修辭世不過數年。故羅泌雖注「未知果公作否」,然楊繪所録當有所本。

【注釋】

〔一〕新陽:即新春。《文選·謝靈運〈登池上樓〉》:「初景革緒風,新陽改故陰。」吕延濟注:「春爲陽,冬爲陰也。」翠琯:律管之美稱。古時有以律琯探測時令變化之説。參見本調(十一月新陽排壽宴)注〔一二〕。

〔二〕「花苞」句：暢諸《早春》：「獻歲春猶淺，園林未盡開。」柳綫：柳枝細軟下垂如綫。孟郊《春日有感》：「風吹柳綫垂，一枝連一枝。」

〔三〕泮：冰雪消融。《詩經·邶風·匏有苦葉》：「士如歸妻，迨冰未泮。」白居易《南池早春有懷》：「西日雪全銷，東風冰盡泮。」

〔四〕琉璃軟：喻水波碧緑輕柔。韓琦《聞轉運范純仁司封會興慶池》：「波頭灔日琉璃軟，酒面揺花琥珀香。」

〔五〕長一綫：見本調（十一月新陽排壽宴）注〔二〕。

〔六〕珠宫：水中龍宫。《九歌·河伯》：「魚鱗屋兮龍堂，紫貝闕兮珠宫。」又或指蕊珠宫，相傳爲神仙居所。牛嶠《女冠子》：「星冠霞帔，住在蕊珠宫裏。」

又

二月春期看已半〔一〕。江邊春色青猶短〔二〕。天氣養花紅日暖〔三〕。深深院。真珠簾額初飛燕〔四〕。

漸覺銜杯心緒懶。酒侵花臉嬌波慢〔五〕。一撚閑愁無處遣。牽不斷。游絲百尺隨風遠〔六〕。

【注釋】

〔一〕「二月」句：二月爲仲春，故云看已半。蘇頲《慈恩寺二月半寓言》：「二月韶春半，三空霽景初。」

〔二〕青猶短：指草木雖發而尚未茂盛。張先《蝶戀花》：「學舞宫腰，二月青猶短。」

〔三〕天氣養花：楊慎《丹鉛總録》卷三引《花木譜》：「越中牡丹開時，賞者不問疏親，謂之看花局。澤國此月多有輕雲微雨，謂之養花天。」

〔四〕簾額：簾子上端。王建《宫詞》：「連夜宫中修别院，地衣簾額一時新。」

〔五〕嬌波：女子眼波。唐玄宗《題梅妃畫真》：「霜綃雖似當時態，争奈嬌波不顧人。」宋祁《蝶戀花》：「春睡騰騰，困入嬌波慢。」

〔六〕游絲百尺：李商隱《日日》：「幾時心緒渾無事，得及游絲百尺長。」游絲，春日昆蟲所吐之絲。見《玉樓春》（洛陽正值芳菲節）注〔二〕。

又

三月芳菲看欲暮〔一〕。胭脂淚灑梨花雨〔二〕。寶馬繡軒南陌路〔三〕。笙歌舉。踏青鬬草人無數〔四〕。　强欲留春春不住〔五〕。東皇肯信韶容故〔六〕。安得此身如柳絮。隨風去。穿簾透幕尋朱户。

【注釋】

〔一〕「三月」句：張説《三月二十日詔宴樂遊園賦得風字》：「春光看欲暮，天澤戀無窮。」看：眼看，轉眼。

〔二〕「胭脂」句：謂梨花如雨飄零，狀若女子垂淚。　梨花雨：白居易《長恨歌》：「玉容寂寞淚闌干，梨花一枝春帶雨。」

〔三〕軒：馬車圍棚。亦代指馬車。杜牧《唐故灞陵駱處士墓誌銘》：「文駟連羈，繡軒交貫。」

〔四〕踏青：見本調（三月清明天婉娩）注〔三〕。　鬬草：又稱鬬百草。古代遊戲，競采花草，以較多寡優劣。柳永《内家嬌》：「處處踏青鬬草，人人眷紅偎翠。」

〔五〕「强欲」句：白居易《落花》：「留春春不住，春歸人寂寞。」

〔六〕東皇：司春之神。《尚書緯》：「春爲東皇，又爲青帝。」戴叔倫《暮春感懷》：「東皇去後韶華盡，老圃寒香别有秋。」　肯：反詰詞，猶言豈肯，不肯。　信：任憑，聽任。此處有許可、同意之義。　韶容：韶光、春光。獨孤授《花發上林》：「上苑韶容早，芳菲正吐花。」

又

四月芳林何悄悄〔一〕。緑陰滿地青梅小〔二〕。南陌采桑何窈窕①〔三〕。争語笑。亂絲滿腹吴蠶老〔四〕。　宿酒半醒新睡覺。雛鶯相語匆匆曉。惹得此情縈寸抱〔五〕。休臨眺。樓頭一望皆芳草。

【校記】

①冒校：「『何』字與首句重，疑是『人』字。」

【注釋】

〔一〕芳林：徐堅《初學記》卷三引梁元帝《纂要》：「春曰青陽……木曰華木、華樹、芳林、芳樹。」

〔二〕緑陰滿地：白居易《府西亭納涼歸》：「夏淺蟬未多，緑槐陰滿地。」

〔三〕「南陌」句：顧野王《羅敷行》：「東隅麗春日，南陌采桑時。」

〔四〕吴蠶老：指蠶已蜕皮數次，發育成熟，即將吐絲作繭。白居易《三年冬隨事鋪設小堂寢處稍似穩暖因念衰病偶吟所懷》：「由來蠶老後，方是繭成時。」

〔五〕寸抱：即寸心、懷抱。

又

五月薰風才一信〔一〕。初荷出水清香嫩。乳燕學飛簾額峻〔二〕。誰借問。東鄰期約嘗佳醞〔三〕。　漏短日長人乍困〔四〕。裙腰減盡柔肌損。一撮眉尖千疊恨。慵整頓〔五〕。黄梅雨細多閑悶〔六〕。

【注釋】

〔一〕薰風：即熏風，東南風。《吕氏春秋·有始覽》：「東南曰熏風。」　一信：一候，五天爲一候。

〔二〕乳燕學飛：王勃《春思賦》：「銀蠶吐絲猶未暖，金燕銜泥試學飛。」　簾額：簾子上端。王建《宫詞》：「連夜宫中修別院，地衣簾額一時新。」

〔三〕「東鄰」句：杜甫《遭田父泥飲美嚴中丞》：「田翁逼社日，邀我嘗春酒。」白居易《早春聞提壺鳥因題鄰家》：「欲期明日東鄰醉，變作騰騰一俗夫。」

〔四〕漏短日長：夜晚變短，白日增長。漏，指夜漏。　乍：正，恰。

〔五〕慵：懶散，懶惰。

〔六〕黄梅雨細：《太平御覽》卷九七〇引周處《風土記》：「夏至之雨，名爲黄梅雨。」隋煬帝《四時白紵歌·江都夏》：「黄梅雨細麥秋輕，楓葉蕭蕭江水平。」

又

六月炎蒸何太盛〔一〕。海榴灼灼紅相映〔二〕。天外奇峰千掌迥〔三〕。風影定。漢宫圓扇初成詠〔四〕。　珠箔初褰深院静〔五〕。絳綃衣窄冰膚瑩〔六〕。睡起日高堆酒興〔七〕。厭厭病〔八〕。宿酲和夢何時醒〔九〕。

【注釋】

〔一〕炎蒸：暑熱薰蒸。庾信《奉和夏日應令》：「五月炎蒸氣，三時刻漏長。」

〔二〕海榴：即石榴，原産安息國（今伊朗境内），漢時傳入中原，因其來自海外，故稱海榴或海石榴。灼灼：鮮明貌。《詩經·周南·桃夭》：「桃之夭夭，灼灼其華。」

〔三〕奇峰：喻夏雲。顧愷之《神情詩》：「夏雲多奇峰。」 千掌：喻夏雲連綿。蔡襄《齊雲閣》：「雨嵐供眼横千掌，星漢垂檐直半尋。」

〔四〕「漢宫」句：漢成帝妃班婕妤失寵，居長信宫，作詩賦自傷，有《怨詩》詠團扇：「新裂齊紈素，皎潔如霜雪。裁成合歡扇，團團似明月。出入君懷袖，動摇微風發。常恐秋節至，涼飆奪炎熱。棄捐篋笥中，恩情中道絶。」

〔五〕珠箔初褰：李白《陌上贈美人》：「美人一笑褰珠箔，遥指紅樓是妾家。」珠箔，珠簾。褰，撩起、揭起。見《蝶戀花》（面旋落花風蕩漾）注〔六〕。

〔六〕絳綃：紅色綃絹。綃，生絲所織細絹。郭璞《遊仙詩》：「振髮晞翠霞，解褐被絳綃。」 衣窄：指女子腰細。韓偓《春晝》：「楚殿衣窄，南朝髻高。」

〔七〕堆酒興：謂醉意猶濃。堆，聚積呈現之意。和凝《醴泉院》：「古柏八株堆翠色，靈泉一派逗寒聲。」

〔八〕厭厭病：韓偓《春盡日》：「把酒送春惆悵在，年年三月病厭厭。」厭厭，精神不振貌。

〔九〕「宿酲」句：張説《翻著葛巾呈趙尹》：「宿酒何時醒。」白居易《和寄樂天》：「宿酲和别思。」宿酲：宿醉。《詩經·小雅·節南山》：「憂心如酲。」毛《傳》：「病酒曰酲。」

又

七月芙蓉生翠水〔一〕。明霞拂臉新妝媚〔二〕。疑是楚宫歌舞妓。争寵麗。臨風起舞誇腰細〔三〕。　烏鵲橋邊新雨霽。長河清水冰無地〔四〕。此夕有人千里外。經年歲。猶嗟不及牽牛會〔五〕。

【注釋】

〔一〕翠水：仙河。《太平廣記》卷五六引《集仙録》：「九層玄室，紫翠丹房。左帶瑶池，右環翠水。」《洞冥記》卷三：「仙人凫伯子，常遊翠水之涯。」此處喻水面清澈。

〔二〕「明霞」句：以曉霞妝喻蓮花。伊世珍《瑯嬛記》卷中引《采蘭雜志》：「夜來初入魏宫。一夕，文帝在燈下詠，以水晶七尺屏風障之。夜來至，不覺面觸屏上，傷處如曉霞將散。自是宫人俱用胭脂仿畫。名曉霞妝。」

〔三〕「疑是」三句：《韓非子·二柄》：「楚靈王好細腰，而國中多餓人。」《管子·七臣七主》：「夫楚王好小腰，而美人省食。」李商隱《柳》：「楚宫先騁舞姬腰。」

〔四〕無地：極其，無限。李白《上安州李長史書》：「啓處不遑，戰跼無地。」

〔五〕「經年」二句：徐凝《七夕》：「别離還有經年客，悵望不如河鼓星。」

又

八月微凉生枕簟〔一〕。金盤露洗秋光淡〔二〕。池上月華開寶鑒〔三〕。波瀲灩。故人千里應凭檻〔四〕。　蟬樹無情風苒苒〔五〕。燕歸碧海珠簾掩〔六〕。沈臂冒霜潘鬢減①〔七〕。愁黯黯。年年此夕多悲感。

【校記】

①臂：字下注：「疑。」天理本同。

【注釋】

〔一〕「八月」句：盧殷《月夜》：「露下凉生簟，無人月滿庭。」簟：竹席。

〔二〕金盤露洗：陽休之《春日》：「柔露洗金盤，輕絲綴珠網。」金盤，承露之盤。韓偓《中秋禁直》：「露和玉屑金盤冷，月射珠光貝闕寒。」　秋光淡：秋色未深。寇準《初秋即事》：「蓮衰小渚秋光淡，蟬噪平林夕照微。」

〔三〕寶鑒：喻明月。白居易《新婦石》：「莫道面前無寶鑒，月來山下照夫人。」

〔四〕「故人」句：子蘭《登樓》：「故人千里同明月，盡夕無言空倚樓。」白居易《寄湘靈》：「遥知別後西樓上，應凭闌干獨自愁。」

〔五〕蟬樹無情：李商隱《蟬》：「五更疏欲斷，一樹碧無情。」　冉冉：輕柔貌。李中《鍾陵春思》：

「冉冉風香花正開。」

〔六〕燕歸碧海：古人以爲燕子自海東而來，秋時返回，故云。碧海，海之美稱。《海内十洲記》：「扶桑在東海之東岸，岸直。陸行登岸一萬里，東復有碧海。海廣狹浩汗，與東海等，水既不鹹苦，正作碧色，甘香味美。」

〔七〕沈臂：《梁書·沈約傳》：「（約）與徐勉素善，遂以書陳情於勉曰：『……百日數旬，革帶常應移孔，以手握臂，率計月小半分。以此推算，豈能支久？』」冒霜：即爲風霜所侵。潘鬢：潘岳《秋興賦序》：「余春秋三十有二，始見二毛。」元稹《酬翰林白學士代書一百韻》：「甯牛終夜永，潘鬢去年衰。」

又

九月重陽還又到。東籬菊放金錢小〔一〕。月下風前愁不少。誰語笑。吴娘搗練腰肢裊〔二〕。　槁葉半軒慵更掃〔三〕。凭欄豈是閑臨眺。欲向南雲新雁道〔四〕。休草草〔五〕。來時覓取伊消耗〔六〕。

【注釋】

〔一〕東籬：陶淵明《飲酒》：「采菊東籬下，悠然見南山。」金錢：喻菊花。杜甫《秋雨歎》：「著葉滿枝翠羽蓋，開花無數黄金錢。」

〔二〕吴娘：江南女子。白居易《對酒自勉》：「夜舞吴娘袖，春歌蠻子詞。」　搗練：搗洗熟絹，使之柔軟熨帖。李群玉《九日巴丘楊公臺上讌集》：「誰家搗練孤城暮，何處題衣遠信回。」　腰肢裊：腰身婀娜輕盈。柳永《木蘭花》：「酥娘一搦腰肢裊。」

〔三〕「槁葉」句：尹鶚《滿宫花》：「風流帝子不歸來，滿地禁花慵掃。」　慵：懶惰，懶散。

〔四〕南雲新雁：江總《於長安歸還揚州九月九日行薇山亭賦韻》：「心逐南雲逝，形隨北雁來。」

〔五〕草草：匆忙、倉促。杜甫《送長孫九侍御赴武威判官》：「問君適萬里，取别何草草。」

〔六〕消耗：消息。穆修《贈適公上人》：「喜得師消耗，從僧問不休。」

又

十月輕寒生晚暮。霜華暗卷樓南樹〔一〕。十二欄干堪倚處〔二〕。聊一顧。亂山衰草還家路。　悔别情懷多感慕。胡笳不管離心苦〔三〕。猶喜清宵長數鼓〔四〕。雙繡户〔五〕。夢魂儘遠還須去。

【注釋】

〔一〕霜華：即霜花。　卷：謂樹葉枯萎凋零。顔延之《秋胡行》：「原隰多悲凉，回飆卷高樹。」

〔二〕十二欄干：南朝樂府《西洲曲》：「欄干十二曲，垂手明如玉。」

〔三〕胡笳：古代西北民族所用管樂器，後傳入中原，漢魏鼓吹樂中常用之，其聲悲愴。孟浩然《凉州詞》：「異方之樂令人悲，羌笛胡笳不用吹。」

〔四〕長數鼓：指入冬後晝短夜長。鼓，街鼓，用以報時。

〔五〕繡户：雕飾華美之屋。

又

律應黄鐘寒氣苦〔一〕。冰生玉水雲如絮〔二〕。千里鄉關空倚慕。無尺素。雙魚不食南鴻渡〔三〕。　把酒遣愁愁已去。風摧酒力愁還聚〔四〕。却憶獸爐追舊處〔五〕。頭懶舉。爐灰剔盡痕無數〔六〕。

【注釋】

〔一〕律應黄鐘：見本調（十一月新陽排壽宴）注〔二〕。

〔二〕玉水：本指産玉之水，《文選·顔延年〈贈王太常〉》：「玉水記方流，璇源載圓折。」李善注：「《尸子》曰：『凡水，其方折者有玉，其圓折者有珠也。』」此處爲水之美稱，喻其清瑩。

〔三〕「雙魚」二句：謂音信阻隔。尺素：小幅絹布，用於寫信。雙魚：古樂府《飲馬長城窟行》：「客從遠方來，遺我雙鯉魚。呼兒烹鯉魚，中有尺素書。」

〔四〕「把酒」二句：李白《宣州謝朓樓餞别校書叔雲》：「舉杯銷愁愁更愁。」韋莊《愁》：「避愁愁又至，愁至事難忘。」

〔五〕追：追憶，懷念。

〔六〕剔：挑去，去除。唐彦謙《無題》：「滿園芳草年年恨，剔盡燈花夜夜心。」

又

臘月年光如激浪〔一〕。凍雲欲折寒根向①〔二〕。謝女雪詩真絶唱。無比况。長堤柳絮飛來往〔三〕。　便好開樽誇酒量。酒闌莫遣笙歌放〔四〕。此去青春都一餉〔五〕。休悵望。瑶林即日堪尋訪〔六〕。

【校記】

①向：字下注：「疑。」天理本同。

【注釋】

〔一〕臘月：十二月。古時十二月有歲終之祭，曰臘祭。《説文》：「冬至後三戌，臘祭百神。」故稱。

〔二〕「凍雲」句：謂寒雲低垂枝頭，似被樹榦撑裂。曹松《僧院松》：「古甲磨雲拆，孤根捉地堅。」　凍雲：冬日寒雲。方干《冬日》：「凍雲愁暮色，寒日淡斜暉。」　折：同「拆」，裂開。寒根：謂寒日之松。李商隱《李肱所遺畫松詩書兩紙得四十韻》：「孤根邈無倚，直立撑鴻濛。」

〔三〕「謝女」三句：《世説新語·言語》：「謝太傅（安）寒雪日内集，與兒女講論文義。俄而雪驟，公欣然曰：『白雪紛紛何所似？』兄子胡兒曰：『撒鹽空中差可擬。』兄女（謝道韞）曰：『未若柳絮因風起。』公大笑樂。」比况：比擬。

〔四〕酒闌：酒殘，謂酒筵將散。放：消歇，停止。馮延巳《采桑子》：「笙歌放散人歸去。」

〔五〕「此去」句：柳永《鶴沖天》：「青春都一餉。忍把浮名，换了淺斟低唱。」一餉：片刻，指時間短暫。

〔六〕瑶林：樹林爲白雪覆蓋，如美玉雕砌而成。張説《奉和聖製温湯對雪應制》：「宫似瑶林匝，庭如月華滿。」

近體樂府卷三

南歌子①

鳳髻金泥帶〔一〕，龍紋玉掌梳〔二〕。走來窗下笑相扶②。愛道畫眉深淺、入時無〔三〕。弄筆偎人久〔四〕，描花試手初〔五〕。等閑妨了繡功夫③〔六〕。笑問雙鴛鴦字④、怎生書。（又見《醉翁琴趣外篇》卷六、《樂府雅詞》卷上、《花草粹編》卷五、《天機餘錦》卷四、《精選古今詩餘醉》卷一二、《古今詞統》卷七、《詞綜》卷四、《歷代詩餘》卷二四、《詞律》卷一、《詞則·閑情集》卷一、《詞軌》卷四。）

【箋證】

此首《樂府雅詞》注云：「《草堂》云僧仲殊作。」《全宋詞》斷爲歐陽修詞。又劉《録》繫此詞於天聖九年（一〇三一），歐陽修時任西京留守推官，在洛陽，娶胥偃之女爲妻，此詞或爲新婚燕爾之作。

【校記】

①《花草粹編》調作《南柯子》。《精選古今詩餘醉》、《古今詞統》題作「美人」。②走：《歷代詩餘》、《詞律》作「去」。③功：《醉翁琴趣外篇》、吴本、《樂府雅詞》、《花草粹編》、《古今詞統》、《詞綜》、《歷代詩餘》、《詞律》作「工」。④笑：《醉翁琴趣外篇》奪。雙鴛鴦字：《古今詞統》、

《詞律》作「鴛鴦兩字」。

【注釋】

〔一〕鳳髻：女子髮式。唐宇文氏《妝臺記》：「周文王於髻上加珠翠翹花，傅之鉛粉，其髻高，名曰鳳髻。」金泥帶：金屑所飾髻帶。金泥，即金屑。孟浩然《宴張記室宅》：「玉指調箏柱，金泥飾舞羅。」

〔二〕玉掌梳：玉柄之梳。古時稱梳柄爲梳掌，韋誕《筆方》：「茹訖，各別之。皆用梳掌痛拍整齊。」

〔三〕「愛道」句：朱慶餘《近試上張籍水部》：「妝罷低聲問夫婿，畫眉深淺入時無。」

〔四〕弄筆：隨意描畫。元稹《閨晚》：「調弦不成曲，學書徒弄筆。」

〔五〕描花：刺繡前用毛筆勾勒花形。胡令能《觀鄭州崔郎中諸妓繡樣》：「日暮堂前花蕊嬌，爭拈小筆上床描。」

〔六〕「等閑」句：許岷《木蘭花》：「繡畫工夫全放却。」等閑：平白、無端。劉禹錫《竹枝詞》：「長恨人心不如水，等閑平地起波瀾。」

【附録】

《草堂詩餘別集》卷二沈際飛評：前段態，後段情，各盡。不得以蕩目之。又：蛾眉不肯讓人，即在「入時」句中。

先著、程洪《詞潔輯評》卷二：公老成名德，而小詞當行乃爾！

萬樹《詞律》卷一《南歌子》：此比唐詞加後一叠，宋人皆用此體。《圖譜》於此調不收，何也？兩結語氣可上六下三，亦可上四下五。

賀裳《皺水軒詞筌》：詞家須使讀者如身履其地，親見其人，方爲蓬山頂上。如和魯公「幾度試香纖手暖，一回嘗酒絳唇光」，賀方回「約略整鬟釵影動，遲回顧步佩聲微」，歐陽公「弄筆偎人久，描花試手初」……真覺儼然如在目前，疑於化工之筆。

許昂霄《詞綜偶評》：真覺娉娉裊裊。

楊希閔《詞軌》卷四：此詞亦不類公作。

謝章鋌《賭棋山莊詞話》卷四：純寫閨襜，不獨詞格之卑，抑亦靡薄無味，可厭之甚也。然其中却有毫釐之辨。作情語勿作綺語，綺語設爲淫思，壞人心術。情語則熱血所鍾，纏綿惻悱，而即近知遠，即微知著，其人一生大節，可於此得其端倪。「笑問雙鴛鴦字怎生書」，出自歐陽文忠。「殘燈明滅枕頭攲，諳盡孤眠滋味」，出自范文正。是皆一代名德，慎勿謂曲子相公皆輕薄者。

陳廷焯《雲韶集》卷二：運用成句，無害風雅。錦心繡口，其詞在有意無意之間，其情有若合若離之妙。

陳廷焯《白雨齋詞話》卷一：小山詞……曲折深婉，自有艷詞，更不得不讓伊獨步。視永叔之「笑問雙鴛鴦字怎生書」、「倚闌無緒更兜鞋」等句，雅俗判然矣。

梁啓勛《曼殊室詞話》卷一：此六一居士之《南歌子》也，不似理學名臣語氣。

御街行

天非華艷輕非霧①。來夜半、天明去。來如春夢不多時②，去似朝雲何處③〔一〕。乳鷄酒燕④〔二〕，落星沉月⑤，紞紞城頭鼓〔三〕。　參差漸辨西池樹。朱閣斜欹户⑥。緑苔深徑少人行，苔上屐痕無數〔四〕。遺香餘粉⑦，剩衾閑枕⑧，天把多情賦⑨。（又見《樂府雅詞》卷上、《花草粹編》卷八、《歷代詩餘》卷四九、《欽定詞譜》卷一八、《詞律拾遺》卷二。）

【箋證】

此首别作張先詞，見明吴訥《唐宋名賢百家詞》本《張子野詞》及鮑廷博刻知不足齋本《張子野詞補遺》，《花草粹編》、《歷代詩餘》、《欽定詞譜》、《詞律拾遺》同之。《全宋詞》於張先、歐陽修下俱收録。

【校記】

①華：《張子野詞》、《花草粹編》、《歷代詩餘》、《欽定詞譜》、《詞律拾遺》作「花」。　②如：《樂府雅詞》作「時」。　③何處：《花草粹編》作「無覓處」三字。　④乳：《張子野詞》、《歷代詩餘》、《詞律拾遺》作「遠」。　酒：《張子野詞》、《花草粹編》、《歷代詩餘》、《欽定詞譜》、《詞律拾遺》作「栖」。　⑤落星沉月：《花草粹編》作「落月沉星」。　⑥朱：《張子野詞》、《歷代詩餘》、《欽定詞譜》、《詞律拾遺》作「珠」。　欹：《張子野詞》、《花草粹編》、《歷代詩餘》、《欽定詞譜》、《詞律拾遺》作「開」。

⑦遺香餘粉：《張子野詞》、《歷代詩餘》、《詞律拾遺》作「餘香遺粉」，《花草粹編》作「殘香遺粉」。⑧剩衾閑枕：《花草粹編》作「閑衾剩枕」。　⑨賦：《張子野詞》、《花草粹編》、《歷代詩餘》、《詞律拾遺》作「付」。

【注釋】

〔一〕「夭非」四句：白居易《花非花》：「花非花，霧非霧。夜半來，天明去。來如春夢幾多時，去似朝雲無覓處。」　夭：美麗貌。《詩經·周南·桃夭》：「桃之夭夭，灼灼其華。」　華艷：即花艷。

〔二〕乳鷄酒燕：謂離别之宴。先秦無名氏《琴歌》：「百里奚，初娶我時五羊皮，臨當相别時烹乳鷄。」王之道《次韻董令升梅花》：「聞説歸舟陽羡去，應容酌别爲烹鷄。」燕，同「宴」。

〔三〕紞紞：鼓聲。晉歌謡《吴郡民爲鄧攸歌》：「紞如打五鼓，鷄鳴天欲曙。」　城頭鼓：城頭報晨之鼓。劉禹錫《平蔡州》：「汝南晨鷄喔喔鳴，城頭鼓角音和平。」

〔四〕「苔上」句：劉長卿《尋南溪常山道人隱居》：「一路經行處，莓苔見履痕。」

桃源憶故人①

梅梢弄粉香猶嫩②〔一〕。欲寄江南春信③〔二〕。别後寸腸縈損④。説與伊争穩⑤〔三〕。

小爐獨守寒灰燼⑥。忍淚低頭畫盡⑦〔四〕。眉上萬重新恨⑧〔五〕。竟日無人問。〔又見《醉翁琴趣外篇》卷五、《樂府雅詞》卷上、《花草粹編》卷四、《歷代詩餘》卷一九、《欽定詞譜》卷七。）

【校記】

①調下注：「一名《虞美人影》。」毛本調作《虞美人影》。《醉翁琴趣外篇》目録作《虞美人引》，書中作《虞美人影》。②嫩：《醉翁琴趣外篇》作「泥」。③春：字下注：「一作『芳』。」④寸：《醉翁琴趣外篇》作「危」，《欽定詞譜》作「愁」。縈：字下注：「一作『愁』。」《醉翁琴趣外篇》作「愁」。⑤説與：《醉翁琴趣外篇》作「算得」。⑥寒：《花草粹編》作「空」。⑦低頭：字下注「一作『無語』。」《樂府雅詞》作「無言」。⑧萬重新恨：《醉翁琴趣外篇》作「萬般情」。

【注釋】

〔一〕弄粉：謂梅花初綻。白居易《新春江次》：「粉片妝梅朵，金絲刷柳條。」

〔二〕「欲寄」句：用陸凱寄梅事，見《漁家傲》（對酒當歌勞客勸）注〔六〕。

〔三〕爭穩：怎忍、怎安。穩，安心。陳師道《示三子》：「了知不是夢，忽忽心未穩。」

〔四〕「小爐」二句：羅鄴《冬日旅懷》：「幾多悵望無窮事，空畫爐灰坐到明。」畫：撥劃爐灰。

〔五〕「眉上」句：武元衡《春日偶作》：「美人歌白苧，萬恨在蛾眉。」

少年行

又①

鶯愁燕苦春歸去。寂寂花飄紅雨〔一〕。碧草緑楊岐路〔二〕。況是長亭暮〔三〕。

客情難訴②。泣對東風無語〔四〕。目斷兩三烟樹〔五〕。翠隔江淹浦〔六〕。（又見《花草粹編》卷四、《詞綜》卷四、《歷代詩餘》卷一九。）

【校記】

①《詞綜》調作《虞美人影》 ②少：毛本作「小」。 行：《詞綜》作「作」。

【注釋】

〔一〕紅雨：喻落花。劉禹錫《百舌吟》：「花樹滿空迷處所，摇動繁英墜紅雨。」

〔二〕岐路：即歧路。謂分别之地。謝朓《拜中軍記室辭隨王箋》：「歧路西東，或以歍唈。」

〔三〕長亭：古時大道邊多建有亭驛，十里一長亭，五里一短亭，共旅人歇息。

〔四〕泣對東風：李頻《送友人下第歸宛陵》：「共泣東風别，同爲滄海人。」

〔五〕目斷：目極、目盡。李商隱《潭州》：「目斷故園人不至。」 兩三烟樹：柳永《采蓮令》：「寒江天外，隱隱兩三烟樹。」

〔六〕江淹浦：代指分别之地。江淹《别賦》：「送君南浦，傷如之何。」

臨江仙①

柳外輕雷池上雨②〔一〕，雨聲滴碎荷聲。小樓西角斷虹明〔二〕。欄干倚處③，待得月華生〔三〕。 燕子飛來窺畫棟〔四〕，玉鈎垂下簾旌〔五〕。凉波不動簟紋平〔六〕。水精雙枕④，傍有墮釵横⑤〔七〕。（又見《醉翁琴趣外篇》卷六、《樂府雅詞》卷上、《草堂詩餘》前集卷下、《類編草堂詩餘》卷二、《花草粹編》卷七、《精選古今詩餘醉》卷五、《詞學筌蹄》卷四、《詞綜》卷四、《歷代詩餘》卷三五、《詞選》卷一、《宋四家詞選》、《詞則·閑情集》卷一、《宋六十一家詞選》卷一、《詞軌》卷四。）

【箋證】

此詞當作於天聖九年（一〇三一）至明道二年（一〇三三）間，歐陽修時任西京留守推官，在洛陽。

據錢世昭《錢氏私志》載，本詞作於錢惟演席上，且因「失釵」而作。按《私志》一書，詆歐陽修甚力，其所載「失釵」之事，當不足據，今人已辯之。然此詞作於錢惟演席上，則當可信。錢惟演於天聖九年至明道二年任西京留守，與歐陽修、謝絳、尹洙、梅堯臣等多有詩酒之會，如明道元年中伏日，錢惟演與歐陽修、梅堯臣等會於池亭，歐、梅分别作《錢相中伏日池亭宴會分韻》、《太尉相公中伏日池亭宴會》以記之。本詞擬構夏日情事，或即作於此次池亭之宴，而爲錢氏後人所附會。

【校記】

①《類編草堂詩餘》、《花草粹編》、《精選古今詩餘醉》、《詞學筌蹄》題作「夏景」。②柳：《草堂詩餘》、《類編草堂詩餘》、《花草粹編》、《詞學筌蹄》作「池」。③倚處：《詞學筌蹄》作「閑倚處」三字。④精：《醉翁琴趣外篇》、《樂府雅詞》、《草堂詩餘》、《類編草堂詩餘》、《花草粹編》、《詞學筌蹄》作「晶」。雙枕：吴本作「雙枕畔」三字。⑤傍：《樂府雅詞》作「畔」。

【注釋】

〔一〕「柳外」句：李商隱《無題》：「颯颯東風細雨來，芙蓉塘外有輕雷。」

〔二〕斷虹：殘虹。梅堯臣《依韻和許發運真州東園新成》：「河渾遠波漲，雨急斷虹明。」

〔三〕「欄干」二句：許渾《將歸姑蘇南樓餞送李明府》：「更倚朱闌待月明。」歐陽彬《生查子》：「待得月華來，滿院如鋪練。」

〔四〕「燕子」句：張若虛《代答閨夢還》：「燕入窺羅幕，蜂來上畫衣。」

〔五〕玉鈎：簾鈎之美稱。丁仙芝《長寧公主舊山池》：「座卷流黄簟，簾垂白玉鈎。」　簾旌：簾幕上端所綴布帛，亦泛指簾幕。

〔六〕「涼波」句：謂竹製席面光滑細膩，紋如細波。顧敻《遐方怨》：「簾影細，簟紋平。」鹿虔扆《虞美人》：「象床珍簟冷光輕，水紋平。」

〔七〕「水精」二句：李商隱《偶題》：「水文簟上琥珀枕，傍有墮釵雙翠翹。」　水精雙枕：水晶所製涼枕，用以祛暑。崔珏《水晶枕》：「千年積雪萬年冰，掌上初擎力不勝。」

【附録】

王楙《野客叢書》卷二四：歐公詞曰：「池外輕雷池上雨，雨聲滴碎荷聲」云云，末曰：「水晶雙枕，旁有墮釵横。」此詞甚膾炙人口。舊説謂歐公爲郡幕日，因郡宴，與一官妓荏苒，郡守得知，令妓求歐詞以免過，公遂賦此詞。僕觀此詞正祖李商隱《偶題詩》，云：「小亭閑眠微醉消，石榴海柏枝相交，水紋簟上琥珀枕，旁有墮釵雙翠翹。」又「池外輕雷」亦用商隱「芙蓉塘外有輕雷」之語。「好風微動簾旌」，用唐《花間集》中語。

《新刻李于鱗先生批評注釋草堂詩餘雋》卷三：上叙首夏清和之景，下叙宮中華麗之樂。又：雨聲花聲，景色入眸。　又：枕傍釵痕，情思悠遠。　又：此詞寫四月夏光，而以閨情點綴，最堪玩賞。

《新刻題評名賢詞話草堂詩餘》卷四：此以輕雷、時雨、荷花點出四月清和之景，又叙宮中華麗之可樂也。

《重刻草堂詩餘評林》卷二：以夏景即事，大雷時雨荷花，正是四月天和之景，又形容宮中富人清高，詞猶富麗。

《草堂詩餘正集》卷二沈際飛評：雨忽虹，虹忽月，夏景爾爾，拈筆不同。玩末句風韻，直當凌厲秦、黄，一金釵曷足以償之？

尤侗《五九枝譚》：范文正之剛正，而詞云：「酒入愁腸，化作相思淚。」歐陽文忠之勁直，而詞云：「水晶雙枕，傍有墜釵横。」故知情之所鍾，老子於此興復不淺。

尤侗《浣雪齋詞序》：宋之古文，歐、蘇其首也。歐之「水晶雙枕」，艷情獨絶；蘇之「枝上柳綿」，使人惘然有傷春意。二公之詞，深得風人哀樂之旨，何嘗以此貶其文價耶？

許昂霄《詞綜偶評》：不假雕飾，自成絶唱。　按義山《偶題》云：「水文簟上琥珀枕，傍有墮釵雙翠翹。」結語本此。

楊希閔《詞軌》卷四：《堯山堂外紀》：錢文僖公宴客後園，一官妓與永叔後至，詰之，妓云中暑，往涼亭睡覺，失金釵，猶未見。錢曰：乞得歐陽推官詞，當即償汝。永叔即席賦《臨江仙》云云，坐皆擊節，令妓滿斟送歐，而令公庫償錢。《野客叢談》云：此詞起句用李義山「芙蓉塘外有輕雷」語，「好風微動簾旌」用唐《花間集》中語，末用義山《偶題》詩「小亭閑眠微醉消，石榴梅柏枝相交。水紋簟上琥珀枕，旁有墮釵雙翠翹。」閔案：前説或附會，且存疑，後説却見公醞釀之工。

王闓運《湘綺樓評詞》：原鈔作窺畫棟，垂簾矣，何得始窺。且此寫閨人睡景，非狎語也，豈有自嘲自狀之人。因垂簾不能歸棟，故窺也。

陳廷焯《雲韶集》卷二：起筆精秀，風致楚楚。筆亦沉細。風流閑雅，宜令滿酌賞歐而使公庫償金釵也。

陳廷焯《詞則·閑情集》卷一：遣詞大雅，宜爲文僖所賞。

汪兆鏞《椶窗雜記》：《湘綺樓詞選》三卷，湘潭王壬秋闓運纂。於古人詞多所竄改。如歐陽永叔之「燕子飛來窺畫棟，玉鈎垂下簾旌」，改「窺」作「歸」，謂「垂簾矣，何得始窺」，不知垂簾燕子正不得歸，必著一「窺」字；簟紋雙枕，皆從「窺」字寫出，故妙。改作「歸」則涉呆相矣。

俞陛雲《唐五代兩宋詞選釋》：後三句善寫麗情，未乖貞則，自是雅奏。

高旭《論詞絶句三十首》其十一：歐陽居士富風情，晚歲依然綺思横。癡絶文章老宗伯，水精枕畔聽釵聲。

張伯駒《叢碧詞話》：如永叔《臨江仙》「柳外輕雷池上雨」一闋結句云：「水精雙枕，傍有墮釵横。」《野客叢書》謂舊説歐公爲郡幕日，因郡宴與一官妓荏苒，郡守得知，令妓求歐詞以免過，公遂爲此詞。《堯山堂外紀》亦云：「永叔任河南推官，親一妓。時錢文僖公爲西京留守，一日，宴於後園，客集而歐與妓後至，錢責妓未至，妓云：中暑往凉堂睡覺，失金釵，猶未見。錢曰：若得歐推官一詞，當爲償汝。歐即席賦詞，坐皆擊節。命妓滿斟送歐，而令公庫償錢。」楊升庵《詞品》云：「離思黯然，道學人亦作此情語。」王壬秋則謂此詞係「寫閨人睡景，亦狎語也」。余以爲有其詞，不必有其事，後人但賞好詞。有其事不必問無其事，更不可加以附會。

俞平伯《唐宋詞選釋》中卷：借燕子飛來逗入室内光景。燕亦只能隔簾窺看，寫得極細。下片只寫景，不言人物情致，和晚唐韓偓詩《已凉》一篇寫法亦相似。

姜亮夫《詞選箋注》：舊題「妓席」。諸本「傍」下皆有「猶」字。全首皆從實景著筆，前半惟「闌干倚處，待得月華」二句中有人，過片從「燕窺」説起，説到簟紋平。疑乎無他，結處乃云「猶有墜釵」。振動全詞，覺句句有人矣，立意高遠。

鍾應梅《蕊園説詞》：昔人有謂「凉波不動簟紋平。水精雙枕，旁有墮釵横」蓋祖李義山《偶題》「水紋簟上琥珀枕，旁有墮釵雙翠翹」之句。又此詞起句「柳外輕雷池上雨」，亦用義山「芙蓉塘外有輕雷」之語。余謂歐詞雖從李詩化出，而情韻過之。蓋詞之爲體，其輕靈曲達之用，有過於詩，是以宋人化古人詩入詞者，往往青出於藍而勝於藍。

又

記得金鑾同唱第〔一〕，春風上國繁華〔二〕。如今薄宦老天涯〔三〕。十年歧路〔四〕，空負曲江花〔五〕。　聞説閬山通閬苑〔六〕，樓高不見君家。孤城寒日等閑斜〔七〕。離愁難盡，紅樹遠連霞〔八〕。（又見《醉翁琴趣外篇》卷六、《詞綜》卷四、《歷代詩餘》卷三五。）

【箋證】

本詞作於慶曆六年（一〇四六）前後，歐陽修時知滁州。

文瑩《湘山野録》卷上載其本事：「歐陽公頃謫滁州，一同年將赴閬倅，因訪之，即席爲一曲歌以送。曰：『記得金鑾同唱第。（略）』其飄逸清遠，皆白之品流也。……予皇祐中，都下已聞此闋，歌於人口者二十年矣。」又《彙評》以爲文瑩所言「皇祐」一語或爲「嘉祐」之誤，因「自慶曆六年至皇祐六年猶不足十年」，無「歌於人口者二十年」之理。然「皇祐」一詞或無誤，文中所謂「歌於人口二十年」者，乃指皇祐（一〇四九—一〇五四）至熙寧（一〇六八—一〇七七）年間，蓋文瑩皇祐年間於汴京聽人傳唱此詞，待其熙寧年間撰寫《湘山野録》時，此詞仍「歌於人口」，前後正二十餘年。

【注釋】

〔一〕金鑾：金鑾殿。唐宮殿名，後泛指皇宮正殿。　唱第：科考後於朝堂之上宣唱及第者名次，並由皇帝召見。亦稱臚唱。

〔二〕「春風」句：孟郊《登科後》：「春風得意馬蹄疾，一日看盡長安花。」　上國繁華：舒元輿《牡丹賦》：「由此京國牡丹，日月寖盛。今則自禁闥洎官署，外延士庶之家，瀰漫如四瀆之流，不知其止息之地。每暮春之月，遨遊之士如狂焉。亦上國繁華之一事也。」上國，指京城。

〔三〕「如今」句：劉禹錫《郡齋書懷寄江南白尹兼簡分司崔賓客》：「年年爲郡老天涯。」　薄宦：官微職卑，仕宦不顯。《南史·陶潛傳》：「潛弱年薄宦，不潔去就之迹。」王維《資聖寺送甘二》：「浮生信如寄，薄宦夫何有。」

〔四〕十年歧路：鄭谷《倦客》：「十年五年歧路中，千里萬里西復東。」

〔五〕曲江花：謂科舉及第。白居易《和春深》：「唯求太常第，不管曲江花。」曲江，即曲江池，在今陝西西安東南，唐代遊宴勝地，新科及第者每大宴於此。李肇《唐國史補》卷下：「進士爲時所尚久矣……既捷，列書其姓名於慈恩寺塔，謂之題名會，大醼於曲江亭子，謂之曲江會。」

〔六〕閬苑：本指閬風之苑，神仙所居之地。《水經注·河水》：「崑崙之山三級，下曰樊桐，一名板桐；二曰玄圃，一名閬風；上曰層城，一名天庭，是爲太帝之居。」唐初魯王靈夔、滕王元嬰鎮閬州，以衙中卑陋，遂修飾宏大，擬於宮苑，名曰「隆苑」，後以避明皇諱，改名閬苑。

〔七〕「孤城」句：韋莊《舊居》：「青雲容易散，白日等閑斜。」

〔八〕「紅樹」句：楊億《夕陽》：「綠蕪平度鳥，紅樹遠連霞。」　紅樹：即楓樹。

聖無憂

世路風波險①〔一〕，十年一别須臾②〔二〕。人生聚散長如此，相見且歡娱〔三〕。　好酒能消光景〔四〕，春風不染髭鬚〔五〕。爲公一醉花前倒，紅袖莫來扶〔六〕。（又見《醉翁琴趣外篇》卷三、《樂府雅詞》卷上、《花草粹編》卷四、《嘯餘譜》卷四、《歷代詩餘》卷一七、《詞律》卷五。）

【箋證】

劉《録》繫此詞於皇祐元年（一〇四九），歐陽修時知潁州。該年，乾德舊友歐世英來訪，歐陽修作《秀才歐世英惠然見訪於其還也聊以贈之》詩，中有「相逢十年舊，暫喜一尊同。昔日青衫令，今爲白髮翁」句，與詞意相近，或作於同時。

【校記】

①世：《醉翁琴趣外篇》作「對」，《嘯餘譜》、《詞律》作「此」。　②十：毛本作「千」。

【注釋】

〔一〕「世路」句：白居易《除夜寄微之》：「世路風波子細諳。」徐鉉《和江西蕭少卿見寄》：「世路風波自翻覆。」

〔二〕「十年」句：李頻《寄友人》：「一别一相見，須臾老此生。」

〔三〕「相見」句：白居易《喜見劉同州夢得》：「論心共牢落，見面且歡娱。」

〔四〕消：消磨，消遣。光景：時光，光陰。李白《相逢行》：「光景不待人，須臾髮成絲。」

〔五〕「春風」句：白居易《代諸妓贈送周判官》：「好與使君爲老伴，歸來休染白髭鬚。」髭鬚：即鬍鬚。脣上曰髭，脣下曰鬚。

〔六〕「紅袖」句：白居易《對酒吟》：「今夜還先醉，應煩紅袖扶。」杜牧《寄杜子》：「且教紅袖醉來扶。」

【附録】

《詞律》卷五《錦堂春》：按歐公有《聖無憂》一詞，四十七字，與《錦堂春》同，只首句少一字，初謂是兩體，然觀李後主《烏夜啼》一首，首句亦五字，正與《聖無憂》同。蓋《錦堂春》原别名《烏夜啼》也。是則《錦堂春》本有五字起句之格，而《聖無憂》之五字起者，斷即是《錦堂春》耳。本譜務覈實歸併，不欲侈異誇多，故不收《聖無憂》體，而並載歐、李二篇於後，以資考證，識者鑒諸。

浪淘沙

把酒祝東風。且共從容〔一〕。垂楊紫陌洛城東。總是當時携手處①〔二〕，遊遍芳叢。

聚散苦匆匆。此恨無窮。今年花勝去年紅〔三〕。可惜明年花更好②，知與誰同〔四〕。（又見《醉翁琴趣外篇》卷三、《樂府雅詞》卷上、《草堂詩餘》前集卷上、《類編草堂詩餘》卷一、《花草粹編》卷五、《詞學筌蹄》卷五、《詞的》卷二、《詞綜》卷四、《歷代詩餘》卷二六、《詞則·别調集》卷一、《宋六十一家詞選》卷一、《詞軌》卷四。）

【箋證】

此詞嚴《譜》、劉《録》繫於明道二年（一〇三三）前後，歐陽修時任西京留守推官，居洛陽。歐陽修於天聖九年（一〇三一）三月至洛陽任西京留守推官，與尹洙、梅堯臣等結爲摯友。同年，娶胥偃之女爲妻。明道元年（一〇三二），尹洙、梅堯臣相繼離洛，二年（一〇三三），妻胥氏病逝。此詞描寫洛城春色，且寓悼亡惜别之意，當即作於此時。又明道元年（一〇三二），歐陽修有書致梅堯臣云：「人生不一歲，參差遂如此。因思百年中，升沉生死，離合異同，不知後會復幾人，得同不得同也。」與詞作意旨相近。

【校記】

①時：《草堂詩餘》、《類編草堂詩餘》、《花草粹編》、《詞學筌蹄》、《詞的》作「年」。　②可惜：卷末校：「一作『料得』。」《詞綜》字下注：「一作『料得』。」《歷代詩餘》作「料得」。

【注釋】

〔一〕「把酒」二句：司空圖《酒泉子》：「黄昏把酒祝東風，且從容。」　祝：祈求、祈禱。　從容：盤桓逗留。

〔二〕携手處：杜牧《逢故人》：「正傷携手處，况值落花時。」

〔三〕「今年」句：岑參《韋員外家花樹歌》：「今年花似去年好。」

〔四〕「可惜」二句：劉希夷《代悲白頭翁》：「今年花落顔色改，明年花開復誰在。」

【附録】

黄溥《詩學權輿》卷一二：此詞寫出感物懷舊之情，惜老傷時之意，甚真切。

《草堂詩餘正集》卷二沈際飛評：（「今年」三句）雖少含蘊，不失爲情語。

《新刻李于麟先生批評注釋草堂詩餘雋》卷二：上憶舊同遊之處，下想來春同賞之人。又：過接處殊無穿鑿痕。

沈雄《柳塘詞話》卷一：歐陽公云：「把酒祝東風，且共從容。」與東坡《虞美人》云：「持杯邀勸天邊月，願月圓無缺。」同一意致。又：意自「明年此會知誰健」中來。

許昂霄《詞綜偶評》評司空圖《酒泉子》「黄昏把酒祝東風，且從容」句：歐公《浪淘沙》起語本此。然删去「黄昏」二字，便覺寡味。

黄蘇《蓼園詞評》：按末二句，憂盛危明之意，持盈保泰之心，在天道則虧盈益謙之理，俱可悟得。大有理趣，却不庸腐。粹然儒者之言，令人玩味不盡。

陳廷焯《詞則·别調集》卷一：想到明年，真乃匪夷所思，非有心人如何道得？

陳廷焯《雲韶集》卷一評司空圖《酒泉子》（買得杏花）詞：遣詞命意是六一公之祖也。

陳廷焯《雲韶集》卷二：字字有心。想到明年，語至情真，低徊不盡。

俞陛雲《唐五代兩宋詞選釋》：因惜花而懷友，前歡寂寂，後會悠悠，至情語以一氣揮寫，可謂深情如水，行氣如虹矣。

陳兼與《讀詞枝語》：廬江劉宣閣（麟生）有《茗邊詞》，夏吷庵《忍古樓詞話》録其「桐江歸舟」《浣溪沙》「一曲桐江一曲秋，扁舟一掠似輕鷗，一山過去一山浮」，謂連用五個一字，却不失於輕滑。頃又見其「清明」《蝶戀花》一闋：「輕暖輕寒無意緒。晚唤芳春，已被芳春誤。昨夜東風吹碧樹，多情淚似無情雨。　逝水年華歸別浦。寥落郊原，忍踏青青路。悔向花間留雋語，尊前啼笑新非故。」亦連用同一詞彙，此猶同叔「一曲新詞酒一杯」及六一「平蕪盡處是春山，行人更在春山外」，「今年花勝去年紅，可惜明年花更好，知與誰同」之同一遣辭用意也。

唐圭璋《論詞之作法》：詞中有以情語結者，有以景語結者。……又有以問語作結者，如歐公之「可惜明年花更好，知與誰同」、清真之「夜遊共誰秉燭」、稼軒之「誰伴我，醉明月」、龍川之「誰爲我，唱金縷」、李玉之「誰伴我，對鸞鏡」。然此類問語，猶直率少餘味。

鍾應梅《蕊園説詞》：「可惜明年花更好，知與誰同」，蓋祖杜詩「明年此會知誰健，醉把茱萸仔細看」之意。而清朱彝尊《南樓令》詞「欲話去年今日事，能幾個，去年人」，則又從歐詞轉變而若自己出矣。

又①

花外倒金翹〔一〕。飲散無憀②〔二〕。柔桑蔽日柳迷條。此地年時曾一醉〔三〕，還是春朝③。　今日舉輕橈④。帆影飄飄〔四〕。長亭回首短亭遥〔五〕。過盡長亭人更遠，特地魂銷⑤〔六〕。（又見《醉翁琴趣外篇》卷三、《樂府雅詞》卷上、《類編續選草堂詩餘》卷上、《精選古今詩餘醉》卷三、《歷代詩餘》卷二六、《詞軌》卷四。）

【校記】

①《類編續選草堂詩餘》、《精選古今詩餘醉》題作「春遊」。②憀：《醉翁琴趣外篇》作「寥」，《類編續選草堂詩餘》作「聊」。③是：《樂府雅詞》作「似」。④舉：《醉翁琴趣外篇》作「許」。⑤銷：《歷代詩餘》作「消」。

【注釋】

〔一〕金翹：金雀釵。陸機《日出東南隅行》：「金雀垂藻翹，瓊佩結瑶璠。」毛熙震《浣溪沙》：「晚起紅房醉欲銷，緑鬟雲散裊金翹。」

〔二〕無憀：即無聊，興意闌珊。李商隱《離亭賦得折楊柳》：「暫憑樽酒送無憀。」

〔三〕年時：當年，往年。盧殷《雨霽登北岸寄友人》：「憶得年時馮翊部，謝郎相引上樓頭。」亦特指去年。

〔四〕帆影飄飄：李昌符《送人入新羅使》：「越海程難計，征帆影自飄。」

〔五〕「長亭」句：庾信《哀江南賦》：「十里五里，長亭短亭。」李白《菩薩蠻》：「何處是回程，長亭接短亭。」

〔六〕特地：格外，特别。見《蝶戀花》（水浸秋天風皺浪）注〔六〕。

【附録】

《草堂詩餘續集》卷上沈際飛評：有程圖一程，一意不作意。

又①

五嶺麥秋殘②〔一〕。荔子初丹〔二〕。絳紗囊裹水晶丸③〔三〕。可惜天教生處遠〔四〕，不近長安〔五〕。

往事憶開元。妃子偏憐〔六〕。一從魂散馬嵬關④〔七〕。只有紅塵無驛使⑤〔八〕，滿眼驪山〔九〕。（又見《醉翁琴趣外篇》卷三、《樂府雅詞》卷上、《全芳備祖》後集卷一、《類編續選草堂詩餘》卷上、《精選古今詩餘醉》卷一二、《詞軌》卷四。）

【校記】

①《類編續選草堂詩餘》、《精選古今詩餘醉》題作「感悼」。②殘：卷末「續添」校：「一作『寒』。」③囊裹：卷末校：「一作『囊裹』。」④一從：卷末校：「一作『自從』。」關：卷末校：「一作『前』。」⑤無：《樂府雅詞》、《類編續選草堂詩餘》、毛本作「迷」。

【注釋】

〔一〕五嶺：《史記·張耳列傳》：「北有長城之役，南有五嶺之戍。」司馬貞《索隱》引裴淵《廣州記》：「大庾、始安、臨賀、桂陽、揭陽，斯五嶺。」後泛指嶺南地區。　麥秋：即農曆四月。麥於四月初熟，故四月於麥爲秋。《禮記·月令》：「（孟夏之月）聚畜百藥，靡草死，麥秋至。」陳澔

《集説》:「秋者,百穀成熟之期,此於時雖夏,於麥則秋,故云麥秋也。」褚翔《雁門太守行》:「三月楊花合,四月麥秋初。」

〔二〕「荔子」句:韓愈《柳州羅池廟碑》:「荔子丹兮蕉黄。」　初丹:即顔色轉紅。沈約《九日侍宴樂遊苑》:「暮芝始緑,年桂初丹。」

〔三〕絳紗囊:喻荔枝果皮。　水晶丸:喻荔枝果肉。陶弼《荔枝》:「殼匀仙鶴頂,肉露水晶丸。」

〔四〕「可惜」句:鄭谷《荔枝》:「枉教生處遠,愁見摘來稀。」

〔五〕不近長安:王建《塞上梅》:「此花若近長安路,九衢年少無攀處。」

〔六〕「往事」二句:《新唐書·楊貴妃傳》:「妃嗜荔支,必欲生致之,乃置騎傳送,走數千里,味未變已至京師。」

〔七〕一從:自從。于濆《馬嵬驛》:「一從屠貴妃,生女愁傾國。」　馬嵬關:在今陝西省興平縣西。唐安史之亂,玄宗奔蜀,行至馬嵬驛,衛兵殺楊國忠,玄宗被迫賜楊貴妃死,葬於馬嵬坡。李肇《唐國史補》卷上:「玄宗幸蜀,至馬嵬驛,命高力士縊貴妃於佛堂前梨樹下。」

〔八〕「只有」句:杜牧《過華清宫絶句》:「一騎紅塵妃子笑,無人知是荔枝來。」

〔九〕驪山:在今陝西省臨潼縣東南,唐華清宫所在地。

【附録】

王灼《碧鷄漫志》卷四:荔枝香,《唐史·禮樂志》云:「帝幸驪山,楊貴妃生日,命小部張樂長生殿，奏新曲，未有名。會南方進荔枝，因名曰荔枝香。」《脞説》云：「太真妃好食荔枝，每歲忠州置急遞上進，五日至都。天寶四年夏，荔枝滋甚，比開籠時，香滿一室，供奉李龜年撰此曲進之，宣賜甚厚。」《楊妃外傳》云：「明皇在驪山，命小部音聲於長生殿奏新曲，未有名，會南海進荔枝，因名荔枝香。」三説雖小異，要是明皇時曲。然史及楊妃外傳皆謂帝在驪山，故杜牧之《華清絶句》云：「長安回望繡成堆，山頂千門次第開。一騎紅塵妃子笑，無人知道荔枝來。」《遯齋閑覽》非之，曰：「明皇每歲十月幸驪山，至春乃還，未嘗用六月，詞意雖美，而失事實。」予觀小杜《華清》長篇，又有：「塵埃羯鼓索，片段荔枝筐」之語。其後歐陽永叔詞亦云：「一從魂散馬嵬間。只有紅塵無驛使，滿眼驪山。」唐史既出永叔，宜此詞亦爾也。

楊慎《秇林伐木》卷五：白樂天《荔枝圖》曰：「荔枝生巴峽間，形狀團團如帷蓋。葉如桂，冬青；花如橘，春榮；實如丹，夏熟；朶如蒲桃，核如琴軫，殻如紅繒，膜如紫綃，瓤肉潔白如冰雪，漿液甘如醴酪。大略如彼，其實過之。如離本枝，一日色變，二日香變，三日味變，四五日外，香色味盡去矣。」此文可歌可詠，可圖可畫。歐陽公詠荔枝詞曰：「絳紗囊裏水晶丸」，亦妙。

胡侍《墅談》卷三：杜牧《華清宫》詩：「長安回望繡成堆，山頂千門次第開。一騎紅塵妃子笑，無人知是荔支來。」《遯齋閑覽》云：據《唐紀》，明皇以十月幸驪山，至春即還宫，是未嘗六月在驪山也。然荔支盛暑方熟，詞意雖美，而失事實。余按《雍録》云：觀風殿有複道，可以潛通大明。則微行間出，亦不必正在十月。此猶意度之説。及觀陳鴻《東城老父傳》云：玄宗元會與清明節，率皆在驪山。每至，是日萬樂具奏，六宮畢從，是其出幸驪山果不必於十月爲有據矣。又陳鴻《長恨傳》云：天寶十年，避暑驪山宮。《愛日齋叢抄》云：天寶十四年六月一日，貴妃生日，幸華清宮，於長生殿奏新曲，會南海進荔支，因名《荔支香》。《唐書·禮樂志》、《碧鷄漫志》、《楊妃外傳》所載，皆與《愛日齋》之説略同，則明皇果嘗於荔支熟時幸驪山，又爲有據矣……歐陽永叔詞亦云：「一從魂散馬嵬間。只有紅塵無驛使，滿眼驪山。」永叔修《唐史》者，詠唐事，當不誤也。

徐熥《浪淘沙·荔枝》詞序：夏日山居，荔枝正熟。偶憶歐陽永叔《浪淘沙》詞，風韻佳絶，遂按調效顰，歌以佐酒。本欲爲十八娘傳神，反不堪六一公作僕矣。

《草堂詩餘續集》卷上沈際飛評：諧歟？莊歟？得諫術。

潘游龍《精選古今詩餘醉》卷一二：「可惜」二語且諧且莊，且得諫術。

馮金伯《詞苑萃編》卷二三引林賓王《荔子雜志》：詩餘荔子之詠，作者既少，遂無擅長，獨歐陽公《浪淘沙》一首，稍存感慨悲涼耳。

楊希閔《詞軌》卷四：上二首是惜别，此首是詠荔支，非一時作，然皆意味深長也。

又

萬恨苦綿綿①〔一〕。舊約前歡。桃花溪畔柳陰間。幾度日高春睡重，繡户深關。　樓外夕陽閑②。獨自凭欄。一重水隔一重山〔二〕。水闊山高人不見，有淚無言。（又見《醉翁琴趣外篇》卷三、《樂府雅詞》卷上、《花草粹編》卷五、《歷代詩餘》卷二六。）

【校記】

①苦：《歷代詩餘》作「共」。②夕：毛本作「斜」。

【注釋】

〔一〕萬恨：極言愁苦之多。鮑照《代邊居行》：「盛年日月盡，一去萬恨長。」綿綿：連綿不斷。張籍《送元結》：「如今重説恨綿綿。」

〔二〕「一重」句：宋之問《高山引》：「水一曲兮腸一曲，山一重兮悲一重。」

又①

今日北池遊。漾漾輕舟〔一〕。波光瀲灧柳條柔。如此春來春又去，白了人頭。好妓好歌喉〔二〕。不醉難休②。勸君滿滿酌金甌〔三〕。縱使花時常病酒③，也是風流〔四〕。（又見《樂府雅詞》卷上、《唐宋元明酒詞》卷下、《類編續選草堂詩餘》卷上、《精選古今詩餘醉》卷三、《詞綜》卷四。）

【箋證】

劉《録》繫此詞於慶曆五年（一〇四五），歐陽修時任河北轉運使，權知成德軍，居鎮陽。詞中「北池」，即鎮陽潭園，又稱北潭。沈括《夢溪筆談》卷二四：「鎮陽池苑之盛，冠於諸鎮，乃王鎔時海子園也。鎔嘗館李匡威於此，亭館尚是舊物，皆甚壯麗。鎮人喜大言，矜大其池，謂之『潭園』。」另歐陽修該年有《後潭遊船見岸上看者有感》：「喧喧誰暇聽歌謳，浪遶春潭逐綵舟。争得心如汝無事，明年今日更來遊。」所述情景與本詞頗合，且詩題注云：「河朔之俗，不知嬉遊。大名與真定以三月十八日爲行樂之日，其俗頗盛。」則本詞或爲同日遊春行樂之作。

【校記】

①《類編續選草堂詩餘》調作《賣花聲》。《類編續選草堂詩餘》、《精選古今詩餘醉》題作「歡飲」。②難：《類編續選草堂詩餘》作「無」。③縱使：毛本、《詞綜》作「總使」。時：《唐宋元明酒詞》、《類編續選草堂詩餘》作「前」。

【注釋】

〔一〕漾漾：飄蕩貌。劉長卿《登松江驛樓北望故園》：「孤舟漾漾寒潮小，極浦蒼蒼遠樹微。」

〔二〕「好妓」句：白居易《寄明州于駙馬使君》：「何郎小妓歌喉好，嚴老呼爲一串珠。」

〔三〕「勸君」句：于武陵《勸酒》：「勸君金屈卮，滿酌不須辭。」白居易《花下自勸酒》：「酒盞酌來須滿滿。」金甌：酒杯之美稱。

〔四〕「縱使」二句：鄭谷《蔡處士》：「甕蔬貧潔凈，中酒病風流。」病酒：因飲酒過量而生病。《史記·魏公子列傳》：「日夜爲樂飲者四歲，竟病酒而卒。」

【附録】

《草堂詩餘續集》卷上沈際飛評：老和尚舌頭。又：別病不可耳，病酒何妨，快徹。

潘游龍《精選古今詩餘醉》卷三：別病不可，病酒何妨。快甚。

陳廷焯《雲韶集》卷二：放開筆寫，字字凄楚，字字痛快。風流藴藉，令讀者忍俊不禁。

定風波

把酒花前欲問他。對花何惔醉顔酡①〔一〕。春到幾人能爛賞〔二〕。何況。無情風雨等閑多〔三〕。　艷樹香叢都幾許。朝暮〔四〕。惜紅愁粉奈情何②〔五〕。好是金船浮玉浪③〔六〕。相向。十分深送一聲歌〔七〕。（又見《醉翁琴趣外篇》卷六、《樂府雅詞》卷上、《花草粹編》卷七、《歷代詩餘》卷四一。）

【校記】

①惔：字下注：「一作『惜』。」程宗本、陳珊本、曾弘本無注。《醉翁琴趣外篇》、《花草粹編》作「惜」。　②奈：《醉翁琴趣外篇》作「柔」。　③船：《醉翁琴趣外篇》作「杯」。

【注釋】

〔一〕惔：同「吝」。　酡：酒後臉色泛紅。宋玉《招魂》：「美人既醉，朱顔酡些。」

〔二〕爛賞：縱情遊賞。韋驤《賦酴醿短歌少留行旆》：「瓊英緑葉何玲瓏，開樽爛賞情無窮。」

〔三〕等閑：無端，平白。

〔四〕朝暮：從早到晚，時時刻刻。歐陽炯《賀明朝》：「羨春來雙燕，飛到玉樓，朝暮相見。」

〔五〕奈情何：情何以堪。許渾《江樓夜别》：「離别奈情何，江樓凝艷歌。」

〔六〕好是：好在，妙在。白居易《贈皇甫六張十五李二十三賓客》：「幸陪散秩閑居日，好是登山臨水時。」　金船：葉廷珪《海録碎事》卷六：「金船，酒器中大者呼爲船。」庾信《北園新齋成應趙王教》：「玉節調笙管，金船代酒卮。」歐陽修《和晏尚書對雪招飲》：「自把金船浮白蟻。」　玉浪：喻美酒。

〔七〕「十分」句：白居易《聽歌六絶句·想夫憐》：「玉管朱弦莫急催，容聽歌送十分杯。」　十分：圓滿、充足。此處謂滿杯。　深送：深飲。唐彦謙《夏日訪友》：「流連送深杯，賓主共忘醉。」

又

把酒花前欲問伊。忍嫌金盞負春時〔一〕。紅艷不能旬日看〔二〕。宜算〔三〕。須知開謝只相隨。　蝶去蝶來猶解戀〔四〕。難見。回頭還是度年期〔五〕。莫候飲闌花已盡。方信。無人堪與補殘枝。（又見《醉翁琴趣外篇》卷六、《樂府雅詞》卷上、《歷代詩餘》卷四一。）

【注釋】

〔一〕「忍嫌」句：白居易《清明日觀妓舞聽客詩》：「可惜春風老，無嫌酒盞深。」　忍嫌：豈嫌，怎嫌。

〔二〕旬日：十天。此處概指時間短暫。李建勳《醉中惜花更書與諸從事》：「未經旬日唯憂落，算有開時不合歸。」

〔三〕宜算：時間不多，屈指可數。

〔四〕解：懂得。

〔五〕「難見」二句：白居易《草詞畢遇芍藥初開因詠小謝紅藥當階翻詩以爲一句未盡其狀偶成十六韻》：「應愁明日落，如恨隔年期。」王禹偁《中秋月》：「莫辭終夕看，動是隔年期。」

又

把酒花前欲問公①。對花何事訴金鐘〔一〕。爲問去年春甚處②〔二〕。虚度。鶯聲撩亂一場空③。今歲春來須愛惜。難得。須知花面不長紅。待得酒醒君不見。千片。不隨流水即隨風。（又見《醉翁琴趣外篇》卷六、《樂府雅詞》卷上、《歷代詩餘》卷四一。）

【校記】

①公：《醉翁琴趣外篇》作「翁」。②問：毛本、《歷代詩餘》作「甚」。甚：《歷代詩餘》作「盛」。

③鶯聲撩亂：《醉翁琴趣外篇》作「鶯撩聲亂」。

【注釋】

〔一〕何事：爲何，因何。左思《招隱詩》：「何事待嘯歌，灌木自悲吟。」訴：辭酒不飲。韋莊《對梨花贈皇甫秀才》：「莫推紅袖訴金卮。」金鐘：酒杯之美稱。高駢《邊方春興》：「玉壺傾酒滿金鐘。」

〔三〕甚處：何處。柳永《荔枝香》：「甚處尋芳賞翠，歸去晚。」

又

把酒花前欲問君。世間何計可留春〔一〕。縱使青春留得住①〔二〕。虛語〔三〕。無情花對有情人。任是好花須落去〔四〕。自古②。紅顔能得幾時新〔五〕。暗想浮生何事好。唯有。清歌一曲倒金樽〔六〕。（又見《醉翁琴趣外篇》卷六、《樂府雅詞》卷上、《歷代詩餘》卷四一。）

【箋證】以上四首，皆以「把酒花前欲問」六字起句，爲聯章詞，或作於熙寧三年（一〇七〇）前後。時歐陽修年六十四，以觀文殿學士、兵部尚書知青州，兼京東東路安撫使。

熙寧三年（一〇七〇）春，歐陽修作《嘲少年惜花》詩，其云：「紛紛紅蕊落泥沙，少年何用苦咨嗟。春風自是無情物，肯爲汝惜無情花？今年花落明年好，但見花開人自老。人老不復少，花開還更新。使花如解語，應笑惜花人。」同年，歐陽修另有《山齋戲書絶句二首》，其中亦有「年少惜花」之語：「經春老病不出門，坐見群芳爛如雪。正當年少惜花時，日日春風吹石裂。」本詞與諸詩用意遣辭頗合，或爲同一時期所作。

【校記】

①使：《醉翁琴趣外篇》作「便」。　②自：《樂府雅詞》作「今」。

【注釋】

〔一〕「世間」句：白居易《晚春欲携酒尋沈四著作先以六韻寄之》：「無計留春得，争能奈老何。」

〔二〕「縱使」句：杜牧《送友人》：「青春留不住，白髮自然生。」

〔三〕虚語：空言，假話。白居易《偶作》：「勿信人虚語，君當事上看。」

〔四〕「任是」句：崔塗《殘花》：「畢竟終須落，堪悲古與今。」

〔五〕「自古」二句：白居易《長安道》：「自古朱顔不再來。」

〔六〕「清歌」句：鄭谷《席上貽歌者》：「清歌一曲倒金壺。」

【附録】

季振宜《烏絲詞序》：廬陵《定風波》，「清歌一曲」；東坡《醉落魄》，「酒醒三更」。余也閑閑，君猶寂寂。或夢池塘之春草，或采汀州之白蘋。席地幕天，何有於我；遶手頓足，不知其他。

又

過盡韶華不可添①〔一〕。小樓紅日下層檐〔二〕。春睡覺來情緒惡〔三〕。寂寞。楊花繚亂拂珠簾②〔四〕。　早是閑愁依舊在〔五〕。無奈。那堪更被宿酲兼〔六〕。把酒送春惆悵甚。

長恁。年年三月病厭厭③〔七〕。（又見《醉翁琴趣外篇》卷一、《樂府雅詞》卷上、《歷代詩餘》卷四一、《宋六十一家詞選》卷一。）

【校記】

①華：字下注：「一作『光』。」曾弘本無注。《樂府雅詞》、陳珊本作「光」。②繚：《樂府雅詞》、吴本、《歷代詩餘》作「撩」。珠：《醉翁琴趣外篇》作「朱」。③厭厭：曾弘本、《歷代詩餘》作「懨懨」。

【注釋】

〔一〕韶華：春光。馮延巳《采桑子》：「雙燕來歸，君約佳期，肯信韶華得幾時。」

〔二〕「小樓」句：温庭筠《齊宫》：「所恨章華日，冉冉下層臺。」

〔三〕「春睡」句：韓偓《春閨》：「醒來情緒惡，簾外正黄昏。」惡：煩惱。

〔四〕「楊花」句：張泌《春晚謡》：「凌亂楊花撲繡簾。」

〔五〕早是：本是，已是。見《漁家傲》（葉有清風花有露）注〔五〕。

〔六〕宿酲：隔夜餘醉。見《漁家傲》（六月炎蒸何太盛）注〔九〕。兼：加倍。

〔七〕「把酒」三句：韓偓《春盡日》：「把酒送春惆悵在，年年三月病厭厭。」長恁：長如此。厭厭：精神不振貌。見《漁家傲》（六月炎蒸何太盛）注〔八〕。

【附録】

顧隨《駝庵詞話》卷五：歐陽修的《定風波》乃其傷感詞之代表作。前所舉《浣溪沙》，傷感中仍有熱烈在，別人是臨死噓氣，六一至少還是迴光返照，距死已近，而究竟還迴一下，照一下。《定風波》則純是傷感。其六首前面四首一起照例是「把酒花前欲問」，前面四首還没有什麽，至五、六首突然一轉，真了不得：「過盡韶華不可添，小樓紅日下層檐。春睡覺來情緒惡，寂寞，楊花撩亂拂珠簾。」（第五首）前兩句一讀，如暮年看見死神的影子。没想到死的人活的最興高彩烈，過得最没勁的是時時看見死神的來襲。六一作此詞蓋在中年後轉進老年時。春天只剩今天一天，而今天又是「小樓紅日下層檐」，此是寫實，又是象徵人之青年是「過盡韶華不可添」，漸至老年是「小樓紅日下層檐」，一刻比一刻離黑暗近，一刻比一刻離滅亡近，這便是看見死神影子。楊花句亦非寫實，是寫内心之亂，這才是情緒惡，是寂寞，而又不能説。人最寂寞是許多話要説找不到可談的人，許多本事可表現而不遇識者。第六首：「對酒追歡莫負春，春光歸去可饒人。昨日紅芳今緑樹，已暮，殘花飛絮雨紛紛。」此雖是傷感詞，然而瘦死的駱駝比馬還大，百足之蟲死而不僵，還有勁。

又

對酒追歡莫負春。春光歸去可饒人①〔一〕。昨日紅芳今緑樹。已暮。殘花飛絮兩紛紛〔二〕。　粉面麗姝歌窈窕〔三〕。清妙。樽前信任醉醺醺②〔四〕。不是狂心貪燕樂〔五〕。自覺。年來白髮滿頭新〔六〕。（又見《醉翁琴趣外篇》卷一、《歷代詩餘》卷四一。）

【校記】

①可：《醉翁琴趣外篇》作「肯」。　②信：《歷代詩餘》作「一」。

【注釋】

〔一〕可饒人：即豈饒人。饒，寬容、放過。杜甫《立秋後題》：「日月不相饒，節序昨夜隔。」

〔二〕「殘花」句：鄭谷《結綬鄠郊縻攝府署偶有自詠》：「落花飛絮正紛紛。」

〔三〕窈窕：本指女子美艷，此處形容歌聲婉轉動聽。王建《白紵歌》：「月明燈光兩相照，後庭歌聲更窈窕。」

〔四〕信任：任隨、任憑。魚玄機《夏日山居》：「閑乘畫舫吟明月，信任輕風吹却回。」

〔五〕燕樂：聚飲縱歡。燕，同「宴」。《詩經·小雅·南有嘉魚》：「君子有酒，嘉賓式燕以樂。」鄭《箋》：「用酒與賢者燕飲而樂也。」韋應物《樂燕行》：「良辰且燕樂，樂往不再來。」

〔六〕「年來」句：白居易《寄陳式五兄》：「年來白髮兩三莖。」年來：近來。

驀山溪

新正初破〔一〕，三五銀蟾滿〔二〕。纖手染香羅，剪紅蓮、滿城開遍〔三〕。樓臺上下〔四〕，歌管咽春風①〔五〕，駕香輪，停寶馬〔六〕，只待金烏晚〔七〕。　帝城今夜，羅綺誰爲伴。應卜紫姑神②〔八〕，問歸期、相思望斷。天涯情緒〔九〕，對酒且開顔〔一〇〕，春宵短。春寒淺。莫待金杯暖。（又見《醉翁琴趣外篇》卷三、《樂府雅詞》卷上、《花草粹編》卷八、《歷代詩餘》卷五一、《欽定詞譜》卷一九、《宋六十一家詞選》卷一。）

【箋證】

此詞描寫京城汴梁元宵夜景，或作於嘉祐二年（一〇五七）元夕。

嘉祐二年（一〇五七）正月六日，歐陽修以翰林學士權知禮部貢舉。韓絳、王珪、范鎮、梅摯等同知貢舉，梅堯臣爲參詳館，鎖於南省東廂兩月有餘，其間六人於元夕之夜登樓望京城燈火，相互酬唱，傳爲一時勝事。（見《蔡寬夫詩話》）如梅堯臣有《上元從主人登尚書省東樓》詩：「閶闔前臨萬歲山，燭龍銜火夜珠還。高樓迥出星辰裏，曲蓋遥瞻紫翠間。轣轆車聲碾明月，參差蓮焰競紅顔。誰教言語如鸚鵡，便著金籠密鏁關。」歐陽修有《和梅聖俞元夕登東樓》詩：「遊豫恩同萬國歡，新年佳節候初還。華燈爍爍春風裏，黄傘亭亭瑞霧間。可愛清光澄夜色，遥知喜氣動天顔。自憐曾預稱觴列，獨宿冰廳夢帝關。」又有《再和》：「禁城車馬夜喧喧，閑繞危闌去復還。遥望觚棱烟靄外，似聞天樂夢魂間。豈無尊酒當佳節，况有朋歡慰病顔。待得歸時花在否？春禽檐際已關關。」本詞上闋所繪元夕之景，與諸詩「參差蓮焰競紅顔」、「禁城車馬夜喧喧」、「似聞天樂夢魂間」等句頗合。下闋所述思家之情，亦與「豈無尊酒當佳節」、「待得歸時花在否」諸語相類，故或爲同時之作。

【校記】

①歌管：卷末校：「一作『歌吹』。」　②紫：《醉翁琴趣外篇》作「子」。

【注釋】

〔一〕新正初破：李商隱《和友人戲贈》：「新正未破剪刀閑。」新正，正月初一，亦泛指正月。破，過。晏殊《木蘭花》：「寒食清明春欲破。」

〔二〕三五：每月第十五日，此處特指正月十五。古詩《孟冬寒氣至》：「三五明月滿，四五蟾兔缺。」銀蟾：月之别稱，傳説月中有蟾蜍，故云。柳永《傾杯樂》：「元宵三五，銀蟾光滿。」

〔三〕「纖手」三句：謂婦女將羅布染色裁剪，製作蓮燈，掛於户外，遥望如紅蓮遍開。陳元靚《歲時廣記》卷一〇引《歲時雜記》：「上元燈槊之制，以竹一本，其上破之爲二十條，或十六條；每二條以麻合繫其稍，而彎屈其中，以紙糊之，則成蓮花一葉；每二葉相壓，則成蓮花盛開之狀。」張先《鵲橋仙》：「星橋火樹，長安一夜，開遍紅蓮萬蕊。」

〔四〕樓臺：或指彩飾樓棚。孟元老《東京夢華録》卷六：「正月十五日元宵，大内前自歲前冬至後，開封府絞縛山棚，立木正對宣德樓，遊人已集御街。兩廊下奇術異能，歌舞百戲，鱗鱗相切，樂聲嘈雜十餘里。」

〔五〕「歌管」句：徐凝《春陪相公看花宴會》：「玉簫金管咽東風。」柳永《玉樓春》：「金絲玉管咽春空。」　咽：填塞、充塞。

〔六〕「駕香輪」二句：王維《同比部楊員外十五夜遊有懷静者季》：「香車寶馬共喧闐，個裏多情俠少年。」李商隱《正月十五夜聞京有燈恨不得觀》：「月色燈光滿帝都，香車寶輦隘通衢。」

〔七〕金烏：日之别稱，傳説日中有三足烏。

〔八〕紫姑神：司厠之神。正月十五日祀之於厠，可占卜諸事。陳元靚《歲時廣記》卷一一引《異苑》：「世有紫姑神，古來相傳是人家妾，爲大婦所嫉，每以穢事相役。正月十五日感激而卒，故世人以其日作其形於厠間或猪欄邊迎之。」宗懔《荆楚歲時記》：「（正月十五日）其夕，迎紫姑，以卜將來蠶桑，並占衆事。」

〔九〕天涯情緒：顧敻《臨江仙》：「幾多惆悵，情緒在天涯。」

〔一〇〕「對酒」句：陶淵明《諸人共遊周家墓柏下》：「緑酒開芳顔。」李白《酬岑勳見尋就元丹丘對酒相待以詩見招》：「開顔酌美酒。」

【附録】

陳元靚《歲時廣記》卷一一：《異苑》：世有紫姑神，古來相傳是人家妾，爲大婦所嫉，每以穢事相役。正月十五日感激而卒，故世人以其日作其形於厠間或猪欄邊迎之。亦必須浄潔。祝曰：「子胥不在，曹姑亦歸去，小姑可出戲。」捉者覺重，便是神來。奠設果酒，亦覺面輝輝有色，便跳躞不住。能占衆事，卜蠶桑，又善射鈎，好則大舞，惡則仰眠。平昌孟氏恒不信，躬往試捉，便自躍穿屋，永失所在。又《時鏡洞覽記》曰：帝嚳女將死，云生平好樂，正月十五日可來迎我。二説未知孰是。又沈存中《筆談》云：舊俗正月望夜迎厠神，謂之紫姑，亦不必正月，常時皆可召之。李義山詩云：「消息期青鳥，逢迎冀紫姑。」又云：「昨日紫姑神去也，今朝青鳥使來賒。」又云：「身閑不睹中興盛，羞逐鄉人賽紫姑。」劉偉明詩云：「大奴聽響住屋隅，小女行卜迎紫姑。」又歐陽公詞云：「應卜紫姑神。」

浣溪沙①

雲曳香綿彩柱高〔一〕。絳旗風颭出花梢②〔二〕。一梭紅帶往來拋〔三〕。　束素美人羞不打〔四〕，却嫌裙慢褪纖腰③〔五〕。日斜深院影空摇。（又見《醉翁琴趣外篇》卷六、《樂府雅詞》卷上、《類編續選草堂詩餘》卷上、《精選古今詩餘醉》卷一二、《歷代詩餘》卷六。）

【校記】

①《類編續選草堂詩餘》、《精選古今詩餘醉》、《歷代詩餘》題作「鞦韆」。②梢：《樂府雅詞》作「捎」。③裙：殘宋本《醉翁琴趣外篇》奪。慢：《類編續選草堂詩餘》作「幔」。

【注釋】

〔一〕曳：飄摇，飄蕩。孟浩然《行至汝墳寄盧徵君》：「曳曳半空裏，溶溶五色分。」香綿：上等絲綿，此處喻雲。彩柱：鞦韆架。見《漁家傲》（紅粉墻頭花幾樹）注〔三〕。

〔二〕絳旗：鞦韆上所插紅旗。颭：風吹顫動。李中《海上載筆依韻酬左偃見寄》：「戍旗風颭小，營柳霧籠低。」

〔三〕「一梭」句：謂女子裙帶隨鞦韆來回飄動，往來如梭。

〔四〕「束素」句：韓偓《想得》：「想得那人垂手立，嬌羞不肯上鞦韆。」束素：形容腰身纖細。宋玉《登徒子好色賦》：「眉如翠羽，肌如白雪，腰如束素，齒如含貝。」

〔五〕慢：寬緩，鬆弛。白居易《陵園妾》：「青絲髮落叢鬢疏，紅玉膚銷繫裙慢。」

【附録】

陳霆《渚山堂詞話》卷二：歐公舊有「春日」詞云：「緑楊樓外出鞦韆。」前輩歎賞，謂止一「出」字，是人著力道不到處。他日詠鞦韆，作《浣溪沙》云：「雲曳香綿綵柱高，絳旗風颭出花梢。」予謂雖同用「出」字，然視前句，其風致大段不侔。

徐渭《刻徐文長先生秘集》卷二：（「束素」三句）嬌媚。

《草堂詩餘續集》卷上沈際飛評：實粘鞦韆，紆迴焕眩。

又①

堤上遊人逐畫船②。拍堤春水四垂天〔一〕。緑楊樓外出鞦韆③〔二〕。白髮戴花君莫笑〔三〕，《六幺》催拍盞頻傳④〔四〕。人生何處似樽前⑤。（又見《醉翁琴趣外篇》卷六、《樂府雅詞》卷上、《草堂詩餘》後集卷下、《唐宋諸賢絶妙詞選》卷二、《類編草堂詩餘》卷一、《花草粹編》卷二、《唐宋元明酒詞》卷下、《天機餘錦》卷二、《精選古今詩餘醉》卷三、《詞學筌蹄》卷五、《詞綜》卷四、《歷代詩餘》卷六、《詞則・別調集》卷一、《宋六十一家詞選》卷一、《詞軌》卷四。）

【箋證】

此首《草堂詩餘雋》作黄庭堅詞，然宋、明各本黄庭堅詞集皆不載，應非黄作。《全宋詞》斷爲歐陽修詞。

又此首或爲皇祐元年（一〇四九）二月至皇祐二年（一〇五〇）七月間知潁州時作。

【校記】

①調下注：「樓外，『樓』合作『梢』。」天理本、宮内本同，慶元本無。《唐宋諸賢絶妙詞選》、《類編草堂詩餘》題作「湖上」，《草堂詩餘》題作「春遊」。《精選古今詩餘醉》題作「詠酒」。②逐：吴本作「追」。③樓：《詞綜》注：「一作『梢』。」④六幺：《詞學筌蹄》注：「曲名。」⑤詞末注：「樓外：一作『梢外』。」天理本同。慶元本、宮内本作「樓外：一作『稍外』。」

【注釋】

〔一〕四垂天：天幕四垂，與地相接。白居易《和酬鄭侍御東陽春悶放懷追越遊見寄》：「悵然迴望天四垂。」韓偓《有憶》：「淚眼倚樓天四垂。」

〔二〕「緑楊」句：王維《寒食城東即事》：「鞦韆競出垂楊裏。」馮延巳《上行杯》：「柳外鞦韆出畫墻。」

〔三〕「白髮」句：元稹《三兄以白角巾寄遺髮不勝冠因有感歎》：「暗梳蓬髮羞臨鏡，私戴蓮花耻見人。」

〔四〕《六幺》：曲名，見《玉樓春》（西湖南北烟波闊）注〔五〕。催拍：以繁音急節催飲。張表臣《珊瑚鉤詩話》卷二：「樂部中有促拍催酒。」

【附録】

趙令畤《侯鯖録》卷八：歐陽永叔《浣溪沙》云：「堤上遊人逐畫船，拍堤春水四垂天，緑楊樓外出鞦韆。」此翁語甚妙絶，只一「出」字，是後人著意道不到處。

吴曾《能改齋漫録》卷八：晁無咎評樂章：「歐陽永叔《浣溪沙》云：『堤上遊人逐畫船，拍堤春水四垂天，緑楊樓外出鞦韆。』要皆絶妙，然只一出字，自是後人道不到處。」余按，唐王摩詰《寒食城東即事》詩云：「蹴鞠屢過飛鳥上，鞦韆競出垂楊裏。」歐陽公用出字，蓋本此。

何孟春《餘冬詩話》卷下：歐陽永叔詞：「緑楊樓外出鞦韆。」妙在「出」字。

陳霆《渚山堂詞話》卷二：歐公舊有《春日》詞云：「緑楊樓外出鞦韆。」前輩歎賞，謂止一「出」字，是人著力道不到處。他日詠鞦韆，作《浣溪沙》云：「雲曳香綿彩柱高，絳旗風颭出花梢。」予謂雖同用「出」字，然視前句，其風致大段不侔。

楊慎《楊氏批點草堂詩餘》卷一：不惟調句宛藻，而造理甚微，足喚醒人。

《新刻題評名賢詞話草堂詩餘》卷三：高人胸次超脱，隨在皆樂境，於此可見矣。

《草堂詩餘正集》卷一沈際飛評：一「出」字，亦後人著意道不到處。　又：（「人生」句）達人之言。

潘游龍《精選古今詩餘醉》卷三：「出」字在後人著意亦不能到，後叠真達人言。

王士禛《花草蒙拾》：歐文忠「拍堤春水四垂天」，柳員外「目斷四天垂」，皆本韓句，而意致少減。

許昂霄《詞綜偶評》：六幺即緑腰也。

黄蘇《蓼園詞評》：按第一闋，寫世上兒女多少得意歡娱，第二闋「白髮」句，寫老成意趣，自在衆人喧囂之外。末句寫得無限悽愴沉鬱，妙在含蓄不盡。

陳廷焯《雲韶集》卷二：「出」字中有多少僥倖，多少惋惜，情味挹之不盡。風流自賞。

陳廷焯《詞則·别調集》卷一：（「白髮」二句）風流自賞。

梁啓勛《曼殊室詞話》卷二：更有一種，寫的是習見景物，只將動詞活用之，意境便新。如歐陽永叔之「緑楊樓外出鞦韆」，佳處只在一「出」字。

王國維《人間詞話》：歐九《浣溪沙》詞：「緑楊樓外出鞦韆。」晁補之謂：只一「出」字，便後人所不能道。余謂：此本於正中《上行杯》詞「柳外鞦韆出畫墻」，但歐語尤工耳。

顧隨《駝庵詞話》卷五：歐陽修《浣溪沙》（堤上遊人）之後半闋是傷感的：「白髮戴花君莫笑，六幺催拍盞頻傳，人生何處似尊前。」（「六幺」假作「緑腰」以對「白髮」。）三句一句比一句傷感。第一句傷感中仍有熱烈；人生有許多路可走，許多事可作，何可説「人生何處似尊前」。

顧隨《駝庵詞話》卷七：一「出」字，似欲將人心端出腔子外也。

顧隨《駝庵詞話》卷九：昨晚填《漢宫春》一闋……即取歐公詞中「緑柳樓外出鞦韆」之句，而反用之。

邵祖平《詞心箋評》：詩詞中有三出字最妙，杜甫「細雨魚兒出」，李白「秋水出芙蓉」，與此闋「緑楊樓外出鞦韆」是也。

唐圭璋《唐宋詞簡釋》：此首記泛舟之樂。起記堤上遊人之衆；次記堤下春水之盛；「緑楊」句，記臨水人家之富麗。下片，觸景生感，寓有及時行樂之意。

唐圭璋《論詞之作法》：詞中動詞最要，往往一字能表現一種境界。……歐公詞「緑楊樓外出鞦韆」，晁無咎謂：「只一『出』字，自是後人道不到處。」予謂晏元獻公之「曲闌干影入涼波」，「入」字正堪與歐公「出」字匹敵。

吴世昌《詞林新話》卷三：此詞感傷而不頹廢，最爲難作。歐陽後唯二晏擅長。《人間詞話》記曰：「『楊柳樓外出鞦韆』，晁補之謂：只一『出』字，便後人所不能道。余謂此本於正中《上行杯》詞『柳外鞦韆出畫墻』，但歐語尤工耳。」按「鞦韆出柳外」，源於王維詩《寒食城東即事》：「蹴踘屢過飛鳥上，鞦韆競出垂楊裏。少年分日作遨遊，不用清明兼上巳。」晁補之忘了王維詩，以爲只一「出」字自是後人道不到處，不知前人早已道過了。王國維也不記得王維詩。紛紛餘子，更無有探本求源者。……又下片「六幺」應作「緑腰」，與「白髮」相對。

又①

湖上朱橋響畫輪②。溶溶春水浸春雲〔一〕。碧琉璃滑净無塵〔二〕。當路游絲縈醉客，隔花啼鳥喚行人〔三〕。日斜歸去奈何春。（又見《樂府雅詞》卷上、《草堂詩餘》前集卷上、《唐宋諸賢絶妙詞選》卷二、《類編草堂詩餘》卷一、《花草粹編》卷二、《天機餘錦》卷二、《精選古今詩餘醉》卷三、《古今詞統》卷四、《詞學筌蹄》卷五、《詞的》卷一、《歷代詩餘》卷六、《宋六十一家詞選》卷一、《詞軌》卷四。）

【箋證】

此詞或爲皇祐元年（一〇四九）二月至皇祐二年（一〇五〇）七月間知潁州時作。湖上，即潁州西湖。又歐陽修守潁時，曾建「宜遠」、「飛蓋」、「望佳」三橋於湖上，又作《三橋詩》三首，其《宜遠》云：「朱欄明緑水，古柳照斜陽。」則詞中「朱橋」，或即宜遠橋。

【校記】

①調下注：「琉璃滑：『滑』一作『影』。」天理本、宫内本同，慶元本無。《唐宋諸賢絶妙詞選》題作「湖景」。《草堂詩餘》、《類編草堂詩餘》、《天機餘錦》、《精選古今詩餘醉》、《古今詞統》題作「春遊」。②橋：《樂府雅詞》作「輪」。

【注釋】

〔一〕「溶溶」句：韋莊《春雲》：「春雲春水兩溶溶。」溶溶：水流盛大貌。劉向《九歎·逢紛》：「揚流波之潢潢兮，體溶溶而東回。」

〔二〕「碧琉璃」句：白居易《泛太湖書事寄微之》：「碧琉璃水净無風。」

〔三〕「當路」二句：盧照鄰《長安古意》：「百丈游絲争繞樹，一群嬌鳥共啼花。」游絲：春日昆蟲所吐之絲。見《玉樓春》（洛陽正值芳菲節）注〔二〕。隔花啼鳥：謂春鳥藏於花叢中鳴叫。皎然《和邢端公登臺春望句句有春字之什》：「春鳥隔花聲。」

【附録】

楊慎《楊氏批點草堂詩餘》卷一：「奈何春」三字新而遠。　又：（「當路」三句）此是永叔麗語。

王世貞《藝苑卮言》：永叔極不能作麗語，乃亦有之。曰「隔花暗鳥喚人行」。

《新鋟訂正評注便讀草堂詩餘》卷二：觸景賦詩，古人胸次何等活潑潑地。

《草堂詩餘正集》卷一沈際飛評：人謂永叔不能作麗語，如「隔花」句、「海棠經雨」句，非麗語耶？　又：「奈何」二字春色撩人。

《新刻李于麟先生批評注釋草堂詩餘雋》卷一：敘萬里雲天且醉且行景，上下融合。　又：「縈醉客」、「喚行人」，自是遊春圖。　又：寥寥數語，畫出春光，不盡其筆，望都緑矣。

《古今詞統》卷四徐士俊評：（「隔花」二句）湯若士「良辰美景奈何天」本此。

潘游龍《精選古今詩餘醉》卷三：「隔花」句麗，「奈何」字春色無邊。

沈雄《古今詞話·詞話》上卷：《弇州詞評》曰：永叔、長公，極不能作麗語，而亦有之。永叔如「當路游絲縈醉客，隔花啼鳥喚行人」，長公如「綵索身輕常趁燕，紅窗睡重不聞鶯」，勝人百倍。

黄蘇《蓼園詞評》：按「奈何春」三字，從「縈」字「喚」字生來。「縈」字「喚」字，下得有情。而

「奈何」字，自然脱口而出，不拘是比是賦，讀之亹亹情長。

陳廷焯《雲韶集》卷二：明潤。遣詞琢句閑雅之極。

俞陛雲《唐五代兩宋詞選釋》：上闋寫水畔春光明媚，風景宛然。下闋言嬉春之「醉客」、「行人」，營營擾擾，而「游絲」、「啼鳥」，復作意撩人，在冷眼觀之，徒喚奈何，惟有「日斜歸去」耳。

唐圭璋《唐宋詞簡釋》：此首寫湖上景色。起記橋上車馬之繁。「溶溶」兩句，寫足湖水之美，一碧無塵，春雲浸影，此景誠足令人忘返。下片，言游絲縈客，啼鳥喚人，更有無限情味。末句，點明日斜不得不歸，又頗有惆悵之意。

又①

葉底青青杏子垂。枝頭薄薄柳綿飛。日高深院晚鶯啼〔一〕。　堪恨風流成薄倖〔二〕。斷無消息道歸期〔三〕。托腮無語翠眉低〔四〕。（又見《醉翁琴趣外篇》卷六、《樂府雅詞》卷上、《唐宋諸賢絶妙詞選》卷二、《全芳備祖》後集卷五、《花草粹編》卷二、《天機餘錦》卷二、《詞軌》卷四。）

【校記】

①《唐宋諸賢絶妙詞選》題作「春思」。

【注釋】

〔一〕晚鶯：暮春時節之黃鶯，與早鶯相對。鄭谷《下第退居》：「落盡梨花春又了，破籬殘雨晚鶯啼。」

〔二〕薄倖：薄情，無情。見《蝶戀花》（小院深深門掩亞）注〔六〕。

〔三〕「斷無」句：令狐楚《遠别離》：「春來消息斷，早晚是歸期。」

〔四〕托腮：凝思貌。唐彦謙《題虔僧室》：「也嚬眉黛托腮愁。」　翠眉低：眉頭不展。李珣《虞美人》：「倚屏無語撚雲篦，翠眉低。」

又①

青杏園林煮酒香〔一〕。佳人初着薄羅裳②〔二〕。柳絲摇曳燕飛忙③。乍雨乍晴花自落④，閑愁閑悶晝偏長⑤。爲誰消瘦損容光⑥〔三〕。（又見《醉翁琴趣外篇》卷六、《樂府雅詞》卷上、《草堂詩餘》前集卷下、《唐宋諸賢絶妙詞選》卷二、《全芳備祖》後集卷五、《類編草堂詩餘》卷一、《花草粹編》卷二、《天機餘錦》卷二、《精選古今詩餘醉》卷二、《詞學筌蹄》卷五、《詞的》卷一、《歷代詩餘》卷六、《詞軌》卷四。）

【箋證】

此首别作晏殊詞，見吴訥《唐宋名賢百家詞》本《珠玉詞》，《花草粹編》同之。又别作秦觀詞，見《草堂詩餘》前集卷下，《類編草堂詩餘》、《精選古今詩餘醉》、《詞學筌蹄》、《詞的》、《歷代詩餘》同之。然宋、明各本秦觀詞集皆不載，應非秦作。又曾誤入吴文英《夢窗詞》。《全宋詞》於晏殊、歐陽修下俱收録。

【校記】

①毛本注：「或入珠玉詞，或入淮海詞。」《珠玉詞》調作《攤破浣溪沙》。《唐宋諸賢絶妙詞選》、《精選古今詩餘醉》題作「春半」，《類編草堂詩餘》、《詞學筌蹄》、《詞的》題作「春閨」。②初着：卷末校：「一作『初試』。」毛本、《草堂詩餘》、《唐宋諸賢絶妙詞選》、《全芳備祖》、《詞的》、《歷代詩餘》作「初試」。羅：《醉翁琴趣外篇》作「衣」。③摇曳：《珠玉詞》、《花草粹編》作「無力」。④自落：《草堂詩餘》、《詞學筌蹄》、《詞的》、《歷代詩餘》作「易老」。⑤晝：《珠玉詞》、《樂府雅詞》、《草堂詩餘》、《唐宋諸賢絶妙詞選》、《花草粹編》、《詞學筌蹄》、《詞的》、《歷代詩餘》作「日」。⑥損：《珠玉詞》、《草堂詩餘》、《唐宋諸賢絶妙詞選》、《全芳備祖》、《花草粹編》、《詞學筌蹄》、《詞的》、《歷代詩餘》作「減」。

【注釋】

〔一〕「青杏」句：宋人於夏初有青杏佐酒之俗。孟元老《東京夢華録》卷八：「四月八日，佛生日。……在京七十二户諸正店，初賣煮酒。市井一新，唯州南清風樓，最宜夏飲。初嘗青杏，乍薦櫻桃，時得佳賓，觥酧交作。」晏殊《訴衷情》：「青梅煮酒鬭時新。」

〔二〕「佳人」句：元稹《白衣裳》：「玉人初着白衣裳。」

〔三〕「爲誰」句：元稹《鶯鶯傳》：「自從消瘦減容光，萬轉千迴懶下床。」容光：容貌風儀。

【附録】

張綖《草堂詩餘别録》：有點删，只起句有興致，餘語常。

《新刻題評名賢詞話草堂詩餘》卷二：上寫出春景在目，下描來閨情如見。又：薄裳初試，有意味。又：容光消瘦，真堪憐也。又：丘文莊云：「眼前語致口頭語，便是詩家絶妙詞。」誠然也。

《重刻草堂詩餘評林》卷一：人情景事，兩見之矣，詞外更無閑意。

《草堂詩餘正集》卷一沈際飛評：「隙月窺人小」、「天涯一點青山小」、「一夜青山老」，俱妙在叶字，「乍雨乍晴」句妙，不在叶字，而在「乍」字。

俞陛雲《唐五代兩宋詞選釋》：前半雖未見精湛，後三句則純以輕筆寫幽懷，若風拂柳絲，曼緑柔姿，留人顧盼，差近五代風格。

又①

紅粉佳人白玉杯〔一〕。木蘭船穩棹歌催〔二〕。緑荷風裏笑聲來。細雨輕烟籠草樹。斜橋曲水遶樓臺。夕陽高處畫屏開〔三〕。（又見《醉翁琴趣外篇》卷六、《樂府雅詞》卷上、《類編續選草堂詩餘》卷上、《詞綜》卷四、《歷代詩餘》卷六。）

【箋證】

劉《録》繫此詞於皇祐元年（一〇四九），歐陽修時知潁州。

該年歐陽修有《西湖泛舟呈運使學士張掞》詩：「波光柳色碧溟濛，曲渚斜橋畫舸通。更遠更佳唯恐盡，漸深漸密似無窮。綺羅香裏留佳客，弦管聲來颺晚風。半醉回舟迷向背，樓臺高下夕陽中。」其中「斜橋」、「曲水」、「夕陽」、「樓臺」，均見於本詞，構思命意亦相近，可參看。

【校記】

①《類編續選草堂詩餘》題作「遊湖」。

【注釋】

〔一〕白玉杯：酒杯之美稱。《海内十洲記》載：周穆王時，西域獻夜光常滿杯，杯容三升，是白玉之精，光明夜照。李商隱《戲題樞言草閣三十二韻》：「君時卧振觸，勸客白玉杯。」

〔二〕木蘭船：舟之美稱。參見《采桑子》（春深雨過西湖好）注〔四〕。

〔三〕畫屏開：謂景色秀麗明媚，如畫屏開展。朱慶餘《與龐復言携酒望洞庭》：「盡日與君同看望，了然勝見畫屏開。」

又

翠袖嬌鬟舞《石州》〔一〕。兩行紅粉一時羞〔二〕。新聲難逐管弦愁。　白髮主人年未老〔三〕，清時賢相望偏優〔四〕。一樽風月爲公留。（又見《樂府雅詞》卷上。）

【箋證】

此詞作於皇祐二年（一〇五〇）至皇祐三年（一〇五一）間，詞中「白髮主人」爲作者自指，「清時賢相」乃指杜衍。

皇祐二年（一〇五〇），歐陽修由潁州改知應天府兼南京留守司事，時杜衍退居此地已數年，二人相與歡甚，多有唱和，如歐陽修《紀德陳情上致政太傅杜相公二首》其一云：「儉節清名世絶倫，坐令風俗可還淳。貌先年老因憂國，事與心違始乞身。四海儀刑瞻舊德，一尊談笑作閑人。鈴齋幸得親師席，東向時容問治民。」詩中「四海儀刑瞻舊德，一尊談笑作閑人」句，與本詞「清時賢相望偏優，一樽風月爲公留」句意相合。且《澠水燕談録》卷四載：「祁公以故相耆德，尤爲天下傾慕。」正所謂「清時賢相望偏優」。另皇祐年間，歐陽修曾致書杜衍云：「某年方四十有三，而鬢髮皆白，眼目昏暗。」亦與本詞「白髮主人年未老」相應。

【注釋】

〔一〕《石州》：樂府商調曲名，又爲舞曲名。郭茂倩《樂府詩集》卷七九引《樂苑》：「《石州》，商調曲也。又有舞石州。」

〔二〕「兩行」句：杜牧《兵部尚書席上作》：「兩行紅粉一時迴。」羞：自慚。

〔三〕「白髮」句：白居易《歎髮落》：「行年未老髮先衰。」

〔四〕清時：太平盛世。《文選·李陵〈答蘇武書〉》：「勤宣令德，策名清時。」張銑注：「清時，謂清平之時。」

又

燈燼垂花月似霜〔一〕。薄簾映月兩交光〔二〕。酒醺紅粉自生香①。雙手舞餘拖翠袖〔三〕，一聲歌已釂金觴〔四〕。休回嬌眼斷人腸〔五〕。（又見《樂府雅詞》卷上。）

【校記】

①生：曾弘本作「幽」。

【注釋】

〔一〕燈燼垂花：燈芯燃燼，下垂結成燈花。李賀《河南府試十二月樂詞・八月》：「傍檐蟲緝絲，向壁燈垂花。」

〔二〕「薄簾」句：江淹《張司空華離情》：「秋月映簾櫳，懸光入丹墀。」

〔三〕舞餘：舞蹈結束。鄭愔《銅雀妓》：「舞餘依帳泣，歌罷向陵看。」

〔四〕「一聲」句：韋莊《江皋贈别》：「一聲歌罷客如泥。」釂：《説文》：「釂，飲酒盡也。」

〔五〕嬌眼：嫵媚眼神。張泌《浣溪沙》：「慢回嬌眼笑盈盈。」

又

十載相逢酒一卮〔一〕。故人纔見便開眉〔二〕。老來遊舊更同誰〔三〕。浮世歌歡真易失。

宦途離合信難期〔四〕。樽前莫惜醉如泥〔五〕。（又見《樂府雅詞》卷上、《花草粹編》卷二。）

【注釋】

〔一〕「十載」句：吴融《長安逢故人》：「歲暮長安客，相逢酒一杯。」

〔二〕「故人」句：白居易《聞李十一出牧澧州崔二十二出牧果州因寄絶句》：「平生相見即眉開。」 開眉：眉頭舒展。

〔三〕「老來」句：白居易《和三月三十日四十韻》：「舊遊幾客存，新宴誰人與。」

〔四〕「浮世」二句：羅隱《送秦州從事》：「芳時易失勞行止，良會難期且駐留。」 信：確實，果真。李白《夢遊天姥吟留别》：「烟濤微茫信難求。」

〔五〕「樽前」句：錢起《寇中送張司馬歸洛》：「今朝一尊酒，莫惜醉離筵。」 醉如泥：徐堅《初學記》卷一二引應劭《漢官儀》：「諺曰：『居代不諧，爲太常妻。一歲三百六十日，三百五十九日齋，一日不齋醉如泥。既作事，復低迷。』」杜甫《將赴成都草堂途中有作先寄嚴鄭公》：「肯藉荒庭春草色，先判一飲醉如泥。」

御帶花①

青春何處風光好，帝里偏愛元夕〔一〕。萬重繒綵②，構一屏峰嶺③，半空金碧〔二〕。寶檠銀釭〔三〕，耀絳幕、龍虎騰擲④〔四〕。沙堤遠〔五〕，雕輪繡轂〔六〕，争走五王宅⑤〔七〕。雍容熙熙作晝⑥〔八〕，會樂府神姬，海洞仙客〔九〕。拽香摇翠⑦，稱執手行歌〔一〇〕，錦街天陌〔一一〕。月淡寒輕，漸向曉⑧，漏聲寂寂。當年少，狂心未已，不醉怎歸得〔一二〕。（又見《醉翁琴趣外篇》卷一、《花草粹編》卷一〇、《嘯餘譜》卷三、《歷代詩餘》卷七一、《詞律》卷一六、《欽定詞譜》卷二八。）

【校記】

①《醉翁琴趣外篇》調作《御戴花》。《嘯餘譜》題作「元宵」。②重：孝思堂本作「里」。③嶺：《醉翁琴趣外篇》作「頂」。④龍虎騰擲：《欽定詞譜》作「龍騰虎擲」。⑤王：《欽定詞譜》作「侯」。⑥容：《嘯餘譜》、《詞律》、《欽定詞譜》作「雍」。冒校：「雍容，按萬氏《詞律》作「雍雍」，不知據何本。其注云：『雍雍，去聲。』則所説甚是。蓋『雍容熙熙』四字連平，歌者將拗折嗓子。但歐公律小不諧，曲子中縛不住，當時山谷已有此語。按之宋本及《琴趣》、《粹編》均作『雍容』，不必改也。」⑦拽：《歷代詩餘》、《詞律》、《欽定詞譜》作「曳」。⑧曉：吴本作「晚」。

【注釋】

〔一〕「青春」二句：柳永《滿朝歡》：「帝里風光爛漫，偏愛春杪。」帝里：京城。《晉書・王導傳》：「建康，古之金陵，舊爲帝里。」此指汴京。

〔二〕「萬重」三句：謂五色絲綢所造綵山高聳半空，金碧輝煌。繒綵：五色絲綢。峰嶺：謂綵山。

〔三〕檠：燈架。釭：燈盞。

〔四〕絳幕：紅色帳幕。　龍虎騰擲：舞擲燭龍、抛滚燈球之戲。孟元老《東京夢華録》卷六「元宵」：「又於左右門上，各以草把縛成戲龍之狀，用青幕遮籠，草上密置燈燭數萬盞，望之蜿蜒如雙龍飛走。」又「正月十六」：「各以竹竿出燈毬於半空，遠近高低，若飛星然。」梅堯臣《上元從主人登尚書省東樓》：「閶闔前臨萬歲山，燭龍銜火夜珠還。」范成大《上元紀吴下節物排諧體三十二韻》：「擲燭騰空穩，推毬滚地輕。」

〔五〕沙堤：李肇《唐國史補》卷下：「凡拜相禮，絶班行，府縣載沙填路，自私第至子城東街，名曰沙堤。」後泛指京城道路。

〔六〕雕輪繡轂：華麗馬車。轂，車輪中心部位，中空，用以插軸。羅隱《貴遊》：「繡轂香車入鳳城。」

〔七〕五王宅：《舊唐書·睿宗諸子傳》：「初，玄宗兄弟聖曆初出閤，列第於東都積善坊，五人分院同居，號『五王宅』。大足元年，從幸西京，賜宅於興慶坊，亦號『五王宅』。」泛指京城貴胄之家。

〔八〕熙熙：熱鬧祥和貌。《老子》：「衆人熙熙，若享太牢，若登春臺。」　作晝：以夜爲晝。徐幹《中論》：「殷殷沄沄，俾夜作晝。」

〔九〕樂府神姬，海洞仙客：教坊樂工舞伎之美稱。柳永《傾杯樂》：「會樂府兩籍神仙，梨園四部弦管。」　樂府：漢代司樂官署，此指宋代教坊。　海洞：神仙居所。仙人多居於海上仙島或深山洞府，故稱。

〔一〇〕稱：適意，合意。柳永《晝夜樂》：「擁香衾，歡心稱。」　行歌：邊走邊歌。《晏子春秋》：「梁丘據左操瑟，右挈竽，行歌而出。」孟元老《東京夢華録》卷六「十六日」：「五陵年少，滿路行歌。萬户千門，笙簧未徹。」

〔二〕錦街天陌：京城道路。柳永《透碧霄》：「太平時、朝野多歡。遍錦街香陌，鈞天歌吹，閬苑神仙。」

〔三〕「不醉」句：《詩經·小雅·湛露》：「厭厭夜飲，不醉無歸。」曹植《當車已駕行》：「不醉無歸來，明燈以繼夕。」

【附録】

萬樹《詞律》卷一六《御帶花》：《嘯餘》於此調，以「構一屏」至「金碧」作一句，「寶檠」至「絳幕」作一句，「作晝會」至「神姬」作一句，「稱執手」至「天陌」作一句，皆誤。蓋「萬重」以下與後「曳香」以下相同，只「嶺」字仄，「歌」字平，稍異耳。「寶檠」句即「月淡」句，「耀絳幕」即「漸向曉」句也。「檠」字可讀作仄聲，「虎」字可借作平聲。「沙堤遠」即「當年少」，何以前段作三字，後段連「狂心未已」作七字乎？「争走」句與「不醉」句，皆平仄仄平平仄，是定格，奈何注可作仄仄平平仄乎？「曳」字去聲，刻俱作「拽」，誤。觀其所用「帝」、「愛」、「萬」、「構」、「耀」、「絳」、「繡」、「洞」、「曳」、「稱」、「漸」、「向」等去字發調，何得俱作可平？「作晝」亦作可平，「雍雍」本是去聲，注可仄，皆可笑。按：「作晝會」三字欠妥，必有誤處。蓋題是元宵，安得云「作晝會」？愚謂「作」字必是「似」字之訛，乃「雍雍熙熙似晝」一句。「會」字連下「樂府神姬」爲一句，謂神姬、仙客俱至，故以「會」字領之耳。鄙見如此，質諸高明。

王奕清《欽定詞譜》卷二八：此調只有此詞，無別首可校。

虞美人

爐香晝永龍烟白〔一〕。風動金鸞額〔二〕。畫屏寒掩小山川①〔三〕。睡容初起枕痕圓〔四〕。墜花鈿〔五〕。　樓高不及烟霄半。望盡相思眼。艷陽剛愛挫愁人〔六〕。故生芳草碧連雲②。怨王孫〔七〕。（又見《醉翁琴趣外篇》卷一、《古今詞統》卷八、《歷代詩餘》卷三七。）

【箋證】

此首別作杜安世詞，見明吴訥《唐宋名賢百家詞》本《壽域詞》。《全宋詞》於歐陽修、杜安世下俱收録。

【校記】

①寒掩：《壽域詞》作「細展」。　②碧連雲：《壽域詞》作「碧雲連」。

【注釋】

〔一〕晝永：白日悠長。張祜《公子行》：「錦堂晝永繡簾垂，立却花驄待出時。」　龍烟：爐香蜿蜒升騰，狀若虬龍，故稱。白居易《和集賢劉學士早朝作》：「烟吐白龍頭宛轉，扇開青雉尾參差。」一説指龍涎香或龍腦香之烟。

〔二〕金鸞額：繡有金鸞之簾額。李賀《宮娃歌》：「彩鸞簾額著霜痕。」田錫《斑竹簾賦》：「飛額動金鸞之翼。」

〔三〕「畫屏」句：顧敻《虞美人》：「小屏屈曲掩青山。」

〔四〕「睡容」句：魏承班《訴衷情》：「新睡覺，步香階。山枕印紅腮。」枕痕：睡時臉部所留枕印。韓偓《懶起》：「枕痕霞黯澹，淚粉玉闌珊。」

〔五〕花鈿：花型額飾。劉遵《應令詠舞》：「履度開裙襵，鬟轉匝花鈿。」

〔六〕剛：偏偏。白居易《惜花》：「可憐夭艷正當時，剛被狂風一夜吹。」挫：摧折，折磨。司空圖《偶題》：「浮世悠悠旋一空，多情偏解挫英雄。」

〔七〕「故生」二句：淮南小山《招隱士》：「王孫遊兮不歸，春草生兮萋萋。」唐襄陽妓《送武補闕》：「無限烟花不留意，忍教芳草怨王孫。」

鶴沖天

梅謝粉〔一〕，柳拖金〔二〕。香滿舊園林①。養花天氣半晴陰〔三〕。花好却愁深。　花無數。愁無數。花好却愁春去。戴花持酒祝東風。千萬莫匆匆〔四〕。（又見《花草粹編》卷四、《嘯餘譜》卷三、《宋六十一家詞選》卷一。）

【校記】

①舊：吳本作「花」。

【注釋】

〔一〕謝粉：喻花瓣凋零。白居易《酬令狐相公春日尋花見寄六韻》：「粉壞杏將謝，火繁桃尚稠。」

〔二〕拖金：喻柳條摇曳。孫光憲《河傳》：「柳拖金縷，著烟籠霧。」

〔三〕養花天氣：見《漁家傲》（二月春期看已半）注〔三〕。　半晴陰：杜牧《春日茶山病不飲酒因呈賓客》：「欲開未開花，半陰半晴天。」

〔四〕「戴花」二句：司空圖《酒泉子》：「黄昏把酒祝東風，且從容。」　祝：祈禱，祈求。

【附録】

沈雄《古今詞話·詞辨》上卷：《古今詞譜》曰：正宫曲，韋莊詞：「家家樓上簇神仙。争看鶴沖天。」和凝詞：「嚴妝攏罷囀黄鸝。飛上萬年枝。」故名《鶴沖天》、《萬年枝》。前後和凝、薛昭蘊爲一韻者，韋莊、歐陽修爲兩韻者，至毛文錫换頭，一概和仄韻。

夜行船

憶昔西都歡縱〔一〕。自别後、有誰能共。伊川山水洛川花〔二〕，細尋思、舊遊如夢〔三〕。

今日相逢情愈重①〔四〕。愁聞唱、畫樓鐘動。白髮天涯逢此景〔五〕，倒金樽、殢誰相送〔六〕。

（又見《醉翁琴趣外篇》卷六、《嘯餘譜》卷四、《歷代詩餘》卷三四、《詞律》卷七、《欽定詞譜》卷一一。）

【箋證】

此詞當爲寶元二年（一〇三九）知乾德時作。

寶元二年（一〇三九）五月，歐陽修與謝絳、梅堯臣有鄧州之會。胡柯《廬陵歐陽文忠公年譜》：寶元二年「二月，知制誥謝希深絳出守鄧州，梅聖俞將宰襄城，與希深偕行。五月，公謁告往會，留旬日而還。」後歐陽修作《答梅聖俞寺丞見寄》詩，憶及此次相會情景，有句云：「已見洛陽人，重開畫樓唱」。按謝絳有《夜行船》（昨夜佳期初共）詞，爲明道二年（一〇三三）離洛赴京時作（參《彙評》所考），以「月西斜、畫樓鐘動」一句名著當世。此次鄧州之會，謝絳或於席上重唱此曲，故歐詩云「已見洛陽人，重開畫樓唱」，而本詞「今日相逢情愈重」、「愁聞唱、畫樓鐘動」等語，正與詩意相合。且本詞與謝絳原詞韻部相同，當爲席上重聽謝氏舊曲後所和。又此次鄧州之會後，歐陽修有書寄謝絳云：「暑夕屢煩長者……歡然之適無異京洛之舊。其小別者，聖俞差老而修爲窮人，主人（謝絳）腰雖金魚而鬢亦白矣。其清興，則皆未減也。臨別之際，感戀何勝。」可參看。

【校記】

①今日：程宗本、毛本、《嘯餘譜》、《歷代詩餘》、《詞律》作「記今日」。　情愈重：《醉翁琴趣外篇》作「情態重」。

【注釋】

〔一〕西都：即洛陽，北宋以洛陽爲西京。

〔二〕伊川、洛川：即伊水與洛水，泛指洛陽一地。

〔三〕舊遊如夢：劉長卿《贈元容州》：「舊遊如夢裏，此別是天涯。」

〔四〕「今日」句：錢起《送興平王少府遊梁》：「舊識相逢情更親。」

〔五〕「白髮」句：陳堯佐《遊惠陽西湖》：「天涯逢此景，誰信自開顔。」

〔六〕殢：困擾，糾纏。此處有勞煩、勸請之義。柳永《玉蝴蝶》：「要索新詞，殢人含笑立尊前。」送：勸飲。牛嶠《江城子》：「離筵分手時，送金卮。」

又①

滿眼東風飛絮。催行色、短亭春暮②〔一〕。落花流水草連雲③〔二〕，看看是④、斷腸南浦〔三〕。　檀板未終人去去⑤〔四〕。扁舟在、緑楊深處〔五〕。手把金樽難爲別，更那聽⑥〔六〕、亂鶯疏雨。（又見《醉翁琴趣外篇》卷六、《花草粹編》卷五、《詞綜》卷四、《歷代詩餘》卷二九、《詞則·別調集》卷一、《宋六十一家詞選》卷一。）

【校記】

①調下注：「草連雲：一作『草連天』。」天理本、宮内本同，慶元本無。　②亭：吴本作「臺」。　③流：殘宋本《醉翁琴趣外篇》作「隨」。　④看看：《醉翁琴趣外篇》作「夜天看看」。　⑤人去去：卷末「續添」校：「一作『人又去』。」《詞綜》作「人又去」，《醉翁琴趣外篇》作「人未去」。　⑥

聽：《醉翁琴趣外篇》、《花草粹編》作「堪」。

【注釋】

〔一〕「催行色」二句：白居易《潯陽宴别》：「暮景牽行色。」行色：離别氣氛。

〔二〕「落花」句：司空曙《題鮮于秋林園》：「遠山芳草外，流水落花中。」

〔三〕看看：轉眼之間。吴融《寒食洛陽道》：「行客勝回首，看看春日斜。」斷腸南浦：江淹《别賦》：「送君南浦，傷如之何。」

〔四〕檀板：檀木所製拍板，用於擊節伴歌。去去：遠去。曹植《門有萬里客》：「行行將復行，去去適西秦。」

〔五〕「扁舟」二句：儲光羲《釣魚灣》：「日暮待情人，維舟緑楊岸。」

〔六〕那：况、又。李商隱《自南山北歸經分水嶺》：「那通極目望，又作斷腸分。」

【附録】

陳廷焯《雲韶集》卷二：筆致楚淒，亦只是尋常意，却寫得如許濃至。筆端有神。

陳廷焯《詞則·别調集》卷一：尋常意寫得如許濃至。「看看是」三字咄咄逼人。情景兼到。

清末佚名《詞通·論譜》：《碎金詞譜》雙調收《夜行船》謝絳詞，其前段尾句云：「意偷傳、眼波微送。」「傳」或作「轉」，謝默卿即用「轉」字譜之。按此調前後遍二四兩句皆七字，而上三下四句法；其三字皆逗處，平仄皆可通。歐陽永叔一詞，此四字皆仄逗，而謝絳此詞，四字皆平逗。

洛陽春①

紅紗未曉黃鸝語②〔一〕。蕙爐銷蘭炷③〔二〕。錦屏羅幕護春寒④〔三〕，昨夜三更雨⑤〔四〕。

繡簾閑倚吹輕絮〔五〕。斂眉山無緒〔六〕。看花拭淚向歸鴻⑥〔七〕，問來處、逢郎否。（又見《醉翁琴趣外篇》卷四、《花草粹編》卷四、《高麗史》卷七一《樂志》二、《歷代詩餘》卷一九、《欽定詞譜》卷五、《詞律拾遺》卷一、《詞則·閑情集》卷一、《宋六十一家詞選》卷一。）

【校記】

①《欽定詞譜》、《詞律拾遺》調作「一落索」。②紅紗：《高麗史·樂志》作「紗窗」。鸝：《高麗史·樂志》作「鶯」。③銷蘭：《高麗史·樂志》作「燒殘」，《欽定詞譜》作「消殘」。④屏：《高麗史·樂志》作「帷」。護：《高麗史·樂志》作「度」。⑤昨夜三更雨：《高麗史·樂志》、《欽定詞譜》作「昨夜裏，三更雨」。⑥看：《高麗史·樂志》作「把」。

【注釋】

〔一〕「紅紗」句：白居易《傷春詞》：「碧紗窗外囀黃鸝。」紅紗：紅色窗紗。毛文錫《更漏子》：「人不見，夢難憑。紅紗一點燈。」

〔二〕蘭炷：即綫香，用香末製成，細長如綫。劉筠《代意》：「乳鶯啼曉銷蘭炷。」

〔三〕「錦屏」句：司空圖《牡丹》：「主人猶自惜，錦幕護春霜。」錦屏：錦製屏風。

〔四〕「昨夜」句：韓偓《懶起》：「昨夜三更雨，今朝一陣寒。」

〔五〕「繡簾」句：李商隱《訪人不遇留別館》：「閑倚繡簾吹柳絮，日高深院斷無人。」

〔六〕眉山：女子之眉。見《踏莎行》（雨霽風光）注〔九〕。　無緒：心緒凌亂。何遜《送韋司馬別》：「離言雖欲繁，離思終無緒。」

〔七〕看花拭淚：李益《下樓》：「看花行拭淚，倍覺下樓遲。」

雨中花①

千古都門行路〔一〕。能使離歌聲苦〔二〕。送盡行人，花殘春晚②，又到君東去③。　醉藉落花吹暖絮〔三〕。多少曲堤芳樹。且携手留連④，良辰美景，留作相思處〔四〕。（又見《醉翁琴趣外篇》卷四、《花草粹編》卷五、《詩餘圖譜》卷二、《嘯餘譜》卷三、《歷代詩餘》卷二三、《詞律》卷七、《欽定詞譜》卷九。）

【校記】

①《欽定詞譜》調作《雨中花令》。《詩餘圖譜》、《嘯餘譜》題作「餞別」。　②晚：《歷代詩餘》作「曉」。　③到：《歷代詩餘》、《欽定詞譜》作「別」。　君東：《花草粹編》、《詞律》、《欽定詞譜》作「東君」。　④留：《歷代詩餘》作「流」。

【注釋】

〔一〕都門行路：王維《送高適弟耽歸臨淮作》：「都門謝親故，行路日逶遲。」都門，《漢書・王莽傳》：「兵從宣平城門入，民間所謂都門也。」顔師古注：「長安城東出北頭第一門。」泛指京城之門。

〔二〕離歌：離筵所奏之曲。吴均《别王謙》：「離歌玉弦絶，别酒金卮空。」

〔三〕藉：席地而坐。《文選·孫綽〈遊天台山賦〉》：「藉萋萋之纖草。」李善注：「以草薦地而坐曰藉。」

〔四〕相思處：吴均《酬聞人侍郎别》：「相思自有處，春風明月樓。」

【附録】

萬樹《詞律》卷七《雨中花》：前後第三句以下，與前詞（即晏殊《雨中花·剪翠妝紅欲就》）異。按：「送盡」句，查各家俱前後段相同，此前四後五，或誤多誤少耳。

王奕清《欽定詞譜》卷九：此亦晏詞體，但攤破晏詞前後段第三句作四字兩句異。按此詞後段第三句「且」字亦襯字。

越溪春

三月十三寒食日，春色遍天涯。越溪閬苑繁華地〔一〕，傍禁垣、珠翠烟霞〔二〕。紅粉墻頭，鞦韆影裏〔三〕，臨水人家。

歸來晚駐香車〔四〕。銀箭透窗紗〔五〕。有時三點兩點雨霽①〔六〕，朱門柳細風斜〔七〕。沉麝不燒金鴨冷〔八〕，籠月照梨花②〔九〕。（又見《醉翁琴趣外篇》卷

一、《花草粹編》卷八、《嘯餘譜》卷三、《詞綜》卷四、《歷代詩餘》卷四八、《詞律》卷一一、《欽定詞譜》卷一七。）

【箋證】

詞作首句云「三月十三寒食日」，又有「傍禁垣、珠翠烟霞」之句，當爲描寫京城寒食景象。查張培瑜《三千五百年曆日天象》，歐陽修在世時，以三月十三日屬寒食者有二：一爲嘉祐元年（一〇五六），時歐陽修在京任翰林學士，兼史館修撰，主修《唐書》；一爲治平四年（一〇六七），時歐陽修以參知政事居京師，下月（即閏三月）方離京赴亳州。故此詞或作於嘉祐元年，或作於治平四年。又治平三年（一〇六六），歐陽修有《三日赴宴口占》詩，亦描寫京城寒食之景，中有「鳳城殘照歸鞍晚，禁籞無風柳自斜」諸語，與此詞頗類，則此詞似繫於治平年間爲宜。

【校記】

①三點兩點：吴本作「三兩點」。　②「籠月」二句：《詞綜》、《歷代詩餘》、《詞律》作「沉麝不燒金鴨，玲瓏月照梨花。」　籠：《醉翁琴趣外篇》作「朧」。

【注釋】

〔一〕越溪：即若耶溪，在越州（今浙江紹興）城南，傳爲西施浣紗處。此處代指京城苑池。　閬苑：閬風之苑，見《臨江仙》（記得金鑾同唱第）注〔六〕。此處代指京城宫苑。　繁華地：韋應物《擬古詩》：「京城繁華地，軒蓋凌晨出。」

〔二〕禁垣：宫墻。　珠翠烟霞：謂遊春女子衆多，妝扮艷麗，遥望如烟霞爛漫。李山甫《寒食》：

「萬井樓臺疑繡畫，九原珠翠似烟霞。」

〔三〕鞦韆影裏：寒食日有戲鞦韆之俗。見《蝶戀花》（小院深深門掩亞）注〔三〕。

〔四〕駐香車：盧思道《美女篇》：「時摇五明扇，聊駐七香車。」

〔五〕銀箭：即漏箭，此處指夜漏之聲。鄭畋《五月一日紫宸候對時屬禁直穿内而行因書六韻》：「漏響飄銀箭，燈光照玉除。」

〔六〕「有時」句：李山甫《寒食》：「有時三點兩點雨，到處十枝五枝花。」

〔七〕「朱門」句：韓翃《寒食》：「寒食東風御柳斜。」李山甫《寒食》：「柳帶東風一向斜。」

〔八〕「沉麝」句：李珣《定風波》：「沉水香消金鴨冷。」　沉麝：沉香與麝香。　金鴨：銅製鴨形香爐。

〔九〕籠月：錢起《梨花》：「艷静如籠月，香寒未逐風。」　梨花：梨花於寒食間最盛。白居易《陵園妾》：「眼看菊蕊重陽淚，手把梨花寒食心。」

【附録】

萬樹《詞律》卷一一《越溪春》：向來俱作「沉麝不燒金鴨冷，籠月照梨花。」今依《詞綜》校正，作六字兩句。按：「銀箭」句即同前「春色」句，則「有時」句似應作七字，於「兩點雨」分斷，而以「霽」字屬下爲是。然臆測不敢謂必然，故依舊注之。「兩點」二字，皆上聲作平者。少游《金明池》亦云「過三點兩點細雨」，其句正對後段「才子倒、玉山休訴」也。作者不必泥此而於此二字誤用去聲。

《圖譜》於「瓏」字作可仄，想誤刻也。

王奕清《欽定詞譜》卷一七《越溪春》：調見六一居士詞。因詞中有「春色遍天涯」、「越溪閬苑繁華地」句，取以爲名。蓋賦越溪春色也。又：此詞無别首宋詞可校。結二句《詞綜》作「沉麝不燒金鴨，玲瓏月照梨花」六字兩句。查本集「玲」字係「泠」字，「瓏」字係「籠」字。「泠」字屬上作句方有情韻。舊本皆然，今從之。

賀聖朝影①

白雪梨花紅粉桃〔一〕。露華高〔二〕。垂楊慢舞緑絲條〔三〕。草如袍〔四〕。　風過小池輕浪起，似江皋〔五〕。千金莫惜買香醪〔六〕。且陶陶〔七〕。（又見《花草粹編》卷一、《類編續選草堂詩餘》卷上、《精選古今詩餘醉》卷五、《嘯餘譜》卷三、《歷代詩餘》卷三。）

【校記】

①《類編續選草堂詩餘》調作《賀聖朝》。《草堂詩餘續集》調下注：「舊本缺『影』字，誤。與《太平時》調同，但後叠第二句用平叶。」《歷代詩餘》調作《太平時》。《類編續選草堂詩餘》、《精選古今詩餘醉》題作「春景」。

【注釋】

〔一〕白雪梨花：李白《宫中行樂詞》：「柳色黄金嫩，梨花白雪香。」

〔二〕露華：露水。李白《清平調》：「春風拂檻露華濃。」

〔三〕緑絲條：賀知章《詠柳》：「萬條垂下緑絲條。」

〔四〕草如袍：何遜《與蘇九德别》：「春草似青袍，秋月如團扇。」

〔五〕似江皋：李昉《和喜雨》：「溟濛烟景似江皋。」江皋，江邊高地。

〔六〕「千金」句：白居易《和知非》：「須憑百杯沃，莫惜千金費。」　醪：醇酒。

〔七〕陶陶：酒醺自適貌。劉伶《酒德頌》：「無思無慮，其樂陶陶。」白居易《感時》：「唯當飲美酒，終日陶陶醉。」

【附録】

《草堂詩餘續集》卷上沈際飛評：緑條青袍，一副春色。

沈雄《古今詞話·詞辨》上卷：張泌、顧敻換頭句仍押仄韻。六一詞猶押平韻。

洞天春

鶯啼緑樹聲早〔一〕。檻外殘紅未掃〔二〕。露點真珠遍芳草①〔三〕。正簾幃清曉。　鞦韆宅院悄悄。又是清明過了。燕蝶輕狂，柳絲撩亂，春心多少。（又見《花草粹編》卷四、《詩餘圖譜》卷一、《嘯餘譜》卷三、《歷代詩餘》卷一九、《詞律》卷五、《欽定詞譜》卷七。）

【校記】

①真：《花草粹編》、《詩餘圖譜》、《嘯餘譜》、《詞律》作「珍」。

【注釋】

〔一〕「鶯啼」句：李百藥《笙賦》：「始覺華樹鶯啼早。」

〔二〕「檻外」句：白居易《長恨歌》：「宫葉滿階紅不掃。」温庭筠《春曉曲》：「簾外落花閑不掃。」

〔三〕「露點」句：韋應物《月夜》：「華露積芳草。」白居易《暮江吟》：「露似真珠月似弓。」

【附録】

萬樹《詞律》卷五《洞天春》：《圖譜》謂首句可仄仄平平仄仄，「遍芳草」可平仄仄，何據耶？

王奕清《欽定詞譜》卷七：《洞天春》，調見六一詞，蓋賦院落之春景如洞天也。　又：此調宋人填者絶少，無從校對平仄。

憶漢月①

紅艷幾枝輕裊〔一〕。新被東風開了②〔二〕。倚烟啼露爲誰嬌〔三〕，故惹蝶憐蜂惱。　多情遊賞處，留戀向、緑叢千繞〔四〕。酒闌歡罷不成歸③〔五〕，腸斷月斜春老④。（又見《醉翁琴趣外篇》卷四、《花草粹編》卷四、《嘯餘譜》卷三、《選聲集》、《歷代詩餘》卷二二、《詞律》卷五、《欽定詞譜》卷八。）

【校記】

①《歷代詩餘》調作《望漢月》。②新：《嘯餘譜》、《選聲集》、《詞律》、《欽定詞譜》作「早」。③歡：《歷代詩餘》作「歌」。④春：《選聲集》、《詞律》、《欽定詞譜》作「人」。

【注釋】

〔一〕紅艷：喻花色。李白《清平調》：「一枝紅艷露凝香。」

〔二〕「新被」句：李商隱《嘲桃》：「春風爲開了，却擬笑春風。」

〔三〕啼露：花枝帶露，如女子淚痕。温庭筠《楊柳枝》：「裊枝啼露動芳音。」

〔四〕千繞：往復徘徊，不忍離去。王建《別藥欄》：「芍藥丁香手裏栽，臨行一日繞千回。」李商隱《池邊》：「日西千繞池邊樹，憶把枯條撼雪時。」

〔五〕「酒闌」句：姚合《惜別》：「酒闌歌罷更遲留。」不成：反詰語，猶云不捨、不忍。

清平樂①

小庭春老。碧砌紅萱草〔一〕。長憶小欄閑共遶。携手緑叢含笑〔二〕。　别來音信全乖〔三〕。舊期前事堪猜。門掩日斜人静，落花愁點青苔②〔四〕。（又見《醉翁琴趣外篇》卷三、《全芳備祖》前集卷二四、《類編續選草堂詩餘》卷上、《花草粹編》卷三、《精選古今詩餘醉》卷二、《歷代詩餘》卷一三。）

【校記】

①《全芳備祖》未署名。《類編續選草堂詩餘》、《精選古今詩餘醉》題作「春晚」。②青：《類編續選草堂詩餘》作「蒼」。

【注釋】

〔一〕「碧砌」句：暗指離别。孟郊《遊子》：「萱草生堂階，遊子行天涯。」碧砌：臺階美稱。萱草：又名諼草，相傳可以忘憂，故亦名「忘憂草」。《詩經·衛風·伯兮》：「焉得諼草，言樹之背。」毛《傳》：「諼草令人忘憂。」

〔二〕「携手」句：盧思道《後園宴》：「携手傍花叢，徐步入房櫳。」

〔三〕「别來」句：顧夐《荷葉杯》：「一去又乖期信。」乖：斷絶，隔絶。

〔四〕「落花」句：李白《久别離》：「待來竟不來，落花寂寂委青苔。」

凉州令①東堂石榴②

翠樹芳條颭〔一〕。的的裙腰初染③〔二〕。佳人携手弄芳菲〔三〕，緑陰紅影，共展雙紋簟④〔四〕。插花照影窺鸞鑑〔五〕。只恐芳容減。不堪零落春晚，青苔雨後深紅點〔六〕。一去門閑掩。重來却尋朱檻〔七〕。離離秋實弄輕霜⑤〔八〕，嬌紅脉脉，似見燕脂臉〔九〕。人非事往眉空斂⑥。誰把佳期賺〔一〇〕。芳心只願長依舊，春風更放明年艷〔一一〕。（又見《醉翁琴趣外篇》卷二、

《全芳備祖》前集卷二四、《全芳備祖》後集卷六、《花草粹編》卷五、《類編續選草堂詩餘》卷下、《嘯餘譜》卷二、《歷代詩餘》卷二三、《歷代詩餘》卷八三、《詞律》卷六、《欽定詞譜》卷八。）

【箋證】

此詞當作於天聖九年（一〇三一）至景祐元年（一〇三四）間，歐陽修時任西京留守推官，居洛陽。題中「東堂石榴」，即西京幕府東堂所植石榴樹。

明道二年（一〇三三），梅堯臣有《憶洛中舊居寄永叔兼簡師魯彥國》詩，回憶與歐陽修、尹洙等洛中聚會場景，詩中提及「東堂石榴」：「東堂石榴下，夜飲曉未還。絺衣濕浩露，桂酒生朱顏。」次年，即景祐元年（一〇三四），歐陽修作《書懷感事寄梅聖俞》詩，同樣憶及「東堂榴花」：「東堂榴花好，點綴裙腰鮮。插花雲髻上，展簟緑陰前。」另梅堯臣又有《依韻和希深新秋會東堂》詩云：「巧笑承歡劇，新詞度曲長。驂鸞悲霧扇，泛蟻醑雲漿。並蒂榴房熟，連叢桂蕊香。」題中「東堂」與詩中「榴房」，亦與本詞詞題「東堂石榴」相合，此詩作於明道二年（一〇三三），時歐陽修亦在洛陽，當在預宴之列，而據詩中「巧笑承歡劇，新詞度曲長」一句，可知宴會之上有倚聲填詞之事。又嘉祐二年（一〇五七），梅堯臣作《和楚屯田同曾子固陸子履觀予堂前石榴花》，詩中憶及早年與歐陽修在洛陽共賞榴花之事，中云：「欲歌翠樹芳條曲，已去洛陽三十秋。」詩中之「翠樹芳條曲」，正與本詞首句「翠樹芳條颭」相合，顯指本詞而言，而此時距歐、梅西京幕府生涯已近三十年，故云「已去洛陽三十秋」。

【校記】

①《醉翁琴趣外篇》、《全芳備祖》、《花草粹編》、《詞律》、《欽定詞譜》調作《梁州令》。又《全芳備

祖》前集卷二四、《歷代詩餘》卷二三僅録上闋。《花草粹編》分上下闋爲兩首。②《類編續選草堂詩餘》題作「榴花」。③的的：《全芳備祖》、《花草粹編》、《歷代詩餘》卷二三作「灼灼」。腰：《類編續選草堂詩餘》作「釵」。④共：《全芳備祖》前集作「芳」。⑤實：《嘯餘譜》作「日」。⑥眉空：《花草粹編》作「空眉」。

【注釋】

〔一〕颭：風吹顫動。見《浣溪沙》（雲曳香綿彩柱高）注〔三〕。

〔二〕「的的」句：白居易《盧侍御小妓乞詩座上留贈》：「山石榴花染舞裙。」的的：即「旳旳」，光鮮明亮貌。《淮南子·説林》：「旳旳者獲，提提者射。」高誘注：「旳旳，明也。」蕭綱《詠梔子花》：「素華偏可喜，的的半臨池。」

〔三〕弄芳菲：李嶠《春日遊苑喜雨應詔》：「園樓春正歸，入苑弄芳菲。」弄，欣賞，觀賞。

〔四〕雙紋簟：織有成雙紋樣之竹席。王維《送孫秀才》：「玉枕雙文簟，金盤五色瓜。」

〔五〕鸞鑑：妝鏡美稱。范泰《鸞鳥詩序》：「昔罽賓王結罝峻卯之山，獲一鸞鳥，王甚愛之，欲其鳴而不能致也。乃飾以金樊，饗以珍羞，對之愈戚，三年不鳴。其夫人曰：『嘗聞鳥見其類而後鳴，何不懸鏡以映也。』王從其意，鸞睹形悲鳴，哀響沖霄，一奮而絶。」

〔六〕「青苔」句：韓愈《榴花》：「顛倒青苔落絳英。」

〔七〕却：仍，再。白居易《重尋杏園》：「忽憶芳時頻酩酊，却尋醉處重裴回。」

〔八〕離離：果實茂盛而下垂。《詩經·小雅·湛露》：「其桐其椅，其實離離。」毛《傳》：「離離，垂也。」　弄：妝扮，裝點。丁謂《梨》：「摇摇繁實弄秋光。」

〔九〕燕脂臉：白居易《山石榴寄元九》：「淚痕裛損燕支臉，剪刀裁破紅綃巾。」

〔一〇〕賺：耽誤、錯過，亦含欺哄之意。

〔一一〕「芳心」二句：白居易《重題西明寺牡丹》：「只愁離别長如此，不道明年花不開。」

【附録】

《草堂詩餘續集》卷下沈際飛評：始終詳婉，不以爲纖。

萬樹《詞律》卷六《梁州令》：前後段同。只「芳心」句七字，恐「長」字是誤多耳。「晚」字《譜圖》俱注叶韻，不知此詞通篇用閉口音甚嚴，豈誤插一旁韻，况後段「舊」字不叶可證。

陸鎣《問花樓詞話》：無論三唐五季，佳詞林立。即論兩宋，盧陵「翠樹」，元獻「清商」，秦少游「山抹微雲」，張子野「樓頭畫角」，竹屋之幽蒨，花影之生新，其見於《草堂》、《花間》，不下數百家。

張德瀛《詞徵》卷三：賺，杜彦之詩「騄駬驊騮賺殺人」。尹參卿詞「賺得王孫狂處」。歐陽永叔詞「誰把佳期賺」。

南鄉子①

翠密紅繁。水國凉生未是寒〔一〕。雨打荷花珠不定，輕翻〔二〕。冷潑鴛鴦錦翅斑②〔三〕。

盡日凭欄。弄蕊拈花子細看③〔四〕。偷得裹蹄新鑄樣④〔五〕，無端〔六〕。藏在紅房艷粉間⑤。

（又見《醉翁琴趣外篇》卷五、《花草粹編》卷六、《類編續選草堂詩餘》卷下、《歷代詩餘》卷二五、《欽定詞譜》卷一、《詞律拾遺》卷二。）

【校記】

①《類編續選草堂詩餘》作無名氏詞，題作「本意」。②斑：《醉翁琴趣外篇》、吴本、曾弘本作「班」。③子：《歷代詩餘》作「仔」。④裹：《醉翁琴趣外篇》、丁本作「褭」。⑤艷粉：《欽定詞譜》作「粉艷」。

【注釋】

〔一〕水國：即水鄉，多代指江南。白居易《和夢得夏至憶蘇州呈盧賓客》：「水國多臺榭，吴風尚管弦。」未是寒：即未甚寒。

〔二〕「雨打」二句：毛熙震《菩薩蠻》：「雨翻荷芰真珠散。」

〔三〕「冷潑」句：沈彬《秋日》：「芰荷翻雨潑鴛鴦。」

〔四〕「弄蕊」句：白居易《花前歎》：「欲散重拈花細看。」

〔五〕裹蹄：馬蹄金。《漢書·武帝紀》：「今更黄金爲麟趾裹蹄以協瑞焉。」顔師古注：「武帝欲表祥瑞，故普改鑄爲麟足馬蹄之形以易舊法耳。今人往往於地中得馬蹄金，金甚精好，而形製巧妙。」此處謂蓮房形狀新巧，如偷仿裹蹄。

〔六〕無端：無奈。楊巨源《大堤曲》：「無端嫁與五陵少，離别烟波傷玉顔。」

【附録】

李調元《雨村詞話》卷一：歐陽永叔詞，無一字無來處。如《南鄉子》詞：「偷得褭蹄新鑄樣。」俗作「馬蹄」，本《漢書》武帝詔，以黄金鑄麟趾、褭蹄以叶瑞。

清末佚名《詞通·論字》：詞之就舊調而變體者，其添減之字，已幾於不可見。惟全調不變，而添減一二字者，則確然可證。然所以知其爲添字而非襯字，知其爲減字而非虚聲者，則以其於舊調之外，别成一調，諸家用之，而非一二闋之偶然也。試就《南鄉子》一調證之：歐陽炯單遍，平仄换韻，四字起句。馮延巳即同用此調，加成雙叠，而用五字起句；是於起句添一字也。馮延巳又一首，與前首字句悉同，而不换韻；宋人多依之。惟歐陽修一詞，用馮詞不换韻體，而首句仍用四字。是於馮詞爲減一字，而復歐陽炯之舊調。卓珂月《詞統》未加細考，所以誤名爲《減字南鄉子》也。就此一調，可以舉古人添減之例。

又①

雨後斜陽。細細風來細細香〔一〕。風定波平花映水，休藏。照出輕盈半面妝〔二〕。　路隔秋江。蓮子深深隱翠房。意在蓮心無問處②〔三〕，難忘。淚裛紅腮不記行③〔四〕。（又見《醉翁琴趣外篇》卷五、《花草粹編》卷六、《類編續選草堂詩餘》卷下、《精選古今詩餘醉》卷一三、《歷代詩餘》卷二五。）

【校記】

①《花草粹編》、《類編續選草堂詩餘》、《精選古今詩餘醉》題作「荷花」。②意：《醉翁琴趣外篇》作「薏」。③裛：《醉翁琴趣外篇》、毛本、《花草粹編》作「裏」。　紅：吴本作「細」。

【注釋】

〔一〕「細細」句：杜甫《嚴鄭公宅同詠竹》：「雨洗娟娟净，風吹細細香。」

〔二〕半面妝：《南史·后妃傳》：「（徐）妃以帝眇一目，每知帝將至，必爲半面妝以俟。」温庭筠《和太常杜少卿東都修行里有嘉蓮》：「同心表瑞荀池上，半面分妝樂鏡中。」

〔三〕「意在」句：李群玉《寄人》：「寄語雙蓮子，須知用意深。莫嫌一點苦，便擬棄蓮心。」　意：諧音「薏」，即蓮心。《爾雅·釋草》：「荷……其實蓮，其根藕，其中的，的中薏。」

〔四〕淚裛紅腮：李商隱《戲題樞言草閣三十二韻》：「徒令真珠肶，裛入珊瑚腮。」裛，同「浥」，沾濕。

【附録】

《草堂詩餘續集》卷下沈際飛評：隱語大慧。　又：詩中有雙關二意，其法乃比之變。比本用事，一變而用意，再變而用聲。或有比事比意更比聲者。此比事比意若何？曰藕幾時蓮，更比聲。

鵲橋仙

月波清霽〔一〕，烟容明淡〔二〕，靈漢舊期還至〔三〕。鵲迎橋路接天津〔四〕，映夾岸、星榆點綴〔五〕。　雲屏未卷〔六〕，仙鷄催曉〔七〕，腸斷去年情味。多應天意不教長①，恁恐把、歡娱容易〔八〕。（又見《醉翁琴趣外篇》卷四、《花草粹編》卷六、《歷代詩餘》卷二九、《欽定詞譜》卷一二。）

【校記】

①教：慶元本、《醉翁琴趣外篇》、吴本、毛本作「交」。

【注釋】

〔一〕月波：月光。《漢書·禮樂志》録《天門》詩：「月穆穆以金波。」李群玉《湘西寺霽夜》：「月波蕩如水，氣爽星朗滅。」

〔二〕烟容：雲霧瀰漫之色。孟浩然《遊鳳林寺西嶺》：「烟容開遠樹，春色滿幽山。」

〔三〕靈漢：銀河。趙彦昭《奉和七夕兩儀殿會宴應制》：「今宵望靈漢，應得見蛾眉。」　舊期：指七夕牛郎、織女相會之期。

〔四〕天津：天河渡口。《楚辭·離騷》：「朝發軔於天津兮，夕余至乎西極。」王逸注：「天津，東極箕斗之間，漢津也。」

〔五〕星榆：喻繁星。榆莢形似錢，色白成串，故云。樂府古辭《隴西行》：「天上何所有，歷歷種白榆。」

〔六〕雲屏：飾有雲狀彩繪之屏風。張協《七命》：「雲屏爛汗，瓊壁青葱。」劉長卿《昭陽曲》：「芙蓉帳小雲屏暗，楊柳風多水殿凉。」此處亦可解作雲霞所製屏風。

〔七〕仙鷄：即天鷄。《太平御覽》卷九一八引《玄中記》：「東南有桃都山，上有大樹，名曰桃都枝，相去三千里。上有天鷄，日初出，照此木，天鷄即鳴。天下鷄皆隨之鳴。」李白《夢遊天姥吟留别》：「半壁見海日，空中聞天鷄。」

〔八〕「多應」二句：反用李商隱《辛未七夕》「恐是仙家好别離，故教迢遞作佳期」之意，謂上天有意使牛郎、織女不得長見，乃恐二人以歡娱爲易事而不甚珍惜。　容易：輕易、草草。

【附録】

陳元靚《歲時廣記》卷二六：《風土記》：「織女七夕當渡河，使鵲爲橋。」《海録碎事》云：「鵲，一名神女，七月填河成橋。」李白七夕詩云：「寂然香滅後，鵲散度橋空。」張天覺歌云：「靈官召集役神鵲，直渡銀河横作橋。」又東坡七夕詞云：「喜鵲橋成催鳳駕，天爲歡遲，乞與新凉夜。」又古詩云：「參差烏鵲橋。」又歐陽公詞云：「鵲迎橋路接天津，（映）夾岸、星榆點綴。」

王奕清《欽定詞譜》卷一二：此調有兩體，五十六字者，始自歐陽修，因詞中有「鵲迎橋路接天津」句，取爲調名。　又：此調多賦「七夕」，以此詞爲正體，餘俱從此偷聲添字也。

聖無憂①

珠簾卷，暮雲愁。垂楊暗鎖青樓②〔一〕。烟雨濛濛如畫，輕風吹旋收〔二〕。　香斷錦屏新别〔三〕，人閑玉簟初秋③〔四〕。多少舊歡新恨，書杳杳、夢悠悠〔五〕。（又見《醉翁琴趣外篇》卷六、《歷代詩餘》卷一七、《詞律》卷四、《欽定詞譜》卷六。）

【校記】

①調名原闕，諸集本、吴本、丁本、毛本皆同。《醉翁琴趣外篇》調作《聖無憂》，據補。又《歷代詩餘》、《詞律》、《欽定詞譜》調作《珠簾卷》，蓋以首句爲調名。冒校云：「萬氏《詞律》收此詞，調作《珠簾卷》，不知何據。又於《錦堂春》後謂五字起者名《聖無憂》，六字起者名《錦堂春》，均源出於《烏夜啼》詞。《詞律》不收《聖無憂》調，以歐詞之《聖無憂》（世路風波險）、李後主詞之《烏夜啼》附趙令時四十八字之《錦堂春》後，又別收程泌五十九字之《錦堂春》一首，而諸首參校字句均各不同。」②楊：《歷代詩餘》作「烟」。③閑：《歷代詩餘》、《詞律》、《欽定詞譜》作「間」。

【注釋】

〔一〕鎖：遮蔽。羅隱《柳》：「一簇青烟鎖玉樓，半垂闌畔半垂溝。」

〔二〕旋：立刻。王建《宫詞》：「叢叢洗手遶金盆，旋拭紅巾入殿門。」

〔三〕香斷：爐香燒盡。孫光憲《河傳》：「玉爐香斷霜灰冷。」李珣《菩薩蠻》：「香斷畫屏深。」錦屏：錦繡之屏，代指閨閣。李頎《思婦》：「良人久不至，惟恨錦屏孤。」

〔四〕「人閑」句：于武陵《長信宫》：「簟凉秋氣初，長信恨何如。」玉簟：簟席之美稱。《洞冥記》卷二：「起神明臺，上有九天道金床、象席、虎珀鎮，雜玉爲簟。」

〔五〕杳杳：渺茫無際。劉昭禹《懷華山隱者》：「先生入太華，杳杳絶良音。」

【附録】

萬樹《詞律》卷四《珠簾卷》：首句有「珠簾卷」字，想即因此名題也。又蘆川一詞，名《卷珠簾》，查即《蝶戀花》，不可溷錯。「間」字宜作「閑」。

王奕清《欽定詞譜》卷六：調見歐陽修詞，因詞有「珠簾卷」句，取以爲名。　又：此調僅見此詞，無他作可校。

摸魚兒

卷繡簾、梧桐秋院落①，一霎雨添新緑②〔一〕。對小池閑立殘妝淺③，向晚水紋如縠④〔二〕。凝遠目。恨人去寂寂⑤，鳳枕孤難宿〔三〕。倚欄不足〔四〕。看燕拂風檐⑥〔五〕，蝶翻露草⑦〔六〕，兩兩長相逐⑧。雙眉促⑨〔七〕。可惜年華婉娩⑩〔八〕，西風初弄庭菊。况伊家年少⑪〔九〕，多情未已難拘束。那堪更趁涼景，追尋甚處垂楊曲〔一〇〕。佳期過盡，但不説歸來，多應忘了，雲屏去時祝⑫〔一一〕。（又見《醉翁琴趣外篇》卷六、《花草粹編》卷一二、《詩餘圖譜》卷六、《詞綜》卷四、《歷代詩餘》卷九一、《詞律》卷一九、《欽定詞譜》卷三六。）

【校記】

①秋：《醉翁琴趣外篇》作「楸」。　②霎：《醉翁琴趣外篇》作「颯」。　③對小池：《詞綜》、《歷代詩餘》作「小池」。　立：《欽定詞譜》作「理」。　④縠：《詞綜》作「瀫」。　⑤寂寂：《詞綜》、

《歷代詩餘》作「寂寥」。⑥檐：《歷代詩餘》作「簾」。⑦蝶：《花草粹編》作「蜂」。露草：吴本、《花草粹編》、《詩餘圖譜》作「草露」。⑧長：《詞綜》、《歷代詩餘》作「鎮」。⑨促：《醉翁琴趣外篇》、陳珊本、衡本、《詞綜》、《歷代詩餘》作「蹙」。⑩婉娩：《欽定詞譜》作「畹晚」。⑪伊家：《詞律》作「伊」。⑫雲屏：吴本、《詩餘圖譜》作「屏雲」。祝：曾弘本、《歷代詩餘》、《欽定詞譜》作「囑」。

【注釋】

〔一〕「一霎」句：孟郊《春雨後》：「昨夜一霎雨，天意蘇群物。何物最先知，虚庭草争出。」

〔二〕水紋如縠：杜牧《江上偶見絶句》：「水紋如縠燕差池。」縠，皺紗。

〔三〕「鳳枕」句：李白《清平樂》：「鸞衾鳳褥，夜夜常孤宿。」

〔四〕不足：即不厭、不盡。

〔五〕風檐：風中屋檐。張祜《揚州法雲寺雙檜》：「高臨月殿秋雲影，静入風檐夜雨聲。」

〔六〕蝶翻露草：韋應物《對萱草》：「叢疏露始滴，芳餘蝶尚留。」

〔七〕促：同「蹙」。

〔八〕婉娩：本義爲柔順聽從。此處作遲暮、蹉跎解。儲光羲《酬李處士山中見贈》：「斯須曠千里，婉娩將十年。」

〔九〕伊家：即伊。柳永《少年遊》：「試問伊家，阿誰心緒，禁得恁無憀。」

〔一〇〕垂楊曲：楊柳深處，代指青樓妓館。白居易《楊柳枝》：「蘇州楊柳任君誇，更有錢塘勝館娃。若解多情尋小小，緑楊深處是蘇家。」

〔一一〕雲屏：見《鵲橋仙》（月波清霽）注〔六〕。此處代指分別之所。韋莊《望遠行》：「欲别無言倚畫屏，含恨暗傷情。」　祝：同「囑」。叮囑、囑託。

【附録】

郎瑛《七修類稿》卷三四：以予論之，南詞但要音律和諧，或平或仄俱可也，二句合作一句、一句分成二句者，則句法雖不同，字數不差，妙在歌者上下縱横所協耳。頭句不拘，正如律詩之起亦然，但多少數字似不可也，况至於多少二、三十字者哉？若歐陽公《春暮·摸魚兒》：「卷繡簾。（略）」此則前拍第二句、第三句多一字，後拍第五句又少一字，而「那堪更」字當是韻，「佳期過盡」盡字是韻，今皆無之，恐决不可不入選者，或是也。

張綖《詩餘圖譜》卷三：「那堪更」，「更」字當是韻；「佳期過盡」，「盡」字當是韻，今皆無之。蓋大手筆之作，不拘拘於聲韻。然音律既諧，雖無韻可也。但韻是常格，非歐公不可輕變。又有可以有韻、可以無韻如律詩起句者，不在此例。雖字有定數，亦有多一二字者，是歌者羨文助語，非正格也。

朱彝尊《詞綜》卷四：按後半闋較他集未協，疑有誤。

萬樹《詞律》卷一九《摸魚兒》：此調惟歐公有此詞，宋、元諸公，無有作者。前段起句多一字，次句平仄亦異，三句亦多一字，結用「長」字平聲，俱與本調不合。後段則竟全異，結用「屏」字平聲，亦不協。雖録於此，然必係差錯，不可法也。

王奕清《欽定詞譜》卷三六：此詞前段起句及第三句多一襯字，又後段第四五句，句讀不同，疑有訛誤。因相傳已久，采入以備參考。

冒廣生《疚齋詞論》卷上：歐公《摸魚兒》詞云：「卷繡簾。（略）」不獨萬紅友疑其「前段起句多一字，次句平仄亦異，三句亦多一字」，「後段則竟全異」也。讀此詞者，當無不致疑。永嘉夏癯禪，在近人中爲真好學深思之士，嘗舉以問吾。吾謂此不差錯，但依歐公填者，無第二首耳。詞從五、六、七言絶句來，無論如何，長調只有四個官韻。二十字或二十四字、二十八字以外，皆增字。四個官韻以外，皆增韻也。……歐公此詞，其本體只是：「梧桐院落添新緑。小池向晚紋如縠。寂寂（二字並作平）鳳枕孤難宿。風檐露草長相逐。」後遍云：「婉娩西風弄庭菊。多情未已難拘束。追尋甚處垂楊曲。歸來忘了雲屏祝。」兩首七絶本腔已經還足，則增字與增韻之多少，不能限之。故第一句增一「秋」字（次句平仄異，柳、周詞常有），第三句增一「對」字。後遍第四、五句減二字，破七、六作四、七。而「那堪更」句「更」字、「佳期過盡」句「盡」字，以不在官韻中，遂不更叶。謂之疏則可；謂之差錯，或不然也。

少年遊①

去年秋晚此園中。携手玩芳叢〔一〕。拈花嗅蕊〔二〕，惱烟撩霧，拚醉倚西風②〔三〕。今年重對芳叢處，追往事、又成空〔四〕。敲遍欄干〔五〕，向人無語，惆悵滿枝紅〔六〕。（又見《醉翁琴趣外篇》卷四、《全芳備祖》前集卷一二、《花草粹編》卷五、《天機餘錦》卷四、《歷代詩餘》卷二三。）

【箋證】

此詞嚴《譜》、劉《録》皆繫於明道二年（一〇三三），似爲悼亡妻胥氏之作。

【校記】

①《全芳備祖》調作《少年行》。　②拚：《全芳備祖》作「沉」。

【注釋】

〔一〕「携手」句：屈原《九章·思美人》：「惜吾不及古人兮，吾誰與玩此芳草。」周若水《答江學士協》：「開襟對泉石，携手玩芳菲。」

〔二〕拈花嗅蕊：李煜《浣溪沙》：「酒惡時拈花蕊嗅。」

〔三〕拚：甘願、捨棄之意。牛嶠《菩薩蠻》：「須作一生拚，盡君今日歡。」

〔四〕「追往事」二句：李煜《菩薩蠻》：「往事已成空，還如一夢中。」

〔五〕敲遍欄干：韓偓《倚醉》：「敲遍闌干喚不應。」

〔六〕「惆悵」句：温庭筠《春日將欲東歸寄新及第苗紳先輩》：「馬前惆悵滿枝紅。」

又①

肉紅圓樣淺心黄〔一〕。枝上巧如裝②。雨輕烟重，無憀天氣，啼破曉來妝〔二〕。　寒輕貼體風頭冷〔三〕，忍拋棄、向秋光。不會深心，爲誰惆悵〔四〕，回面恨斜陽〔五〕。（又見《醉翁琴趣外篇》卷四、《永樂大典》卷五四〇、《歷代詩餘》卷二三。）

【校記】

①《永樂大典》題作「木芙蓉」。②裝：《永樂大典》作「妝」。

【注釋】

〔一〕肉紅：謂花瓣色澤紅潤，似人肌膚。韓偓《見花》：「肉紅宮錦海棠梨。」淺心黃：謂花蕊淺黃。

〔二〕「啼破」句：謂花瓣爲烟雨沾濕，狀如女子啼妝。李嶠《桃》：「山風凝笑臉，朝露泫啼妝。」

〔三〕「寒輕」句：馮延巳《拋球樂》：「風入羅衣貼體寒。」

〔四〕不會：不知，不解。白居易《問楊瓊》：「欲說向君君不會，試將此語問楊瓊。」

〔五〕「回面」句：薛昭蘊《浣溪沙》：「不爲遠山凝翠黛，只應含恨向斜陽。」

又

玉壺冰瑩獸爐灰①〔一〕。人起繡簾開。春叢一夜，六花開盡〔二〕，不待剪刀催〔三〕。洛陽城闕中天起〔四〕，高下遍樓臺〔五〕。絮亂風輕〔六〕，拂鞍霑袖，歸路似章街〔七〕。（又見《歷代詩餘》卷二二。）

【箋證】此詞或作於天聖九年（一〇三一）至景祐元年（一〇三四）間，歐陽修時任西京留守推官，居洛陽。詞中言及「洛陽城闕」，當爲居洛陽時作。又明道元年（一〇三二）冬，西京留守錢惟演於九龍廟祈雪有應，歸府後即宴群僚於官署，歐陽修席上作《賀九龍廟祈雪有應》詩，中云：「朝雲九淵闇，暮霰六花繁。朔吹縈歸旆，賓裾載後軒。睢園有客賦，郢曲幾人翻。」本詞寫洛陽雪景，或作於同時。

【校記】

①獸爐灰：「獸」、「爐」二字原爲墨丁，慶元本、天理本、宮内本同。據叢刊本及明清諸集本、吴本、丁本、毛本補。

【注釋】

〔一〕玉壺冰瑩：温庭筠《病中書懷呈友人》：「瑞景森瓊樹，輕冰瑩玉壺。」　獸爐灰：白居易《送兄弟迴雪夜》：「寂寞滿爐灰，飄零上階雪。」

〔二〕「春叢」二句：李商隱《喜雪》：「有田皆種玉，無樹不開花。」　六花：雪花，以其結晶六瓣，故名。《藝文類聚》卷二引《韓詩外傳》：「草木花多五出，雪花獨六出者，陰極之數。」賈島《寄令狐綯相公》：「自著衣偏暖，誰憂雪六花。」

〔三〕「不待」句：宋之問《奉和立春日侍宴内出剪綵花應制》：「今年春色早，應爲剪刀催。」

〔四〕「洛陽」句：宋之問《明河篇》：「洛陽城闕天中起。」

〔五〕「高下」句：《宋史·地理志》：「西京（洛陽）。唐顯慶間爲東都，開元改河南府，宋爲西京，山陵在焉。宫城周迴九里三百步。……宫室合九千九百九十餘區。」

〔六〕絮亂風輕：以柳絮喻雪，用東晉謝道韞擬雪事。見《漁家傲》（臘月年光如激浪）注〔三〕。

〔七〕章街：即章臺街。漢時長安有章臺，臺前有街，稱章臺街，道旁多植柳樹。此處以柳絮喻雪，故云「似章街」。李商隱《對雪》：「梅花大庾嶺頭發，柳絮章臺街裏飛。」

【附録】

李調元《雨村詞話》卷一：歐陽永叔詞，無一字無來處。如……《少年遊》詞：「歸路似章街」，本《文選》「走馬章臺街」，今俗作「草街」，誤。

鷓鴣天①

學畫宫眉細細長〔一〕。芙蓉出水鬭新妝〔二〕。只知一笑能傾國〔三〕，不信相看有斷腸〔四〕。　雙黄鵠〔五〕，兩鴛鴦。迢迢雲水恨難忘〔六〕。早知今日長相憶，不及從初莫作雙②〔七〕。（又見《醉翁琴趣外篇》卷四、《花草粹編》卷五、《詞軌》卷四。）

【校記】

①《醉翁琴趣外篇》調作《思佳客》。　②及：《醉翁琴趣外篇》作「若」。

【注釋】

〔一〕宫眉：宫中眉式。崔豹《古今注》卷下：「魏宫人好畫長眉。」李商隱《蝶》：「壽陽公主嫁時妝，八字宫眉捧額黄。」

〔二〕芙蓉出水：曹植《洛神賦》：「遠而望之，皎若太陽升朝霞；迫而察之，灼若芙蕖出渌波。」羅虬《比紅兒詩》：「拔得芙蓉出水新，魏家公子信才人。」　鬬：争艷。韓偓《御製春遊長句》：「比屋管弦呈妙曲，連營羅綺鬬時妝。」

〔三〕「只知」句：胡曾《詠史詩・褒城》：「只知一笑傾人國。」　傾國：《漢書・外戚傳》：「（李）延年侍上起舞，歌曰：『北方有佳人，絶世而獨立。一顧傾人城，再顧傾人國。寧不知傾城與傾國，佳人難再得。』」

〔四〕「不信」句：李商隱《柳》：「不信年華有斷腸。」

〔五〕雙黄鵠：李陵《别詩・黄鵠一遠别》：「願爲雙黄鵠，送子俱遠飛。」徐幹《於清河見挽船士新婚與妻别》：「願爲雙黄鵠，比翼戲清池。」

〔六〕雲水：行雲流水，形容蹤跡渺遠無定。白居易《夜聞箏中彈瀟湘送神曲感舊》：「萬重雲水思，今夜月明前。」

〔七〕「早知」三句：蕭綱《夜望單飛雁》：「早知半路應相失，不如從來本獨飛。」庾信《代人傷往》：「青田松上一黄鶴，相思樹下兩鴛鴦。無事交渠更相失，不及從來莫作雙。」

【情動於中，而形於言，人之常也。詩三百篇，如俟城隅、望復關、摽梅實、贈勺藥之類，聖人未嘗删焉。陶淵明閑情一賦，豈害其爲達，而梁昭明以爲白玉微瑕，何也？公性至剛，而與物有情，蓋嘗致意於詩。爲之本義，温柔寬厚，所得深矣。吟詠之餘，溢爲歌詞，有《平山集》盛傳於世，曾慥雅詞不盡收也。今定爲三卷，且載樂語於首。其甚淺近者，前輩多謂劉煇僞作，故削之。元豐中，崔公度跋馮延巳《陽春録》，謂皆延巳親筆，其間有誤入《六一詞》者，近世桐汭志、新安志亦記其事。今觀延巳之詞，往往自與唐《花間集》、《尊前集》相混，而柳三變詞亦雜《平山集》中。則此三卷，或甚浮艷者，殆非公之少作，疑以傳疑可也。郡人羅泌校正。】

水調歌頭 和蘇子美滄浪亭詞〔一〕

萬頃太湖上，朝暮浸寒光〔二〕。吴王去後，臺榭千古鎖悲涼〔三〕。誰信蓬山仙子〔四〕，天與經綸才器〔五〕，等閑厭名繮〔六〕。斂翼下霄漢〔七〕，雅意在滄浪〔八〕。　晚秋裏，烟寂静，雨微涼。危亭好景，佳樹修竹繞回塘。不用移舟酌酒，自有青山緑水，掩映似瀟湘〔九〕。莫問平生意，别有好思量〔一〇〕。

【箋證】

此詞載於卷末「續添」，在羅跋及卷末校記之後，天理本同，慶元本、宫内本無。詞末有陰刻小注：「此詞載《蘭畹集》第五卷，重押「涼」字，疑。」然龔鼎臣《東原録》載：「蘇子美亦有此曲，則云

『魚龍隱處』，尹師魯和之，亦云『吴王去後』。」《全宋詞》據此斷爲尹洙詞，陳尚君《歐陽修著述考》據歐、蘇、尹三人交往之跡，考爲歐詞，今從陳説。又歐陽修有《滄浪亭》詩，《歐陽修詩編年箋注》繫於慶曆六年（一〇四六）知滁州時，此詞亦當作於同時。

【注釋】

〔一〕蘇子美：即蘇舜欽，字子美，祖籍梓州銅山，景祐元年（一〇三四）進士。曾任縣令、大理評事、集賢殿校理，監進奏院等職。慶曆五年（一〇四五）因「進奏院案」罷職居吴，後復起爲湖州長史，不久病卒。　滄浪亭：在今蘇州城南。葉夢得《石林詩話》卷上：「姑蘇州學之南，積水瀰數頃，旁有一小山，高下曲折相望，蓋錢氏時廣陵王所作。既積土山，因以其地瀦水，今瑞光寺即其宅，而此其別圃也。慶曆間，蘇子美謫廢，以四十千得之爲居。旁水作亭，曰『滄浪』。」

〔二〕「萬頃」二句：白居易《九日宴集醉題郡樓兼呈周殷二判官》：「太湖山水含清光。」

〔三〕「吴王」二句：用吴王夫差亡國事。《史記·淮南衡山列傳》載伍被語：「臣聞子胥諫吴王，吴王不用，乃曰：『臣今見麋鹿遊姑蘇之臺也。』」　臺榭：指姑蘇臺，又名姑胥臺。遺址在今蘇州城西南姑蘇山上，相傳爲闔閭、夫差兩代吴王營築而成，宏麗奢華，耗資巨大。范成大《吴郡志》卷八引《洞冥記》：「（姑蘇臺）周旋詰屈，横亘五里。崇飾土木，殫耗人力。宮妓千人，臺上别立春宵宮，爲長夜之飲。造千石酒鍾，又作天池。池中造青龍舟，舟中盛致妓樂，日與西施爲嬉。又於宮中作海靈館、館娃閣，銅溝玉檻，宮之楹榱，皆珠玉飾之。」

〔四〕蓬山仙子：秘書省官員之雅稱。白居易《吴秘監每有美酒獨酌獨醉但蒙詩報不以飲招輒此戲酬兼呈夢得》：「蓬山仙客下烟霄，對酒唯吟獨酌謡。」蓬山，仙人所居神山，唐代時用作秘書省之别稱。蘇舜欽削籍前曾任集賢殿校理，監進奏院，屬中樞秘書機構。

〔五〕經綸：本指理絲成綫。後代指治理國家，籌劃天下。《禮記·中庸》：「唯天下至誠，爲能經綸天下之大經，立天下之大本，知天地之化育。」朱熹《章句》：「經、綸，皆治絲之事。經者，理其緒而分之；綸者，比其類而合之也。」

〔六〕等閑：輕易，隨意。名韁：功名桎梏如韁繩。東方朔《與友人書》：「不可使塵網名韁拘鎖，怡然長笑，脱去十洲三島。」

〔七〕斂翼：收束羽翅，喻隱退不仕。應璩《與侍郎曹長思書》：「復斂翼於故枝，塊然獨處，有離群之志。」下霄漢：離開京城。霄漢，雲霄與天河，代指京城。白居易《病中辱崔宣城長句見寄兼有觥綺之贈因以四韻總而酬之》：「科第門生滿霄漢，歲寒少得似君心。」

〔八〕「雅意」句：白居易《江上對酒》：「久貯滄浪意，初辭桎梏身。」雅意：夙願，平素之志。《漢書·外戚傳》：「大將軍霍光緣上雅意，以李夫人配食。」顔師古注：「雅意，素舊之意。」滄浪：《孟子·離婁上》：「有孺子歌曰：『滄浪之水清兮，可以濯我纓；滄浪之水濁兮，可以濯我足。』」代指散髮悠遊，縱情山水。

〔九〕「掩映」句：滄浪亭多修竹，故云。蘇舜欽《滄浪亭記》：「前竹後水，水之陽又竹，無窮極，澄川翠幹，光影會合於軒户之間。」　瀟湘：湘水合瀟水之處，其地在今湖南境内，以竹爲勝。許渾《和常秀才寄簡歸州鄭使君借猿》：「謝守携猿東路長，裹藤穿竹似瀟湘。」

〔一〇〕「别有」句：齊己《看水》：「誰知遠烟浪，别有好思量。」　思量：心志、器量。《晋書·魏舒傳》：「司徒、劇陽子舒，體道弘粹，思量經遠。」

【附録】

蘇舜欽《水調歌頭·滄浪亭》：瀟洒太湖岸，淡竚洞庭山。魚龍隱處，烟霧深鎖渺瀰間。方念陶朱張翰，忽有扁舟急槳，撇浪載鱸還。落日暴風雨，歸路繞汀灣。　丈夫志，當景盛，耻疏閑。壯年何事憔悴，華髮改朱顔。擬借寒潭垂釣，又恐鷗鳥相猜，不肯傍青綸。刺棹穿蘆荻，無語看波瀾。

歐陽修《滄浪亭》：子美寄我《滄浪吟》，邀我共作滄浪篇。滄浪有景不可到，使我東望心悠然。荒灣野水氣象古，高林翠阜相回環。新篁抽笋添夏影，老枿亂發争春妍。水禽閑暇事高格，山鳥日夕相啾喧。不知此地幾興廢，仰視喬木皆蒼烟。堪嗟人跡到不遠，雖有來路曾無緣。窮奇極怪誰似子，搜索幽隱探神仙。初尋一逕入蒙密，豁目異境無窮邊。風高月白最宜夜，一片瑩净鋪瓊田。清光不辨水與月，但見空碧涵漪漣。清風明月本無價，可惜秖賣四萬錢。又疑此境天乞與，壯士憔悴天應憐。鴟夷古亦有獨往，江湖波濤渺翻天。崎嶇世路欲脱去，反以身試蛟龍淵。豈如扁舟任飄兀，紅蕖渌浪摇醉眠。丈夫身在豈長棄，新詩美酒聊窮年。雖然不許俗客到，莫惜佳句人間傳。

醉翁琴趣外篇

琴趣外篇卷一

千秋歲

羅衫滿袖，盡是憶伊淚。殘妝粉①〔一〕，餘香被〔二〕。手把金鐏酒，未飲先如醉〔三〕。但向道，厭厭成病皆因你〔四〕。　離思迢迢遠，一似長江水。去不斷，來無際。紅牋着意寫，不盡相思意〔五〕。爲個甚，相思只在心兒裏〔六〕。

【校記】

①粉：冒校：「『粉』上奪一字。」

【注釋】

〔一〕殘妝粉：隔夜未整之妝。花蕊夫人徐氏《宫詞》：「宿妝殘粉未明天。」

〔二〕餘香被：李白《代寄情楚詞體》：「留餘香兮染繡被，夜欲寢兮愁人心。」柳永《迎春樂》：「錦被裏、餘香猶在。」

〔三〕「未飲」句：劉禹錫《酬令狐相公杏園花下飲有懷見寄》：「未飲心先醉，臨風思倍多。」柳永《訴衷情近》：「黯然情緒，未飲先如醉。」

〔四〕厭厭：精神不振貌。見《漁家傲》（六月炎蒸何太盛）注〔八〕。

〔五〕「紅牋」二句：韓偓《厭花落》：「紅紙千張言不盡，至誠無語傳心印。」裴説《聞砧》：「時時舉袖匀紅淚，紅牋謾有千行字。書中不盡心中事，一片慇懃寄邊使。」　紅牋：朱絲欄信牋，多指男女傳情之書。王仁裕《開元天寶遺事》卷上：「長安有平康坊，妓女所居之地。京都俠少萃集於此，兼每年新進士以紅牋名紙遊謁其中。」

〔六〕「相思」句：何遜《夜夢故人》：「相思不可寄，直在寸心中。」

又

畫堂人静〔一〕，翡翠簾前月〔二〕。鸞帷鳳枕虚鋪設〔三〕。風流難管束〔四〕，一去音書歇〔五〕。到而今，高梧冷落西風切〔六〕。　未語先垂淚〔七〕，滴盡相思血〔八〕。魂欲斷，情難絶。都來些子事〔九〕，更與何人説。爲個甚，心頭見底多離别〔一〇〕。

【注釋】

〔一〕畫堂人静：毛熙震《南歌子》：「深院晚堂人静。」寇準《踏莎行》：「畫堂人静雨濛濛。」

〔二〕「翡翠」句：權德輿《薄命篇》：「秋月空懸翡翠簾。」

〔三〕「鸞帷」句：李百藥《妾薄命》：「横陳每虚設，吉夢竟何成。」

〔四〕管束：約束，拘束。錢惟演《玉樓春》：「一寸芳心誰管束。」

〔五〕「一去」句：魏承班《漁歌子》：「少年郎，容易别。一去音書斷絶。」

〔六〕切：急，猛烈。白居易《送兄弟迴雪夜》：「日晦雲氣黄，東北風切切。」

〔七〕「未語」句：李治《湖上卧病喜陸鴻漸至》：「相逢仍卧病，欲語淚先垂。」

〔八〕相思血：相思之淚，因極度悲苦，故稱。《韓非子·和氏》：「和乃抱其璞而哭於楚山之下，三日三夜，泣盡而繼之以血。」

〔九〕「都來」句：柳永《滿江紅》：「不會得都來些子事。」都來：統統，算來。些子：這些，一些。

〔一〇〕見底：最終，終究。秦觀《滿園花》：「慣縱得軟頑，見底心先有。」

醉蓬萊

見羞容斂翠〔一〕，嫩臉匀紅，素腰裊娜〔二〕。紅藥闌邊〔三〕，惱不教伊過〔四〕。半掩嬌羞，語聲低顫，問道有人知麽①。强整羅裙，偷回波眼，佯行佯坐。更問假如，事還成後，亂了雲鬟〔五〕，被娘猜破。我且歸家，你而今休呵〔六〕。更爲娘行〔七〕，有些針綫，誚未曾收囉〔八〕。却待更闌〔九〕，庭花影下，重來則個〔一〇〕。

【箋證】

關於此詞真僞，自宋代以來聚訟紛紜，多指爲劉煇醜詆構陷之作，然當時已有質疑者，如陳振孫《直齋書録解題》卷一七云：「世傳煇既黜於歐陽公，怨憤造謗，爲猥褻之詞。今觀楊傑志煇墓，稱其祖母死，雖有諸叔，援古誼以適孫解官承重服，又嘗買田數百畝，以聚其族而餉給之。蓋篤厚之士也。肯以一試之淹，而爲此憸薄之事哉？」今人更辨之甚詳，要之此詞當如龍榆生所論：「意當時士大夫間，與倡樓酒館，歌詞需要，雅俗不同，修以遊戲出之，不必悉爲小人僞造也。」（《中國韻文史》）

【校記】

①有人：冒校：「『有』字襯。」

【注釋】

〔一〕斂翠：斂眉。白居易《題周皓大夫新亭子二十二韻》：「斂翠凝歌黛，流香動舞巾。」孫光憲《酒泉子》：「眉斂翠，恨沉沉。」

〔二〕素腰：即纖腰。參見《浣溪沙》（雲曳香綿彩柱高）注〔四〕。

〔三〕紅藥欄：芍藥圃。白居易《秦中吟·傷宅》：「繞廊紫藤架，夾砌紅藥欄。」一説藥、欄同義，指墻垣、籬笆。李匡文《資暇集》卷上：「今園廷中藥欄，欄即藥，藥即欄，猶言圍援，非花藥之欄也。」

〔四〕惱：撩撥，挑動。李白《贈段七娘》：「千杯緑酒何辭醉，一面紅妝惱殺人。」

〔五〕雲鬟：環形高髻。杜甫《月夜》：「香霧雲鬟濕，清輝玉臂寒。」

〔六〕呵：助詞，用於句末，表語氣。

〔七〕行：用於自稱、人稱之後，猶言這邊、那邊。高似孫《眼兒媚》：「只銷相約，與春同去，須到君行。」

〔八〕啫：完全。石孝友《驀山溪》：「一似楚雲歸，啫没個、鱗書羽信。」囉：助詞，常用於詞曲中作襯字，無義。黄庭堅《鼓笛令》：「更有些兒得處囉。燒沙糖、香藥添和。」

〔九〕更闌：更漏已殘。指夜深。祖詠《七夕》：「閨女求天女，更闌意未闌。」

〔一〇〕則個：語氣助詞，用於動詞後，表委婉、商量之意。宋無名氏《謁金門》：「休只坐，也去看花則個。」

【附録】

錢世昭《錢氏私志》：歐知貢舉時，落第舉人作《醉蓬萊》詞以譏之，詞極醜詆。

俞文豹《吹劍續録》：歐公女（按當爲「妹」）適張氏，夫死，携孤女歸父家，嫁公族子晟。晟之官，至宿州，赴郡宴，歸而失其舟。捕至京師，得之。開封府勘，乃梢人與晟妾通，妻知而欲笞之，反爲妾所誘，併與梢人通。府尹承言路風旨，令張氏引公以自解。獄奏，仁宗大駭，遣中使王昭明監勘，而張氏反異，公雖得明白，猶坐以張氏奩具買田作歐陽户名，出知滁州。時劉煇挾省闈見黜之恨，賦《醉蓬萊》詞以醜之。

陳振孫《直齋書録解題》卷一七：《劉狀元東歸集》十卷，大理評事鉛山劉煇之道撰。煇，嘉祐四年進士第一人，《堯舜性仁賦》，至今人所傳誦。始在場屋有聲，文體奇澀，歐公惡之，下第。及是在殿廬得其賦，大喜，既唱名，乃煇也，公爲之愕然。蓋與前所試文如出二人手，可謂速化矣。仕止於郡幕，年三十六以卒。世傳煇既黜於歐陽公，怨憤造謗，爲猥褻之詞。今觀楊傑志煇墓，稱其祖母死，雖有諸叔，援古誼以適孫解官承重服，又嘗買田數百畝，以聚其族而餉給之。蓋篤厚之士也。肯以一試之淹，而爲此憸薄之事哉？

沈雄《古今詞話·詞評》上卷引《名臣録》：仁宗景祐中，歐陽修爲館閣校理。兩宫之隙，奏事簾前，復主濮議，舉朝倚重。後知貢舉，爲下第劉煇等所忌，以《醉蓬萊》、《望江南》誣之。

吴衡照《蓮子居詞話》卷一：歐陽公知貢舉，爲下第舉子劉煇等所忌，作《醉蓬萊》、《望江南》誣之。按煇，原名幾，字之道，鉛山人，嘉祐四年進士。公素惡其文，及是以《堯舜性仁賦》爲公所賞，見《文獻通考》。是煇後仍出歐陽公之門矣。

胡薇元《歲寒居詞話》：歐陽永叔《六一詞》，工絶。今集中多淺近之詞，則公知貢舉時，不取怪異之文，下第舉子劉煇等忌之，作《醉蓬萊》、《望江南》詞，雜刊集中以謗之。然而淺俗語、污衊佻薄之詞，固可一望而知也。他日刊公集者，吾願爲之湔洗，以還舊觀。

于飛樂

寶奩開〔一〕，美鑑静①，一掬清蟾②〔二〕。新妝臉，旋學花添〔三〕。蜀紅衫〔四〕，雙繡蝶、裙縷鶼鶼〔五〕。尋思前事，小屏風、仍畫江南③〔六〕。怎空教、草解宜男〔七〕。柔桑密④、又過春蠶〔八〕。正陰晴天氣，更瞑色相兼。佳期消息⑤，曲房西、碎月篩簾⑥〔九〕。（又見《詞綜》卷五、《歷代詩餘》卷四七、《詞律》卷一一、《欽定詞譜》卷一六。）

【箋證】

此首別作張先詞，見明吴訥《唐宋名賢百家詞》本《張子野詞》及鮑廷博刻知不足齋本《張子野詞》，《詞綜》、《歷代詩餘》、《詞律》、《欽定詞譜》同之。《全宋詞》於張先、歐陽修下俱收録。

【校記】

①美：《張子野詞》、《歷代詩餘》、《詞律》、《欽定詞譜》作「菱」。靜：《詞綜》、《歷代詩餘》、《詞律》、《欽定詞譜》作「净」。②清：《歷代詩餘》作「青」。③仍：《張子野詞》作「巧」。④密：《張子野詞》、《詞綜》、《歷代詩餘》、《詞律》、《欽定詞譜》作「暗」。⑤佳：《張子野詞》、《詞綜》、《歷代詩餘》、《詞律》、《欽定詞譜》作「幽」。⑥碎：《欽定詞譜》作「醉」。

【注釋】

〔一〕寶奩：鏡匣之美稱。李商隱《垂柳》：「寶奩抛擲久，一任景陽鐘。」

〔二〕一掬：一捧。李白《秋浦歌》：「遥傳一掬淚，爲我達揚州。」清蟾：本指明月，此處喻圓鏡。杜牧《題吴興消暑樓十二韻》：「蟾蜍來作鑑，蠕蝀引成橋。」

〔三〕旋：隨即，於是。花添：即添花、貼花。指女子貼花鈿於額。

〔四〕蜀紅衫：海棠花色紅衫。海棠又名蜀紅。

〔五〕鶼鶼：比翼鳥。《爾雅·釋地》：「南方有比翼鳥焉，不比不飛，其名謂之鶼鶼。」

〔六〕「小屏」句：顧敻《浣溪沙》：「小屏閑掩舊瀟湘。」

〔七〕草解宜男：即宜男草，又名萱草。賈思勰《齊民要術》引《風土記》：「宜男，草也。高六尺，花如蓮。懷妊人帶佩，必生男。」

〔八〕「柔桑」二句：李白《寄東魯二稚子》：「吴地桑葉緑，吴蠶已三眠。」柔桑：代指女子春心。《詩經·豳風·七月》：「春日載陽，有鳴倉庚。女執懿筐，遵彼微行，爰求柔桑。春日遲遲，采蘩祁祁。女心傷悲，殆及公子同歸。」鄭《箋》：「春女感陽氣而思男，秋士感陰氣而思女，是其物化，所以悲也。悲則始有與公子同歸之志，欲嫁焉。」過春蠶：蠶初生至成繭，蜕皮三四次。此處指蠶皮已蜕盡，代指春深時節。

〔九〕曲房：内室，密室。枚乘《七發》：「往來游醼，縱恣於曲房隱間之中。」馮延巳《南鄉子》：「簾卷曲房誰共醉。」

鼓笛慢

縷金裙窣輕紗〔一〕，透紅瑩玉真堪愛〔二〕。多情更把，眼兒斜盻，眉兒斂黛〔三〕。舞態歌闌①〔四〕，困偎香臉，酒紅微帶。便直饒〔五〕、更有丹青妙手〔六〕，應難寫、天然態。長恐有時不見，每饒伊〔七〕、百般嬌騃〔八〕。眼穿腸斷〔九〕，如今千種，思量無奈。花謝春歸，夢回雲散，欲尋難再。暗消魂，但覺鴛衾鳳枕，有餘香在〔一〇〕。

【校記】

①舞態：冒校：「當是『舞罷』之誤。」

【注釋】

〔一〕「縷金」句：毛文錫《戀情深》：「羅裙窣地縷黄金。」縷金裙：即金縷衣，見《長相思》（深花枝）注〔三〕。窣：垂下。

〔二〕透紅瑩玉：裙紗輕薄，透見肌膚。韋莊《傷灼灼》：「桃臉曼長横緑水，玉肌香膩透紅紗。」

〔三〕斂黛：皺眉。見《玉樓春》（春山斂黛低歌扇）注〔一〕。

〔四〕歌闌：演唱結束。馮延巳《抛球樂》：「歌闌賞盡珊瑚樹，情厚重斟琥珀杯。」

〔五〕直饒：即使，縱使。李九齡《望思臺》：「直饒四老依前出，消得江充寵佞無。」

〔六〕更有：縱有，雖有。

〔七〕饒伊：即憐伊。白居易《喜小樓西新柳抽條》：「爲報金堤千萬樹，饒伊未敢苦争春。」

〔八〕嬌騃：嬌媚天真。白居易《和楊師皋傷小姬英英》：「自從嬌騃一相依，共見楊花七度飛。」

〔九〕眼穿腸斷：曹唐《織女懷牽牛》：「北斗佳人雙淚流，眼穿腸斷爲牽牛。」柳永《安公子》：「及至厭厭獨自個，却眼穿腸斷。」

〔一〇〕「但覺」二句：李白《代寄情楚詞體》：「留餘香兮染繡被，夜欲寢兮愁人心。」柳永《迎春樂》：

「錦被裏、餘香猶在。」

看花回

曉色初透東窗，醉魂方覺。戀戀繡衾半擁〔一〕，動萬感脉脉〔二〕，春思無託。追想少年，何處青樓貪歡樂〔三〕。當媚景〔四〕，恨月愁花，算伊全妄鳳幃約〔五〕。　空淚滴、真珠暗落〔六〕。又被誰、連宵留著。不曉高天甚意〔七〕，既付與風流，却恁情薄。細把身心自解〔八〕，只與猛拚却〔九〕。又及至、見來了，怎生教人惡〔一〇〕。

【注釋】

〔一〕繡衾半擁：柳永《傾杯》：「夢枕頻驚，愁衾半擁。」繡衾，繡被。

〔二〕萬感：千思萬緒。杜甫《乾元中寓居同谷縣作》：「我生胡爲在窮谷，中夜起坐萬感集。」　脉脉：情深而無語。見《漁家傲》（幽鷺謾來窺品格）注〔六〕。

〔三〕「何處」句：魏承班《生查子》：「愁恨夢難成，何處貪歡樂。」

〔四〕媚景：即春景。徐堅《初學記》卷三引梁元帝《纂要》：「春曰青陽，……景曰媚景、和景、韶景。」

〔五〕算：料得，料想。見《玉樓春》（酒美春濃花世界）注〔五〕。　妄：虚假。　鳳幃約：指男女盟誓。

〔六〕真珠：喻淚珠。温庭筠《菩薩蠻》：「玉纖彈處真珠落，流多暗濕鉛華薄。」

〔七〕高天：即上天，上蒼。杜甫《題鄠縣郭三十二明府茅屋壁》：「頻驚適小國，一擬問高天。」

〔八〕自解：自我寬慰、解脱。白居易《南亭對酒送春》：「念此聊自解，逢酒且歡欣。」

〔九〕拚却：捨棄、割捨。

〔一〇〕怎生：如何。馮延巳《鵲踏枝》：「新結同心香未落，怎生負得當初約。」 惡：不滿，怨恨。

蝶戀花

幾度蘭房聽禁漏〔一〕，臂上殘妝，印得香盈袖〔二〕。酒力融融香汗透〔三〕。春嬌入眼横波溜〔四〕。　不見些時眉已皺〔五〕。水闊山遥，乍向分飛後。大抵有情須感舊〔六〕。肌膚拚爲伊銷瘦〔七〕。

【注釋】

〔一〕蘭房：即春閨，女子居室。宋玉《諷賦》：「主人翁出，嫗又到市，獨有主人女在。女欲置臣，堂上太高，堂下太卑，乃更於蘭房之室，止臣其中。」 禁漏：宫中計時漏刻。參見《蝶戀花》（梨葉初紅蟬韻歇）注〔四〕。

〔二〕「臂上」二句：元稹《鶯鶯傳》：「張生辨色而興，自疑曰：『豈其夢邪！』及明，睹妝在臂，香在衣，淚光熒熒然，猶瑩於裀席而已。」沈邈《剔銀燈》：「臂上妝痕，胸前淚粉，暗惹離愁多少。」

〔三〕融融：和暖貌，此處指身體因酒醺而發熱。白居易《偶飲》：「三盞醺醺四體融，妓亭檐下夕陽中。」

〔四〕春嬌入眼：女子眼中流露嬌艷之態。元稹《連昌宮詞》：「春嬌滿眼睡紅綃。」　横波：見《蝶戀花》（簾幕東風寒料峭）注〔五〕。

〔五〕些時：一些時間，一會兒。石孝友《行香子》：「且等些時，説些子，做些兒。」　溜：滑動。此處謂眼光顧盼流轉。

〔六〕「大抵」句：韓偓《江南送别》：「大抵多情應易老。」

〔七〕「肌膚」句：張泌《生查子》：「可惜玉肌膚，銷瘦成慵懶。」　拚：甘願、捨棄之意。見《少年遊》（去年秋晚此園中）注〔三〕。

又　詠枕兒

寶琢珊瑚山樣瘦。緩髻輕攏，一朵雲生袖〔一〕。昨夜佳人初命偶〔二〕。論情旋旋移相就〔三〕。　幾疊鴛衾紅浪皺〔四〕。暗覺金釵，磔磔聲相扣〔五〕。一自楚臺人夢後。淒凉暮雨霑裀繡〔六〕。

【注釋】

〔一〕「寶琢」三句：鹿虔扆《思越人》：「珊瑚枕膩鴉鬟亂，玉纖慵整雲散。」　山樣：枕形中部凹陷，兩端凸起，如山起伏，故云。　緩髻輕攏：謂整理睡髻。韓偓《信筆》：「睡髻休頻攏，春眉忍更長。」 雲：髮髻。毛熙震《浣溪沙》：「慵整落釵金翡翠，象梳欹鬢月生雲。」

〔二〕命偶：欣逢好運。薛道衡《隋高祖功德頌并序》：「臣生輕多幸，命偶興運。」此處謂與情郎幽會。

〔三〕論情：依據情理，意即自然之結果。 旋旋：漸漸，緩緩。元稹《生春》：「屋上些些薄，池心旋旋融。」 相就：就枕同眠。周邦彦《花心動》：「蘭袂褪香，羅帳褰紅，繡枕旋移相就。」

〔四〕「幾叠」句：柳永《鳳棲梧》：「鴛鴦繡被翻紅浪。」

〔五〕礫礫：清脆之聲。蘇軾《遊桓山會者十人以春水滿四澤夏雲多奇峰爲韻得澤字》：「彈琴石室中，幽響清礫礫。」

〔六〕「一自」二句：牛希濟《臨江仙》：「一自楚王驚夢斷，人間無路相逢。至今雲雨帶愁容。」 楚臺人夢：用楚王陽臺夢遇神女事。宋玉《高唐賦》：「昔者先王嘗遊高唐，怠而晝寢，夢見一婦人，曰：『妾，巫山之女也。爲高唐之客，聞君遊高唐，願薦枕席。』王因幸之。去而辭曰：『妾在巫山之陽，高丘之阻。旦爲朝雲，暮爲行雨，朝朝暮暮，陽臺之下。』」後多指男女歡會。 暮雨：即朝雲暮雨，代指歡後離思。 裀繡：華美褥墊。

又

一掬天和金粉膩①〔一〕。蓮子心中②，自有深深意〔二〕。意密蓮深秋正媚。將花寄恨無人會。橋上少年橋下水〔三〕。小棹歸時，不語牽紅袂③。浪濺荷心圓又碎〔四〕。無端欲伴相思淚。（又見《全芳備祖》前集卷一一。）

【校記】

①一掬天和：《全芳備祖》作「一曲天香」。②心中：《全芳備祖》作「中心」。③語：《全芳備祖》作「許」。

【注釋】

〔一〕一掬：一捧。見《于飛樂》（寶奩開）注〔二〕。天和：自然之性。《莊子·庚桑楚》：「故敬之而不喜，侮之而不怒者，唯同乎天和者爲然。」孟郊《蜘蛛諷》：「萬類皆有性，各各稟天和。」此處謂天然之美。金粉：黃色花蕊。李群玉《醒起獨酌懷友》：「西風靜夜吹蓮塘，芙蓉破紅金粉香。」

〔二〕「蓮子」二句：李群玉《寄人》：「寄語雙蓮子，須知用意深。」意：諧音「薏」，蓮心。見《南鄉子》（雨後斜陽）注〔三〕。

〔三〕「橋上」句：劉希夷《公子行》：「天津橋下陽春水，天津橋上繁華子。」

〔四〕「浪濺」句：杜甫《宇文晁尚書之甥崔彧司業之孫尚書之子重泛鄭監前湖》：「棹拂荷珠碎却圓。」

又①

百種相思千種恨〔一〕。早是傷春，那更春醪困〔二〕。薄幸辜人終不憤〔三〕。何時枕畔分明問。　懊惱風流心一寸〔四〕。强醉偷眠，也即依前悶〔五〕。此意爲君君不信。淚珠滴盡愁難盡〔六〕。（又見《天機餘錦》卷一。）

【校記】

①《天機餘錦》題作「春恨」。

【注釋】

〔一〕千種恨：杜甫《憶弟》：「即今千種恨，惟共水東流。」

〔二〕「早是」二句：李中《春夕偶作》：「早是春愁觸目生，那堪春夕酒初醒。」早是：本是，已是。那更：况且，更兼。鄭損《玉聲亭》：「世間泉石本無價，那更天然落景中。」春醪：冬釀春熟之濁酒。陶淵明《和劉柴桑》：「谷風轉淒薄，春醪解飢劬。」

〔三〕薄幸：即薄倖。見《蝶戀花》（小院深深門掩亞）注〔六〕。不憤：不平，不滿。牛嶠《柳枝》：「不憤錢塘蘇小小，引郎松下結同心。」

〔四〕心一寸：古人以心爲方寸之地，故云。杜甫《鄭駙馬池臺喜遇鄭廣文同飲》：「白髮千莖雪，丹心一寸灰。」

〔五〕依前：依舊，照舊。白居易《曲江憶李十一》：「獨繞曲江行一匝，依前還立水邊愁。」

〔六〕「淚珠」句：韓偓《思歸樂》：「淚滴珠難盡，容殊玉易銷。」

【附録】

俞文豹《吹劍三録》：杜子美流離兵革中，其詠内子云：「香霧雲鬟濕，清輝玉臂寒。何時倚虛幌，雙照淚痕乾。」歐陽文忠、范文正，矯矯風節，而歐公詞云：「寸寸柔腸，盈盈粉淚。樓高莫近危欄倚。」又：「薄倖辜人終不憤，何時枕上分明問。」文正詞云：「都來此事，眉間心上，無計相迴避。」又：「明月樓高休獨倚，酒入愁腸，化作相思淚。」林和靖《梅》詩及「春水浄於僧眼碧，晚山濃似佛頭青」之句，可想見其清雅，而《長相思》詞云：「君淚盈，妾淚盈，羅帶同心結未成。江頭潮已平。」情之所鍾，雖賢者不能免，豈少年所作耶？

武陵春

寶幄華燈相見夜〔一〕，妝臉小桃紅〔二〕。斗帳香檀翡翠籠〔三〕。携手恨匆匆。　金泥雙結同心帶〔四〕，留與記情濃。却望行雲十二峰〔五〕。腸斷月斜鐘〔六〕。

【注釋】

〔一〕寶幄：帷帳之美稱。李白《擣衣篇》：「横垂寶幄同心結，半拂瓊筵蘇合香。」

〔二〕「妝臉」句：謂桃花妝。唐宇文氏《妝臺記》：「美人妝面，既傅粉，復以胭脂調匀掌中，施之兩頬，濃者爲酒暈妝，淺者爲桃花妝。」

〔三〕斗帳：即小帳。《釋名·釋床帳》：「小帳曰斗帳，形如覆斗也。」江總《長相思》：「紅羅斗帳裏，緑綺清弦絶。」　香檀：即沉檀枕。李賀《美人梳頭歌》：「西施曉夢綃帳寒，香鬟墮髻半沉檀。」　翡翠籠：指薰籠，多置於帳中以薰褥被。李賀《惱公》：「莫鎖茱萸匣，休開翡翠籠。」

〔四〕金泥：金屑。見《南歌子》（鳳髻金泥帶）注〔一〕。　雙結同心帶：兩頭綰有同心結之裙帶。隋煬帝《江陵女歌》：「拾得娘裙帶，同心結兩頭。」李群玉《贈琵琶妓》：「一雙裙帶同心結。」

〔五〕十二峰：祝穆《方輿勝覽》卷五七《夔州》：「十二峰，在巫山。曰望霞、翠屏、朝雲、松巒、集仙、聚鶴、净壇、上昇、起雲、飛鳳、登龍、聖泉。其下即巫山神女廟。」借指男女幽會之所。李商隱《深宫》：「豈知爲雨爲雲處，只有高唐十二峰。」

〔六〕「腸斷」句：李商隱《無題》：「來是空言去絶蹤，月斜樓上五更鐘。」

琴趣外篇卷二

梁州令

紅杏墻頭樹〔一〕。紫蕚香心初吐〔二〕。新年花發舊時枝〔三〕，徘徊千繞〔四〕，獨共東風語〔五〕。陽臺一夢如雲雨〔六〕。爲問今何處。離情別恨多少，條條結向垂楊縷〔七〕。此事難分付〔八〕。初心本誰先許〔九〕。竊香解佩兩沉沉〔一〇〕，知他而今，記得當初否。誰教薄倖輕相悮〔一一〕。不信道、相思苦①〔一二〕。如今却恁空追悔②，元來也會憶人去〔一三〕。

【箋證】

此詞謀篇構意、遣辭用語與《凉州令》（翠樹芳條颭）相類，唯一詠榴花，一詠杏花，或同作於西京留守推官任上。

【校記】

①道：冒校：「『道』字衍或襯。」②空：冒校：「『空』字亦襯。」

【注釋】

〔一〕「紅杏」句：吴融《途中見杏花》：「一枝紅艷出墻頭。」

〔二〕「紫蕚」句：蕭綱《賦得薔薇》：「迴風舒紫蕚，照日吐新芽。」　紫蕚：見《玉樓春》（風遲日媚烟光好）注〔二〕。　香心：指花苞。庾信《正旦上司憲府》：「短筍猶埋竹，香心未啓蘭。」

〔三〕「新年」句：杜甫《傷春》：「鶯入新年語，花開滿故枝。」

〔四〕千繞：見《憶漢月》（紅艷幾枝輕裊）注〔四〕。

〔五〕「獨共」句：高蟾《落花》：「無人共得東風語。」

〔六〕陽臺一夢：代指男女歡會。參見《蝶戀花》（寶琢珊瑚山樣瘦）注〔六〕。

〔七〕「離情」二句：李白《南陽送客》：「離顔怨芳草，春思結垂楊。」

〔八〕分付：安排，發落。石孝友《卜算子》：「住也應難去也難，此際難分付。」

〔九〕初心：本心，本意。此處謂當初情意。劉禹錫《詠古二首有所寄》其二：「豈無三千女，初心不可忘。」魏承班《滿宫花》：「少年何事負初心。」　許：即許以終身之好。馮延巳《應天長》：「當時心事偷相許，宴罷蘭堂腸斷處。」

〔一〇〕竊香解佩：用韓壽偷香、鄭交甫解佩事，分見《望江南》（江南蝶）注〔三〕、《玉樓春》（燕鴻過後春歸去）注〔四〕。

〔一一〕薄倖：薄情，無情。見《蝶戀花》（小院深深門掩亞）注〔六〕。　沉沉：謂音信杳無。杜牧《月》：「三十六宫秋夜深，昭陽歌斷信沉沉。」

〔一二〕信道：知道。白居易《曲江亭晚望》：「不被馬前提省印，何人信道是郎官。」

〔一三〕元來：即原來。方干《題贈李校書》：「却是偶然行未到，元來有路上寥天。」　去：語助辭，猶來、了。李群玉《送于少監自廣州還紫邏》：「宦情薄去詩千首，世事閑來酒一尊。」

漁家傲

爲愛蓮房都一柄〔一〕。雙苞雙蕊雙紅影〔二〕。雨勢斷來風色定。秋水静①。仙郎彩女臨鸞鏡〔三〕。　妾有容華君不省。花無恩愛猶相並②。花却有情人薄倖③〔四〕。心耿耿〔五〕。因花又染相思病。（又見《全芳備祖》前集卷一一、《花草粹編》卷七。）

【箋證】

此首《花草粹編》作潁上陶生詞。《全宋詞》斷爲歐陽修詞。按「潁上陶生」或即歐陽修偶用之自號。

「陶生」一詞，宋人多稱陶淵明。如蘇軾《和陶飲酒二十首》其一：「我不如陶生，世事纏綿之。」晁補之《追和陶淵明歸去來辭》：「善陶生之達情，不與世兮同憂。」王之道《次韻徐伯源九日閑居追和淵明》：「閑居遇重九，對酒懷陶生。」歐陽修晚年屢有歸田潁上、效仿陶潛之志，如其《偶書》詩云：「吾見陶靖節，愛酒又愛閑……決計不宜晚，歸耕潁尾田。」《歸田四時樂春夏二首》其一云：「田家此樂知者誰，吾獨知之胡不歸？吾已買田清潁上，更欲臨流作釣磯。」據此則「潁上陶生」或爲歐陽修晚年歸潁後所取自號，惟偶一用之，後世不傳。

【校記】

①秋：《全芳備祖》作「池」。　静：《花草粹編》作「净」。　②無：《全芳備祖》作「今」。　③倖：《花草粹編》作「行」。

【注釋】

〔一〕都一柄：即共一柄。此處謂並蒂蓮，因其一莖兩花，故云。

〔二〕「雙苞」句：朱超《詠同心芙蓉》：「日分雙蒂影，風合兩花香。」杜公瞻《詠同心芙蓉》：「一莖孤引緑，雙影共分紅。」

〔三〕仙郎：代指年輕男子，亦指情郎。和凝《柳枝》：「醉來咬損新花子，拽住仙郎儘放嬌。」彩女：本指宫女，此處謂美貌女子。李白《飛龍引》：「宫中彩女顔如花，飄然揮手凌紫霞。」鸞鏡：本指妝鏡，參見《凉州令》（翠樹芳條颭）注〔五〕。此處喻水面。

〔四〕薄倖：薄情，無情。見《蝶戀花》（小院深深門掩亞）注〔六〕。

〔五〕耿耿：心緒不寧。《詩經·邶風·柏舟》：「耿耿不寐，如有隱憂。」韋承慶《靈臺賦》：「心耿耿而不寐，魂營營而未安。」

又

昨日采花花欲盡。隔花聞道潮來近。風獵紫荷聲又緊〔一〕。低難奔。蓮莖刺惹香腮損〔二〕。一縷艷痕紅隱隱。新霞點破秋蟾暈〔三〕。羅袖挹殘心不穩〔四〕。羞人問。歸來剩把胭脂襯〔五〕。

【注釋】

〔一〕獵：掠過，吹過。宋玉《風賦》：「徘徊於桂椒之間，翱翔於激水之上。將擊芙蓉之精，獵蕙草，離秦蘅。」

〔二〕「蓮莖」句：張籍《采蓮曲》：「試牽緑莖下尋藕，斷處絲多刺傷手。」

〔三〕新霞：喻女子臉腮刺痕。蟾暈：即月暈，傳説有蟾蜍居於月中，故云。此處喻女子面龐。

〔四〕挹：牽引。

〔五〕剩把：儘把，任把。見《蝶戀花》（嘗愛西湖春色早）注〔五〕。

又

一夜越溪秋水滿〔一〕。荷花開過溪南岸。貪采嫩香星眼慢〔二〕。疏回眄〔三〕。郎船不覺來身畔。

罷采金英收玉腕①〔四〕。回身急打船頭轉。荷葉又濃波又淺。無方便〔五〕。教人只得擡嬌面。

【校記】

①金英：冒校：「疑當作『紅英』。」

【注釋】

〔一〕越溪：即若耶溪。見《越溪春》（三月十三寒食日）注〔一〕。

〔二〕星眼：女子明眸。閻選《虞美人》：「月蛾星眼笑微頻，柳夭桃艷不勝春。」

〔三〕疏：疏忽，疏於。回眄：回視。李頎《别梁鍠》：「回頭轉眄似鶚，有志飛鳴人豈知。」

〔四〕金英：指蓮花。齊己《觀盆池白蓮》：「素萼金英噴露開，倚風凝立獨徘徊。」

〔五〕方便：方法，辦法。王梵志《無題詩》：「我有一方便，價值百匹練。」

又

近日門前溪水漲。郎船幾度偷相訪。船小難開紅斗帳〔一〕。無計向〔二〕。合歡影裏空惆悵〔三〕。　願妾身爲紅菡萏〔四〕。年年生在秋江上〔五〕。更願郎爲花底浪。無隔障。隨風逐雨長來往。（又見《花草粹編》卷七。）

【箋證】

此首《花草粹編》作潁上陶生詞。《全宋詞》斷爲歐陽修詞。按「潁上陶生」或即歐陽修偶用之自稱。詳見本調（爲愛蓮房都一柄）「箋證」。

【注釋】

〔一〕斗帳：小帳。見《武陵春》（寶幄華燈相見夜）注〔三〕。

〔二〕無計向：無可奈何。

〔三〕合歡：即並蒂蓮，又名合歡蓮、同心蓮。韋莊《合歡蓮花》：「空留萬古香魂在，結作雙葩合一枝。」

〔四〕菡萏：即蓮花。《爾雅·釋草》：「荷：芙蕖，其莖茄，其葉蕸，其本蔤，其華菡萏，其實蓮，其根藕。」

〔五〕「年年」句：高蟾《下第後上永崇高侍郎》：「芙蓉生在秋江上，不向東風怨未開。」

又

妾解清歌并巧笑〔一〕。郎多才俊兼年少。何事抛兒行遠道。無音耗。江頭又緑王孫草〔二〕。

昔日采花呈窈窕。玉容長笑花枝老。今日采花添懊惱。傷懷抱。玉容不及花枝好〔三〕。

【注釋】

〔一〕解：懂得。巧笑：美人之笑。《詩經·衛風·碩人》：「巧笑倩兮，美目盼兮。」顧野王《艷歌行》：「妖姿巧笑能傾城，那思他人不憎妒。」

〔二〕王孫草：喻離情。參見《虞美人》（爐香晝永龍烟白）注〔七〕。

〔三〕「玉容」句：劉商《不羨花》：「花開花落人如舊，誰道容顏不及花。」

一斛珠

今朝祖宴〔一〕。可憐明夜孤燈館〔二〕。酒醒明月空床滿〔三〕。翠被重重，不似香肌暖。愁腸恰似沉香篆〔四〕。千回萬轉縈還斷。夢中若得相尋見。却願春宵，一夜如年遠。

【注釋】

〔一〕祖宴：餞別之宴。見《玉樓春》（春山斂黛低歌扇）注〔一〕。

〔二〕可憐：可惜。盧綸《早春歸盩厔舊居却寄耿拾遺湋李校書端》：「可憐芳歲青山裏，惟有松枝好寄君。」

〔三〕「酒醒」句：盧詢祖《趙郡王配鄭氏挽詞》：「遂使叢臺夜，明月滿床空。」

〔四〕沉香篆：沉香所製盤香，因盤曲如篆字，故名。洪芻《香譜》卷下：「香篆，鏤木以爲之，以範香塵爲篆文，然於飲席或佛像前，往往有至二三尺徑者。」

惜芳時①

困倚蘭臺翠雲軃〔一〕。睡未足、雙眉尚鎖。潛身走向伊行坐〔二〕。孜孜地、告佗梳裹〔三〕。發妝酒冷重溫過〔四〕。道要飲、除非伴我。丁香嚼碎偎人睡②〔五〕，猶記恨、夜來些個〔六〕。

【校記】

①冒校：「《詞律》、《詞律拾遺》均不載此調。按即《步蟾宮》也。」②睡：冒校：「『唾』誤『睡』。」

【注釋】

〔一〕蘭臺：楚國臺名，後爲臺之美稱。　翠雲：喻女子髮髻。　嚲：下垂。柳永《定風波》：「暖酥消，膩雲嚲。」

〔二〕行：語助詞，猶云這邊，這裏。周邦彦《風流子》：「最苦夢魂，今宵不到伊行。」

〔三〕孜孜地：專注貌。柳永《十二月》：「分明枕上，覷着孜孜地。」　告：疑當爲「靠」。

〔四〕發妝酒：清晨梳妝時所飲之酒，以助姿顔。《韓擒虎話本》：「皇帝宣問：『皇后梳裝如常，要酒何用？』楊妃蒙問，喜從天降，啓言聖人：『但臣妾一遍梳裝，須飲此酒一盞，一要軟髮，二要駐顔。且圖供奉聖人，別無餘事。』皇帝聞語，喜不自勝：『皇后尚自駐顔，寡人飲了，也莫端正？』楊妃聞語，連忙捧盞，啓言陛下：『臣妾飲時，號曰發裝酒。聖人若飲，改却酒名，唤即甚得，號曰萬歲杯。願聖人萬歲、萬萬歲！』」柳永《少年遊》：「香幃睡起，發妝酒釅。」

〔五〕「丁香」句：李煜《一斛珠》：「爛嚼紅茸，笑向檀郎唾。」　丁香：又名鷄舌香，含之可使口氣芬芳。《夢溪筆談》卷二六：「《日華子》云鷄舌香『治口氣』。所以三省故事，郎官口含鷄舌香，欲其奏事對答其氣芬芳。」

〔六〕夜來：昨日、昨夜。　些個：些子、這些，此處指昨日或昨夜之事。

琴趣外篇卷三

洞仙歌令

樓前亂草，是離人方寸〔一〕。倚遍欄干意無盡。羅巾掩①，宿粉殘眉〔二〕、香未减，人與天涯共遠。　香閨知人否，長是厭厭〔三〕，擬寫相思寄歸信。未寫了②，淚成行、早滿香牋。相思字、一時滴損。便直饒、伊家總無情〔四〕，也拚了一生，爲伊成病〔五〕。

【校記】

①「羅巾」句：冒校：「『羅巾』句上下各奪一字。」　②了：冒校：「『了』字襯。」

【注釋】

〔一〕方寸：即心緒。見《蝶戀花》（南雁依俙回側陣）注〔六〕。

〔二〕宿粉殘眉：指隔夜殘妝。温庭筠《遐方怨》：「夢殘惆悵聞曉鶯，宿妝眉淺粉山横。」

〔三〕厭厭：精神不振貌。見《漁家傲》（六月炎蒸何太盛）注〔八〕。

〔四〕直饒：即使，縱使。見《鼓笛慢》（縷金裙窣輕紗）注〔五〕。　伊家：即伊。見《摸魚兒》（卷繡簾）注〔九〕。　總無：即縱無。

〔五〕拚：甘願、捨棄之意。見《少年遊》（去年秋晚此園中）注〔三〕。

又

情知須病〔一〕，奈自家先肯。天甚教伊恁端正〔二〕。憶年時、蘭棹獨倚春風〔三〕，相憐處、月影花光相映。　別來憑誰訴，空寄香牋，擬問前歡甚時更〔四〕。後約與新期，易失難尋，空腸斷①、損風流心性〔五〕。除只把、芳樽强開顔〔六〕，奈酒到愁腸，醉了還醒。

【校記】

①空：冒校：「『空』字衍或襯。」

【注釋】

〔一〕情知：深知，明知。駱賓王《艷情代郭氏答盧照鄰》：「情知唾井終無理，情知覆水也難收。」

須：終將，終會。

〔二〕甚：怎麽，爲何。張元幹《好事近》：「天甚不憐人老，早教人歸得。」

〔三〕年時：當年，往年。見《浪淘沙》（花外倒金翹）注〔三〕。　蘭棹：船棹之美稱。參見《采桑子》（春深雨過西湖好）注〔四〕。

〔四〕更：重來，再度。李白《魏郡别蘇明府因北遊》：「何時更杯酒，再得論心胸。」

〔五〕損：愁損，愁壞。趙長卿《昭君怨》：「役損風流心眼，眉上新愁無限。」

〔六〕「芳樽」句：李嶠《又送别》：「歧路方爲客，芳尊暫解顔。」

鵲踏枝

一曲罇前開畫扇〔一〕。暫近還遥，不語仍低面。直至情多緣少見。千金不直雙回眄〔二〕。　苦恨行雲容易散〔三〕。過盡佳期，争向年芳晚〔四〕。百種尋思千萬遍。愁腸不似情難斷。

【注釋】

〔一〕畫扇：此處謂女子所執歌扇。李嶠《雪》：「逐舞花光動，臨歌扇影飄。」

〔二〕「千金」句：王僧孺《詠寵姬》：「再顧連城易，一笑千金買。」李嘉祐《古興》：「蛾眉暫一見，可直千金餘。」

〔三〕「苦恨」句：韋莊《舊居》：「青雲容易散。」

〔四〕争向：怎奈。王建《酬趙侍御》：「别來衣馬從勝舊，争向邊塵滿白頭。」　年芳：春光。徐陵《報尹義尚書》：「河朔年芳，雖當淹晚。」沈約《三月三日率爾成章》：「麗日屬元巳，年芳具在新。」

品令

漸素景〔一〕。金風勁〔二〕。早是淒涼孤冷〔三〕。那堪聞、蛩吟穿金井〔四〕。唤愁緒難整。懊惱人人薄倖〔五〕。負雲期雨信〔六〕。終日望伊來，無憑準。悶損我、也不定。

【注釋】

〔一〕素景：即秋景。漢昭帝《淋池歌》：「秋素景兮泛洪波，揮纖手兮折芰荷。」

〔二〕金風：即秋風。見《玉樓春》（蝶飛芳草花飛路）注〔二〕。

〔三〕早是：已是，本是。

〔四〕「蛩吟」句：李白《長相思》：「絡緯秋啼金井欄。」蛩：蟋蟀。白居易《禁中聞蛩》：「西窗獨暗坐，滿耳新蛩聲。」金井：井欄雕飾華美之水井。

〔五〕人人：人兒。見《蝶戀花》（海燕雙來歸畫棟）注〔六〕。薄倖：薄情，無情。見《蝶戀花》（小院深深門掩亞）注〔六〕。

〔六〕雲期雨信：男女歡會之約。

燕歸梁

風擺紅藤卷繡簾①〔一〕。寶鑑慵拈〔二〕。日高梳洗幾時忺〔三〕。金盆水、弄纖纖〔四〕。髻雲謾嚲殘花淡②〔五〕，和嬌媚③、瘦嵓嵓〔六〕。離情更被宿酲兼④〔七〕。空惹得⑤、病厭厭⑥〔八〕。（又見《歷代詩餘》卷一九、《詞律》卷五。）

【箋證】

此首別作杜安世詞，見明吴訥《唐宋名賢百家詞》本《壽域詞》，《歷代詩餘》、《詞律》同之。《全宋詞》於歐陽修、杜安世下俱收録。

【校記】

①藤：《壽域詞》、《歷代詩餘》、《詞律》作「縚」。　繡：《壽域詞》、《歷代詩餘》、《詞律》作「畫」。

②謾：《壽域詞》、《歷代詩餘》、《詞律》作「鬆」。　殘花淡：《壽域詞》、《歷代詩餘》、《詞律》作「衣斜褪」。　③媚：《壽域詞》、《歷代詩餘》、《詞律》作「嬾」。　④情：《壽域詞》、《歷代詩餘》、《詞律》作「愁」。　被：《壽域詞》、《歷代詩餘》、《詞律》奪。　⑤惹：《壽域詞》、《歷代詩餘》、《詞律》作「羸」。　⑥厭厭：《歷代詩餘》作「懨懨」。

【注釋】

〔一〕紅藤：或指赤藤。《太平御覽》卷九九五引《雲南記》：「雲南出藤，其色如朱，小者以爲馬策，大者可爲柱杖。」張籍《和李僕射秋日病中作》：「獨倚紅藤杖，時時階上行。」

〔二〕寶鑑慵拈：劉復《夏日》：「綵奩銅鏡懶拈環。」

〔三〕「日高」句：柳永《木蘭花》：「日高梳洗甚時忺。」　忺：願意，高興。郝懿行《證俗文》卷一七《方言》：「青齊呼意所欲爲忺。」

〔四〕「金盆」二句：和凝《宮詞》：「金盆初曉洗纖纖。」　纖纖：謂女子玉手。見《減字木蘭花》（畫堂雅宴）注〔四〕。

〔五〕髻雲：女子髮髻，參見《蝶戀花》（寶琢珊瑚山樣瘦）注〔一〕。　謾：即漫，隨意、胡亂。　嚲：下垂。見《惜芳時》（困倚蘭臺翠雲嚲）注〔一〕。

〔六〕嵓嵓，即「巖巖」，消瘦貌。薛能《吴姬》：「夜鎖重門晝亦監，眼波嬌利瘦巖巖。」

〔七〕宿酲：隔夜餘醉。見《漁家傲》（六月炎蒸何太盛）注〔九〕。兼：加倍。

〔八〕厭厭：精神不振貌。見《漁家傲》（六月炎蒸何太盛）注〔八〕。

又

幈裏金爐帳外燈。掩春睡騰騰①〔一〕。緑雲堆枕亂鬅鬙〔二〕。猶依約、那回曾。　人生少有，相憐到老，寧不被天憎②〔三〕。而今前事總無憑。空贏得、瘦稜稜〔四〕。

【校記】

①掩：冒校：「『掩』字襯。」　②冒校：「换頭破『七三三』作『四四五』。」

【注釋】

〔一〕騰騰：迷糊貌。見《蝶戀花》（海燕雙來歸畫棟）注〔三〕。

〔二〕緑雲：女子髮髻。杜牧《阿房宫賦》：「緑雲擾擾，梳曉鬟也。」　鬅鬙：頭髮散亂。金君卿《題贈南臺山院主吉大師》：「三紀修行箬笠僧，布衣襤縷髮鬅鬙。」

〔三〕寧不：豈不。羅鄴《途中寄友人》：「裁得詩憑千里雁，吟來寧不憶吾廬。」

〔四〕稜稜：同「棱棱」。骨瘦形銷貌。

聖無憂

相別重相遇，恬如一夢須臾。樽前今日歡娱事，放盞旋成虚〔一〕。　莫惜斗量珠玉〔二〕，隨他雪白髭鬚〔三〕。人間長久身難得，鬬在不如吾〔四〕。

【箋證】

此詞情景、意旨及措辭與本調（世路風波險）極類，或同爲皇祐元年（一〇四九）酬歐世英作。

【注釋】

〔一〕「相别」四句：白居易《逢舊》：「久别偶相逢，俱疑是夢中。即今歡樂事，放盞又成空。」恬如：安然自適。謝靈運《登永嘉緑嶂山》：「恬如既已交，繕性自此出。」

〔二〕「莫惜」句：唐彦謙《見煬帝寶帳》：「慳惜明珠不斗量。」

〔三〕「隨他」句：白居易《晚出西郊》：「懶鑷從鬚白，休治任眼昏。」

〔四〕「人間」二句：白居易《代夢得吟》：「人間鬬在不如吾。」鬬在：即享受現在。

錦香囊①

一寸相思無着處〔一〕。甚夜長難度。燈花前、幾轉寒更〔二〕，桐葉上、數聲秋雨〔三〕。　真個此心終難負。況少年情緒。已交共、春繭纏綿〔四〕，終不學、鈿箏移柱②〔五〕。

【校記】

①冒校：「《詞律》、《詞律拾遺》、《補遺》均不收此調。按《高麗史·樂志》，其舞隊曲有名《壽延長》者，字句與此悉同。」②鈿：原作「細」，《全宋詞》改作「鈿」，從之。

【注釋】

〔一〕一寸相思：李商隱《無題》：「一寸相思一寸灰。」　着處：安置，歸依。唐無名氏《苦寒》：「倒身無着處，呵手不成温。」

〔二〕「燈花」句：羅隱《長安秋夜》：「燈欹短焰燒離鬢，漏轉寒更滴旅腸。」常達《山居》：「漏轉寒更急，燈殘冷焰微。」

〔三〕「桐葉」句：温庭筠《更漏子》：「梧桐樹，三更雨，不道離情正苦。一葉葉，一聲聲，空階滴到明。」

〔四〕春繭纏綿：喻男女恩愛，如繭絲交纏。陳無名氏《作蠶絲》：「春蠶不應老，晝夜常懷絲。何惜微軀盡，纏綿自有時。」張先《慶金枝》：「花月下、繡屏前。雙蠶成繭共纏綿。」

〔五〕鈿箏：鑲嵌珠玉之箏。　移柱：爲調整音高而移動箏碼。此處喻變心。蕭綱《箏賦》：「乍含猜而移柱，或斜倚而續弦。」宋家娘子《秦箏怨》：「妾意如弦直，君心學柱移。」

繫裙腰

水軒檐幕透薰風〔一〕。銀塘外、柳烟濃〔二〕。方床遍展魚鱗簟〔三〕，碧紗籠〔四〕。小墀面〔五〕、對芙蓉。　玉人共處雙鴛枕，和嬌困、睡朦朧。起來意懶含羞態〔六〕，汗香融〔七〕。繫裙腰，映酥胸〔八〕。

【注釋】

〔一〕水軒：臨水樓閣。白居易《答尉遲少監水閣重宴》：「水軒平寫琉璃鏡，草岸斜鋪翡翠茵。」　薰風：即熏風，東南風。見《漁家傲》（五月薰風才一信）注〔一〕。

〔二〕銀塘：清澈水塘。蕭綱《和武帝宴》：「銀塘瀉清渭，銅溝引直漪。」

〔三〕方床：寬床。《南史·賀革傳》：「（革）有六尺方床，思義未達，則横卧其上。」李重元《憶王孫》：「竹方床，針綫慵拈午夢長。」　魚鱗簟：簟紋細膩如魚鱗，故云。柳永《玉蝴蝶》：「銀塘静、魚鱗簟展。」

〔四〕碧紗籠：緑色紗製燈罩。齊己《燈》：「紅燼自凝清夜朵，赤心長謝碧紗籠。」

〔五〕墀面：階上空地。墀，即臺階，亦指階面。皎然《早秋桐廬思歸示道諺上人》：「静夜風鳴磬，無人竹掃墀。」

〔六〕「起來」句：歐陽炯《赤棗子》：「春睡起來回雪面，含羞不語倚雲屏。」

〔七〕汗香融：牛嶠《菩薩蠻》：「玉爐冰簟鴛鴦錦，粉融香汗流山枕。」

〔八〕「繫裙腰」二句：韓偓《余作探使以繚綾手帛子寄賀因而有詩》：「却繫裙腰伴雪胸。」

阮郎歸

濃香搓粉細腰肢。青螺深畫眉〔一〕。玉釵撩亂挽人衣。嬌多常睡遲。　繡簾角，月痕低。仙郎東路歸〔二〕。淚紅滿面濕胭脂〔三〕。蘭房怨別離〔四〕。

【注釋】

〔一〕青螺：螺子黛。參見本調（落花浮水樹臨池）注〔五〕。

〔二〕仙郎：情郎。見《漁家傲》（爲愛蓮房都一柄）注〔三〕。

〔三〕淚紅：脂粉爲淚水所濕，形成紅痕。白居易《琵琶引》：「夜深忽夢少年事，夢啼妝淚紅闌干。」一説指美人之淚。王嘉《拾遺記》卷七：「文帝所愛美人，姓薛名靈芸，常山人也……靈芸聞別父母，歔欷累日，淚下霑衣。至升車就路之時，以玉唾壺承淚，壺則紅色。既發常山，及至京師，壺中淚凝如血。」

〔四〕蘭房：女子居室。見《蝶戀花》（幾度蘭房聽禁漏）注〔一〕。

又

去年今日落花時。依前又見伊〔一〕。淡勻雙臉淺勻眉〔二〕。青衫透玉肌〔三〕。纔會面，便相思。相思無盡期。這回相見好相知〔四〕。相知已是遲。

【注釋】

〔一〕「去年」二句：韋莊《對梨花贈皇甫秀才》：「依前此地逢君處，還是去年今日時。」落花時：杜甫《江南逢李龜年》：「落花時節又逢君。」依前：依舊。見《蝶戀花》（百種相思千種恨）注〔五〕。

〔二〕雙臉：即兩頰。歐陽炯《菩薩蠻》：「翠眉雙臉新妝薄，幽閨斜卷青羅幕。」

〔三〕「青衫」句：花蕊夫人徐氏《宮詞》：「薄羅衫子透肌膚。」

〔四〕「這回」句：盧照鄰《望宅中樹有所思》：「勞思復勞望，相見不相知。」

又

玉肌花臉柳腰肢。紅妝淺黛眉。翠鬟斜嚲語聲低〔一〕。嬌羞雲雨時〔二〕。伊憐我，我憐伊。心兒與眼兒。繡屏深處説深期〔三〕。幽情誰得知〔四〕。

【注釋】

〔一〕嚲：下垂。見《惜芳時》（困倚蘭臺翠雲嚲）注〔一〕。

〔二〕雲雨：謂男女歡愛。柳永《鳳凰閣》：「霎時雲雨人拋却。教我行思坐想，肌膚如削。」

〔三〕深期：深情之約。蔡伸《醉落魄》：「深期密語雖端的，良宵無奈成輕擲。」

〔四〕「幽情」句：温庭筠《菩薩蠻》：「鸞鏡與花枝，此情誰得知。」

怨春郎①

爲伊家〔一〕，終日悶。受盡悽惶誰問。不知不覺上心頭，悄一霎身心頓也没處頓②〔二〕。惱愁腸，成寸寸〔三〕。已恁莫把人縈損③〔四〕。奈每每人前道着伊④，空把相思淚眼和衣揾〔五〕。

【校記】

①冒校：「《詞律》、《詞律拾遺》、《詞律補遺》均不收此調，疑即《臨江仙》也。」②悄：冒校：「『悄』字襯。」③莫：冒校：「『莫』字疑。」④奈：冒校：「『奈』字襯。」

【注釋】

〔一〕伊家：即伊。見《摸魚兒》（卷繡簾）注〔九〕。

〔二〕悄：全然，整個。趙長卿《探春令》：「悄一似、初睹東鄰女，有無限、風流意。」頓：安置、安頓。陳允平《唐多令》：「欲頓閑愁無頓處，都著在兩眉峰。」

〔三〕寸寸：即寸寸而斷。見《踏莎行》（候館梅殘）注〔六〕。

〔四〕縈損：因愁憔悴。

〔五〕揾：擦拭。

滴滴金

樽前一把横波溜〔一〕。彼此心兒有。曲屏深幌解香羅〔二〕，花燈微透。　偎人欲語眉先皺。紅玉困春酒〔三〕。爲問鴛衾這回後。幾時重又。

【注釋】

〔一〕横波溜：眼眸流轉傳情。見《蝶戀花》（簾幕東風寒料峭）注〔五〕。

〔二〕幌：簾幔。元稹《春别》：「雲屏留粉絮，風幌引香蘭。」

〔三〕「紅玉」句：施肩吾《夜宴曲》：「酒入四肢紅玉軟。」紅玉：喻美人肌膚。《西京雜記》卷一：「趙后體輕腰弱，善行步進退，女弟昭儀不能及也。但昭儀弱骨豐肌，尤工笑語。二人並色如紅玉。」

卜算子

極得醉中眠①〔一〕，迤邐翻成病〔二〕。莫是前生負你來〔三〕，今世裏、教孤冷。　言約全無定。是誰先薄倖〔四〕。不慣孤眠慣成雙，奈奴子、心腸硬〔五〕。

【校記】

①極：冒校：「『極』字疑，或作『小極』解。」

【注釋】

〔一〕極得：極度適意。得，適意。陶淵明《飲酒》：「嘯傲東軒下，聊復得此生。」此處含貪戀之意。醉中眠：暗指男女歡愛。顧況《桃花曲》：「君王夜醉春眠晏，不覺桃花逐水流。」張炎《阮郎歸》：「花貼貼，柳懸懸。鶯房幾醉眠。」

〔二〕迤邐：漸趨，漸次。翻成：反成，却成。沈約《爲鄰人有懷不至》：「言是定知非，欲笑翻成泣。」

〔三〕「莫是」句：柳永《迎春樂》：「我前生、負你愁煩債。」

〔四〕薄倖：薄情，無情。見《蝶戀花》（小院深深門掩亞）注〔六〕。

〔五〕奴子：女子昵稱所歡。

感庭秋①

紅牋封了還重拆〔一〕。這添追憶②。且教伊見我，別來翠減香銷端的〔二〕。　淥波平遠，暮山重疊，算難憑鱗翼〔三〕。倚危樓極目，無情細草長天色。

【校記】

①冒校：「與通行《撼庭秋》詞異。」　②這：冒校：「『這』字下疑奪一字或二字。」

【注釋】

〔一〕「紅牋」句：韓偓《厭花落》：「錦囊封了又重開。」

〔二〕「且教」二句：鍾輻《卜算子慢》：「寫別來容顏寄與，使知人清瘦。」　翠減香銷：本指花木凋零，此喻女子因相思而憔悴。李商隱《贈荷花》：「此花此葉長相映，翠減紅衰愁殺人。」　端的：的確，確實。呂巖《滿庭芳》：「君知否，塵寰走遍，端的少知音。」

〔三〕「淥波」三句：柳永《傾杯》：「水遥山遠，何計憑鱗翼。」　算：料得，料想。見《玉樓春》（酒美春濃花世界）注〔五〕。　鱗翼：即魚、雁，代指書信傳遞。

琴趣外篇卷四

滿路花

銅荷融燭淚〔一〕，金獸囓扉環〔二〕。蘭堂春夜疑①〔三〕，惜更殘〔四〕。落花風雨，向曉作輕寒。金龜朝早②〔五〕，香衾餘暖，殢嬌由自慵眠③〔六〕。小鬟無事須來喚④〔七〕，呵破點唇檀〔八〕。迴身還、却背屏山。春禽飛下，簾外日三竿〔九〕。起來雲鬢亂，不妝紅粉，下階且上鞦韆。

【校記】

①疑：冒校：「『疑』字衍。」②冒校：「『金龜』句奪一字。」③由自：冒校：「應作『猶自』。」④須來：冒校：「是『頻來』之誤。」

【注釋】

〔一〕「銅荷」句：庾信《對燭賦》：「銅荷承淚蠟。」銅荷：銅製荷葉形燭臺。

〔二〕金獸：金色獸頭形鋪首，用以銜環。梅堯臣《依韻和宋次道學士紫宸早謁》：「藹藹金鋪獸齧環。」

〔三〕蘭堂：廳堂之雅稱。《文選·張衡〈南都賦〉》：「以速遠朋，嘉賓是將。揖讓而升，宴於蘭堂。」吕延濟注：「蘭者，取其芬芳也。」疑：疑懼，憂慮。此句即李商隱《爲有》詩「鳳城寒盡怕春宵」之意。

〔四〕更殘：即殘更，一夜之第五更。參見《蝶戀花》（簾幕東風寒料峭）注〔七〕。

〔五〕金龜朝早：李商隱《爲有》：「無端嫁得金龜婿，辜負香衾事早朝。」金龜，金飾龜袋。唐初，内外官五品以上佩魚袋。武周天授元年（六九〇），改佩魚爲佩龜，三品以上龜袋用金飾。

〔六〕殢嬌：嬌柔無力。万俟詠《鈿帶長中腔》：「朝寒料峭，殢嬌不易當。著意要得韓郎。」由自：猶自，仍然。

〔七〕須來：必來、定來。此處含無奈之意。

〔八〕點脣檀：唐宋時婦女習以檀色（即赭紅）點注雙脣。敦煌詞《破陣子》：「雪落亭梅愁地，香檀枉注歌脣。」毛熙震《後庭花》：「歌聲慢發開檀點。」

〔九〕日三竿：《南齊書·天文志》：「永明五年十一月丁亥，日出高三竿，朱色赤黄，日暈，虹抱珥直背。」劉禹錫《竹枝詞》：「日出三竿春霧消，江頭蜀客駐蘭橈。」

好女兒令

眼細眉長。宮樣梳妝〔一〕。靸鞋兒走向花下立着①〔二〕。一身繡出，兩同心字〔三〕，淺淺金黄。　早是肌膚輕渺〔四〕，抱着了、暖仍香。姿姿媚媚端正好②〔五〕，怎教人別後，從頭子細，斷得思量。

【校記】

①兒：冒校：「『兒』字襯。」　②冒校：「『姿姿』句不加襯。」

【注釋】

〔一〕宫樣梳妝：宫中流行髮式。唐玄宗《好時光》：「寶髻偏宜宫樣，蓮臉嫩，體紅香。」劉禹錫《贈李司空妓》：「高髻雲鬟宫樣妝，春風一曲杜韋娘。」

〔二〕靸鞋：鞋名。前幫深而覆脚，無後幇，類似今之拖鞋。陶宗儀《南村輟耕録》卷一八：「西浙之人，以草爲履而無跟，名曰靸鞋。」　花下立着：曹唐《小遊仙詩》：「玉女暗來花下立，手挼裙帶問昭王。」

〔三〕兩同心字：由篆書「心」字組成之連環圖案。晏幾道《臨江仙》：「記得小蘋初見，兩重心字羅衣。」

〔四〕早是：已是，本是。

〔五〕姿姿媚媚：即姿媚之疊語，形容嫵媚多嬌。柳永《擊梧桐》：「香靨深深，姿姿媚媚，雅格奇容天與。」

南鄉子

淺淺畫雙眉。取次梳妝也便宜〔一〕。酒着胭脂紅撲面〔二〕，須知。更有何人得似伊。　寶帳燭殘時。好個温柔模樣兒。月裏仙郎清似玉〔三〕，相期。些子精神更與誰〔四〕。

【注釋】

〔一〕「淺淺」二句：韓偓《忍笑》：「宫樣衣裳淺畫眉，晚來梳洗更相宜。」取次：即隨意。元稹《鶯鶯詩》：「取次梳頭暗澹妝。」柳永《西施》：「取次梳妝，自有天然態。」便宜：合宜，恰到好處。

〔二〕「酒着」句：庾信《詠畫屏風》：「面紅新着酒。」李珣《南鄉子》：「渌酒一卮紅上面。」

〔三〕仙郎：情郎，見《漁家傲》（爲愛蓮房都一柄）注〔三〕。

〔四〕些子：這些兒。貫休《苦熱寄赤松道者》：「蟬喘雷乾冰井融，些子清風有何益。」精神：風采，神韻。王衍《甘州曲》：「柳眉桃臉不勝春，薄媚足精神。」

又

好個人人①〔一〕，深點唇兒淡抹腮。花下相逢，忙走怕人猜。遺下弓弓小繡鞋〔二〕。剗襪重來〔三〕。半彈烏雲金鳳釵〔四〕。行笑行行連抱得②〔五〕，相挨。一向嬌癡不下懷〔六〕。

【校記】

①人：冒校：「『人』字失叶。」②行笑：冒校：「『行』字疑有誤。」

【注釋】

〔一〕人人：人兒。見《蝶戀花》（海燕雙來歸畫棟）注〔六〕。

〔二〕弓弓小繡鞋：纏足女子所著繡鞋，因彎曲呈弓形，故云。陶宗儀《南村輟耕録》卷一〇：「《道山新聞》云：李後主宫嬪窅娘，纖麗善舞。後主作金蓮，高六尺，飾以寶物細帶纓絡，蓮中作品色瑞蓮。令窅娘以帛繞脚，令纖小，屈上作新月狀，素襪舞雲中，回旋有凌雲之態……由是人皆效之，以纖弓爲妙。」毛熙震《浣溪沙》：「捧心無語步香階，緩移弓底繡羅鞋。」

〔三〕剗襪：脱鞋著襪而行。李煜《菩薩蠻》：「剗襪步香階，手提金縷鞋。」

〔四〕彈：下垂。見《惜芳時》（困倚蘭臺翠雲彈）注〔一〕。

〔五〕行笑行行：邊笑邊行。徐積《送王潛聖》：「關西夫子雖遲暮，行笑行吟正安步。」

〔六〕嬌癡：嬌媚天真。白居易《秦中吟·議婚》：「見人不斂手，嬌癡二八初。」

踏莎行①

碧蘚回廊〔一〕，緑楊深院。偷期夜入簾猶卷②〔二〕。照人無奈月華明，潛身却恨花深淺③。密約如沉④〔三〕。前歡未便⑤。看看擲盡金壺箭⑥〔四〕。欄干敲遍不應人⑦，分明簾下聞裁剪⑧〔五〕。（又見《類編續選草堂詩餘》卷下、《花草粹編》卷六、《古今詞統》卷九、《精選古今詩餘醉》卷三、《詞的》卷三、《古今別腸詞選》卷二、《詞綜》卷二四、《歷代詩餘》卷三六、《詞則·閑情集》卷二。）

【箋證】

此首《花草粹編》作無名氏詞，《類編續選草堂詩餘》、《詞的》、《古今詞統》、《精選古今詩餘醉》、《詞的》、《詞綜》、《歷代詩餘》、《詞則》同之。《全宋詞》斷爲歐陽修詞。又《古今別腸詞選》誤作袁宏道詞。

【校記】

①《類編續選草堂詩餘》、《花草粹編》、《古今詞統》、《精選古今詩餘醉》、《詞的》題作「夜景」。

②偷：《類編續選草堂詩餘》、《花草粹編》、《古今詞統》、《詞的》、《詞綜》、《歷代詩餘》作「花」。

③花深：冒校：「疑當作『花枝』。與『月華』對應。」深：《類編續選草堂詩餘》、《花草粹編》、《古今詞統》、《詞的》、《詞綜》、《歷代詩餘》作「陰」。

④如沉：《類編續選草堂詩餘》、《花草粹編》、《古今詞統》、《詞的》、《詞綜》、《歷代詩餘》作「難憑」。

⑤前歡未便：《類編續選草堂詩餘》、《花草粹編》、《古今詞統》、《詞的》、《詞綜》、《歷代詩餘》作「幽歡未展」。

⑥擲：《類編續選草堂詩餘》、《花草粹編》、《古今詞統》、《詞的》、《詞綜》、《歷代詩餘》作「滴」。

金：《類編續選草堂詩餘》、《花草粹編》、《古今詞統》、《詞的》、《詞綜》、《歷代詩餘》作「銅」。

⑦應人：冒校：「當作

『膺人』。」⑧簾：《類編續選草堂詩餘》、《花草粹編》、《古今詞統》、《詞的》、《詞綜》、《歷代詩餘》作「燭」。　裁：《類編續選草堂詩餘》、《花草粹編》、《古今詞統》、《詞的》、《詞綜》、《歷代詩餘》作「刀」。

【注釋】

〔一〕碧蘚：青苔。李商隱《重過聖女祠》：「白石巖扉碧蘚滋，上清淪謫得歸遲。」一説碧蘚指緑竹，本於權德輿《崔君墓誌銘序》。然據南朝梁何思澄《奉和湘東王教班婕妤》「蜘蛛網高閣，駁蘚被長廊」及唐人鄭谷《秘閣伴直》「淺井寒蕪入，迴廊疊蘚侵」等句，此處當謂青苔。

〔二〕偷期：男女私會。閻選《虞美人》：「偷期錦浪荷深處，一夢雲兼雨。」　夜入：韓偓《五更》：「往年曾約鬱金床，半夜潛身入洞房。」

〔三〕密約：男女私約。韓偓《幽窗》：「密約臨行怯，私書欲報難。」寇準《踏莎行》：「密約沉沉，離情杳杳。」

〔四〕看看：轉眼。見《夜行船》（滿眼東風飛絮）注〔三〕。　金壺箭：即漏箭，代指時間。

〔五〕「欄干」句：韓偓《倚醉》：「分明窗下聞裁剪，敲遍闌干喚不應。」

【附録】

王楙《野客叢書》卷二四：歐詞又曰：「欄干敲遍不應人，分明窗下聞裁剪。」此語見韓偓《香奩集》。

《類編續選草堂詩餘》卷下：漏箭自滴，闌干自敲，而刀剪動摇，雖聞而不應，曲盡人情。

《草堂詩餘續集》卷下沈際飛評：親嘗其味者慆淫心耳。

茅暎《詞的》卷三：個中情真。

又

雲母屏低，流蘇帳小〔一〕。矮床薄被秋將曉。乍凉天氣未寒時〔二〕，平明窗外聞啼鳥。

困殢榴花〔三〕，香添蕙草。佳期須及朱顔好〔四〕。莫言多病爲多情，此身甘向情中老〔五〕。

【注釋】

〔一〕「雲母」二句：李涉《贈蘇小》：「流蘇帳，雲母屏。」　雲母屏：雲母所飾屏風。《後漢書·鄭弘傳》：「（弘）代鄧彪爲太尉，時舉將第五倫爲司空，班次在下，每正朔朝見，弘曲躬而自卑。帝問知其故，遂聽置雲母屏風，分隔其間。」章懷注：「以雲母飾屏風也。」　流蘇帳：綴有穗狀流蘇之帳。

〔二〕「乍凉」句：韓偓《已凉》：「八尺龍鬚方錦褥，已凉天氣未寒時。」

〔三〕榴花：榴花酒，亦泛指美酒。《南史·夷貊傳》：「（扶南國）有酒樹似安石榴，采其花汁停甕中，數日成酒。」蕭繹《劉生》：「榴花聊夜飲，竹葉解朝酲。」李商隱《寄惱韓同年》：「我爲傷春心自醉，不勞君勸石榴花。」

〔四〕須及：即須趁。

〔五〕「莫言」二句：反用韓偓《江樓》「風光百計牽人老，争奈多情是病身」之意。

訴衷情

歌時眉黛舞時腰〔一〕。無處不妖饒〔二〕。初剪菊、欲登高〔三〕。天氣怯鮫綃〔四〕。紫絲障〔五〕，緑楊橋。路迢迢。酒闌歌罷，一度歸時，一度魂消〔六〕。

【注釋】

〔一〕「歌時」句：雍陶《狀春》：「醉時紅臉舞時腰。」

〔二〕妖饒：即妖嬈。法宣《和趙王觀妓》：「桂山留上客，蘭室命妖饒。」

〔三〕「初剪」二句：周處《風土記》：「以重陽相會，登山飲菊花酒，謂之登高會，又云茱萸會。」

〔四〕鮫綃：傳説海上鮫人所織綃紗。借指薄絹、輕紗。任昉《述異記》卷上：「南海出鮫綃紗，泉先潛織，一名龍紗。其價百餘金，以爲服，入水不濡。」段成式《柔卿解籍戲呈飛卿》：「最宜全幅碧鮫綃，自襞春羅等舞腰。」

〔五〕紫絲障：紫絲所製圍屏，夾道設之，以遮蔽塵土。《世説新語·汰侈》：「（王）君夫作紫絲布步障碧綾裏四十里，石崇作錦步障五十里以敵之。」李商隱《木蘭》：「紫絲何日障，油壁幾時車。」

〔六〕「一度」二句：汪遵《斑竹祠》：「一回延首一銷魂。」

又

離懷酒病兩忡忡〔一〕。攲枕夢無蹤〔二〕。可憐有人今夜，膽小怯房空〔三〕。　楊柳綠，杏梢紅。負春風。迢迢別恨，脉脉歸心，付與征鴻。

【注釋】

〔一〕忡忡：憂心貌。《詩經·召南·草蟲》：「未見君子，憂心忡忡。」李白《怨歌行》：「腸斷弦亦絶，悲心夜忡忡。」

〔二〕「攲枕」句：劉兼《命妓不至》：「攲枕夢魂何處去。」

〔三〕「膽小」句：常理《古離別》：「小膽空房怯，長眉滿鏡愁。」

恨春遲

欲借江梅薦飲①〔一〕。望隴驛、音息沉沉②〔二〕。住在柳州東③〔三〕，彼此相思，夢回雲去難尋④。　歸燕來時花期寖⑤〔四〕。淡月墜、將曉還陰。爭奈多情易感，風信無憑⑥〔五〕，如何消遣初心⑦〔六〕。（又見《詞律拾遺》卷二。）

【箋證】

此首別作張先詞，見鮑廷博刻知不足齋本《張子野詞》，《詞律拾遺》同之。《全宋詞》於張先、歐陽修下俱收録。

【校記】

①江：《張子野詞》、《詞律拾遺》作「紅」。②息：《張子野詞》、《詞律拾遺》作「信」。③州：《張子野詞》、《詞律拾遺》作「洲」。東：《張子野詞》、《詞律拾遺》作「東岸」二字。④夢回雲去難尋：《詞律拾遺》作「夢去難尋」。⑤歸：《張子野詞》、《詞律拾遺》作「乳」。寖：《張子野詞》、《詞律拾遺》作「寑」。⑥風：《張子野詞》、《詞律拾遺》作「音」。⑦消遣：《張子野詞》、《詞律拾遺》作「消遣得」三字。

【注釋】

〔一〕江梅：野梅。范成大《梅譜》：「江梅。遺核野生，不經栽接者。又名直脚梅，或謂之野梅。凡山間水濱，荒寒清絶之趣，皆此本也。」薦飲：助酒，佐飲。《周禮·天官·庖人》：「凡其死生鱻薨之物，以共王之膳，與其薦羞之物，及后世子之膳羞。」鄭玄注：「薦亦進也，備品物曰薦，致滋味乃爲羞。」

〔二〕「望隴驛」句：用陸凱寄梅事。見《漁家傲》（對酒當歌勞客勸）注〔六〕。

〔三〕柳州：或代指偏遠之地。盧仝《寄崔柳州》：「三百六十州，尅情惟柳州。柳州蠻天末，鄙夫嵩之幽。」

〔四〕寖：同「浸」。逐漸、漸進。韓愈《和侯協律詠筍》：「萌芽防寖大，覆載莫偏恩。」

〔五〕風信：即花信風。見《玉樓春》（東風本是開花信）注〔一〕。

〔六〕初心：見《梁州令》（紅杏墻頭樹）注〔九〕。

鹽角兒

增之太長，減之太短，出群風格。施朱太赤，施粉太白，傾城顔色〔一〕。　慧多多，嬌的的。天付與、教誰憐惜。除非我、偎着抱着，更有何人消得〔二〕。

【注釋】

〔一〕「增之」六句：宋玉《登徒子好色賦》：「東家之子，增之一分則太長，減之一分則太短；著粉則太白，施朱則太赤。」　風格：風姿，風采。李群玉《同鄭相并歌姬小飲戲贈》：「風格只應天上有，歌聲豈合世間聞。」

〔二〕消得：承受，消受。亦作「銷得」。白居易《自詠》：「但問此身銷得否，分司氣味不論年。」

【附録】

王灼《碧鷄漫志》卷五：《鹽角兒》，《嘉祐雜誌》云：「梅聖俞説，始教坊家人市鹽，於紙角中得一曲譜，翻之，遂以名。」今雙調鹽角兒令是也。歐陽永叔嘗製詞。

吴昌綬《致繆荃孫書》：王晦叔謂雙調《鹽角兒令》，歐陽永叔嘗製詞。今案《近體樂府》未録，獨見於《醉翁琴趣》中，知《琴趣》别出諸篇，縱復不類，亦必有所本也。

又

人生最苦，少年不得，鴛幃相守。西風時節，那堪話別，雙蛾頻皺〔一〕。　暗消魂，重回首。奈心兒裏、彼此皆有。後時我、兩個相見，管取一雙清瘦〔二〕。

【注釋】

〔一〕「西風」三句：李賀《有所思》：「西風未起悲龍梭，年年織素攢雙蛾。」

〔二〕管取：包管，準定。大義《坐禪銘》：「急下手兮高著眼，管取今生教了辦。」

憶秦娥①

十五六〔一〕，脱羅裳〔二〕，長恁黛眉蹙〔三〕。紅玉暖〔四〕，入人懷，春困熟。　展香裀〔五〕，帳前明畫燭〔六〕。眼波長，斜浸鬢雲緑〔七〕。看不足。苦殘宵、更漏促〔八〕。

【校記】

①冒校：「與通行《憶秦娥》詞異。」

【注釋】

〔一〕十五六：蕭衍《東飛伯勞歌》：「女兒年幾十五六，窈窕無雙顔如玉。」白居易《和夢遊春詩一百韻》：「遥見窗下人，娉婷十五六。」

〔二〕脱羅裳：薛能《柘枝詞》：「急破催摇曳，羅衫半脱肩。」柳永《菊花新》：「脱羅裳、恣情無限。」

〔三〕長恁：長如此。意即總是。

〔四〕紅玉：女子肌膚。見《滴滴金》（樽前一把横波溜）注〔三〕。

〔五〕香裀：床褥之美稱。

〔六〕「帳前」句：何遜《詠娼婦》：「曖曖高樓暮，華燭帳前明。」 畫燭：繪有畫飾之燭。

〔七〕「眼波」二句：李太玄《玉女舞霓裳》：「嬌眼如波入鬢流。」

〔八〕「苦殘宵」二句：張仲素《宫中樂》：「妝成祇畏曉，更漏促春宵。」 更漏：即漏壺計時，代指時間。

少年遊

緑雲雙嚲插金翹〔一〕。年紀正妖饒。漢妃束素〔二〕，小蠻垂柳〔三〕，都占洛城腰〔四〕。 錦幈春過衣初減，香雪暖凝消〔五〕。試問當筵眼波恨①，滴滴爲誰嬌。

【箋證】 本詞或作於天聖九年（一〇三一）至景祐元年（一〇三四）間，歐陽修時任西京留守推官，居洛陽。

景祐元年（一〇三四）春，歐陽修有《戲贈》詩，所贈者爲洛陽某歌妓，其云：「莫愁家住洛川傍，十五纖腰聞四方。堂上金尊邀上客，門前白馬繫垂楊。春風滿城花滿樹，落日花光争粉光。城頭行人莫駐馬，一曲能令君斷腸。」據詩中「莫愁家住洛川旁，十五纖腰聞四方」句，可知此女年值青春，且以纖腰名於洛城，與本詞「年紀正妖嬈」、「都占洛城腰」諸句頗合，故或即同一人。

【校記】

①冒校：「『眼波』句奪一字。」

【注釋】

〔一〕「緑雲」句：毛熙震《浣溪沙》：「緑鬟雲散裊金翹。」　嚲：下垂。見《惜芳時》（困倚蘭臺翠雲嚲）注〔二〕。

〔二〕漢妃：指漢成帝皇后趙飛燕，以腰纖體瘦著稱。《太平御覽》卷五七四引《漢書》：「趙飛燕體輕，能掌上舞。」

〔三〕小蠻：白居易家妓。孟棨《本事詩·事感》：「白尚書姬人樊素善歌，妓人小蠻善舞，嘗爲詩曰：『櫻桃樊素口，楊柳小蠻腰。』」

〔四〕占：占據，稱首。白居易《和河南鄭尹新歲對雪》：「楚客難酬郢中曲，吴公兼占洛陽才。」劉禹錫《遥賀白賓客分司初到洛中戲呈馮尹》：「西辭望苑去，東占洛陽才。」

〔五〕香雪：喻脂粉。韋莊《閨怨》：「啼妝曉不乾，素面凝香雪。」

琴趣外篇卷五

踏莎行慢①

獨自上孤舟〔一〕，倚危檣目斷〔二〕。難成暮雨，更朝雲散〔三〕。涼勁殘葉亂。新月照、澄波淺〔四〕。今夜裏，厭厭離緒難銷遣〔五〕。强來就枕，燈殘漏永〔六〕，合相思眼〔七〕。分明夢見如花面〔八〕。依前是〔九〕、舊庭院。新月照，羅幕掛，珠簾卷。漸向曉，脉然睡覺如天遠〔一〇〕。

【校記】

①冒校：「此調萬氏《詞律》、徐氏《詞律拾遺》、杜氏《詞律補遺》均不收。細按之，則『難成』句與『分明』句對，襯一『更』字。『涼勁』句與『依前』句對，而『依前』句襯一『是』字。『新月照』以下與『羅幕掛』以下對，後遍『新月照』三字衍，『涼勁』句疑尚有誤字。」

【注釋】

〔一〕「獨自」句：鄭谷《别同志》：「相看臨遠水，獨自上孤舟。」

〔二〕危檣：高檣。陰鏗《渡青草湖》：「行舟逗遠樹，度鳥息危檣。」目斷：極目而望。王維《恭懿太子挽歌》：「心悲陽禄館，目斷望思臺。」

〔三〕「難成」二句：謂不得歡會。參見《蝶戀花》（寶琢珊瑚山樣瘦）注〔六〕。

〔四〕「新月」句：王勃《長柳》：「晚風清近壑，新月照澄灣。」

〔五〕厭厭：精神不振貌。見《漁家傲》（六月炎蒸何太盛）注〔八〕。

〔六〕漏永：即夜長，漏指夜漏。蕭子雲《寒夜直坊憶袁三公》：「所思不相見，方知寒漏永。」

〔七〕合相思眼：徐凝《荆巫夢思》：「相思合眼夢何處，十二峰高巴字遥。」

〔八〕「分明」句：韋莊《女冠子》：「昨夜夜半，枕上分明夢見。語多時，依舊桃花面。」

〔九〕依前：依舊。見《蝶戀花》（百種相思千種恨）注〔五〕。

〔一〇〕脉然：默然，黯然。

蕙香囊①

身作琵琶，調全宫羽〔一〕，佳人自然用意。寶檀槽在雪胸前〔二〕，倚香臍〔三〕、橫枕瓊臂。　組帶金鈎〔四〕，背垂紅綬〔五〕，纖指轉弦韻細。願伊只恁撥《梁州》，且多時、得在懷裏〔六〕。

【校記】

①冒校：「《詞律》、《詞律拾遺》、《詞律補遺》均不收此調。按即《鵲橋仙》也。」

【注釋】

〔一〕調全宮羽：虞世南《琵琶賦》：「聲備角商，韻包宮羽。」

〔二〕「寶檀」句：裴諴《新添聲楊柳枝詞》：「願作琵琶槽那畔，得他長抱在胸前。」　檀槽：琵琶首部檀木製槽格，用以架弦。

〔三〕倚香臍：李商隱《和孫朴韋蟾孔雀詠》：「屏風臨燭釦，捍撥倚香臍。」

〔四〕組：絲織繫帶，多用以佩繫金玉。　金鈎：金項圈。干寶《搜神記》卷九：「京兆長安有張氏，獨處一室。有鳩自外入，止於床。張氏祝曰：『鳩來，爲我禍也，飛上承塵；爲我福也，即入我懷。』鳩飛入懷，以手探之，則不知鳩之所在，而得一金鈎。遂寶之。」周彦質《宫詞》：「繡襟金鈎玉軸斜，宫娥當殿奏琵琶。」

〔五〕紅綬：紅色絲帶。李商隱《飲席代官妓贈兩從事》：「願得化爲紅綬帶，許教雙鳳一時銜。」薛昭藴《小重山》：「憶昔在昭陽。舞衣紅綬帶，繡鴛鴦。」

〔六〕「願伊」二句：《梁州》爲大曲，音叠曲長，故云。洪邁《容齋隨筆》卷一四：「今樂府所傳大曲，皆出於唐，而以州名者五，伊、凉、熙、石、渭也。凉州今轉爲梁州。」元稹《琵琶歌》：「《凉州》大遍最豪嘈。」又《連昌宫詞》：「逡巡大遍《凉州》徹。」

玉樓春①

艶冶風情天與措②〔一〕。清瘦肌膚冰雪妒③〔二〕。百年心事一宵同，愁聽鷄聲窗外度〔三〕。信阻青禽雲雨暮〔四〕。海月空驚人兩處〔五〕。强將離恨倚江樓④，江水不能流恨去。（又見《草堂詩餘》後集卷下、《類編草堂詩餘》卷一、《花草粹編》卷六、《天機餘錦》卷四、《精選古今詩餘醉》卷一二、《古今詞統》卷八、《詞學筌蹄》卷一、《詞的》卷二。）

【校記】

①《類編草堂詩餘》、《花草粹編》、《天機餘錦》、《精選古今詩餘醉》、《古今詞統》、《詞學筌蹄》、《詞的》題作「妓館」。②艷：《草堂詩餘》、《類編草堂詩餘》、《花草粹編》、《古今詞統》、《詞學筌蹄》、《詞的》作「妖」。風情：《詞學筌蹄》作「肢膚」。③妒：《草堂詩餘》作「姑」。④江：《古今詞統》作「紅」。

【注釋】

〔一〕艷冶：艷麗妖媚。孫光憲《南歌子》：「艷冶青樓女，風流似楚真。」措：措置，安排。方干《酬將作于少監》：「冰絲織絡經心久，瑞玉雕磨措手難。」

〔二〕「清瘦」句：《莊子·逍遥遊》：「藐姑射之山，有神人居焉，肌膚若冰雪，綽約若處子。」

〔三〕「百年」二句：崔涯《雜嘲》：「日暮迎來香閣中，百年心事一宵同。寒鷄鼓翼紗窗外，已覺恩情逐曉風。」百年心事：百年結好之願。

〔四〕青禽：即青鳥，代指傳信之人。《藝文類聚》卷九一引《漢武故事》：「七月七日，上於承華殿齋，正中，忽有一青鳥從西方來，集殿前。上問東方朔，朔曰：『此西王母欲來也。』有頃王母至。」李商隱《無題》：「蓬山此去無多路，青鳥殷勤爲探看。」

〔五〕「海月」句：孟郊《下第東南行》：「江蘺伴我泣，海月投人驚。」

【附録】

《草堂詩餘》後集卷下：按司馬櫄有《贈妓》一詞，名《蝶戀花》，云：「妾本錢塘江上住。（略）」又毛澤民有贈錢塘妓《惜分飛》詞云：「淚濕闌干花著露。（略）」大爲東坡稱賞。澤民由此得名。此二詞結語皆祖六一翁詞意。

楊慎《楊氏批點草堂詩餘》卷三：白樂天詞云：「門前冷落車馬稀，老大嫁作商人婦。」此是翻案。

《新刻李于麟先生批評注釋草堂詩餘雋》卷二：上叙歡娱因鷄聲喚散，下叙懊恨與流水俱長。又：鷄鳴則情不能久留，故用一愁下，别後恨自此生來。　又：鷄聲妒合，流水寄恨，殊是翠館紅樓中迷花戀酒之態。

《新刻題評名賢詞話草堂詩餘》卷三：鷄既鳴，則東方白矣，雖有迷花戀酒之情，不能久留，故用一愁字，最巧。

《草堂詩餘正集》卷一沈際飛評：「不能流恨」，想從天落。子瞻「流不到楚江東」，少游「爲誰流下瀟湘去」，識見略同。

潘游龍《精選古今詩餘醉》卷一二：子瞻「流不到楚江東」、少游「爲誰流下瀟湘去」，此則「江水不能流恨去」，俱天際想。

沈謙《填詞雜説》：徐師川「門外重重叠叠山，遮不斷、愁來路」，歐陽永叔「强將離恨倚江樓，江水不能流恨去」，古人語不相襲，又能各見所長。

俞陛雲《唐五代兩宋詞選釋》：此詞未見新警，而爲時人傳誦。

又印眉〔一〕

半幅霜綃親手剪〔二〕。香染青蛾和淚卷〔三〕。畫時横接媚霞長〔四〕，印處雙沾愁黛淺〔五〕。　當時付我情何限。欲使妝痕長在眼。一回憶着一拈看〔六〕，便似花前重見面。

【注釋】

〔一〕印眉：女子將所畫眉妝印於素絹，贈人以作留念。韓偓《余作探使以繚綾手帛子寄賀因而有詩》：「黛眉印在微微緑，檀口消來薄薄紅。」

〔二〕霜綃：白綾，多用於書畫。鮑溶《蕭史圖歌》：「霜綃數幅八月天，綵龍引鳳堂堂然。」

〔三〕青蛾：即蛾眉，因畫以螺黛，故稱。參見《漁家傲》（别恨長長歡計短）注〔六〕。

〔四〕媚霞：喻妝面。韓偓《席上有贈》：「小雁斜侵眉柳去，媚霞横接眼波來。」

〔五〕愁黛：即愁眉妝。《後漢書·五行志》：「桓帝元嘉中，京都婦女作愁眉……細而曲折。」

〔六〕「一回」句：韓偓《玉合》：「每回拈着長相憶。」

【附録】

沈曾植《菌閣瑣談》：《醉翁琴趣》《玉樓春・印眉》詞，細膩曲折，紀實而有風味，此情狀他詞罕見，惟《樂章集》《洞仙歌》「愛印了雙眉，索人重畫」，足相印耳。

又

紅樓昨夜相將飲〔一〕。月近珠簾花近枕。銀釭照客酒方酣〔二〕，玉漏催人街已禁〔三〕。

晚潮去棹浮清浸〔四〕。古岸平蕪蕭索甚。大都薄宦足離愁〔五〕，不放雙鴛長恁恁〔六〕。

【注釋】

〔一〕相將：相共、相隨。

〔二〕「銀釭」句：顔真卿、陸士修等《五言夜宴詠燈聯句》：「桂酒牽詩興，蘭釭照客情。」銀釭：即「銀釭」，銀製燭臺。

〔三〕「玉漏」句：蘇味道《正月十五夜》：「金吾不禁夜，玉漏莫相催。」玉漏：漏壺美稱。

〔四〕清浸：清涼透徹，此處指江水。

〔五〕薄宦：官微職卑。見《臨江仙》（記得金鑾同唱第）注〔三〕。足：多，處處。于武陵《勸酒》：「花發多風雨，人生足別離。」

〔六〕不放：不教，不許。見《蝶戀花》（簾下清歌簾外宴）注〔五〕。長恁恁：長如此。

又

金雀雙鬟年紀小[一]。學畫蛾眉紅淡掃[二]。儘人言語儘人憐，不解此情惟解笑。　穩着舞衣行動俏。走向綺筵呈曲妙。劉郎大有惜花心，只恨尋花來較早[三]。

【箋證】

此詞或作於至和二年（一〇五五）八月。該年八月，劉敞受命以契丹國母生辰使出使契丹，歐陽修前往劉府與之别，二人飲酒相歡，直至深夜。後歐陽修作《重贈劉原父》詩，憶及當時宴會場景：「憶昨君當使北時，我往别君飲君家。愛君小鬟初買得，如手未觸新開花。」據此可知，當時劉敞府中有一新得小鬟歌舞侑觴，爲歐陽修所憐愛，故以初開之花喻之，此與本詞「尋花較早」之意頗合。又本詞「劉郎大有惜花心」句中「劉郎」一語，恐爲詞人戲稱劉敞之辭，如劉敞晚年再娶，歐陽修亦曾作詩戲之云：「洞裏新花莫相笑，劉郎今是老劉郎。」（《戲劉原甫》）

【注釋】

〔一〕金雀：雀形金釵。陸機《日出東南隅行》：「金雀垂藻翹，瓊佩結瑶璠。」温庭筠《更漏子》：「金雀釵，紅粉面。花裏暫時相見。」　雙鬟：左右分梳之環形髮式。古時少女多著雙鬟，及笄後始合攏爲髻。白居易《山遊示小妓》：「雙鬟垂未合，三十纔過半。」李嘉祐《古興》：「十五小家女，雙鬟人不如。」

〔二〕學畫蛾眉：劉媛《長門怨》：「學畫蛾眉獨出群，當時人道便承恩。」紅淡掃：張祜《集靈臺》：「却嫌脂粉污顏色，淡掃蛾眉朝至尊。」

〔三〕「劉郎」二句：杜牧《歎花》：「自恨尋芳到已遲，往年曾見未開時。」劉郎：此處或戲稱劉敞。

又

夜來枕上争閑事。推倒屏山褰繡被①〔一〕。儘人求守不應人②〔二〕，走向碧紗窗下睡〔三〕。

直到起來由自殢③〔四〕。向道夜來真個醉。大家惡發大家休④〔五〕，畢竟到頭誰不是。

【校記】

①褰：冒校：「『搴』誤作『褰』。」②求守：冒校：「猶言『求伴』。」③由：冒校：「『猶』誤『由』。」④惡發：冒校：「即『怒發』，宋人語。」

【注釋】

〔一〕褰：撩起，揭起。見《蝶戀花》（面旋落花風蕩漾）注〔六〕。

〔二〕求守：相求，請求。此處即求伴之意。《後漢書·竇融傳》：「融於是日往守萌，辭讓鉅鹿，圖出河西。」李賢注：「守猶求也。」張文成《遊仙窟》：「令人頻作許叮嚀，渠家太劇難求守。」周邦彥

《大有》：「令人恨，行坐兒斷了更思量，没心求守。」

〔三〕「走向」句：歐陽炯《木蘭花》：「悶向緑紗窗下睡。」

〔四〕由自：猶自，仍然。殢：困擾。此處指病酒。

〔五〕惡發：即發惡，發怒。陸游《老學庵筆記》卷八：「『惡發』，猶言怒也。」柳永《滿江紅》：「惡發姿顔歡喜面，細追想處皆堪惜。」

【附録】

錢鍾書《管錐編》：「『惡發』、嗔怒也。……唐、宋詩詞即不乏其例。……歐陽修《玉樓春》：『大家惡發大家休，畢竟到頭誰不是。』」

琴趣外篇卷六

定風波

把酒花前欲問伊。問伊還記那回時。黯淡梨花籠月影〔一〕。人静。畫堂東伴藥欄西〔二〕。　及至如今都不認。難問。有情誰道不相思。何事碧窗春睡覺。偷照。粉痕匀却濕胭脂〔三〕。

【注釋】

〔一〕「黯淡」句：錢起《梨花》：「艷静如籠月，香寒未逐風。」籠：籠罩，掩映。

〔二〕「畫堂」句：司空圖《酒泉子》：「假山西畔藥闌東。」藥欄：芍藥圃，見《醉蓬萊》（見羞容斂翠）注〔三〕。

〔三〕「粉痕」句：韓偓《鬆髻》：「背人匀却淚胭脂。」粉痕：淚濕脂粉之痕。陸龜蒙《和醉中襲美先起次韻》：「他時若寄相思淚，紅粉痕應伴紫泥。」

減字木蘭花

去年殘臘〔一〕。曾折梅花相對插〔二〕。人面而今。空有花開無處尋〔三〕。天天不遠〔四〕。把酒拈花重發願①。願得和伊。偎雪眠香似舊時〔五〕。（又見《梅苑》卷九、《花草粹編》卷二。）

【校記】

①重：《梅苑》作「須」，《花草粹編》作「時」。

【注釋】

〔一〕殘臘：臘月將盡，謂歲末時節。齊己《和岷公送李評事往宜春》：「雪湛將殘臘，霞明向早春。」

〔二〕「曾折」句：蕭繹《龜兆名》：「折梅還插鬢，蕩柱更移聲。」

〔三〕「人面」二句：崔護《題都城南莊》：「人面不知何處去，桃花依舊笑春風。」

〔四〕天天：即上天，老天。張先《夢仙鄉》：「離聚此生緣，無計問天天。」

〔五〕偎雪眠香：指肌膚相親。尹鶚《秋夜月》：「醉並鴛鴦雙枕，暖偎春雪。」柳永《塞孤》：「幽會處，偎香雪。」

又

年來方寸〔一〕。十日幽歡千日恨〔二〕。未會此情〔三〕。白盡人頭可得平〔四〕。　區區堪比〔五〕。水趁浮萍風趁水〔六〕。試望瑤京〔七〕。芳草隨人上古城〔八〕。

【注釋】

〔一〕年來：近來。許渾《下第送宋秀才游岐下楊秀才還江東》：「年來不自得，一望幾傷心。」方寸：即心緒，見《蝶戀花》（南雁依俙回側陣）注〔六〕。

〔二〕「十日」句：李白《尋魯城北范居士失道落蒼耳中見范置酒摘蒼耳作》：「近作十日歡，遠爲千載期。」

〔三〕未會：不知，不解。白居易《過顔處士墓》：「未會悠悠上天意，惜將富壽與何人。」

〔四〕可得：豈得。平：平復。李百藥《秋晚登古城》：「秋風轉摇落，此志安可平。」

〔五〕區區：指内心情意。李陵《答蘇武書》：「昔范蠡不殉會稽之耻，曹沫不死三敗之辱，卒復勾踐之仇，報魯國之羞。區區之心，竊慕此耳。」古詩《孟冬寒氣至》：「一心抱區區，懼君不識察。」

〔六〕趁：追逐，驅趕。杜甫《題鄭縣亭子》：「花底山蜂遠趁人。」杜荀鶴《春日登樓遇雨》：「風趁鷺鷥雙出葦。」

〔七〕瑶京：仙界宫殿，此處代指京城。

〔八〕「芳草」句：顧況《春草謡》：「春草不解行，隨人上東城。」王禹偁《春郊獨步》：「春草隨人上古城。」

迎春樂

薄紗衫子裙腰匝〔一〕。步輕輕、小羅靸〔二〕。人前愛把眼兒劄〔三〕。香汗透、胭脂蠟〔四〕。　良夜永、幽期歡則洽〔五〕。約重會、玉纖頻插①〔六〕。執手臨歸，猶且更待留時霎〔七〕。

【校記】

①插：冒校：「『搯』誤『插』。」

【注釋】

〔一〕匝：圍繞，環繞。劉遵《應令詠舞》：「履度開裙襵，鬟轉匝花鈿。」

〔二〕羅靸：即靸鞋。見《好女兒令》（眼細眉長）注〔二〕。

〔三〕劄：眨眼。

〔四〕胭脂蠟：形容汗透粉面如蠟融。

〔五〕歡則洽：即歡且洽。

〔六〕玉纖：女子玉手。見《減字木蘭花》（畫堂雅宴）注〔四〕。插：即叉，此處指雙手交叉胸前行禮。

〔七〕時霎：霎時，片刻。

一落索

小桃風撼香紅碎〔一〕。滿簾籠花氣①。看花何事却成愁〔二〕，悄不會、春風意②〔三〕。　窗在梧桐葉底。更黃昏雨細。枕前前事上心來，獨自個、怎生睡。

【校記】

①籠：冒校：「『櫳』誤『籠』。」　②悄：殘宋本《醉翁琴趣外篇》作「誚」。

【注釋】

〔一〕「小桃」句：許渾《及第後春情》：「慢撼桃株舞碎紅。」　香紅：花瓣。見《蝶戀花》（小院深深門掩亞）注〔七〕。

〔二〕「看花」句：吴融《和僧詠牡丹》：「何事看花恨却深。」

〔三〕「悄不會」句：李山甫《惜花》：「未會春風意，開君又落君。」　悄：全然、整個。見《怨春郎》（爲伊家）注〔二〕。

夜行船

閑把鴛衾横枕。損眉尖、淚痕紅沁〔一〕。花時良夜不歸來，忍頻聽、漏移清禁〔二〕。一餉無言都未寢。憶當初、是誰先恁〔三〕。及至如今，教人成病，風流萬般徒甚。

【注釋】

〔一〕損眉尖：眉頭緊皺。白居易《宴桃源》：「説著暫分飛，蹙損一雙眉黛。」　紅沁：淚痕因伴有脂粉而透出紅色。

〔二〕漏移清禁：嚴巨川《太清宫聞滴漏》：「玉漏移中禁，齊車入太清。」漏移，漏箭因水位變化而移動。清禁：即宮禁。杜甫《奉答岑參補闕見贈》：「窈窕清禁闥，罷朝歸不同。」

〔三〕恁：如此。

又①

輕捧香腮低枕。眼波媚、向人相浸②〔一〕。佯嬌佯醉索如今〔二〕，這風情、怎教人禁〔三〕。　却與和衣推未寢③。低聲地、告人休恁〔四〕。月夕花朝〔五〕，不成虚過〔六〕。芳年嫁君徒甚。

【校記】

①冒校：「此二首均末三句破『七三四』作『四四六』。」　②浸：殘宋本《醉翁琴趣外篇》作「侵」。

③衣：殘宋本《醉翁琴趣外篇》作「依」。

【注釋】

〔一〕浸：細看，凝視。《淮南子·要略》：「乃始攬物引類，覽取撟掇，浸想宵類。」高誘注：「浸，微視也。」

〔二〕佯：假裝。盧綸《宴席賦得姚美人拍箏歌》：「已愁紅臉能佯醉，又恐朱門難再過。」　索如今：到如今。一説索，即索歡、求歡。

〔三〕禁：當得，受得。

〔四〕休恁：休要如此。

〔五〕月夕花朝：蕭繹《春别應令》：「花朝月夜動春心，誰忍相思不相見。」柳永《尉遲杯》：「每相逢，月夕花朝，自有憐才深意。」

〔六〕不成：反詰語。猶云難道，莫非。

望江南①

江南柳，花柳兩相柔。花片落時黏酒盞〔一〕，柳條低處拂人頭〔二〕。各自是風流〔三〕。　江南月，如鏡復如鈎〔四〕。似鏡不侵紅粉面〔五〕，似鈎不掛畫簾頭。長是照離愁〔六〕。

【箋證】

此詞下闋又見《留青日札》，作元僧竺月華詞，蓋小説記事。《全宋詞》斷爲歐陽修詞。

【校記】

①冒校：「此詞兩押『頭』字，應分兩首。」

【注釋】

〔一〕「花片」句：劉禹錫、白居易等《花下醉中聯句》：「共醉風光地，花飛落酒杯。」

〔二〕「柳條」句：李煜《賜宫人慶奴》：「多謝長條似相識，强垂烟態拂人頭。」

〔三〕「各自」句：韓偓《寒食夜》：「清江碧草兩悠悠，各自風流一種愁。」

〔四〕「江南月」二句：王涯《閨人贈遠》：「洞房今夜月，如練復如霜。」

〔五〕「似鏡」句：項斯《古扇》：「似月舊臨紅粉面。」　傍：靠近，臨近。

〔六〕「長是」句：盧照鄰《明月引》：「澄清規於萬里，照離思於千行。」李白《清平樂》：「惟有碧天雲外月，偏照懸懸離別。」

【附録】

田藝蘅《留青日札》卷二一：含春，姓柳氏，國初明州女子也。年十六，患病，禱於關王祠而愈，因繡旛往酬之。一少年僧頗聰慧，窺柳氏之姿而悦之，因以其姓戲作呪語，誦之於神云：「江南柳，嫩緑未成陰。攀折尚憐枝葉小，黄鸝飛上力難禁。留取待春深。」女亦甚慧，聞之，不勝其怒。歸告於父。父訟之於方國珍。時國珍據明州，捕僧至。問之曰何姓，對曰：「姓竺名月華。」國珍命以竹籠盛之，將沉之江。又曰：「我亦取汝姓當作一偈，送汝歸東流。」因吟曰：「江南竹，巧匠結成籠。好與吾師藏法體，碧波深處伴蛟龍。方知色是空。」其僧痛哭哀訴曰：「死，吾分也，乞容一言。」國珍許之。僧曰：「江南月，如鏡亦如鈎。明鏡不臨紅粉面，曲鈎不上畫簾頭。空自照東流。」國珍知其以名爲答，大笑而釋之。且令蓄髮，以柳氏配爲夫婦。

又①

江南柳，葉小未成陰②〔一〕。人爲絲輕那忍折③〔二〕，鶯嫌枝嫩不勝吟④〔三〕，留着待春深⑤〔四〕。十四五〔五〕，閑抱琵琶尋〔六〕。階上簸錢階下走⑥〔七〕，恁時相見早留心⑦〔八〕，何況到如今。（又見《花草粹編》卷五、《古今詞統》卷一、《古今詞統》卷七。）

【箋證】

此詞上闋又見周淙《輦下紀事》（見本詞「附録」《蕙風詞話》引），作宋高宗詞，又見《留青日札》，作竺月華詞，《古今詞統》卷一録上闋，作僧竺月華詞，皆誤。《全宋詞》斷爲歐陽修詞。又此詞自宋代以來聚訟紛紜，或以爲與歐陽修「盜甥」案有關，或以爲乃小人構陷之作，近人多辨之，詳見本詞「附録」。

【校記】

①《花草粹編》題注《錢氏私志》。②葉小：《花草粹編》作「葉細」，《古今詞統》卷一作「嫩緑」。③「人爲」二句：《古今詞統》卷一作「攀折尚憐枝葉小，黄鸝飛上力難禁」。絲輕：《古今詞統》卷七作「緑絲」。④嫌：《花草粹編》作「嬌」，《古今詞統》卷七作「憐」。⑤着：《花草粹編》作「與」，《古今詞統》卷一、卷七作「取」。⑥階上：《古今詞統》卷七作「堂上」。簸：《花草粹編》作「乩」。階下：《古今詞統》卷七作「堂下」。⑦恁：《花草粹編》作「那」。早：《花草粹編》、《古今詞統》卷七作「已」。

【注釋】

〔一〕「江南」二句：李端《送郭補闕歸江陽》：「東門春尚淺，楊柳未成陰。」

〔二〕「人爲」句：白居易《楊柳枝》：「小樹不禁攀折苦，乞君留取兩三條。」絲：喻柳條。戴叔倫《堤上柳》：「垂柳萬條絲，春來織別離。」

〔三〕「鶯嫌」句：白居易《楊柳枝》：「緑絲條弱不勝鶯。」

〔四〕「留着」句：裴諧《觀修處士畫桃花圖歌》：「偏宜留着待深冬。」

〔五〕十四五：杜牧《書情》：「誰家洛浦神，十四五來人。」徐鉉《月真歌》：「月真初年十四五，能彈琵琶善歌舞。」

〔六〕閑抱琵琶：韋莊《謁金門》：「閑抱琵琶尋舊曲，遠山眉黛緑。」

〔七〕簸錢：擲銅錢於地，以正反面多寡確定輸贏，又稱打錢、攤錢。王建《宫詞》：「暂向玉花階上坐，簸錢赢得兩三籌。」司空圖《遊仙》：「仙曲教成慵不理，玉階相簇打金錢。」

〔八〕恁時：那時，當時。馮延巳《憶江南》：「東風次第有花開，恁時須約却重來。」

【附録】

錢世昭《錢氏私志》：歐後爲人言其盗甥，表云：「喪厥夫而無託，携孤女以來歸。張氏此時，年方七歲。」内翰伯見而笑云：「七歲正是學簸錢時也。」

王銍《默記》卷三：王銍《默記》記歐陽文忠公私通甥女事，爲此降官，事亦詳矣。而《錢氏私志》又述其自作之詞曰：「江南柳，葉小未成陰，人爲絲輕那忍折？鶯憐枝嫩不勝吟，留取待春深。十四五，閑抱琵琶尋，堂上簸錢堂下走。恁時已留心，何况到如今？」蓋甥女依公時方七歲故也。予意公因甥女無依，領回方七歲，公何便有此心？况此詞後一拍全似他人之説公者，但事之有無未可與辯，詞非公爲決然也。或者錢世昭因公《五代史》中多毁吴越，故抵之，如落第士子作《醉蓬萊》以嘲公也。讀者理推。

馮夢龍《情史》卷一五：公嘗有小詞云「江南柳。（略）」，意贈婢之詞也，而忌者誣公爲盗甥。噫！詞之不可輕作也如此。

卓人月《古今詞統》卷七：安知非讒夫揑爲此詞，如《周秦行紀》之出於贊皇客耶？

王士禛《花草蒙拾》：「堂上簸錢堂下走」，小人以蠛歐陽。「有情争似無情」，忌者以誣司馬。

褚人穫《堅瓠集》首集卷四：詞前一段，乃與僧《詠柳含春回回偈》相似。郎仁寶亦云：此詞後一拍，全似他人詠公者，决非公所作。

沈雄《古今詞話·詞評》上卷引《名臣録》：仁宗景祐中，歐陽修爲館閣校理。兩宫之隙，奏事簾前，復主濮議，舉朝倚重。後知貢舉，爲下第劉煇等所忌，以《醉蓬萊》、《望江南》誣之。

沈雄《古今詞話·詞評》上卷引《西清詩話》：歐陽詞之淺近者，謂是劉煇僞作。又云：元豐中，崔公度跋馮正中《陽春録》，其間有入六一詞者。今柳三變詞，亦有雜入《平山堂集》者，則浮艷者皆非公作也。

沈雄《柳塘詞話》卷一：姜叔明云：宣和間，耻温公獨爲君子，誣之以《西江月》云：「相見争如不見，有情還似無情。笙歌散後酒微傾。深院月明人静。」蔣一葵曰：歐陽公試士時，錢穆父恨之，誣之以《望江南》云：「十四五，閑處覓知音。堂上簸錢堂下走，恁時相見已留心。何況到而今。」愚按：兩公遭謗，盡人知之，所謂高明之家，鬼瞰其室也。

王奕清《歷代詞話》卷四引《詞苑》：初奸黨誣公盜甥，公上表自白云：「喪厥夫而無托，携孤女以來歸。」張氏此時年方十歲。錢穆父素恨公，笑曰：「此正學簸錢時也。」歐知貢舉，下第舉人復作《醉蓬萊》譏之。按歐公此詞出《錢氏私志》，蓋錢世昭因公《五代史》中多毀吴越，故醜詆之。其詞之猥弱，必非公作，不足信也。

吴雷發《説詩菅蒯》：吾謂詩自詩而人自人。若以人求詩，則古來當惟皋、夔、伊、吕諸人爲能詩，後世當惟房、杜、韓、富諸人爲能詩矣。……陶靖節《閑情》一賦，歐陽文忠《江南柳》一詞，豈能爲兩公累耶？

鄭方坤《論詞絶句三十六首》其七：范韓司馬漢三君，綺語翻題數幅裙。更唱《望江南》一曲，太清未遽滓微雲。（詩注：三公俱有艷詞傳世，而歐陽以《江南柳》一調，遂來讒慝之口。）

吴衡照《蓮子居詞話》卷一：歐陽公知貢舉，爲下第舉子劉煇等所忌，作《醉蓬萊》、《望江南》誣之。按煇，原名幾，字之道，鉛山人，嘉祐四年進士。公素惡其文，及是以《堯舜性仁賦》爲公所賞，見《文獻通考》。是煇後仍出歐陽公之門矣。

宋翔鳳《樂府餘論》：按此詞極佳，當别有寄託，蓋以嘗爲人口實，故編集去之。然緣情綺靡之作，必欲附會穢事，則凡在詞人，皆無全行，正不必爲歐公辯也。

梁紹壬《兩般秋雨盦隨筆》卷一：錢世昭《錢氏私志》於歐陽文忠多有微詞，而「簸錢」一事，尤嘵嘵不休，末乃自露口供，因《五代史・十國世家》痛毁吴越，而《歸田録》又未叙文僖美政之故，怨讟之於人，顧不甚哉。

丁紹儀《聽秋聲館詞話》卷一九：司馬温公《西江月》云：「寶髻鬆鬆綰就，鉛華淡淡妝成，紅雲翠霧罩輕盈，飛絮游絲無定。相見争如不見，有情還似無情。笙歌散後酒微醒。深院月明人靜。」極艷冶之致。或謂决非公作，此如歐陽文忠「堂上簸錢」詞，當時忌者託名以相浼耳。抑知靖節《閑情》，何傷盛德。同時范文正、韓忠獻均有麗詞，安知不别有寄託？若謂綺語不宜犯，以訓子弟則可，不應以律前賢。

胡薇元《歲寒居詞話》：歐陽永叔《六一詞》，工絶。今集中多淺近之詞，則公知貢舉時，不取怪異之文，下第舉子劉煇等忌之，作《醉蓬萊》、《望江南》詞，雜刊集中以謗之。然而淺俗語、污衊佻薄之詞，固可一望而知也。他日刊公集者，吾願爲之湔洗，以還舊觀。

况周頤《蕙風詞話》卷四：按周淙《輦下紀事》云：「德壽宫劉妃，臨安人。入宫爲紅霞帔。後拜貴妃。又有小劉妃者，以紫霞帔轉宜春郡夫人。進婕妤。復封婉容，皆有寵。宫中號妃爲大劉娘子，婉容爲小劉娘子。婉容入宫時，年尚幼。德壽賜以詞云：『江南柳，嫩緑未成陰。攀折尚憐枝葉小，黄鸝飛上力難禁。留取待春深。』」（《紀事》止此）德壽之詞與《默記》所傳歐公之作，僅小異耳。錢世昭《私志》稱彭城王錢景臻爲先王。景臻追封，當建炎二年，世昭爲景臻之孫，愐（景臻第三子）之猶子。以時代考之，亦南宋中葉矣。（《四庫全書提要》於錢世昭、王銍時代並未參定詳碻）竊疑後人就德壽詞衍爲雙調，以誣歐公，世昭遂録入《私志》，王銍因載之《默記》。唯錢穆父固與歐公同時。然公詞既可假託，即自白之表，穆父之言，亦何不可造作之有。竊意歐陽文集中，未必有此表也。

夏承燾《四庫全書詞籍提要校議》：今案：依《直齋》之説，此詞非煇僞造，大抵可信；北宋士夫如范仲淹、司馬光亦爲艷詞，不必爲歐陽修諱。況周頤引《輦下紀事》之文，謂出於宋高宗，然安知非高宗書歐詞戲贈宫人，時人不省，乃以爲高宗自作。況氏又疑《默記》記修自白之表及錢穆父誚修之語，亦後人假託，謂「竊意歐陽文集中，未必有此表」，案《歐陽文忠全集》九十三載《乞根究蔣之奇彈疏札子》共十餘篇，有「閨門内事」「禽獸不爲之醜行」等語，雖不及此詞與錢穆父所誚語，想即爲此事作。時在治平四年，修年六十一矣。詞人綺語，攻擊之者乃資爲口實；《醉翁琴趣》中艷體若《江南柳》者尚多，吾人讀歐詞，固不致信以爲真也。

宴瑶池①

戀眼噥心終未改[一]。向意間長在[二]。都緣爲、顔色殊常，見餘花、盡無心愛[三]。　都爲是風流嗷[四]。至他人、强來廝壞[五]。從今後、若得相逢，繡幃裏、痛惜嬌態[六]。

【校記】

①冒校：「《詞律》、《詞律拾遺》、《補遺》均不收此調，又與《瑶池燕》不同。」

【注釋】

〔一〕噥：本指味厚，此處謂情深。《吕氏春秋·本味》：「甘而不噥，酸而不酷。」一説噥心指叨念之心。

〔二〕向意：愛意。張相《詩詞曲語辭匯釋》卷三：「向，猶愛也。」閒長：即「閑長」。平常、時常。

〔三〕「都緣」二句：元稹《離思》：「取次花叢懶迴顧，半緣修道半緣君。」

〔四〕噷：極度，非常。見《漁家傲》（妾本錢塘蘇小妹）注〔四〕。

〔五〕厮壞：破壞，擾亂。

〔六〕「從今」二句：柳永《迎春樂》：「怎得依前燈下，恣意憐嬌態。」

解仙佩①

有個人人牽繫〔一〕。淚成痕、滴盡羅衣②〔二〕。問海約山盟何時〔三〕。鎮教人③、目斷魂飛〔四〕。　夢裏似偎人睡。肌膚依舊骨香膩〔五〕。覺來但堆鴛被〔六〕。想忡忡〔七〕、那裏争知〔八〕。

【校記】

①冒校：「《詞律》、《詞律拾遺》、《補遺》均不收此調。」②成：冒校：「『成』字衍。」③教：殘宋本《醉翁琴趣外篇》、影抄本《醉翁琴趣外篇》作「交」。

【注釋】

〔一〕人人：人兒。見《蝶戀花》(海燕雙來歸畫棟)注〔六〕。牽繫：牽掛，繫心。柳永《傾杯樂》：「向道我别來，爲伊牽繫。」

〔二〕「淚成」句：李珣《定風波》：「淚痕流在畫羅衣。」

〔三〕海約山盟：即海誓山盟。柳永《洞仙歌》：「共有海約山盟，記得翠雲偷剪。」

〔四〕鎮：常，長。李冶《感興》：「朝雲暮雨鎮相隨，去雁來人有返期。」目斷魂飛：因不見所愛而悵然若失。尹鶚《撥棹子》：「空贏得、目斷魂飛何處説。」

〔五〕「肌膚」句：韓偓《浣溪沙》：「雪肌仍是玉琅玕，骨香腰細更沉檀。」

〔六〕堆鴛被：鴛被閑放未整。見《蝶戀花》(欲過清明烟雨細)注〔二〕。

〔七〕忡忡：心憂貌。見《訴衷情》(離懷酒病兩忡忡)注〔一〕。

〔八〕争知：即怎知。白居易《花前歎》：「欲散重拈花細看，争知明日無風雨。」

集外詞

少年遊①

欄杆十二獨凭春。晴碧遠連雲〔一〕。千里萬里〔二〕，二月三月〔三〕，行色苦愁人。謝家池上〔四〕，江淹浦畔〔五〕，吟魄與離魂〔六〕。那堪疏雨滴黄昏。更特地、憶王孫〔七〕。（《能改齋漫録》卷一七，又見《詞綜》卷四、《詞律》卷五、《宋四家詞選》、《詞則·大雅集》卷二、《詞軌》卷四。）

【箋證】

此詞《近體樂府》、《醉翁琴趣》未收，載吴曾《能改齋漫録》，作歐陽修詞。《詞律》誤作梅堯臣詞。《全宋詞》斷爲歐陽修詞。

【校記】

①《詞綜》、《宋四家詞選》題作「草」。

【注釋】

〔一〕晴碧：晴日草色。宋之問《見南山夕陽召鑒師不至》：「夕陽黯晴碧，山翠互明滅。」

〔二〕千里萬里：王維《榆林郡歌》：「千里萬里春草色。」張泌《河傳》：「夕陽芳草，千里萬里。」

〔三〕二月三月：顧況《春草謡》：「正月二月色綿綿，千里萬里傷人情。」韓偓《村居》：「二月三月雨晴初，舍南舍北唯平蕪。」

〔四〕謝家池上：謝靈運《登池上樓》有句「池塘生春草，園柳變鳴禽」，故云。張籍《感春》：「遠客悠悠任病身，謝家池上又逢春。」

〔五〕江淹浦畔：江淹《别賦》：「春草碧色，春水渌波。送君南浦，傷如之何。」

〔六〕吟魄：用謝靈運夢中得句事。《南史·謝惠連傳》：「（謝靈運）嘗於永嘉西堂思詩，竟日不就，忽夢見惠連，即得『池塘生春草』，大以爲工。常云此語有神功，非吾語也。」離魂：江淹《别賦》：「黯然銷魂者，唯别而已矣。」

〔七〕特地：格外。羅隱《汴河》：「當時天子是閑遊，今日行人特地愁。」憶王孫：淮南小山《招隱士》：「王孫遊兮不歸，春草生兮萋萋。」韋莊《春愁》：「不堪芳草思王孫。」王孫，猶言公子，代指遠遊不歸之人。

【附録】

吴曾《能改齋漫録》卷一七：梅聖俞在歐陽公座，有以林逋草詞「金谷年年，亂生青草誰爲主」爲美者，聖俞因别爲《蘇幕遮》一闋云：「露堤平，烟墅杳。亂碧萋萋，雨後江天曉。獨有庾郎年最少，窣地春袍，嫩色宜相照。　接長亭，迷遠道。堪怨王孫，不記歸期早。落盡梨花春又了，滿地殘陽，翠色和烟老。」歐公擊節賞之，又自爲一詞云：「欄杆十二獨凭春。（略）」蓋《少年遊令》也。不惟前二公所不及，雖置諸唐人温、李集中，殆與之爲一矣。今集本不載此篇，惜哉。

先著、程洪《詞潔輯評》卷一：拙處已是工處，與「金谷年年」一調又別。「千里萬里，二月三月」，此數字甚不易下。

許昂霄《詞綜偶評》：清勁。

陳廷焯《雲韶集》卷二：骨格自高，風韻亦勝，真絶唱也。將「憶王孫」三字插在「疏雨滴黄昏」之後，筆力横絶。

陳廷焯《詞則·大雅集》卷二：將「憶王孫」三字插在「疏雨」、「黄昏」之後，筆力既横，意味亦長，故應勝君復、聖俞作。

王國維《人間詞話》：人知和靖《點絳唇》、聖俞《蘇幕遮》、永叔《少年遊》三闋爲詠春草絶調。不知先有正中「細雨濕流光」五字，皆能攝春草之魂者也。

王國維《人間詞話》：問「隔」與「不隔」之别，曰：陶謝之詩不隔，延年則稍隔矣。東坡之詩不隔，山谷則稍隔矣。「池塘生春草」、「空梁落燕泥」等二句，妙處唯在不隔。詞亦如是。即以一人一詞論，如歐陽公《少年遊》詠春草上半闋云：「闌干十二獨凭春，晴碧遠連雲。千里萬里，二月三月，行色苦愁人。」語語都在目前，便是不隔。至云：「謝家池上，江淹浦畔。」則隔矣。

王國維《二牖軒隨録》：歐陽公《少年遊》詠春草云：「闌干十二獨凭春，晴碧遠連雲。三月二月，千里萬里，行色苦愁人。」語語皆在目前，便是不隔。至换頭云：「謝家池上，江淹浦畔，吟魄與離魂。」使用故事，便不如前半精彩。然歐詞前既實寫，故至此不能不拓開。若通體如此，則成笑柄。

南宋人詞則不免通體皆是「謝家池上」矣。

吴梅《詞學通論》：余按：公詞……以《少年遊》詠草爲最工切超脱，當亦百世之公論也。

劉永濟《唐五代兩宋詞簡析》：此詠春草之詞也。上半闋前四句言草生之地與時，結句聯繫行人。後半闋三用春草故事，吟魄指謝詩，離魂指江賦，以見謝池、江浦之草雖亦感人，不如疏雨黄昏中之草，使人更特别思念王孫，隱喻時衰則思賢更切也。

唐圭璋《唐宋詞簡釋》：此首詠草詞。吴虎臣謂「君復、聖俞二詞，皆不及也」。首從凭欄寫起。「晴碧」一句，實寫草色無際。「千里」句，就空間説；「二月」句，就時間説；「行色」句，點出愁人之意。换頭，用謝靈運、江淹詠草故實。「那堪」兩句，深入一層，添出黄昏疏雨，更令人苦憶王孫遊衍也。

吴世昌《詞林新話》卷一：静安所謂「不隔」，乃指寫具體形象之物，「語語都在目前」者。所謂「隔」，指抽象籠統之語，或用前人典故凑合者，如歐陽「謝家池上，江淹浦畔」二語皆詠草典故。

吴世昌《詞林新話》卷三：永叔《少年遊》：「欄杆十二獨凭春。（略）」有選家解爲：後半闋三用春草故事，以見謝池、江浦之草雖亦感人，不如疏雨黄昏中之草，使人更特别思念王孫，隱喻時衰則思賢更切也。按「那堪」此處應解爲「何况」，不是「不如」。即謝池、江浦之草尚且感人，何况疏雨黄昏中之草。末句何來「時衰」？增字以誣古人，心勞日拙！

桃源憶故人①

碧紗影弄東風曉。一夜海棠開了〔一〕。枝上數聲啼鳥〔二〕。妝點愁多少②。妒雲恨雨腰支裊。眉黛不忺重掃〔三〕。薄倖不來春老〔四〕。羞帶宜男草〔五〕。（《全芳備祖》前集卷七，又見《草堂詩餘》前集卷下、《類編草堂詩餘》卷一、《花草粹編》卷四、《天機餘錦》卷四、《詞學筌蹄》卷三、《詞的》卷二、《嘯餘譜》卷三、《選聲集》、《精選古今詩餘醉》卷六。）

【箋證】

此詞《近體樂府》、《醉翁琴趣》未收，載《全芳備祖》，作歐陽修詞。又《類編草堂詩餘》作秦觀詞，《詞學筌蹄》、《詞的》、《嘯餘譜》、《選聲集》、《精選古今詩餘醉》同之。按《草堂詩餘》亦收此詞，列於秦觀《八六子》之後，然未署撰者，後人蓋因此誤歸秦觀。《全宋詞》斷爲歐陽修詞，當是。

【校記】

①《類編草堂詩餘》、《詞學筌蹄》、《詞的》、《嘯餘譜》、《精選古今詩餘醉》題作「春閨」。《嘯餘譜》調作《虞美人影》，《選聲集》調下注：「一名《虞美人影》，一名《胡搗練》。」②愁：《草堂詩餘》、《詞的》作「知」。

【注釋】

〔一〕「碧紗」二句：歐陽炯《定風波》：「暖日閑窗映碧紗。小池清水浸晴霞。數樹海棠紅欲盡，争忍。玉閨深掩過年華。」碧紗：即碧窗紗。

〔二〕「枝上」句：韋莊《晏起》：「數聲啼鳥上花枝。」

〔三〕「眉黛」句：反用李商隱《代贈》「總把春山掃眉黛」之意。不忺：不願，不欲。掃：描眉。《古今事文類聚後集》卷一二引《炙轂子》：「漢明帝宮人梳百合分梢髻、同心髻，掃青黛蛾眉，魏武宮人掃連頭眉。」

〔四〕薄倖：女子怨稱情郎之辭。馮延巳《南鄉子》：「薄倖不來門半掩。斜陽，負你殘春淚幾行。」

〔五〕「羞帶」句：于鵠《題美人》：「胸前空帶宜男草，嫁得蕭郎愛遠遊。」宜男草：即萱草。《太平御覽》卷九九六引杜光庭《録異記》：「婦人帶宜男草，生兒。」

【附録】

《新刻李于麟先生批評注釋草堂詩餘雋》卷二：憶故人，還爲誤佳期也。又：詞調清新，誦之自膾炙人口，玩之又羈絆人情。

《新鋟訂正評注便讀草堂詩餘》卷二：此等詞調，清新俊逸，誦之自爽人口。

《草堂詩餘正集》卷一沈際飛評：海棠開了，下轉出啼鳥妝點，極溢不窘。又：末句慧。

黄蘇《蓼園詞評》：按第一闋言春色明艷，動閨中春思耳。次闋言抑鬱無聊，青春已老，羞望恩澤耳。托興自娟秀。

阮郎歸

雪霜林際見依稀〔一〕。清香已暗期。前村已遍倚南枝〔二〕。群花猶未知〔三〕。　情似舊，賞休遲。看看隴上吹〔四〕。便從今日賞芳菲。韶華取次歸〔五〕。（《花草粹編》卷二）

【箋證】

此詞《近體樂府》、《醉翁琴趣》未收，載《花草粹編》，作歐陽修詞。《全宋詞》録爲歐陽修詞。

【注釋】

〔一〕見依稀：韓偓《湖南梅花一冬再發偶題於花援》：「玉爲通體依稀見。」

〔二〕前村：齊己《早梅》：「前村深雪裏，昨夜一枝開。」　南枝：白居易《白氏六帖事類集》卷三〇：「大庾嶺上梅，南枝落，北枝開。」韓偓《早玩雪梅有懷親屬》：「北陸候纔變，南枝花已開。」

〔三〕「群花」句：熊皎《早梅》：「一夜欲開盡，百花猶未知。」

〔四〕看看：轉眼。見《夜行船》（滿眼東風飛絮）注〔三〕。　隴上吹：此處用笛事賦梅。笛曲有《梅花落》，郭茂倩《樂府詩集·横吹曲辭》：「《梅花落》，本笛中曲也。」王維《隴頭吟》：「隴頭明月迥臨關，隴上行人夜吹笛。」李白《與史郎中欽聽黄鶴樓上吹笛》：「黄鶴樓中吹玉笛，江城五月落梅花。」

〔五〕取次：隨意，隨便。此處猶言匆匆。梅堯臣《依韻和孫都官河上寫望》：「年光取次須偷賞，何用功名節與幢。」

附録一　存疑詞

歸自謡

何處笛。深夜夢回情脉脉。竹風檐雨寒窗隔。　離人幾歲無消息。今頭白。不眠特地重相憶。

歸自謡

春艷艷。江上晚山三四點。柳絲如剪花如染。　香閨寂寂門半掩。愁眉斂。淚珠滴破烟脂臉。

歸自謡

寒水碧。水上何人吹玉笛。扁舟遠送瀟湘客。　蘆花千里霜月白。傷行色。來朝便是關山隔。

【辨略】

以上三首原載《近體樂府》卷一，卷末校：「並載馮延巳《陽春録》，名《歸國遥》。」

按歐詞與馮詞互見者多至十餘首，歷來争訟紛紜。唐圭璋《宋詞互見考》云：「《陽春集》編於嘉祐，既去南唐不遠；且編者陳世修與馮爲戚屬，所録自可依據。元豐中，崔公度跋《陽春録》，皆謂延巳親筆，愈可信矣。」故《全宋詞》斷爲馮延巳詞。又劉禮堂、王兆鵬《〈陽春集序〉作者陳世修小考》更證得陳世修確爲馮氏後人（親曾外孫），世居洪州，其出生據馮氏辭世不過四十餘年，且與歐陽修門人王安石、曾鞏等人交好。另陳氏《陽春集》編於嘉祐三年（一〇五八），時歐陽修尚在世。故《陽春》一集，確較可信。今從《全宋詞》所斷，列入存疑。

長相思

深畫眉，淺畫眉。蟬鬢鬅鬙雲滿衣。陽臺行雨回。　巫山高，巫山低。暮雨蕭蕭郎不歸。空房獨守時。

【辨略】

此首原載《近體樂府》卷一，卷末校：「《尊前集》作唐無名氏詞。」又載《琴趣外篇》卷六。

按今存《尊前集》無此詞。此詞又見《唐宋諸賢絶妙詞選》，作白居易詞，又載蔡傳《吟窗雜録》，作吴二娘詞。《全宋詞》斷爲白居易詞，陳尚君《全唐詩補編·續拾》歸爲吴二娘作，曾昭岷、曹濟平等《全唐五代詞》於白居易、吴二娘下俱收録。又錢大昕《十駕齋養新録》卷一六云：「樂天《長相思》詞：『深畫眉。淺畫眉。蟬鬢鬅鬙雲滿衣。陽臺行雨回。巫山高，巫山低。暮雨蕭蕭郎不歸。空房獨守時。』《歐陽公集》亦載此詞。……歐公非竊人句爲己作者，偶寫古人句，編次公集者，誤以爲公作而收入之。」此説合理。

瑞鷓鴣

楚王臺上一神仙，眼色相看意已傳。見了又休還似夢，坐來雖近遠如天。　隴禽有恨猶能説，江月無情也解圓。更被春風送惆悵，落花飛絮兩翩翩。

【辨略】

此首原載《近體樂府》卷一，調下注：「此詞本李商隱詩，公嘗筆於扇，云可入此腔歌之。」又載《琴趣外篇》卷六。

按此首爲吴融七律，見韋縠《才調集》卷二，題作《浙東筵上有寄》，《花草粹編》作吴融詞。又錢大昕《十駕齋養新録》卷一六云：「吴融有詩云：『楚王臺上一神仙。眼色相看意已傳。見了又休還似夢，坐來雖近遠於天。隴禽有恨猶能説，江月無情也解圓。更被春風送惆悵，落花飛絮雨翩翩。』歐陽集亦有之，題爲《瑞鷓鴣》詞。歐公非竊人句爲己作者，偶寫古人句，編次公集者，誤以爲公作而收入之。」

阮郎歸

東風臨水日銜山。春來長是閑。落花狼籍酒闌珊。笙歌醉夢間。　春睡覺，晚妝殘。無人整翠鬟。留連光景惜朱顔。黄昏獨倚欄。

【辨略】　此首原載《近體樂府》卷一，卷末校：「載《陽春録》，名《醉桃源》。」又載《琴趣外篇》卷五，調作《醉桃源》。

按此首又見馮延巳《陽春集》，又見《南唐二主詞》，作李煜詞，調下注：「呈鄭王十二弟。」《花草粹編》卷四作李煜詞，下注：「後有隸屬東宫書府印。」《全宋詞》斷爲馮詞，王仲聞《南唐二主詞校訂》亦斷爲馮詞，以爲李煜曾録此詞以贈鄭王，故爲後人誤收。

阮郎歸

南園春早踏青時。風和聞馬嘶。青梅如豆柳如眉。日長蝴蝶飛。　花露重，草烟低。人家簾幕垂。鞦韆慵困解羅衣。畫梁雙燕棲。

【辨略】　此首原載《近體樂府》卷一，卷末校：「載《陽春録》，名《醉桃源》。」毛本調下注：「或刻晏同叔。」

按此首又見馮延巳《陽春集》、晏殊《珠玉詞》。《全宋詞》斷爲馮延巳詞，從之。詳見前説。

阮郎歸

角聲吹斷隴梅枝。孤窗月影低。塞鴻無限欲驚飛。城烏休夜啼。尋斷夢，掩深閨。行人去路迷。門前楊柳緑陰齊。何時聞馬嘶。

【辨略】

此首原載《近體樂府》卷一，卷末校：「載《陽春録》，名《醉桃源》。」

按此詞又見馮延巳《陽春集》。《全宋詞》斷爲馮延巳詞，從之。詳見前説。

蝶戀花

六曲欄干偎碧樹。楊柳風輕，展盡黄金縷。誰抱鈿箏移玉柱。穿簾海燕雙飛去。滿眼游絲兼落絮。紅杏開時，一霎清明雨。濃醉覺來鶯亂語。驚殘好夢無尋處。

【辨略】

此首原載《近體樂府》卷二，卷末校：「載《陽春録》。」毛本删去此詞。

按此首又見馮延巳《陽春集》、晏殊《珠玉詞》，《詞律》又誤作張泌詞。《全宋詞》斷爲馮延巳詞，從之。詳見前説。

蝶戀花

遥夜亭皋閑信步。乍過清明，漸覺傷春暮。數點雨聲風約住。朦朧淡月雲來去。　桃杏依俙香暗度。誰上鞦韆，笑裏輕輕語。一寸相思千萬緒。人間没個安排處。

【辨略】

此首原載《近體樂府》卷二，卷末校：「《尊前集》作李王詞。」又載《琴趣外篇》卷一。

按此首又見《尊前集》、《南唐二主詞》，皆作李煜詞。《南唐二主詞》調下注：「見《尊前集》，《本事曲》以爲山東李冠作。」《唐宋諸賢絶妙詞選》作李冠詞。《全宋詞》斷爲李冠詞，王仲聞《南唐二主詞校訂》於屬煜屬冠未下定論，然非歐作大抵可信。

蝶戀花

庭院深深深幾許。楊柳堆烟，簾幕無重數。玉勒雕鞍遊冶處。樓高不見章臺路。　雨横風狂三月暮。門掩黄昏，無計留春住。淚眼問花花不語。亂紅飛過鞦韆去。

【辨略】

此首原載《近體樂府》卷二，卷末校：「亦載《陽春録》，易安李氏稱是六一詞。」毛本調下注：「一見《陽春録》。易安李氏稱是六一詞。」

按此首又見馮延巳《陽春集》。然《草堂詩餘》録李清照《臨江仙》序云：「歐陽公作『蝶戀花』，有『深深深幾許』之句。予酷愛之，用其語作『庭院深深』數闋，其聲即舊《臨江仙》也。」後人多據此定爲歐作，然《全宋詞》斷爲馮詞。唐圭璋《宋詞互見考》云：「至李易安亦引歐公庭院深深之詞，蓋就歐公集引用，不知乃《陽春》誤入之詞也。」此説合理，今從之。

蝶戀花

誰道閑情抛棄久。每到春來，惆悵還依舊。日日花前常病酒。不辭鏡裏朱顔瘦。　河畔青蕪堤上柳，爲問新愁，何事年年有。獨立小橋風滿袖。平林新月人歸後。

【辨略】

此首原載《近體樂府》卷二，卷末校：「亦載《陽春録》。」毛本調下注：「亦載《陽春録》。」

按此首又見馮延巳《陽春集》。《全宋詞》斷爲馮延巳詞，從之。詳見前説。

蝶戀花

幾日行雲何處去。忘了歸來，不道春將暮。百草千花寒食路。香車繫在誰家樹。　淚眼倚樓頻獨語。雙燕來時，陌上相逢否。撩亂春愁如柳絮。依依夢裏無尋處。

【辨略】

此首原載《近體樂府》卷二，卷末校：「亦載《陽春録》。」毛本調下注：「亦載《陽春録》。」

按此首又見馮延巳《陽春集》。《全宋詞》斷爲馮延巳詞，從之。詳見前説。

玉樓春

池塘水緑春微暖。記得玉真初見面。從頭歌韻響錚鏦，入破舞腰紅亂旋。　玉鈎簾下香階畔。醉後不知紅日晚。當時共我賞花人，點檢如今無一半。

【辨略】

此首原載《近體樂府》卷二。

按此首當爲晏殊詞，見晏殊《珠玉詞》。劉攽《中山詩話》云：「晏元獻尤喜江南馮延巳歌詞。其所自作，亦不減延巳。樂府《木蘭花》皆七言詩，有云：『重頭歌詠響璁琤，入破舞腰紅亂旋。』重頭、入破，皆弦管家語也。」劉攽爲劉敞之弟，與歐陽修相交甚厚，或不致將歐詞錯歸晏殊。《全宋詞》雖於晏殊、歐陽修下俱收録，然亦考云：「劉與歐同時，所言當可信。此首殆非歐作。」

一叢花

傷春懷遠幾時窮。無物似情濃。離愁正恁牽絲亂，更南陌、飛絮濛濛。歸騎漸遥，征塵不斷，何處認郎蹤。　雙鴛池沼水溶溶。南北小橋通。梯横畫閣黄昏後，又還是、新月簾櫳。沉恨細思，不如桃李，還解嫁春風。

【辨略】

此首原載《近體樂府》卷三，調下注：「此篇世傳張先子野詞。」又載《琴趣外篇》卷一。

按此首爲張先詞，見明吴訥《唐宋名賢百家詞》本《張子野詞》及鮑廷博刻知不足齋本《張子野詞》，又宋范公偁《過庭録》云：「張先子野郎中《一叢花》詞云：『懷高望遠幾時窮。（略）』一時盛傳。歐陽永叔尤愛之，恨未識其人。子野家南地，以故至都，謁永叔，閽者以通。永叔倒屣迎之。曰：『此乃「桃杏嫁東風」郎中。』」《全宋詞》據此斷爲張先詞，當是。另據夏承燾《張子野年譜》，張先往見歐陽修事，或在嘉祐六年（一〇六一）。

千秋歲

數聲鶗鴂。又報芳菲歇。惜春更把殘紅折。雨輕風色暴，梅子青時節。永豐柳，無人盡日花飛雪。　莫把絲弦撥。怨極弦能説。天不老，情難絶。心似雙絲網，終有千千結。夜過也，東窗未白殘燈滅。

【辨略】此首原載《近體樂府》卷三，調下注：「《蘭畹》作張子野詞。」

按此首當爲張先詞，見明吴訥《唐宋名賢百家詞》本《張子野詞》及鮑廷博刻知不足齋本《張子野詞》，《樂府雅詞》亦作張先詞。又據羅校，《蘭畹集》亦作張先詞。按《蘭畹集》爲元祐時人孔夷纂，所録當有據，《全宋詞》亦斷爲張先詞。

清平樂

雨晴烟晚。緑水新池滿。雙燕飛來垂柳院。小閣畫簾高卷。　黄昏獨倚朱欄。西南初月眉彎。砌下落花風起，羅衣特地春寒。

【辨略】此首原載《近體樂府》卷三，卷末校：「又載《陽春録》。」

按此詞又見馮延巳《陽春集》。《全宋詞》斷爲馮延巳詞，從之。詳見前説。

應天長

一彎初月臨鸞鏡。雲鬢鳳釵慵不整。珠簾净。重樓迥。惆悵落花風不定。　緑烟低柳徑。何處轆轤金井。昨夜更闌酒醒。春愁勝却病。

【辨略】

此首原載《近體樂府》卷三，卷末校：「載《陽春録》。」調下又注「李王詞」。又載《琴趣外篇》卷二。

按此首當爲李璟詞，見《南唐二主詞》，調下注：「後主書云『先皇預製歌詞』，墨迹在晁公留家。」又陳振孫《直齋書録解題》卷二一云：「《南唐二主詞》一卷，中主李璟、後主李煜撰。卷首四闋，《應天長》、《望遠行》各一，《浣溪沙》二，中主所作，重光嘗書之，墨迹在盱江晁氏，題云『先皇預製歌詞』。余嘗見之，於麥光紙上作撥燈書，有晁景迂題字。」另《類編續選草堂詩餘》作李煜詞、《陽春集》作馮延巳詞，皆誤。詳考見王仲聞《南唐二主詞校訂》。

應天長

石城山下桃花綻。宿雨初晴雲未散。南去棹，北飛雁。水闊山遥腸欲斷。　倚樓情緒懶。惆悵春心無限。燕度蒹葭風晚。欲歸愁滿面。

【辨略】

此首原載《近體樂府》卷三，卷末校：「載《陽春録》。」又見《琴趣外篇》卷二。

按此首又見馮延巳《陽春集》。《全宋詞》斷爲馮延巳詞，從之。詳見前説。

應天長

緑槐陰裏黄鶯語。深院無人日正午。繡簾垂，金鳳舞。寂寞小屏香一炷。　碧雲凝合處。空役夢魂來去。昨夜緑窗風雨。問君知也否。

【辨略】

此首原載《近體樂府》卷三，卷末校：「載《陽春録》。」又校：「《花間集》作皇甫松詞，《金奩集》作温飛卿詞。」

按此首又見馮延巳《陽春集》。又見《花間集》，作韋莊詞，《金奩集》同之。《全宋詞》斷爲韋莊詞，當是。

芳草渡

梧桐落，蓼花秋。烟初冷，雨纔收。蕭條風物正堪愁。人去後，多少恨，在心頭。　燕鴻遠。羌笛怨。渺渺澄波一片。山如黛，月如鉤。笙歌散，夢魂斷，倚高樓。

【辨略】

此首原載《近體樂府》卷三，卷末校：「又載《陽春録》。」

按此首又見馮延巳《陽春集》。《全宋詞》斷爲馮延巳詞，從之。詳見前説。

更漏子

風帶寒，枝正好，蘭蕙無端先老。情悄悄，夢依依。離人殊未歸。　褰羅幕。凭朱閣。不獨堪悲摇落。月東出，雁南飛。誰家夜擣衣。

【辨略】

此首原載《近體樂府》卷三，卷末校：「又載《陽春録》。」

按此詞又見馮延巳《陽春集》。《全宋詞》斷爲馮延巳詞，從之。詳見前説。

行香子

舞雪歌雲。閑淡妝匀。藍溪水、染輕裙。酒香醺臉，粉色生春。更雅談話，好情性，美精神。　空江不斷，淩波何處，向越橋邊、青柳朱門。斷鐘殘角，又送黄昏。奈眼中淚，心中事，意中人。

【辨略】

此首原載《近體樂府》卷三。

按此首爲張先詞，見明吴訥《唐宋名賢百家詞》本《張子野詞》及鮑廷博刻知不足齋本《張子野詞補遺》。又《苕溪漁隱叢話前集》卷三七引《古今詩話》：「有客謂子野曰：人皆謂公『張三中』，即『心中事，眼中淚，意中人』也。公曰：『何不目之爲張三影？』客不曉，公曰：『雲破月來花弄影；嬌柔懶起，簾壓卷花影；柳徑無人，墮風絮無影。此余平生所得意也。』」《全宋詞》據此斷爲張先詞。

賀明朝

憶昔花間初識面。紅袖半遮妝臉。輕轉石榴裙帶，故將纖纖玉指，偷撚雙鳳金綫。碧梧桐鎖深深院。誰料得、兩情何日教繾綣。羨春來雙燕。飛到玉樓，朝暮相見。

【辨略】

此首原載《琴趣外篇》卷二。

按此首爲歐陽炯詞，見《花間集》。《全宋詞》斷爲歐陽炯詞，當是。

一斛珠

曉妝初過。濃檀輕注些兒個。見人微露丁香顆。一曲清歌，澌引櫻桃破。　羅袖裛殘殷色可。杯深旋被香醪污。繡床斜凭情無那。亂嚼紅茸，笑向檀郎唾。

【辨略】

此首原載《琴趣外篇》卷二。

按此首爲李煜詞，見《南唐二主詞》，《尊前集》同之。《全宋詞》斷爲李煜作。當是。

南鄉子

細雨濕花，芳草年年惹恨長。烟鎖畫樓無限事，茫茫。粉鑑鴛衾兩斷腸。　魂夢悠揚。嘌起楊花滿繡床。薄倖不來門半掩，斜陽。負你殘春淚兩行。

【辨略】

此首原載《琴趣外篇》卷五。

按此首又見馮延巳《陽春集》。《全宋詞》斷爲馮延巳詞，從之。詳見前説。

浣溪沙

樓倚江邊百尺高。暮烟收處見歸橈。幾時期信似春朝。　花片片飛風弄蝶，柳陰陰下水平橋。日長人去又今宵。

【辨略】

此首原載《琴趣外篇》卷六。

按此首別作張先詞，見明吴訥《唐宋名賢百家詞》本《張子野詞》及鮑廷博刻知不足齋本《張子野詞補遺》，且《樂府雅詞》亦作張先詞，故《全宋詞》斷作張先詞，當是。

浣溪沙

天碧羅衣拂地垂。美人初着更相宜。花風如舞透香肌。　獨坐含顰吹鳳竹，園中緩步折花枝。有情無力殢人時。

【辨略】

此首原載《琴趣外篇》卷六。

按此首爲歐陽炯詞，見《花間集》，《全宋詞》斷爲歐陽炯詞，當是。

江神子

碧欄干外小中亭。雨初晴。早鶯聲。飛絮落花，天氣近清明。睡覺卷簾勻面了，無個事、没心情。　窄羅衫子薄羅裙。小腰身。晚妝新。每到花時，長是不宜春。早是自家無氣力，更被你、惡憐人。

【辨略】

此首原載《琴趣外篇》卷六。

按此首爲張泌詞，見《花間集》，又《花草粹編》誤作馮延巳詞。《全宋詞》斷爲張泌詞，當是。

夜行船

昨夕佳期初共。鬢雲低、翠翹金鳳。罇前含笑不成歌，意偷傳、眼波微送。　草草豈容成楚夢。漸寒深、翠簾霜重。相看還到斷腸時，月西斜、畫樓鐘動。

【辨略】

此首原載《琴趣外篇》卷六。

按此首爲謝絳詞，見《唐宋諸賢絶妙詞選》。《全宋詞》斷爲謝絳詞，當是。

漁家傲

儒將不須躬甲胄。指揮玉麈風雲走。戰罷揮毫飛捷奏。傾賀酒。玉杯遥獻南山壽。　草軟沙平春日透。蕭蕭下馬長川逗。馬上醉中山色秀。光一一。旌戈矛戟山前後。

【辨略】

此詞《近體樂府》、《琴趣外篇》未收。魏泰《東軒筆録》卷一一載：「范文正公守邊日，作《漁家傲》數闋，皆以『塞下秋來』爲首句，頗述邊鎮之勞苦。歐陽公嘗呼爲窮塞主之詞。及王尚書素出守平凉，文忠亦作《漁家傲》一詞以送之，其斷章曰：『戰勝歸來飛捷奏。傾賀酒，玉階遥獻南山壽。』顧謂王曰：『此真元帥之事也。』」《全宋詞》遂將「戰勝歸來飛捷奏。傾賀酒。玉階遥獻南山壽」三句作歐詞殘句收録。然明代《詩淵》收有該詞全篇，署名龐籍，孔凡禮《全宋詞補輯》據此録作龐籍詞。胡可先、徐邁《歐陽修詞校注》録爲歐詞。

按龐籍（九八八—一〇六三），字醇之，單州成武（今山東菏澤）人，與范仲淹、韓琦、歐陽修等同時，寶元元年（一〇三八），曾任陝西都轉運使，與范仲淹、韓琦共掌西北軍政，有靖邊之功，此種經歷與本詞内容頗合，又龐籍雖無詞作傳世（除《詩淵》所録此詞），但觀其存世八首詩作（見《全宋詩》卷一六三），風格大體一致，如《到塞後有懷青社》：「初到營陵春始回，泱泱風物接梧臺。魚鹽利重通闐盛，箏瑟聲和宴席開。」又《記異》：「冬至子時陽已生，道隨陽長物將萌。星辰賜告銘心骨，願以寬章輔至平。」與本詞氣息極類。反觀歐陽修詞集之中，並無一首此類風格之作品，故本詞當爲龐籍作，《詩淵》所録應有所本。

又此詞雖非歐陽修作，然《東軒筆録》所載或非無據。歐陽修爲王素送行之舉，當在治平元年（一〇六四），是年西夏犯邊，王素臨危受命，出守渭州。王珪《王懿敏公素墓誌銘》載：「治平元年秋，敵寇静邊寨，權涇源帥陳述古與副總管劉幾議進兵，不合，敵寖圍童家堡。天子西憂，（素）以端明殿學士又知渭州。既入見，英宗諭曰：『朕知學士久，今邊陲有警，顧朝廷誰可屬者。其勉爲朕行。』」其時歐陽修正居京城，官參知政事，王素赴邊禦敵，歐陽修自當餞别，故其或於席上手録已故宰輔龐籍之詞相贈，以爲王素壯行，望其不負英宗所託，成就「真元帥之事」，而此詞遂傳爲歐陽修作。

附録二　資料彙編

總　論

楊繪： 歐陽文忠公，文章之宗師也。其於小詞，尤膾炙人口。（《時賢本事曲子集》）

李之儀： 晏元憲、歐陽文忠、宋景文則以其餘力遊戲，而風流閑雅，超出意表，又非其類也。諦味研究，字字皆有據，而其妙見於卒章，語盡而意不盡，意盡而情不盡，豈平平可得髣髴哉？思道覃思精詣，專以《花間》所集爲準，其自得處，未易咫尺可論。苟輔之以晏、歐陽、宋，而取捨於張、柳，其進也，將不可得而禦矣。（《姑溪題跋》卷一《跋吴思道小詞》）

陳師道： 往時青幕之子婦，妓也，善爲詩詞。同府以詞挑之，妓答曰：「清詞麗句，永叔子瞻曾獨步；似恁文章，寫得出來當甚强。」（《後山詩話》）

蘇象先：（蘇頌）喜晏元獻、歐文忠小詞，以爲有騷雅之風而不古不俗。（《丞相魏公譚訓》卷四）

王灼： 晏元獻公、歐陽文忠公，風流緼藉，一時莫及，而温潤秀潔，亦無其比。（《碧鷄漫志》卷二）

歐陽永叔所集歌詞，自作者三之一耳。其間他人數章，群小因指爲永叔，起曖昧之謗。（《碧鷄漫志》卷二）

按明皇改《婆羅門》爲《霓裳羽衣》，屬黄鍾商云，時號越調，即今之越調是也。白樂天《嵩陽觀夜奏霓裳》詩云：「開元遺曲自淒涼。況近秋天調是商。」又知其爲黃鍾商無疑。歐陽永叔云：「人間有《瀛府》、《獻仙音》二曲，此其遺聲。」《瀛府》屬黃鍾宮，《獻仙音》屬小石調，了不相干。永叔知《霓裳羽衣》爲法曲，而《瀛府》、《獻仙音》爲法曲中遺聲，今合兩個宮調，作《霓裳羽衣》一曲遺聲，亦太疏矣。（《碧鷄漫志》卷三）

《河傳》，唐詞存者二，其一屬南呂宮，凡前段平韻，後仄韻。其一乃今《怨王孫》曲，屬無射宮。以此知煬帝所製《河傳》，不傳已久。然歐陽永叔所集詞内《河傳》，附越調，亦《怨王孫》曲。今世《河傳》，乃仙呂調，皆令也。（《碧鷄漫志》卷四）

李清照：至晏元獻、歐陽永叔、蘇子瞻，學際天人，作爲小歌詞，直如酌蠡水於大海，然皆句讀不葺之詩爾，又往往不協音律者，何邪？蓋詩文分平側，而歌詞分五音，又分五聲，又分六律，又分清濁輕重。（《苕溪漁隱叢話後集》卷三三引）

嚴有翼：柳之樂章，人多稱之，然大概非羈旅窮愁之詞，則閨門淫媟之語。若以歐陽永叔、晏叔原、蘇子瞻、黃魯直、張子野、秦少游輩較之，萬萬相遼。（《苕溪漁隱叢話後集》卷三九引《藝苑雌黃》）

曾慥：歐公一代儒宗，風流自命，詞章幼眇，世所矜式，當時小人或作艷曲，謬爲公詞，今悉删除。（《樂府雅詞序》）

徐度：（柳永）詞雖極工緻，然多雜以鄙語，故流俗人尤喜道之。其後歐、蘇諸公繼出，文格一變，至爲歌詞，體製高雅，柳氏之作殆不復稱於文士之口。（《却掃編》卷下）

葛立方： 觀其（歐陽修）所作長短句，皆富艷語。（《韻語陽秋》卷一五）

羅願： 馮相國樂府號《陽春録》者，馮氏子孫泗州推官璪嘗以示晏元獻公，公以爲真賞。至元豐中，高郵崔公度伯易跋，以爲李氏既有江左，文物甲天下，而馮公才華風流，又爲江左第一。其家所藏集，乃光禄公手鈔，最爲詳確，而《尊前》、《花間》諸集中，往往謬其姓氏。近時所鏤歐陽永叔詞，亦多有之。皆傳失其真本也。崔公云。（《新安志》卷一〇）

羅大經： 楊東山嘗謂余曰：「文章各有體，歐陽公所以爲一代文章冠冕者，固以其温純雅正，藹然爲仁人之言，粹然爲治世之音，然亦以其事事合體故也。如作詩，便幾及李杜。作碑銘記序，便不減韓退之。作《五代史記》，便與司馬子長並駕。作四六，便一洗崑體，圓活有理致。作《詩本義》，便能發明毛、鄭之所未到。作奏議，便庶幾陸宣公。雖游戲作小詞，亦無愧唐人《花間集》。蓋得文章之全者也。」（《鶴林玉露·丙編》卷二）

張侃：《香奩集》，唐韓偓用此名所編詩，南唐馮延巳亦用此名所製詞，又名《陽春》。偓之詩，淫靡類詞家語，前輩或取其句，或剪其字，雜於詞中。歐陽文忠嘗轉其語而用之，意尤新。（《張氏拙軒集》卷五）

尹覺： 詞，古詩流也。吟詠情性，莫工於詞。臨淄、六一，當代文伯，其樂府猶有憐景泥情之偏，豈情之所鍾，不能自已於言耶？（《坦菴詞》卷首《題坦菴詞》）

劉克莊： 昔和凝貴顯時稱曲子相公。韓偓抗節唐季，猶以《香奩》爲累。惟本朝廬陵、臨淄二公，於高

文大册之外，時出一二，存於集者可見也。（《後村先生大全集》卷一〇八《再題黄孝邁短長句》）

林希逸：和靖曰：「歐公文章，一時宗師，只爲不見道，故有憾於晁文元。」又曰：「作小詞，語不擇，爲人所慕，賦題《通變使民不倦》，爲人所譏。」此皆程門之論。（《竹溪鬳齋十一藁續集》卷二八《學記》）

方岳：詞自歐、蘇爲一節，長短句也。不絲不簧，自成音調，語意到處，律吕相忘。晏叔原諸人爲一節，樂府也。風流蘊藉，如王謝家子弟，情致宛轉，動盪人心，而極其摯者，秦淮海。（《秋崖集》卷三八《跋陳平仲詩》）

黄震：《樂府》皆艷詞也。（《黄氏日抄》卷六一《讀文集·歐陽文》）

何希之：六一文章妙天下，詞語乃帶唐人香奩風味。（《何希之先生鷄肋集·書新淦羅伯强所携畫軸》）

趙文：觀歐、晏詞，知是慶曆、嘉祐間人語。觀周美成詞，其爲宣和、靖康也無疑矣。聲音之爲世道邪？世道之爲聲音邪？有不自知其然而然者矣。（《青山集》卷二《吴山房樂府序》）

朱晞顔：洎宋歐、蘇出，而一掃衰世之陋，有不以文章而直得造化之妙者，抑豈輕薄兒、紈綺子游詞浪語而爲誨淫之具者哉？（《瓢泉吟稿》卷五《跋周氏塤篪樂府引》）

吴師道：歐公小詞，間見諸詞集，陳氏《書録》云一卷，其間多有與《陽春》、《花間》相雜者，亦有鄙褻之語一二厠其中，當是仇人無名子所爲。近有《醉翁琴趣外篇》，凡六卷，二百餘首，所謂鄙褻之語，往往而是，不止一二也。前題東坡居士序，近八九語，所云散落尊酒間，盛爲人所愛尚，猶小技，其上有取焉者。詞氣卑陋，不類坡作，益可以證詞之僞。（《吴禮部詩話》）

李有：太學服膺齋上舍鄭文，秀州人。其妻寄以《憶秦娥》云：「花深深，一勾羅襪行花陰。行花陰。閑將梅帶，細結同心。　日邊消息空流淚，畫眉樓上愁登臨。愁登臨。海棠開後，望到如今。」此詞爲同舍見者傳播，酒樓妓館皆歌之，以爲歐陽永叔詞，非也。（《古杭雜記》）

凌雲翰：宋人集其長短句，亦以《蘭畹》顯名，凡歐、蘇、黄、秦諸公之作在焉，則是《蘭畹》者，衆芳之所聚也。（《柘軒集》卷四《蘭畹説》）

瞿佑：范文正公守延安，作《漁家傲》詞曰：「塞上秋來風景異，衡陽雁去無留意。四面邊聲連角起，千障裏，寒烟落日孤城閉。　濁酒一杯家萬里，燕然未勒歸無計。羌管悠悠霜滿地，人不寐，將軍白髮征夫淚。」予久羈關外，每誦此詞，風景宛然在目，未嘗不爲之慨歎也。然句語雖工，而意殊衰颯，以總帥而所言若此，宜乎士氣之不振，所以卒無成功也。歐陽文忠呼爲「窮塞主」之詞，信哉！及王尚書守平凉，文忠亦作《漁家傲》詞送之，末云：「戰勝歸來飛捷奏，傾賀酒，玉階遥獻南山壽。」謂王曰：「此真元帥之事也。」豈記嘗譏范詞，故爲是以矯之歟？（《歸田詩話》卷上）

祝允明：大概唐人無不精神妙絶，青蓮聖者，飛卿諸俊繼之，及諸南唐西蜀等流，固是濁世之佳公子。宋惟永叔特當綴旒，（同）叔少近，亦異同盟。此外乃屬之耆卿、邦彦，辭已不倫，而情猶躡足，謂其尚能知律，故且代匱。（《祝子罪知録》卷九）

陳霆：嗟乎！詞曲於道末矣！纖言麗語，大雅是病。然以東坡、六一之賢，累篇有作。晦庵朱子，世大儒也，「江水浸雲」「晚朝飛畫」等調，曾不諱言。用是而觀，大賢君子，類亦不淺矣。（《渚山堂詞話序》）

夏言：獨坐燈前。清興翛然。覽新詞、盡是遺編。風流谷老，豪宕坡仙。最愛它、氣格高，辭鋒健，意機圓。　太白臨川。一代稱賢。歐陽子、千古爭妍。詞場三昧，妙理難傳。真個是、下詩壇，入畫品，出文荃。（《夏桂洲先生文集》卷七《行香子·答楊正郎儀惠〈古今詞抄〉》）

費宷：唐自李白而下，率多填詞，慢調迨宋益靡，厥能引括風雅，以不失乎古之遺音，則自永叔、子瞻、希文、元晦之外，不多見也。（《玉堂餘興引》）

李濂：逮宋盛時，歐陽永叔、蘇子瞻、黄魯直、秦少游、晏同叔、張子野諸子，咸富填腔之作，要之以醖藉婉約者爲入格。（《嵩渚文集》卷五六《碧雲清嘯序》）

劉節：作賦漢推揚賈，撰詞唐擅温皇。宋人藻翰重歐陽，山谷東坡皆讓。　班固馬遷史傳，昌黎子厚文章。古今評亦有低昂，莫畫葫蘆依樣。（《梅國前集》卷四一《西江月·讀〈六一詞〉》）

蔣芝：文詞至宋，斯盛極矣。自歐陽公首倡於時，文人詞客彬彬輩出，眉山有蘇子瞻，豫章有黄魯直，臨川有王介甫，彭城有陳無己，高郵有秦少游，皆文詞宗工，諸家集可睹也。（《詩餘圖譜序》）

張綖：詞體本欲精工醖籍，所謂富麗如登金張之堂，妖冶如攬嬙施之袪者，故以秦淮海、張子野諸公稱首，六一翁雖尚疏暢自然，而温雅富麗猶本體也。（《草堂詩餘後集别録》）

李攀龍：趙宋而下，如蘇東坡、歐陽修、黄山谷、秦少游所著《西江月》、《浣溪沙》、《驀山溪》、《風流子》擬之，王介甫之《漁家傲》、宋子京之《玉樓春》等章，尤爲詩餘絶唱。（《新刻李于麟先生批評注釋草堂詩餘雋序》）

王世貞：永叔、介甫俱文勝詞，詞勝詩，詩勝書。（《藝苑卮言》）

錢允治：詞至於宋，無論歐、晁、蘇、黄，即方外、閨閣，罔不消魂驚魄，流麗動人，如唐人一代之詩。（《類編箋釋國朝詩餘序》）

俞彦：唐詩三變愈下，宋詞殊不然。歐、蘇、秦、黄，足當高、岑、王、李。南渡以後，矯矯陡健，即不得稱中宋、晚宋也。（《爰園詞話》）

李維楨：昔宋武帝不解音樂，殷仲文言屢聽自然解，曰正以解則好之，故不習。余每持此論自恕，獨異夫大江以西儒者薄視藝文，况《花間》、《草堂》出雕蟲小技之下，豈所屑意？惟永叔、介甫、魯直諸君子饒爲之，故不妨作名臣。（《大泌山房集》卷一二七《南曲全譜題辭》）

夏樹芳：若同叔之玄超、小山之流媚、柳屯田之翻空廣調、六一居士之清遠多風，幾最按拍。（《宋名家詞》卷首《刻宋名家詞序》）

且也元獻、文忠、稼軒、澤民諸君子，立朝建議，大義炳如，公餘眺賞之暇，諷詠悲歌，時爲小令，時作長吟，孰知其所以合，孰知其所以離，固風雅之別流，而詞壇之逸致也。（《宋名家詞》卷首《刻宋名家詞序》）

蔣孝：開元、天寶之間，妙選梨園法曲，温、李之徒始著《金荃》等集。至宋，則歐、蘇大儒每每留意聲律，而行家所推詞手，獨云黄九秦七，是則聲樂之難久矣。（《舊編南九宫譜・南小令宫調譜序》）

周懋宗：長短成調，參差和律，如唐季《花間集》所録，則皆《草堂》之濫觴也。迨於歐、蘇、秦、黄，而詩餘翕然稱盛。（《楊升庵辭品序》）

陶汝鼐：至於宋，文章之士競爲之，則創爲格調，殊體分曹，一代争鳴，互矜絶唱。大家如范希文、歐陽永叔、王介甫並有傳篇。（《榮木堂合集》卷三《陳長公選刻名家詩餘序》）

單恂：洎太白、飛卿輩創爲《憶秦娥》、《菩薩蠻》等闋，而詞著矣。自南唐入宋，則歐、秦、周、蘇諸君始大振。論者乃謂詩餘盛而詩亡。（《詩餘圖譜序》）

張東川：而集中如范希文、歐陽公、黄山谷、蘇東坡諸公，皆文行之猶表表者，或於政府，或於翰林，或於遷謫隱逸，有所感觸則唱和以適其情，模寫以洩其趣耳，雖其春閨秋怨離别等篇大率居其大半，要亦詩中《卷耳》之遺音也，豈鄭衛之音比哉。（《草堂詩餘後跋》）

邱維屏：詩餘爲詩之别派，與樂府歌曲爲原流者也。詩之義，不專主於怨而非怨者不能工，其説蓋莫詳於六一居士之論梅聖俞也。至詩餘，則作者大率多出於春花秋月、閨房怨恨之辭，諸如東野之寒、閬仙之瘦、梅翁之清絶，使屈而爲之，或反有骨形牙聱之病。故予常欲反居士之言，謂必達者而後工也。如余所心喜晏同叔、寇平仲、歐陽永叔之詞是也。然秦淮海、辛稼軒或以處身流俗，憂時憤切而皆領袖詞場，世終以爲詞之最工者，蓋亦自怨生。余友曾青黎，則非有一二人之遇者，其所爲詩餘，工

妍綽約，亦多近晏、寇、歐陽諸家，至其悲怨之音，蓋往往有焉。（《曾燦詞序》）

黄河清： 詞固樂府鐃歌之濫觴，李供奉、王右丞開其美，而南唐李氏父子實弘其業。晏、秦、歐、柳、周、蘇之徒嗣其響。（《續草堂詩餘序》）

所刻續集中，如李後主之秋閨、李易安之閨思、晏叔原之春景、蕭竹屋之紀夢懷舊、周美成之春情、無名氏之有感、張子野之楊華、歐陽永叔之閨情采蓮、蘇子瞻之佳人、楊孟載之暮春、朱淑貞之閨情、程正伯之秋夜，以此數闋授一小青娥，撥銀箏，倚緑窗，作曼聲，則繞梁遏雲，亦足令多情人魂銷也。豈必皆古渌水之節哉。（《續草堂詩餘序》）

萬惟檀： 詞之盛，至宋極矣！首倡則歐陽公，於時詞人蔚起，豪放不羈則有眉山蘇子瞻，雄渾得機則有豫章黄魯直，縱横如意則有臨川王介甫，醞釀不凡則有彭城陳無己，以至情詞婉約則有高郵秦少游，固皆詞家宗匠，振古於兹，殆天授，非人力也。（《詩餘圖譜自序》）

郭紹儀： 在宋歐、蘇、司馬諸公節誼文章俊卓一代，而微詞小令不廢吟弄，流傳至今，乃知懷永抱絶之儔，當其興會所赴，景曜光起，固足瓊琱嶽峙，表秀干雲，誰謂是鐵石腸者無錦心繡口，而「大江東去」果遜步於「曉風殘月」乎？（《古今詩餘醉叙》）

徐喈鳳： 尤悔庵序龔合肥詞，特舉寇平仲、范希文、歐陽永叔三人立論，所謂先人品而後才華也。（《蔭緑軒詞證》）

陳維崧： 識得詞仙否？起從前，歐蘇辛陸，爲先生壽。不是花顛和酒惱，豪氣軒然獨有。要老筆，萬花

齊綉。擲碎琵琶令破面，好香詞、污汝諸伶手。笑餘子，徒雕鏤。（《迦陵詞全集》卷二七《賀新郎·奉贈蘧庵先生仍次前韻》上闋）

董以寧：僕與程邨少時，筆墨頗濫，小詞俱數千首。僕尤好作空中語，所刻《琴言》六卷，意欲焚之。戲謂程邨曰：「恐如王考功言，於兩廡無分耳。」程邨笑曰：「待歐陽公罷祀時，那時再作理會。」（《蓉渡詞話》）

沈際飛：公（秦公庸）鐵骨冰心，時出風入雅，范希文、歐陽永叔之侣，餘子專以詞鳴，有却走耳。（《草堂詩餘新集》卷五）

賀貽孫：李易安云：「王介甫、曾子固文章似西漢，若作一小歌詞，則人必絶倒，不可讀。而歐陽永叔、蘇子瞻詞，乃句讀不葺之詩耳。」又嘗記宋人有云：「昌黎以文爲詩，東坡以詩爲詞。」甚矣詞家之難也！余謂易安所譏介甫、子固、永叔三人甚當，但東坡詞氣豪邁，自是别調。（《詩筏》）

宋徵璧：吾於宋詞得七人焉：曰永叔，其詞秀逸；曰子瞻，其詞放誕；曰少游，其詞清華；曰子野，其詞娟潔；曰方回，其詞新鮮；曰小山，其詞聰俊；曰易安，其詞妍婉。（《詞苑叢談》卷四引）

曹爾堪：余性不喜艷詞，亦惟筆性之所近而已。曾聞衡山先輩端方之至，不受污褻。而《水龍吟》、《風入松》、《南鄉子》諸調，復詠吴閶麗人及閨情之作，想亦詞用情景有必然者。乃知歐、晏雖有綺靡之語，而亦無關正色立朝之大節也。（《古今詞話·詞話》下卷引）

嚴沆：詩降而爲詞，自《花間集》出而倚聲始盛，其人雖有南唐、楚、蜀之殊，叩其音節，靡有異也。迨之

宋，同叔、永叔、方回、子野，咸本《花間》而漸近流暢。（《古今詞選序》）

尤侗：歐、蘇以文章大手降體爲詞，坡公「大江東去」卓絶千古，而六一婉麗實妙於蘇。（《西堂雜組三集》卷三《梅村詞序》）

魏際瑞：宋人如柳永、周邦彦輩，填詞鄙濁，有市井之氣。惟歐陽永叔、秦淮海、晏同叔可稱清麗，蘇子瞻猶其亞也。珠圓玉潤，一歸大雅，則歐陽公之作，爲不可及矣。吾故曰：宋人之詞，農人之布粟也；唐人之詞，美人之珠玉也。宋人之詞如其文，唐人之詞如其詩。宋詞如唐詩者，永叔一人而已。（《魏伯子文集》卷一《鈔所作詩餘序》）

毛奇齡：若夫宋人以詞傳，若張先、若秦觀、若周、若柳、若晏同叔，皆不善他體；歐陽永叔、蘇子瞻，即善他體矣。歐詞不減張，而小遜於秦、蘇，則遂有起而誚之者。（《西河集》卷二六《中州吴孫庵詞集序》）

賀裳：盧陵譏范希文《漁家傲》爲窮塞主詞，自矜「戰勝歸來飛捷奏，傾賀酒，玉階遥獻南山壽」，爲真元帥之事。按宋以小詞爲樂府，被之管弦，往往傳於宫掖。范詞如「長烟落日孤城閉」、「羌管悠悠霜滿地」、「將軍白髮征夫淚」，令「緑樹碧簾相掩映，無人知道外邊寒」者聽之，知邊庭之苦如是，庶有所警觸。此深得《采薇》、《出車》、楊柳雨雪之意。若歐詞止於諛耳，何所感耶。（《皺水軒詞筌》）

任繩隗：顧又謂詞者，詩之餘也，大雅所不道也。故六代之綺靡柔曼，幾爲詞苑濫觴。自唐文三變，燕、許、李、杜諸君子，變而愈上，遂障其瀾而爲詩。宋人無詩，大家如歐、蘇、黄、秦，不能力追初盛，多淫哇細響，變而愈下，遂泛其流而爲詞。此主乎文章風會言之也。或又以永叔名冠詞壇，當時謗其與女戚贈答，大爲清流所薄；晏元獻天聖間賢輔，乃至以作小詞致譏。此較乎立德與立言重輕之異也。以余衡之，要皆豎儒之論耳。（《直木齋全集》卷一一《學文堂詞選序》）

丁澎：昔歐陽文忠、晏元獻諸公以詞名宋代，立朝正色，卓立不移，以先生德業文章之盛，何其先後若一轍也。（《定山堂詩餘序》）

鄒祗謨：余常與文友論詞，謂小調不學《花間》，則當學歐、晏、秦、黄。《花間》綺琢處，於詩爲靡。而於詞則如古錦紋理，自有黯然異色。歐、晏蘊藉，秦、黄生動，一唱三歎，總以不盡爲佳。（《遠志齋詞衷》）

常試論前代諸家：文成之於元獻，猶蘭亭之似梓澤也；新都之於廬陵，猶宏治之似伯玉也；瑯琊之於眉山，猶小令之似大令也；公謹之於稼軒，猶宣武之似司空也。逮黄門舍人之於屯田待制，直如曹劉之於蘇李。（《衍波詞序》）

王士禛：有詩人之詞，唐蜀五代諸君子是也；有文人之詞，晏、歐、秦、李諸君子是也；有詞人之詞，柳永、周美成、康與之之屬是也；有英雄之詞，蘇、陸、辛、劉之屬是也。（《倚聲初集序》）

歐、晏正派，妙處俱在神韻，不在字句。（《錦瑟詞話》引）

彭孫遹：范希文《蘇幕遮》一調，前段多入麗語，後段純寫柔情，遂成絶唱。「將軍白髮征夫淚」，亦復蒼凉悲壯，慷慨生哀。永叔欲以「玉階遥獻南山壽」敵之，終覺讓一頭地。窮塞主故是雅言，非實録

也。（《金粟詞話》）

汪懋麟：予嘗論宋詞有三派：歐、晏正其始，秦、黄、周、柳、姜、史、李清照之徒備其盛，東坡、稼軒放乎其言之矣。其餘子，非無單詞隻句，可喜可誦，苟求其繼，難矣哉。（《棠村詞序》）

昔晏元獻、歐文忠爲宋名臣，其所建樹與所著作，自古罕匹，而《珠玉》、《六一》之詞，歌詠人口，至今不廢。蓋大君子之用心，不汩汩於嗜欲，政事之暇，寄閑情於詞賦，性情使然也。（《棠村詞序》）

周在浚：宋人詞調，確自樂府中來；時代既異，聲調遂殊；然源流未始不同，亦各就其情之所近取法之耳。周、柳之纖麗，《子夜》、《懊儂》之遺也。歐、蘇純正，非《君馬黄》、《出東門》之類歟？放而爲稼軒、後邨，悲歌慷慨，傍若無人，則漢帝《大風》之歌，魏武「對酒」之什也。究其所以，何常不言情？亦各自道其情耳。（《詞苑叢談》卷四引《借荆堂詞話》）

樓儼：北宋人工令詞，歐陽修、晏殊、幾道、毛滂、賀鑄、秦觀、張先、柳永、周邦彦其尤也。（《洗硯齋集》）

魯超：余惟詩以蘇、李爲宗，自曹、劉迄鮑、謝，盛極而衰，至隋時風格一變，此有唐之正始所自開也。詞以温、韋爲則，自歐、秦迄姜、史，亦盛極而衰，至明末才情復暢，此昭代之大雅所由振也。（《今詞初集序》）

鄭燮：詞與詩不同，以婉麗爲正格，以豪宕爲變格。燮竊以劇場論之：東坡爲大净，稼軒外脚，永叔、邦卿正旦，秦淮海、柳七則小旦也。（《鄭板橋全集》卷八《與江昱、江恂書》）

王時翔：詞自晚唐温、韋主於柔婉，五季之末李後主以哀艷之辭倡於上，而下皆靡然從之。入宋號爲極盛，然歐陽、秦、黄諸君子且不免相沿襲，周、柳之徒無論已，獨蘇長公能盤硬語，與時異趨，而復失之粗。（《小山文稿》卷二《莫荆琰詞序》）

陳聶恒：三影郎中老放顛，自標好句與人傳。尚書紅杏詞人耳，何事歐公也見憐。（《栩園詞棄稿》卷四《讀宋詞偶成絶句十首》其八）

江昱：臨淄格度本南唐，風雅傳家小晏强。更有門墻歐范在，春蘭秋菊却同芳。（《松泉詩集》卷一《論詞十八首》其二）

沈初：晏家父子擅清華，歐九風神更足誇。若準滄浪論詩例，須從開寶數名家。（《蘭韻堂詩集》卷一《編舊詞存稿作論詞絶句十八首》其四）

王初桐：《經籍考》：「小山詞可追迫《花間》，高處或過之。」此過當之言。《鶴林玉露》：「歐陽公小詞，不愧唐人《花間集》。」亦非也。蓋《花間》之高深古厚，兩公不逮尚遠。（《小嫏嬛詞話》卷一）歐陽《六一詞》，温柔妍媚，大都失之於甜。讀之覺淺近軟弱，不耐咀味。公蓋但以餘力遊戲及之，未嘗專用力於倚聲也。前輩皆謂是劉煇僞作，亦未必然。（《小嫏嬛詞話》卷一）

李調元：歐陽永叔詞，無一字無來處。（《雨村詞話》卷一）

阮元：詞人之作小令，以五代十國爲宗，守其派者，有晏氏父子、歐陽公、張先、秦觀、賀鑄、毛滂諸人。（《揅經室集三集》卷五《王竹所詞序》）

郭麐：詞之爲體，大略有四：風流華美，渾然天成，如美人臨妝，却扇一顧，花間諸人是也。晏元獻、歐陽永叔諸人繼之。施朱傅粉，學步習容，如宫女題紅，含情幽艷，秦、周、賀、晁諸人是也。柳七則靡曼近俗矣。姜、張諸子，一洗華靡，獨標清綺，如瘦石孤花，清笙幽磬，入其境者，疑有仙靈，聞其聲者，人人自遠。夢窗、竹屋，或揚或沿，皆有新雋，詞之能事備矣。至東坡以横絶一代之才，凌厲一世之氣，間作倚聲，意若不屑，雄詞高唱，别爲一宗。辛、劉則粗豪太甚矣。其餘幺弦孤韻，時亦可喜。溯其派别，不出四者。(《靈芬館詞話》卷一)

吴衡照：小山(王時翔)自跋云：「余年十五，愛歐陽文忠、晏叔原、秦少游之作，摹其艷製，得二百餘首。」蓋意主北宋，而以格韻自賞者。(《蓮子居詞話》卷四)

沈道寬：草堂遺選備唐風，古調高彈六一翁。誰把膚辭充法曲，盡教箏笛溷絲桐。(詩注：《六一集》最多贋作。)(《話山草堂詩鈔》卷一《論詞絶句四十二首》其十一)

昭槤：自古忠臣義士皆不拘於小節，如蘇子卿娶胡婦，胡忠簡公狎黎女，皆載在史策。近偶閲范文正公、真西山公、歐陽文忠公諸集，皆有贈妓之詩。數公皆所謂天下正人，理學名儒，然而不免於此，可知粉黛烏裙，固無妨於名教也。因偶題詩云：「希文正氣千秋在，歐九才名天下知。至今二公集具在，也皆有贈女郎詞。」(《嘯亭雜録》卷一〇)

張其錦：小令唐如漢，五代如魏晋，北宋歐、蘇以上如齊梁，周、柳以下如陳隋，南渡如唐。雖才力有餘，而古氣無矣。(《梅邊吹笛譜跋》)

宋翔鳳：廬陵餘力非遊戲，小令篇篇積遠思。都可誣成輕薄意，何論堂上簸錢時。(《洞簫樓詩紀》卷

三《論詞絶句二十首》其三）

説盡無聊《六一詞》，黄昏月上是何時。《斷腸集》裏誰編入，也動人間萬種疑。（《洞簫樓詩紀》卷三《論詞絶句二十首》其十六）

耆卿蹉跎於仁宗朝，及第已老，其年輩實在東坡之前。先於耆卿，如韓稚圭、范希文，作小令，惟歐陽永叔間有長調。羅長源謂多雜入柳詞，則未必歐作。（《樂府餘論》）

周濟：永叔詞只如無意，而沉著在和平中見。（《介存齋論詞雜著》）

自温庭筠、韋莊、歐陽修、秦觀、周邦彦、周密、吴文英、王沂孫、張炎之流，莫不蘊藉深厚，而才艷思力，各騁一途，以極其致。譬如匡廬衡嶽，殊體而並勝，南威西施，别態而同妍矣。（《詞辨自序》）

韓、范諸鉅公，偶一染翰，意盛足舉。其文雖足樹幟，故非專家。若歐公則當行矣。（《宋四家詞選目録序論》）

詞筆不外順逆反正，尤妙在複在脱。複處無垂不縮，故脱處如望海上三山妙發。温、韋、晏、周、歐、柳，推演盡致，南渡諸公，罕復從事矣。（《宋四家詞選目録序論》）

陸鎣：詞雖小道，范文正、歐陽文忠嘗樂爲之。考亭大儒，亦間有作。蓋古人流連光景，托物起興，有宜詩者，有宜詞者。（《問花樓詞話自序》）

譚瑩：儒宗自命却風流，人到無名又可仇。浮艷欲删疑誤入，《踏莎行》與《少年遊》。（《樂志堂詩集》卷六《論詞絶句一百首·歐陽修》）

未遜秦黄語略偏，買陂塘曲世先傳。歐蘇張柳評量當，位置生平豈漫然。（《樂志堂詩集》卷六《論詞絶句一百首·晁補之》）

華長卿：五鬼才華數大馮，《陽春》歌罷曲彌工。劇憐庭院深深句，竄入廬陵别調中。（《梅莊詩鈔》卷五《論詞絶句》其八《馮延巳》）

文章六一有丰神，詞意纏綿更可親。頗恨行間多褻語，碱玞混玉是何人。（《梅莊詩鈔》卷五《論詞絶句》其十一《歐陽修》）

楊希閔：書家學真書，必從篆隸入，乃高勝。吾謂詞家，亦當從漢魏六朝樂府入，而以温、韋爲宗，二晏、秦、賀爲嫡裔，歐、蘇、黄則如光武崛起，别爲世廟；如此則有祖有禰，而後乃有子有孫；彼截從南宋夢窗、玉田入者，不啻生於空桑矣。（《詞軌序》）

長短句爲詩之餘，然則詩源而詞委也；源不遠，委何能長？温、韋、二晏、秦、賀皆能詩，歐、蘇、黄尤卓卓，姜、辛詩亦工；安身立命不在詞，故溢爲詞夐絶也。（《詞軌·總論》）

吾謂詞學當從漢魏六朝樂府入，而以温、韋、二晏、秦、賀爲正宗，歐、蘇、黄爲大家（此仿明高廷禮論定唐詩之説），屯田諸子爲附庸，則途轍不謬矣。歐、蘇、黄似爲詞之一變。此如近體原於六朝，唐初皆沿之，李、杜數公出，摧破壁壘，旂幟改觀，變而得正。後世爲近體者，轉不能舍李、杜數公，專尚六朝矣。歐、蘇、黄於詞亦然，跌宕瀟灑，軒豁雄奇，一洗綺羅之習，此正變而得正者，奈何斷斷奉《花間》爲職志乎？（《詞軌·總論》）

自康熙至乾隆，爲詞學者，多爲竹垞《詞綜》所錮。嘉道間常州張皋文，乃上溯《金荃》，參以南渡，運心思於幽邃窈折之路，情寄騷雅，詞兼比興，遂又別開境界。但六一、坡、谷一途，遊屐尚多未歷。世有豪傑，必不憚問津也，彼訶爲教坊雷大使等語者，安識魏公嫵媚哉？存吾此論，以俟解人。（《詞軌·總論》）

選歐、蘇、黄詞爲一卷，附以王介甫詞。羅泌序六一詞，謂公性至剛，而與物有情，蓋嘗致意於《詩》，爲之本義，温柔敦厚，所得深矣。又謂公詞有甚淺近者，劉煇僞作也。《西清詩話》云：元豐中，崔公度跋馮延巳《陽春詞》，謂其間有入六一詞者，今柳三變詞亦有雜入平山堂集者。則知浮艷者皆非公作也。《詞苑》云：公知貢舉，爲下第舉人所忌，作《醉蓬萊》、《望江南》詞以誣之。又云：歐公小詞多有與《陽春》、《花間》相混者。近有《醉翁琴趣外篇》凡六卷二百餘首，鄙褻之語，往往而是，前題東坡序，詞氣卑陋，不類坡作，益可以證詞之僞。合諸説觀之，詞失真者甚夥，然劣者可辨，混入馮延巳及二晏、淮海者難辨。今雖細爲覈實，恐仍相混，必載出今從某本以明之。（《詞軌》卷四）

吾友陳廣敷云：「詞中六一，是金碧山水，子瞻是淡墨烟雲。金碧山水非富麗之爲尚，正貴其妍妙耳。」又評六一《阮郎歸》詞云：此人眷屬四時太平，字句間了無感怨，然其音節仍不免令人回愁引思，蓋六一雖富貴人傑，而一生多難，其發也不期然而然，聲音之道與政通，信哉！（《詞軌》卷四）

林壽圖：春色無端動客思，夕陽庭院燕歸遲。風前若有人憔悴，腸斷當年六一詞。（《黄鵠山人詩初鈔》卷六《贈鄭仲廉》）

劉熙載：馮延巳詞，晏同叔得其俊，歐陽永叔得其深。（《藝概》卷四）

謝章鋌：宋人亦何嘗不尚艷詞，功業如范文正，文章如歐陽文忠，檢其集，艷詞不少。蓋曼衍綺靡，詞之正宗，安能盡以鐵板銅琵相律。（《賭棋山莊詞話》卷一一）

北宋多工短調，南宋多工長調。北宋多工軟語，南宋多工硬語。然二者偏至，終非全才。歐陽、晏、秦，北宋之正宗也。柳耆卿失之濫，黃魯直失之傖。白石、高、史，南宋之正宗也。吴夢窗失之澀，蔣竹山失之流。若蘇、辛自立一宗，不當儕於諸家派别之中。（《賭棋山莊詞話》卷一二）

范希文、歐陽永叔非一代名德哉？乃觀其所爲詞，與張三影、柳三變未嘗不異曲同工，何哉？嗟乎！夫人必先有所不忍於其家，而後有所不忍於其國。今日之深情款款者，必異日之大節磊磊者也。故工詩者餘於性；工詞者餘於情。（《賭棋山莊文集·文續》卷二《眠琴小築詞序》）

李慈銘：余於詞非當家，所作者真詩餘耳，然於此中頗有微悟，蓋必若近若遠，忽去忽來，如蛺蝶穿花，深深款款。又須於無情無緒中，令人十步九迴，如佛言食蜜中邊皆甜。古來得此旨者，南唐二主、六一、安陸、淮海、小山及李易安《漱玉詞》耳。（《越縵堂讀書記》卷八《文學》四）

譚獻：閲王氏《詞綜》四十八卷、二集八卷，王侍郎去取之旨，本之朱錫鬯，而鮮妍修飾，徒拾南渡之瀋，以石帚、玉田爲極軌。不獨珠玉、六一、淮海、清真皆成絶響。即中仙、夢窗深處，全未窺見。（《復堂詞話》）

李肇增：夫掎摭句韻，刻鏤芳華，號彼壯夫，或詆小道。然堯章歌曲，隱黍離之感；同甫平生，抗中興之疏。詞士深約，義概存焉，騷雅以還，信未可以靡靡訾矣。又況歐范諸公，比物荎蕠，非無麗語，宅

心鐘鼎，卓建大猷。（《采香詞叙》）

馮煦：宋初大臣之爲詞者，寇萊公、晏元獻、宋景文、范蜀公，與歐陽文忠並有聲藝林，然數公或一時興到之作，未爲專詣。獨文忠與元獻，學之既至，爲之亦勤，翔雙鵠於交衢，馭二龍於天路。且文忠家廬陵，而元獻家臨川，詞家遂有西江一派。其詞與元獻同出南唐，而深致則過之。宋至文忠，文始復古，天下翕然師尊之，風尚爲之一變。即以詞言，亦疏儁開子瞻，深婉開少游。本傳云：超然獨騖，衆莫能及。獨其文乎哉，獨其文乎哉。（《蒿庵論詞》）

王鵬運：北宋人詞，如潘逍遥之超逸，宋子京之華貴，歐陽文忠之騷雅，柳屯田之廣博，晏小山之疏俊，秦太虚之婉約，張子野之流麗，黄文節之雋上，賀方回之醇肆，皆可撫擬得其仿佛。唯蘇文忠之清雄，敻乎軼塵絶迹，令人無從步趨。（龍榆生《唐宋名家詞選》引《半塘老人遺稿》）

沈曾植：歐陽文忠詞名近體樂府，周益公詞亦名近體樂府，慕藺之意歟。兩公同籍吉州，同謚文忠，事業文章，後先照耀，益公集編次之法，亦全用歐集例也。（《菌閣瑣談》）

《醉翁琴趣》，頗多通俗俚語，故往往與《樂章》相混。山谷俚語，歐公先之矣。《琴趣》中若《醉蓬萊》、《看花回》、《蝶戀花》、《詠枕兒》、《惜芳時》、《阮郎歸》、《愁春郎》、《滴滴金》、《卜算子》第一首、《好女兒令》、《南鄉子》、《鹽角兒》、《憶秦娥》、《玉樓春》、《夜行船》，皆摹寫刻摯，不避褻猥。與山谷詞之《望遠行》、《千秋歲》、《江城子》、《兩同心》諸作不異。所用俗字，如《漁家傲》之「今朝斗覺凋零嗽」、「花氣酒香相厮釀」，《宴桃源》之「都爲風流嗽」，《减字木蘭花》之「撥頭憁利」，《玉樓春》之「艷冶風情天與措」,《迎春樂》之「人前愛把眼兒劄」,《宴瑤池》之「戀眼噥心」,《漁家傲》之「低難奔」,亦與山谷之用䠩𡲢俗字不殊。殆所謂小人謬作,托爲公詞,所謂淺近之詞,劉煇僞作者,厠其間歟。《名臣録》謂劉煇作《醉蓬萊》、《望江南》以誣修,今故在《琴趣》中,集中盡去此等詞,是也。《琴趣》中於山谷諢詞皆汰不録,而醉翁僞作一無所汰,爲不可解耳。(《菌閣瑣談》)

歐樂府羅泌跋云:「公性至剛,而與物有情,吟詠之餘,溢爲歌詞,有《平山集》,盛行於世,曾慥《雅詞》不盡收也。」按今之六卷《琴趣外編》,疑即《平山集》之類。《歐集》校語,於《平山》、《琴趣》,略無徵引,不知何故。(《菌閣瑣談》)

陳廷焯: 北宋詞,沿五代之舊,才力較工,古意漸遠。晏、歐著名一時,然并無甚强人意處,即以艷體論,亦非高境。(《白雨齋詞話》卷一)

晏、歐詞雅近正中,然貌合神離,所失甚遠。蓋正中意餘於詞,體用兼備,不當作艷詞讀。若晏、歐不過極力爲艷詞耳,尚安足重。(《白雨齋詞話》卷一)

文忠思路甚雋,而元獻較婉雅。後人爲艷詞,好作纖巧語者,是又晏、歐之罪人也。(《白雨齋詞話》卷一)

金聖歎論詩詞,全是魔道,又出鍾、譚之下。其評歐陽公詞一卷,穿鑿附會,殊乖大雅。且兩宋詞家甚多,獨推歐公爲絶調,蓋猶是評水滸、西厢之伎倆耳。以論詞之例論曲,尚不能盡合。況以論曲論傳奇之例論詩詞,烏有是處。(《白雨齋詞話》卷五)

晏元獻、歐陽文忠皆工詞，而皆出小山下。（《白雨齋詞話》卷七）

范文正《御街行》云：「愁腸已斷無由醉。（略）」淋漓沉著。西厢長亭襲之，骨力遠遜，且少味外味。此北宋所以爲高，小山、永叔後，此調不復彈矣。（《白雨齋詞話》卷七）

温、韋創古者也。晏、歐繼温、韋之後，面目未改，神理全非，異乎温、韋者也。（《白雨齋詞話》卷八）

有文過於質者，李後主、牛松卿、晏元獻、歐陽永叔、晏小山、柳耆卿、陳子高、高竹屋、周草窗、汪叔耕、李易安、張仲舉、曹珂雪、陳其年、朱竹垞、厲太鴻、過湘雲、史位存、趙璞函、蔣鹿潭是也。詞中之次乘也。（《白雨齋詞話》卷八）

歐陽公詞，飛卿之流亞也。其香艷之作，大率皆年少時筆墨，亦非盡後人僞作也。但家數近小，未盡脱五代風氣。（《詞壇叢話》）

北宋晏、歐、王、范諸家，規模前輩，益以才思。（《雲韶集》卷二）

永叔詞樂而不淫。竹垞《詞綜》所選公詞極爲純雅，余略爲增減一二，亦無害風格也。公詞風流藴藉，飛卿、延巳不得專美於前。（《雲韶集》卷二）

北宋而後，古風日遠，南宋雖稱極盛，然風格終遜北宋。今讀小山諸篇，晏、歐、周、賀之風又可概見，寧非詞壇一快？（《雲韶集》卷一八）

鄭文焯：即以詞言，覺並世既少專家，求夫學人之詞，亦不可得，宜吾賢自況，以能詩餘力爲詩餘。如

歐、蘇諸賢，皆恢恢有餘，柳三變乃以專詣名家。（《褒碧齋詞話》引）

朱祖謀：西江詩派，卓絶千古，惟詞亦然。有宋初造，文忠、元獻，實爲冠冕。平園近體，踵廬陵之美；叔原補亡，嬗臨淄之風。乃若桂枝高調，振奇半山；琴趣外篇，導源山谷。南渡而後，户工嘌唱之習，士騖社集之名。（《吷盦詞序》）

蔣兆蘭：詞家正軌，自以婉約爲宗。歐晏張賀，時多小令，慢詞寥寥，傳作較少。（《詞説》）

歐陽、大小晏、安陸、東山，皆工小令，足爲師法。詞家醉心南宋慢詞，往往忽視小令，難臻極詣。（《詞説》）

陳鋭：宋以後無詞，猶之唐以後無詩，詞故詩之餘也。晏、范、歐、蘇、後山、山谷、放翁，皆極一時之盛。（《褒碧齋詞話》）

李岳瑞：儒者率卑填詞爲小道，幾於俳優畜之。然其體肇始於三百篇，濫觴於漢魏樂府。由風雅頌而五、七言，由古而律，由律而長短句。此亦三統質文迭嬗之故，非人力所能爲者。周、秦、歐、柳、辛、姜、吴、王諸大家，皆能以忠君愛國之感，微詞諷諫之義，自尊其體，非可以一二側艷之辭、狹邪之語擯諸文章之外也。（《郢雲詞自序》）

陳祺壽：顧或者謂倚聲一道，泝源有唐。稱首青蓮，踵武白傅。夢得創竹枝之體，志和擅桃花之名。流風遞嬗於南唐，生面別開夫北宋。廬陵六一之製，元獻珠玉之篇，范高平之白淚柔腸，宋尚書之紅情春意。雲抹則少游寄興，浪淘則長公攄懷。（《止厂詞序》）

沈惟賢：我松人之善詞者，不名於宋元間，惟明乃有陳卧子《湘真詞》上追六一，下開納蘭，實爲有明一代生色。（《片玉山莊詞存詞略序》）

劉毓盤：晏家臨川，歐家廬陵，王安石、黄庭堅，皆其鄉曲小生，接足而起，詞家之西江派，尤早於詩家。惟二氏誦法南唐，僅工小令。（《詞史》）

吴昌綬：前人本有訾議《琴趣》者。曾端伯亦謂歐公側艷詞多傳託，匆次未暇詳檢。毛刻似記與宋本略近，而有删除訛複之作，非若《琴趣》觸目生疏，明有僞詞也。竊意南唐、北宋間，小令盛行，酒座歌筵，一篇跳出，動假名人爲重。後來搜集，未遑别裁。《陽春》、《珠玉》即多羼亂，他人依傍，更不待言。（《藝風堂友朋書札》）

毛刻於羅泌跋，删其後一段，而以前半目爲題詞。卷末自跋，明言廬陵本三卷，或竟曾見宋本，但多删削，妄有訂改耳。（《藝風堂友朋書札》）

毛刻本從《近體樂府》出，恨其删移過甚，《六一詞》三字竟是臆造。凡汲古刻本，大抵如此。綬夙持論，不屑與辨，得一佳本，即去毛刻一種，尚憾未能盡易耳。《琴趣》固多僞詞，然宋人所引，往往在其中。《野客叢書》又有一證，再加搜集，必尚不少，故綬欲與宋本並刻也。（《藝風堂友朋書札》）

孫國楨：炎宋興而文教盛，然如歐文忠、蘇玉局之經濟文章，岳武穆、辛稼軒之精忠節義，皆有寄聲之作，豈樂與戲燕嘲鶯、怨緑啼紅之士争一技之微長哉？以忠君愛國之忱，與夫感時撫事、畏天憫人所鬱結，循聲而發，情見乎詞，有令人可歌可泣、流連不能去者。（《鑄鐵詞序》）

徐珂：太倉王時翔、王策諸人，獨軼出朱、陳兩家之外，以晏、歐爲宗。（《近詞叢話》）

陳洵：宋詞既昌，唐音斯暢。二晏濟美，六一專家。爰逮崇寧，大晟立府，制作之事，用集美成。此猶治道之隆於成康，禮樂之備於公日，監殷監夏，無間然矣。（《海綃翁説詞稿》）

程學恂：詞學盛於兩宋。有清一代，咸推朱、陳。竹垞於南宋玉田爲近，迦陵則出入北宋歐、蘇諸大家。近今作者，十九瓣香夢窗、草窗，而風尚爲一變焉。（《詞盦詞序》）

夏仁虎：吾輩不祥，遂爲詞客。然與爲珠玉、六一，寧爲白石、稼軒。以詞之運數論，吾輩亦未爲失也。（《鞠讌詞序》）

羅振常：昔歐陽公近體樂府，妙絶當時，詩則遠不能逮。朱淑貞詩筆殊俚，詞則甚雅。性各有近，不足爲異。（《初日樓稿序》）

夏敬觀：詞者，詩之餘也。詞人或不能詩，詩人未有不能爲詞者也。宋賢若六一、東坡、山谷，其詞與詩並著，無論矣。即宛陵、半山，豈乏數篇傳誦人口耶？（《墨巢詞序》）

蓋文體雖别，文心不殊。必使略不可益，繁不可删，思致乃臻於密也。北宋若永叔、叔原、子野、方回、少游、美成，無不熔鑄唐蜀，接踵花間。故其慢詞亦益密麗深厚，南宋漸趨於薄。（《半舫齋詩餘序》）

又其（蔡楨）令詞，自珠玉、六一上追五代。縮筆師端己、正中，伸筆師南唐二主。（《柯亭長短句序》）

永叔爲元獻所得士，其詩矯昆體，以氣格爲主，文宗昌黎，不與元獻同調。顧其爲詞則步武

《珠玉》，其高者雜之《珠玉集》中，幾不易辨。元獻專以詞勝，詩文猶浴唐季之習，永叔可謂善擇而從也。……永叔詞較之元獻，渾厚略遜，煉字務新，宋詞所以漸離五代，亦風會使然也。（《跋六一詞》）

秦遇賡：詞之託義比興爲多。香草美人，言皆有寄，此風騷之遺也。故古人作詞皆無題。南唐而後，至二晏、屯田、子野、永叔諸家，均存此意。（《題徵聲集》）

（羅振常）頻年奔走四方，偶作小詞自遣。雖所録不多，而哀時念亂，追往傷來，以陽春、六一之纏綿，寫麥秀、黍離之感慨，讀之顧能不悲耶？（《徵聲集跋》）

梁啓勛：然而詩詞最易誤入他人集，不比文章。蓋文章有議論，有事實，且篇幅較大，故不易相亂。詩詞則不然，本是小品，酬唱投贈，原屬閑情，並未嘗視作正經大事。投簡偶雜入叢稿中，後人彙刻，最易相蒙，一也。録他人之作品爲筆墨酬應，在作書者或偶喜其清新，隨手拈來，若當時不標出録某人作等字，則後之收輯詩文集者每爲所惑，二也。此「六曲闌干」之於歐陽永叔與馮延巳，「遥夜亭皋」之於李後主、李世英、歐陽永叔，所以聚訟紛紜，莫知誰屬也。（《曼殊室詞話》卷一）

王國維：詞之雅鄭，在神不在貌。永叔少游雖作艷語，終有品格。方之美成，便有淑女與倡伎之别。（《人間詞話》）

美成深遠之致不及歐秦。（《人間詞話》）

白仁甫《秋夜梧桐雨》劇，沉雄悲壯，爲元曲冠冕。然所作《天籟詞》，粗淺之甚，不足爲稼軒奴

隸。豈創者易工，而因者難巧歟？抑人各有能有不能也？讀者觀歐秦之詩遠不如詞，足透此中消息。（《人間詞話》）

詩至唐中葉以後，殆爲羔雁之具矣。故五代北宋之詩，佳者絶少，而詞則爲其極盛時代。即詩詞兼擅如永叔少游者，詞勝於詩遠甚。以其寫之於詩者，不若寫之於詞者之真也。至南宋以後，詞亦爲羔雁之具，而詞亦替矣。此亦文學升降之一關鍵也。（《人間詞話删稿》）

詞之最工者，實推後主、正中、永叔、少游、美成，而後此南宋諸公不與焉。（《人間詞話删稿》）

唐五代之詞，有句而無篇。南宋名家之詞，有篇而無句。有篇有句，唯李後主降宋後之作，及永叔、子瞻、少游、美成、稼軒數人而已。（《人間詞話删稿》）

曲家不能爲詞，猶詞家之不能爲詩，讀永叔、少游詩可悟。（《人間詞話》手稿）

故艷詞可作，唯萬不可作儇薄語。龔定庵詩云：「偶賦凌雲偶倦飛。偶然閑慕遂初衣。偶逢錦瑟佳人問，便説尋春爲汝歸。」其人之凉薄無行，躍然紙墨間。余輩讀耆卿伯可詞，亦有此感。視永叔、希文小詞何如耶？（《人間詞話》删稿）

賀黄公謂：「姜論史詞，不稱其『軟語商量』，而賞其『柳昏花暝』，固知不免項羽學兵法之恨。」然「柳昏花暝」，自是歐秦輩句法，前後有畫工化工之殊。吾從白石，不能附和黄公矣。（《人間詞話删稿》）

疆村學夢窗而情味較夢窗反勝。蓋有臨川廬陵之高華，而濟以白石之疏越者。（《人間詞話删稿》）

君之於詞，於五代喜李後主、馮正中，於北宋，喜永叔子瞻少游美成，於南宋除稼軒、白石外，所嗜蓋鮮矣。（《人間詞甲稿序》）

及讀君自所爲詞，則誠往復幽咽，動摇人心。快而沉，直而能曲。不屑屑於言詞之末，而名句間出，殆往往度越前人。至其言近而指遠，意決而辭婉，自永叔以後，殆未有工如君者也。（《人間詞甲稿序》）

夫古今人詞之以意勝者，莫若歐陽公。以境勝者，莫若秦少游。至意境兩渾，則惟太白、後主、正中數人足以當之。静安之詞，大抵意深於歐，而境次於秦。（《人間詞乙稿序》）

《珠玉》所以遜《六一》，《小山》所以愧《淮海》者，意境異也。（《人間詞乙稿序》）

美成詞多作態，故不是大家氣象。若同叔、永叔雖不作態，而一笑百媚生矣。此天才與人力之別也。（《詞辨》批語）

予於詞，五代喜李後主、馮正中而不喜《花間》。宋喜同叔、永叔、子瞻、少游而不喜美成。南宋只愛稼軒一人，而最惡夢窗、玉田。（《詞辨》批語）

以宋詞比唐詩，則東坡似太白，歐秦似摩詰，耆卿似樂天，方回、叔原則大曆十子之流。（《清真先生遺事·尚論》）

關賡麟：西江詞派，自廬陵、同叔，接軫風騷，半山、涪翁，異軍特起，沿及石帚，紀律益嚴。晚清以來，道希騰踔於前，吷庵嗎于於後，流風所被，各擅勝場。（《詞盦詞序》）

葉恭綽：北宋詞意境、胸襟之高邁，莫過於東坡，歐陽、大小晏次之。然歷代詞家學各家者紛紛，而能學蘇、歐陽、大小晏者極少，此不止天姿、學力關係，實胸襟、意境之不如。（《遐庵彙稿》中編《致黄漸磐書》）

吴梅：大抵開國之初，沿五季之舊，才力所詣，組織較工。晏歐爲一大宗，二主一馮，實資取法，顧未能脱其範圍也。（《詞學通論》）

余謂承十國之遺者，爲晏、歐；肇慢詞之祖者，爲柳永；具温韋之情者，爲張先；洗綺羅之習者，爲蘇軾；得騷雅之意者，爲賀鑄；開婉約之風者，爲秦觀；集古今之成者，爲邦彦。（《詞學通論》）

陳匪石：至於北宋小令，近承五季。慢詞蕃衍，其風始微。晏殊、歐陽修、張先，固雅負盛名。而砥柱中流，斷非幾道莫屬。（《聲執》卷下）

北宋初期，關於令曲，已開宋人之風氣，略變五代之面目者，則爲歐陽修。且《歐陽公近體樂府》，慢詞不少。其時慢詞雖未成熟，而其端亦由歐陽發之。（《聲執》卷下）

詞中以小令爲最難，猶詩中之五、七絶也。《花間》一集，盡鬬町畦，益之以南唐二主、馮正中，更衍爲珠玉、小山、六一，小令之能事，已不爲後人更留餘地。近世以來，凡填小令，無論如何名家，皆不能脱温、韋、馮、李、晏、歐窠臼。（《舊時月色齋詞譚》）

劉永濟：蓋唐之叔末，國力已微，上好煩聲，下習遊蕩，感發爲詩，漸成穠艷妖淫之作。論其風尚，殆與

齊梁爲近。故詞體初出，即以柔麗爲宗，雖歐、晏巨僚不能盡革。（《詞論》）

知風會之説，則知歐、晏之近延巳者，宋初猶五代風氣也。（《詞論》）

北宋初期，歐、晏諸公，品格極高，而渾融超妙，不易窺其涯際。（《詞論》）

邵瑞彭：（張昭漢）小令近陽春、歐晏，慢詞近白石、西麓。舉凡北宋傖率之蔽，南宋刻鏤之習，靡不揃搣。（《紅樹白雲山館詞草序》）

蔡楨：唐五代小令，爲詞之初期，故《花間》、後主、正中之詞，均自然多於人工，宋初小令，如歐秦二晏之流，所作以精到勝，與唐五代稍異，蓋人工甚於自然矣。（《柯亭詞論》）

自來治小令者，多崇尚《花間》。《花間》以温、韋二派爲主，餘各家爲從。温派穠艷，韋派清麗，不妨各就所嗜而學之。若性不喜《花間》，尚有二途可循。或取清麗芊綿家數，由漱玉以上規後主，參以後唐之韋莊，輔以清初之納蘭，此一途也。或取深俊婉約家數，由宋初珠玉、六一、淮海諸家，上溯正中，更以近代王静庵之《人間詞》擴大其詞境，此亦一途也。（《柯亭詞論》）

顧隨：馮正中、李後主於詞高處只是寫而不作，珠玉、六一間有作，而膾炙人口之什亦多是寫。自此而下，大抵作多而寫少，甚或只作而不寫。（《駝庵詞話》卷四）

如今且説正中、後主、大晏、六一之詞之所以是寫而非作，原故是其辭無題（關於無題，王静老已有説，此不絮聒），一有題便非作不可，專去寫便不能成篇。（《駝庵詞話》卷四）

人之聰明寫作時不可使盡。陶淵明十二分力量只寫十分，老杜十分力量使十二分，《論語》十二

分力量只使六七分，有多少話没説；詞中大晏、歐陽之高於稼軒，便因力不使盡。（《駝庵詞話》卷五）

正中、大晏、六一作品皆是個性流露，自與古人不同，不用説不學，就是學也掩没不了自己本來面目，此因個性太强。（《駝庵詞話》卷五）

詞之「一祖」乃李後主。詞之「三宗」乃馮正中、晏同叔、歐陽修。（《駝庵詞話》卷五）

馮正中、大晏、歐陽修三人共同的短處是傷感。無論其沉著、明快、熱烈，皆不免傷感。（《駝庵詞話》卷五）

宋代之文、詩、詞，皆奠自六一，文改駢爲散，詩清新，詞開蘇、辛。或以爲蘇、辛豪放，六一婉約，非也。詞原不可分豪放、婉約，即使可分，六一也絶非婉約一派。大晏與歐比較，與其説歐近於五代，不如説大晏更近於五代，歐則奠定宋詞之基礎。蓋以文學不朽論之，歐之作在詞，不在詩文。（《駝庵詞話》卷五）

胡適以爲歐陽修詞承五代作風，不然。馮延巳、大晏、六一，三人作風極相似，而又個性極强，絶不相同。如大晏多藴藉，馮便絶無此種詞。惟三人傷感詞相近。其實其傷感亦各不同：馮之傷感沉著（傷感易輕浮）；大晏的傷感是淒絶，如秋天紅葉；六一的傷感是熱烈（傷感原是淒凉，而歐是熱烈）。故胡適以爲歐詞承五代，非也。（《駝庵詞話》卷五）

六一，繼往開來。此四字是整個功夫。一種文學到了只能繼往不能開來，便到了衰老時期了。

六一詞若但是沉著，但是明快，則只是繼往，何得爲「三宗」之一。寫的少也罷，小也罷，主要是古人所没有的才行。六一詞不欲以沉著名之，不欲以明快名之，名之曰熱烈，有前進的勇氣。大晏是正中的蜕化，六一是馮、晏二人之進步。没有苦悶就没有蜕化和進步，「不憤不啓，不悱不發。」大晏只是如蟬之蜕出，六一則如蟬之上到高枝大叫一氣。如其「遊人日暮相將去，醒醉喧嘩，路轉堤斜，直到城頭總是花。」（《采桑子》）即是大叫。再如「堤上遊人逐畫船，拍堤春水四垂天，緑楊樓外出鞦韆。」（《浣溪沙》）第一句步步行之，第二句平著發展，第三句向高處發展。（《駝庵詞話》卷五）

六一詞如夏天的蟬，秋蟬是淒凉的，夏蟬是熱烈的。（《駝庵詞話》卷五）

蘇、辛乃詞中之「狂」，白石猶不失爲狷。惡意的「狂」乃狂妄、瘋狂，好意的「狂」乃是進取，狂者是向前的，向上的。而六一實開蘇、辛之先河。「晏歐清麗復清狂」，晏，清麗；歐，清狂。（《駝庵詞話》卷五）

中國詩偏於含蓄藴藉，西洋詩偏於沉著痛快。詞自五代至北宋，多是含蓄。南唐二主沉著而不痛快，此蓋與時代有關。六一以沉著天性遇快樂環境，助其意興，「狂」得上來。（《駝庵詞話》卷五）

一本《六一詞》不好則已，好就好在此熱烈情調，不獨傷感詞爲然。大晏詞是秋天，歐詞是春夏，所惜以春而論，則是暮春。藝術之能引人都不是單純的，即使是單純的也是複雜的單純，如日光之七色，合而爲白。如酒，苦、辣而香、甜，總之是酒味，有人喝酒上癮，没人吃醋上癮。六一詞熱烈而衰颯，衰颯該是秋天，而歐詞是春天。（《駝庵詞話》卷五）

《六一詞》能得其衣鉢者，僅稼軒一人耳。無論色彩濃淡、事情先後、音節高下，皆有關。《六一詞》調子由低至高，只稼軒似之。（《駝庵詞話》卷五）

抒情詩人多帶傷感氣氛。六一詞之熱烈，也是比較言之，其中亦有衰颯傷感作品。（《駝庵詞話》卷五）

歐詞之版本：歐詞選本以宋曾慥《樂府雅詞》所選最精且多。《琴趣外編》所收非皆歐作，中有極淺薄者。俗非由於不雅，乃由於不深。（《駝庵詞話》卷五）

然（王國維）謂珠玉遜於六一，則亦未敢强同。大晏之詞，陸士衡所謂「石藴玉而山輝，水懷珠而川媚」，其道著人生痛癢處，若不經意而出，宋之其他作者，用盡伎倆，亦不能到，非獨見地無其明白，抑且感處無其真切也。六一精華外露，含蓄漸淺，遂開豪放一派，自下珠玉一等。（《駝庵詞話》卷七）

歐陽修在詞中很能表現其感覺，而作詩便不成。……蘇詩中感覺尚有，而無感情，然在其詞中有感情——可見用某一工具表現，有自然不自然之分。大晏、歐陽修、蘇東坡詞皆好，如詩之盛唐。（《駝庵詞話》卷八）

而以客觀眼光觀之，歐詩上既不能比唐詩，下又不能比蘇、黄，反而是其詞了不得。（《駝庵詞話》卷八）

宋詞如歐陽、稼軒是我之師，學我何如學我師乎。（《駝庵詞話》卷九）

義山詩、六一詞，可常讀之。（《駝庵詞話》卷九）

張伯駒：王静安云：「賀黄公謂姜論史詞，不稱其『軟語商量』，而稱其『柳昏花暝』，固知不免項羽學兵法之恨。然『柳昏花暝』，自是歐秦輩句法，前後有畫工化工之殊。吾從白石，不能附合黄公矣。」余謂静安此論，忘却本題是詠燕，若想到燕，便知「軟語商量」之佳。「柳昏花暝」與「做冷欺花，將烟困柳」造句法相同，仍不似歐、秦口氣。（《叢碧詞話》）

林庚白：詞盛於五季兩宋，而衰於清。有清一代，詞人輩出，鋪張排比，蔚爲大觀。然竹垞、樊榭，僅存風致。其年、容若，略擅才華。欲求如二主之哀感頑艷，漱玉之悱惻纏綿，與廬陵之澹遠、淮海之俊逸，蘇、辛之雄秀，姜、張之清麗，蓋邈不可得。（《叙圃詞序》）

沈軼劉：宋初之詞，以五代積弊深，擴更不易，荏苒百餘年始見眉目。早期之詞，除張先、賀鑄、梅堯臣等幾家漸帶清氣外，大都不脱積習。歐陽修之詞，歷來選家所取部分稍見清澄，其餘類不過在風花雪月、離别酒燭、兒女巾帨、春秋梳掠中，顛倒使用，絶無更新氣象。（《繁霜榭詞札》）

陳兼：昔人謂詩必窮而後工。孤羈憔悴之士如吴子（漢聲）者，宜優爲之。然詞正未必爾，若南唐二主，與宋之晏同叔、六一翁，皆富貴而得志者也，其詞咸冠絶當世。（《莽廬詞稿序》）

夏承燾：風庭淚眼亂紅時，井水傳歌到四陲。壇坫從他笑歐柳，風花中有大家詞。（《瞿髯論詞絶句·歐陽修、柳永》）

目空歐晏幾宗工，身後流言亦意中。放汝倚聲逃伏斧，渡江人敢頌重瞳。（《瞿髯論詞絶句·李

清照》）

唐圭璋：詞忌俗，故俗字亦當深惡痛絶之。……歐公亦多用俗字，如《漁家傲》之「今朝斗覺凋零𠻝」、「花氣酒香相厮釀」，《宴桃源》之「都爲風流𠻝」，《減字木蘭花》之「撥頭憁利」，《玉樓春》之「艷冶風情天與措」，《迎春樂》之「人前愛把眼兒劄」，《宴瑶池》之「戀眼噥心」，《漁家傲》之「低難奔」，亦與山谷之用「𩬱」、「㞘」俗字不殊。嘉興沈子培疑爲小人謬托，但少游、清真咸用之。是知一時風氣使然。偶爾作戲，以爲調笑之資耳。（《論詞之作法·俗字》）

無論小令、長調，無論唐人、宋人，皆特重去聲字，以增其跌宕飛動之美。……故小令中如《漁家傲》、《踏莎行》、《蝶戀花》，多用去聲收束，令人諷誦不厭。《漁家傲》如范希文之「將軍白髮征夫淚」，張子野之「爲君將入江南去」，朱行中之「而今樂事他年淚」；《踏莎行》如大晏之「天涯地角尋思遍」、「斜陽却照深深院」，歐公之「行人更在春山外」，少游之「爲誰流下瀟湘去」；《蝶戀花》如馮延巳之「驚殘好夢無尋處」、「亂紅飛過鞦韆去」、「平林新月人歸後」、「依依夢裏無尋處」，耆卿之「爲伊消得人憔悴」，小晏之「斷腸移破秦箏柱」、「夜寒空替人垂淚」，清真之「露寒人遠鷄相應」，皆用去聲字也。（《論詞之作法·去聲字》）

詹安泰：歐、晏並稱，歐詞清深，晏詞和美，小晏運以巧思，尤多麗句，故較易學。（《無庵説詞》）

繆鉞：南唐遺韻傳歐晏，柳永新聲已擅場。子野獨標清脆格，能於二者作橋梁。（《論張先詞》）

情辭聲律能相濟，騷雅清空自一途。若覓渾成深厚境，令人回首望歐蘇。（《論姜夔詞》）

鄭騫：王國維《人間詞話》：「永叔《玉樓春》『人間自是有情癡，此恨不關風與月』『直須看盡洛城花，始與東風容易别』，於豪放之中有沉着之致，所以尤高。」所謂豪放中見沉着，歐詞佳者皆然，不止此《玉樓春》。馮煦《宋六十一家詞選序録》（《詞話叢編》改題《蒿庵論詞》）以爲歐詞「疏儁開子瞻，深婉開少游」，亦是此意。疏儁即是豪放，深婉即是沉着。疏儁而不能深婉則失於輕滑，豪放而不能沉着則失於叫囂，二者皆詞之魔道。（《成府談詞》）

《醉翁琴趣外編》中多諧諢鄙俚之作，忌者僞構，坊賈妄編，二種成分皆有之。然其中亦有真摯自然之詞爲《近體樂府》所未收者，須分别觀之。（《成府談詞》）

《珠玉詞》緣情體物細妙入微處，爲六一所不及；六一情調之奔放，氣勢之沉雄，又爲《珠玉》所無。（《成府談詞》）

晏歐詞雖不能如蘇辛之幾於每事皆可寫入，而堂廡氣象決非《花間》所能籠罩。張皋文「尊體」之説，爲詞壇正論，欲於五代宋初求能尊體者，正中二主與晏歐皆是。能深刻真摯以寫人生即是尊體，非必纏綿忠愛。陳廷焯《白雨齋詞話》不解此旨，乃僅以艷詞目晏歐，真顛倒之論。（《成府談詞》）

吴世昌：亦峰曰：「北宋詞，沿五代之舊，才力較工，古意漸遠。晏歐著名一時，然並無甚强人意處；即以艷體論，亦非高境。」按北宋詞多爲「艷體」，何謂「即以艷體論」？艷體以外，尚有若干可論之體？既鉆入「沉鬱」之牛角尖，則角外天地自然不見矣。（《詞林新話》）

白雨齋論清初詞人，曰：「綜論群公，其病有二：一則板襲南宋面目」，「一則專習北宋小令，務取濃艷，遂以爲晏、歐復生，不知晏、歐已落下乘，取法乎下，弊將何極，况並不如晏、歐耶？」以晏、歐爲下乘，其論雖偏，其膽却大。（《詞林新話》）

朱庸齋： 晏幾道後，以小令擅名者唯納蘭性德一人而已。……其學南唐二主，學歐、晏，均得其神理，清新雋逸，不斤斤於字面摹擬也。（《分春館詞話》卷三）

徐燦爲明進士陳之遴妻，陳降清後官至弘文院大學士，燦深感痛心，所爲詞每寓興亡之感。其小令常參集歐、晏，能用重筆。（《分春館詞話》卷三）

柳永詞繼承與發展《雲謡集》字句樸素、感情真切之風格，其《鳳歸雲》「戀帝里」尤相類。歐、晏則從《花間》、南唐小令之士大夫詞一脉而來，故其調幾全爲小令，其風格亦自婉雅温麗。（《分春館詞話》卷五）

少游詞蕪雜，有辭語塵下者，就其佳構而論，可以清、新、婉、麗四字概括之。其用筆輕靈，深得歐晏之典雅；而筆隨情變，又爲歐晏所無。（《分春館詞話》卷五）

事略

范文正與歐陽文忠公席上分題作《剔銀燈》，皆寓勸世之意。（龔明之《中吴紀聞》卷五）

方歐陽修蹤公（趙概）爲知制誥，人皆爲歉然。及修坐事，起詔獄，其勢顧可憚。公獨立上前。後修亦以老歸潁州，公自睢陽嘗往見之，時端明殿學士吕公著知潁州，三人者屢置酒高會，有獻酬之曲，流

於樂府。（王珪《華陽集》卷六〇《趙公墓誌銘》）

歐陽文忠公見張安陸，迎謂曰：「好，雲破月來花弄影。」（劉攽《中山詩話》）

文元賈公居守北都，歐陽永叔使北還，公預戒官妓辦詞以勸酒，妓唯唯，復使都廳召而喻之，妓亦唯唯。公怪歎，以爲山野。既燕，妓奉觴歌以爲壽，永叔把盞側聽，每爲引滿。公復怪之，召問，所歌皆其詞也。（陳師道《後山談叢》卷三）

歐陽文忠素與晏公無它，但自即席賦雪詩後，稍稍相失。晏一日指韓愈畫像語坐客曰：「此貌大類歐陽修，安知修非愈之後也。吾重修文章，不重它爲人。」歐陽亦每謂人曰：「晏公小詞最佳，詩次之，文又次於詩，其爲人又次於文也。」豈文人相輕而然耶？（魏泰《東軒筆録》）

大臣有少時雖修謹，然亦性通侻，有數小詞傳於世，可見矣。慶曆中，簽書滑州節度判官行縣，至韋城，飲於縣令家，復以邑倡自隨。逮曉，畏人知，以金釵贈倡，期緘口，亦終不能秘也。嘉祐中，大臣爲館職，奉使契丹，歸語同舍吳奎曰：「世言雨逢甲子則連陰，信有之。昨夜，契丹至長垣，往來無不沾濕。」長文戲曰：「『長垣逢甲子』，可對『韋縣贈庚申』也。」大臣終無悔恨。（魏泰《臨漢隱居詩話》）

張先子野郎中《一叢花》詞云：「懷高望遠幾時窮。（略）」一時盛傳。歐陽永叔尤愛之，恨未識其人。子野家南地，以故至都，謁永叔，閽者以通，永叔倒屣迎之，曰：「此乃『桃杏嫁東風』郎中。」（范公偁《過庭録》）

歐陽文忠公愛王君玉燕詞云：「烟逕掠花飛遠遠，曉窗驚夢語匆匆。」梅聖俞以爲不若李堯夫燕詩

云：「花前語澀春猶冷，江上飛高雨乍晴。」（吴曾《能改齋漫録》卷一七）

歐公閑居汝陰時，一妓甚韻文，公歌詞盡記之。筵上戲約他年當來作守。後數年，公自維揚果移汝陰，其人已不復見矣。（趙令畤《侯鯖録》卷一）

歐陽文忠曰：「詩，原乎心者也，富貴愁怨見乎所處。江南李氏據富，有詩曰：『簾日已高三丈透，佳人次第添香獸，紅錦地衣隨步皺。美姬舞徹金釵溜。酒渥時拈花蕊嗅，别殿微聞簫鼓奏。』與『時挑野菜和根煮，旋斫生柴帶葉燒』異矣。」（阮閱《詩話總龜前集》卷五「評論門」引《摭遺》）

張子野郎中善歌詞，常作《天仙子》云：「雲破月來花弄影。」士大夫皆稱之。子野初謁歐公，迎之坐，語曰：「好『雲破月來花弄影』，恨相見之晚也。」（阮閱《詩話總龜前集》卷四二「樂府門」）

題跋叙録

陳振孫《直齋書録解題》卷二一：《六一詞》一卷，歐陽文忠公修撰。其間多有與《花間》、《陽春》相混者，亦有鄙褻之語一二厠其中。當是仇人無名子所爲也。

毛晋《六一詞跋》：廬陵舊刻三卷，且載樂語於首，今删樂語，匯爲一卷。凡他稿誤入如《清商怨》類，一一削去。誤入他稿如《歸自謡》類，一一注明。然集中更有浮艷傷雅不似公筆者，先輩云疑以傳疑可也。古虞毛晋記。

永瑢《四庫全書總目》：《六一詞》一卷，江蘇巡撫采進本，宋歐陽修撰。修有《詩本義》，已著録。其詞陳振孫《書録解題》作一卷。此爲毛晉所刻，亦止一卷，而於總目中注「原本三卷」。蓋廬陵舊刻兼載樂語，分爲三卷。晉删去樂語，仍併爲一卷也。曾慥《樂府雅詞序》有云：「歐公一代儒宗，風流自命，詞章窈眇，世所矜式。乃小人或作艷曲，謬爲公詞。」蔡絛《西清詩話》云：「歐陽修詞之淺近者，謂是劉煇僞作。」《名臣録》亦云：「修知貢舉，爲下第舉子劉煇等所忌，以《醉蓬萊》、《望江南》誣之。」則修詞中已雜他人之作。又元豐中崔公度跋馮延巳《陽春録》，謂其間有誤入六一詞者，則修詞又或竄入他集，蓋在宋時已無定本矣。晉此刻亦多所釐正，然諸選本中有梅堯臣《少年游》「闌干十二獨凭春」一首，吴曾《能改齋漫録》獨引爲修詞，且云「不惟聖俞、君復二詞不及，雖求諸唐人温、李集中，殆難與之爲一」，則堯臣當别有詞，此詞斷當屬修。晉未收此詞，尚不能無所闕漏。又如《越溪春》結語「沉麝不燒金鴨，玲瓏月照梨花」，係六字二句。集内尚沿坊本，誤「玲」爲「冷」，「瓏」爲「籠」，遂以七字爲句。是校讎亦未盡無訛。然終較他刻爲稍善，故今從其本焉。

永瑢《四庫全書簡明目録》卷二〇：《六一詞》一卷，宋歐陽修撰。修詩文皆變當時舊格，惟詞爲小技，未嘗别闢門庭，然婉約風流，較蘇軾之硬語盤空，轉不失本色。

胡玉縉《四庫未收書目提要續編》卷四：《近體樂府》三卷，宋歐陽修撰。修有《詩本義》，《四庫》已著録。又載《六一詞》一卷，《提要》云，陳振孫《書録解題》作一卷。此爲毛晉所刻，亦止一卷，而於「總目」中注「原本三卷」。蓋廬陵舊刻，兼載樂語，分爲三卷，晉删去樂語，仍併爲一卷。今按，陸貽典、毛扆校宋詞十九種刊本，有《近體樂府》三卷，蓋即正《六十名家詞》改併之失，惟卷第依舊而行款仍自不同。此本凡二百零四闋，以樂語冠首，二卷有「續添」，有「又續添」，三卷有「續添」。二卷有金陵失名跋，有朱松跋，三卷有羅泌跋。其别作字，俱另書附於各卷末，蓋即泌所校定。原在慶元二年吉州刻《全集》第一百三十一之一百三十三，爲仁和吴氏抽出覆刻單行本。後有宣統辛亥繆荃孫跋，稱「泌跋云，世傳公詞曰《平山集》，此曰《近體樂府》，汲古名之曰《六一詞》，似誤以跋中《六一詞》爲名者」。不知陳振孫所見本，亦名《六一詞》，不得以爲晋誤也。吴曾所稱「闌干十二獨凭春」一首，此本亦缺。又如《越溪春》結語，亦作「沉麝不燒金鴨冷，籠月照梨花」。《提要》未見此本，譏晋闕漏，及校讎之譌，皆未中其失。所失在删去樂語，歸併卷第，改易標題耳。特補録之，以存廬山真面，並以見慶元本實即毛扆本之所從出焉。吴氏又有影宋《醉翁琴趣外篇》六卷，所載不及二百闋。《越溪春》「籠月」作「隴月」，與全篇不合。前題蘇軾序八九語，詞氣卑陋，不類軾作，當屬僞本。兹不别出，附論其大概如此。

陶湘《景刊宋金元明本詞叙録》：景宋吉州本《歐陽文忠公近體樂府》三卷，清學部圖書館善本書目：歐陽文忠公集一百五十三卷，宋刊本，每半葉十行，行十六字，高六寸二分，寬四寸八分，白口單邊，上有字數，下有刻工姓名，每卷末：熙寧五年秋七月男發等編定，紹熙二年三月郡人孫謙益校正。有元人收書印記。

湘案：京師圖書館所存内閣大庫書，歐陽公集宋刊殘本凡三部，存卷互有參差。其第二部存一百二十五之一百三十三，後三卷爲近體樂府。宣統間伯宛在圖書館時景寫付刊。後來諸本，皆發耑於此。

陶湘《景刊宋金元明本詞叙録》：景宋本《醉翁琴趣外篇》六卷、景宋本《閑齋琴趣外篇》六卷、景宋本《晁氏琴趣外篇》六卷。

湘案：《四庫提要》稱《琴趣外篇》，宋人中如歐陽修、黄庭堅、晁端禮、葉夢得四家詞皆有此名，併晁補之而五。然其時所見祇汲古刻補之一集。武進董大理始得毛鈔歐陽、二晁三家。伯宛據以摹刊，勞罫卿曾見《山谷琴趣》，以篇次分標，明刻卷耑。辛酉歲，海鹽張太史元濟始得宋槧《山谷琴趣》三卷與歐陽公《琴趣》後三卷。湘假以補完。而歐公琴趣末葉仍有缺字，蓋毛鈔即從此宋本出，益足徵流傳有緒也。原本半葉十行，行十八字，寫刻精整，蓋出南宋中葉，别有汪閬源藏舊鈔趙彦端《介庵琴趣外篇》六卷。朱侍郎刻入《彊邨叢書》，以非原本，未能併摹。今可考者凡六家，惟《石林琴趣》未見，據《直齋解題》，石林詞亦三卷，有江陰曹鴻注，其標題新異，意當時欲彙爲總集，而蒐采名流，頗有甄擇，非如長沙《百家詞》欲富其部帙，多有濫吹者比。洵宋詞之珍秘矣。

繆荃孫《歐陽文忠公近體樂府跋》：歐公《近體樂府》三卷，在全集一百三十一之一百三十三，共二百零四闋。二卷有續添，有又續添，三卷有續添，二卷有金陵□□□跋，有朱松跋，三卷有羅泌跋。宋刊本，每半葉十行，行十六字，高六寸二分，廣四寸八分，白口單邊，上有字數，下有刻工姓名，蝴蝶裝。歐公集汴京、江、浙、閩、蜀皆刊之而無定本。周益公解相印，會郡人孫謙益，承直郎丁朝佐遍蒐舊本，旁采先賢文集，互加編校，起紹熙辛亥春，迄慶元丙辰夏，成一百五十三卷，别爲附録五卷，可繕寫模印。惟《居士集》經公决擇，篇目素定，而參校衆本，有增損其辭至百字者，有移易後章爲前章者，皆已附注其下。自餘去取因革，粗有依據，或不必存而存之，各爲之説，列於卷末，以釋後人之惑。《樂府》分爲三卷，且載樂語於首。據泌跋，即泌所手定。是此本慶元二年刊於吉州，元明均有翻刻，此則祖本也。朱松字喬年，朱子之父。孫謙益字彦撝，羅泌字長源，皆郡人。泌跋云世傳公詞曰《平山集》，此曰《近體樂府》。汲古名之曰《六一詞》，似誤以跋中六一詞爲詞名者，且刻此三卷，又不盡依舊刻，毛氏往往如此。宣統辛亥閏月，江陰繆荃孫跋。

丁丙手跋鑑止水齋藏明鈔本《六一詞》：修字永叔，廬陵人，兩試國子監，一試禮部，皆第一。擢進士甲科，補西京留守推官。景祐初，召試，遷館閣校勘。歷官至禮部侍郎，兼翰林侍讀學士。進樞密副使，參知政事。熙寧四年，以觀文殿學士、太子少師致仕卒。贈太子太師，謚文忠。晚號六一居士，陳振孫《書録》載其詞一卷，毛晋得廬陵舊刻三卷，爲一卷，前有羅泌序。此明人抄本尚在毛刻未删之前，殆録自廬陵舊刻者，雖無羅叙，足與汲古互相證明耳。

丁丙《善本書室藏書志》卷四〇《跋鑑止水齋藏明鈔本六一詞》：修晚號六一居士，陳振孫《書録》載其詞一卷，毛晋併廬陵舊刻三卷爲一卷，前有羅泌序。此明人鈔本，前無羅叙。永叔詞温柔遒麗，與《花間》、《陽春》抗衡。集中鄙褻之語，陳直齋謂是仇人無名子所爲，間誤入馮延巳作，蓋二人筆意相類耳。有許宗彦印，白文方印。

鄭文焯《大鶴山人詞集跋尾·六一詞跋》：汲古本與宋槧無甚出入，獨題號與分卷，以意更易。又前有樂語，及《采桑子》曲西湖念語一則，卷末羅泌校録後數行，并續添《水調歌頭》和蘇子美滄浪亭詞一闋，悉删去，不知所謂。近得吴伯宛景宋刻本，乃睹舊製，爰取以斠訂毛本一過。

此記似又見舊本。按宋槧附文集，有羅泌叙云：「今定爲三卷，且載樂語於首。」今毛跋删樂語，都爲一卷。又集前刊羅序，以意改三卷爲一卷，并去「且載樂語」句，及泌校正後數行，豈所見非宋本，抑徑情去取，以自行其是耶。所謂先輩云「以疑傳疑」者，即在泌後跋中有是語，是知子晉固見泌之兩叙，特節録之耳。

林大椿《歐陽文忠公近體樂府跋》：《歐陽文忠近體樂府》三卷，從元時重刊宋本《歐陽文忠全集》之第百三十一卷迄第百三十三卷傳録，即在雜著述十九卷中。原書以羅泌校正跋語綴於卷末，考全集累代校刊姓名，羅泌校刊在慶元二年間，爲宋人校刊歐陽氏全集之最晚出者也。毛晉汲古閣本《六一詞》滙爲一卷，並删節羅跋，移置卷首，更變次第，爲明世刊書之通弊，無足駭怪。兹編依據元槧，以毛本及乾隆丙寅間廬陵祠堂本覆校之，别爲校記一卷。至集中往往羼入他人之作，觀羅跋則在當時已然，不自今始。案歐陽氏文章氣節照耀一世，當時咸以退之相推許，而歐陽氏亦以文以載道自命。蘇軾之序曰：「歐陽子論大道似韓愈，論事似陸贄，記事似司馬遷，詩賦似李白。此非予言也，天下之言也。」其文章世有定論矣。然間作小詞，造境夐絶，迥非南宋諸家所能追及，興趣神韻，言有盡而意無窮，顧世人每以涉艷之作視爲歐陽氏之小疵。宋曾慥曰：「歐公一代儒宗，世所矜式。當時小人或作艷曲，謂爲公詞。」羅泌曰：「此三卷或甚浮艷者，殆非公之少作。疑以傳疑可也。」又曰：「其甚淺近者，前輩多謂劉煇僞作，故削之。」觀曾、羅二跋，似若歐陽氏者不宜有此抒情之作，是蓋偏曲陋儒之膚見，於歐陽氏之詞品無與焉。獨《藝苑卮言》稱永叔詞勝於詩，真啓發前人所不敢言。元人吴師道《吴禮部詩話》云：「歐公小詞，間見諸詞集，陳氏《書録》云一卷，其間多有與《陽春》、《花間》相雜者，亦有鄙褻之語一二厠其中。當是仇人無名子所爲。近有《醉翁琴趣外篇》凡六卷二百餘首，所謂鄙褻之語往往而是，不止一二也。前題東坡居士序，近八九語，辭氣卑陋，不類坡作。益可以證詞之僞。」元代距宋未遠，其議論傳襲有緒，或世人所指疵爲僞作者，其多在《醉翁琴趣外篇》六卷中耶？兹既依據羅泌校定之三卷本，此外間有散見於諸選本爲本集所未收者，概不補增。因選本皆不標識所自出，不如屏置，以杜混雜。全集首揭年譜一篇，因涉繁冗，故改録韓琦所撰之墓志，其於歐陽氏之生平亦窺過半矣。中華民國十七年端午閩侯林大椿識於北京。

傅增湘《藏園群書經眼録》卷一九：《晁氏琴趣外篇》六卷，學士晁補之無咎。《閑齋琴趣外篇》六卷，濟北晁元禮次膺。《醉翁琴趣外篇》六卷，文忠公歐陽修永叔。影寫宋刊本，半葉十行，行十八字。鈐有「宋本」、「希世之珍」及毛氏父子印、汪閬源印、曹楝亭印。惟《醉翁》一册只有曹氏印，恐是補抄。此書字畫精湛，楮墨明麗，與真宋刻無異，真銘心絶品。昔爲袁寒雲所得，因題「三琴趣齋」。今歸白堅甫。戊寅。

冒廣生《六一詞校記》：歐詞宋本世傳有慶元二年吉州本《近體樂府》三卷，又《醉翁琴趣外篇》六卷，毛刻與《近體樂府》同出一源，但多删汰，兹重補定，並加校勘。《琴趣》錯字最多，世稱俗本，第溢出七十餘首，其中雜入曲子，校勘既竟，悉爲附録。

毛子晉跋：「凡他稿誤入如《清商怨》類一一削去，誤入他稿如《歸自謠》類一一注明。」按卷中《玉樓春》「池塘水緑」「燕鴻過後」「紅條約束」「春葱指甲」「珠簾半下」五首，毛刻《六一》、《珠玉》兩詞兩存，並未削净。馮延巳《玉樓春》「雪雲乍變」、《清平樂》「雨晴烟緑」、《芳草渡》、《更漏子》，張先《長相思》、《御街行》、《千秋歲》、《行香子》諸詞，並未一一注明。據羅泌跋云：世傳公詞曰《平山集》，而歐陽文忠集中詞稱《近體樂府》，毛改其名曰《六一詞》，實無根據，不獨不盡依舊刻也。疚齋寫記。

戊寅八月，避兵上海，以宋吉州本《歐陽文忠公近體樂府》，又宋本《醉翁琴趣》校汲古閣本《六一詞》，補毛删樂語及詞十首，從《近體樂府》補十三首，從《醉翁琴趣》補七十三首，從《草堂詩餘》、《花草粹編》補七首，合之毛本百七十一首爲二百八十首，殆可稱爲足本。其與他家集中互見者，即借他家以爲校正。行年六十六，途遥齒截，歐公當我年已解脱一切，而吾尚日伏案頭尋此冷淡生活，真可笑人也。二十二日寫畢記。如皋冒廣生疚齋寓福煦路之模範村中。

主要參考書目

（一）歐陽修相關文獻

《歐陽文忠公集》〔宋〕歐陽修撰　國家圖書館藏南宋慶元二年周必大刻本　國家圖書館出版社《中華再造善本》影印

《歐陽文忠公集》〔宋〕歐陽修撰　日本天理大學附屬圖書館藏南宋刻本

《歐陽文忠公集》〔宋〕歐陽修撰　日本宮内廳書陵部藏南宋刻本　上海古籍出版社《日本宮内廳書陵部藏宋元版漢籍選刊》影印

《歐陽文忠公文集》〔宋〕歐陽修撰　《四部叢刊》影印元刊本

《重刊歐陽文忠公全集》〔宋〕歐陽修撰　上海圖書館藏明天順六年程宗刻本

《歐陽文忠公全集》〔宋〕歐陽修撰　上海圖書館藏明嘉靖三十四年陳珊刻本

《歐陽文忠公全集》〔宋〕歐陽修撰　上海圖書館藏清康熙十二年吉水曾弘刻本

《廬陵歐陽文忠公全集》〔宋〕歐陽修撰　上海圖書館藏清乾隆十一年孝思堂本

《歐陽文忠公全集》〔宋〕歐陽修撰　上海圖書館藏清乾隆五十七年惇叙堂本

《廬陵歐陽文忠公全集》〔宋〕歐陽修撰　上海圖書館藏清嘉慶二十四年歐陽衡刻本

《歐陽修全集》〔宋〕歐陽修撰　李逸安點校　中華書局二〇〇一年版
《景宋吉州本歐陽文忠公近體樂府》〔宋〕歐陽修撰《仁和吴氏雙照樓景刊宋元本詞》本
《醉翁琴趣外篇》〔宋〕歐陽修撰　臺灣「國家」圖書館藏殘宋本　臺灣世界書局影印
《醉翁琴趣外篇》〔宋〕歐陽修撰　清初影宋抄本　國家圖書館出版社《中華再造善本》影印
《景宋本醉翁琴趣外篇》〔宋〕歐陽修撰《仁和吴氏雙照樓景刊宋元本詞》本
《六一詞》〔宋〕歐陽修撰　明吴訥《唐宋名賢百家詞》本　天津古籍出版社一九八九年影印
《六一詞》〔宋〕歐陽修撰　南京圖書館藏丁丙跋鑑止水齋藏《宋二十家詞》本
《六一詞》〔宋〕歐陽修撰　毛氏汲古閣刻本　齊魯書社《四庫全書存目叢書》影印
《歐陽文忠公近體樂府》〔宋〕歐陽修撰　林大椿校　商務印書館一九三一年版
《六一詞校記》冒廣生撰《同聲月刊》一九四二年第二卷第四號　第五號
《六一詞校注》〔宋〕歐陽修撰　蔡茂雄校注　臺灣嘉新水泥公司文化基金會一九六九年版
《歐陽修詞研究及其校注》李栖撰　臺灣文史哲出版社一九八二年版
《歐陽修詞箋注》〔宋〕歐陽修撰　黄畬箋注　中華書局一九八六年版
《歐陽修詞新釋輯評》邱少華編著　中國書店二〇〇一年版
《歐陽修詞校注》〔宋〕歐陽修撰　胡可先　徐邁校注　上海古籍出版社二〇一五年版
《歐陽修詩編年箋注》〔宋〕歐陽修撰　劉德清　顧寶林　歐陽明亮箋注　中華書局二〇一二年版

《歐陽修年譜》嚴傑撰　南京出版社一九九三年版

《歐陽修紀年録》劉德清撰　上海古籍出版社二〇〇六年版

（二）經部類

《尚書正義》〔漢〕孔安國傳　〔唐〕孔穎達疏　中華書局二〇〇九年影印阮刻《十三經注疏》本

《毛詩正義》〔漢〕鄭玄箋　〔唐〕孔穎達疏　中華書局二〇〇九年影印阮刻《十三經注疏》本

《周禮注疏》〔漢〕鄭玄注　〔唐〕孔穎達疏　中華書局二〇〇九年影印阮刻《十三經注疏》本

《禮記正義》〔漢〕鄭玄注　〔唐〕孔穎達疏　中華書局二〇〇九年影印阮刻《十三經注疏》本

《春秋左傳正義》〔晋〕杜預注　〔唐〕孔穎達疏　中華書局二〇〇九年影印阮刻《十三經注疏》本

《論語注疏》〔魏〕何晏注　〔唐〕孔穎達疏　中華書局二〇〇九年影印阮刻《十三經注疏》本

《爾雅注疏》〔晋〕郭璞注　〔宋〕邢昺疏　中華書局二〇〇九年影印阮刻《十三經注疏》本

《孟子注疏》〔漢〕趙岐注　〔宋〕孫奭疏　中華書局二〇〇九年影印阮刻《十三經注疏》本

《大戴禮記》〔漢〕戴德撰　〔北周〕盧辯注　元至正十四年嘉興路儒學刻本

《尚書緯》〔清〕黄奭輯　上海古籍出版社一九九三年影印本

《四書章句集注》〔宋〕朱熹撰　中華書局一九八三年版

《説文解字》〔漢〕許慎撰　中華書局一九六三年影印清陳昌治刻本

《説文通訓定聲》〔清〕朱駿聲撰　中華書局一九八四年版
《埤雅》〔宋〕陸佃撰　中華書局一九八五年版
《毛詩草木鳥獸蟲魚疏》〔三國吴〕陸璣撰　中華書局一九八五年新一版
《釋名》〔漢〕劉熙撰　中華書局一九八五年新一版

（三）史部類

《史記》〔漢〕司馬遷撰　〔南朝宋〕裴駰集解　〔唐〕司馬貞索隱　〔唐〕張守節正義　中華書局一九八二年第二版
《漢書》〔漢〕班固撰　〔唐〕顔師古注　中華書局一九六二年版
《後漢書》〔南朝宋〕范曄撰　〔唐〕李賢等注　中華書局一九六五年版
《三國志》〔晋〕陳壽撰　〔南朝宋〕裴松之注　中華書局一九八二年版
《晋書》〔唐〕房玄齡等撰　中華書局一九七四年版
《南齊書》〔南朝梁〕蕭子顯撰　中華書局一九七二年版
《梁書》〔唐〕姚思廉撰　中華書局一九七三年版
《陳書》〔唐〕姚思廉撰　中華書局一九七二年版
《隋書》〔唐〕魏徵等撰　中華書局一九七三年版

《南史》〔唐〕李延壽撰　中華書局一九七五年版
《北史》〔唐〕李延壽撰　中華書局一九七四年版
《舊唐書》〔後晉〕劉昫等撰　中華書局一九七五年版
《新唐書》〔宋〕歐陽修　〔宋〕宋祁撰　中華書局一九七五年版
《宋史》〔元〕脱脱等撰　中華書局一九七七年版
《資治通鑑》〔宋〕司馬光撰　〔元〕胡三省注　中華書局一九五六年版
《續資治通鑑長編》〔宋〕李燾撰　中華書局二〇〇四年第二版
《通典》〔唐〕杜佑撰　中華書局一九八八年版
《五國故事》〔宋〕無名氏撰　《知不足齋叢書》本
《東都事略》〔宋〕王稱撰　齊魯書社二〇〇〇年版
《高麗史》〔朝鮮〕鄭麟趾撰　齊魯書社《四庫全書存目叢書》影印明景泰朝鮮活字本
《四民月令校注》〔漢〕崔寔撰　石聲漢注　中華書局二〇一三年版
《歲華紀麗》〔唐〕韓鄂撰　《津逮秘書》本
《歲時廣記》〔宋〕陳元靚撰　《十萬卷樓叢書》本
《月令粹編》〔清〕秦嘉謨撰　上海古籍出版社《續修四庫全書》影印清嘉慶刻本
《水經注》〔北魏〕酈道元撰　《四部叢刊》本

《元和郡縣圖志》〔唐〕李吉甫撰　中華書局一九八三年版
《方輿勝覽》〔宋〕祝穆撰〔宋〕祝洙增訂　中華書局二〇〇三年版
《吴郡志》〔宋〕范成大撰　江蘇古籍出版社一九九九年版
《新安志》〔宋〕羅願撰　中華書局一九九〇年版《宋元方志叢刊》影印清嘉慶刻本
《大明一統名勝志》〔明〕曹學佺撰　齊魯書社《四庫全書存目叢書》影印明崇禎刻本
《嘉慶重修一統志》〔清〕穆彰阿等撰　中華書局一九八六年影印本
《湖北通志》〔清〕吴熊光等修　清嘉慶刻本
《荆楚歲時記》〔南朝梁〕宗懔撰　宋金龍校注　山西人民出版社一九八七年版
《中吴紀聞》〔宋〕龔明之撰　上海古籍出版社一九八六年版
《東京夢華録注》〔宋〕孟元老撰　鄧之誠注　中華書局一九八二年版
《姑溪題跋》〔宋〕李之儀撰　《津逮秘書》本
《石門題跋》〔宋〕釋德洪撰　商務印書館一九三六年排印本
《直齋書録解題》〔宋〕陳振孫撰　上海古籍出版社一九八七年版
《四庫全書總目》〔清〕永瑢等撰　中華書局一九六五年影印本
《四庫全書簡明目録》〔清〕永瑢等撰　上海古籍出版社一九八五年版
《善本書室藏書志》〔清〕丁丙撰　清光緒二十七年錢塘丁氏刻本

《雁影齋題跋》〔清〕李希聖撰　上海古籍出版社二〇〇九年版
《續四庫提要三種》胡玉縉撰　吴格整理　上海書店二〇〇二年版
《藏園群書經眼録》傅增湘撰　中華書局二〇〇九年版
《八瓊室金石補正》〔清〕陸增祥編　江蘇古籍出版社一九九八年版《歷代碑誌叢書》影印民國刻本

（四）子部類

《老子校釋》朱謙之校釋　中華書局一九八四年版
《莊子集解》〔清〕王先謙集解　中華書局一九八七年版
《列子集釋》楊伯峻集釋　中華書局一九七九年版
《管子校正》戴望校正　中華書局一九五四年版《諸子集成》本
《晏子春秋校注》張純一校注　中華書局二〇一四年版
《孔叢子校釋》傅亞庶校釋　中華書局二〇一一年版
《韓非子集解》〔清〕王先慎集解　中華書局一九九八年版
《吕氏春秋集釋》許維遹集釋　中華書局二〇〇九年版
《淮南鴻烈集解》〔漢〕劉安撰　劉文典集解　中華書局一九八九年版
《抱朴子内篇校釋》〔晉〕葛洪撰　王明校釋　中華書局一九八六年版

《海内十洲記》〔漢〕東方朔撰　上海古籍出版社一九九九年版《漢魏六朝筆記小説大觀》本
《漢武帝别國洞冥記》〔漢〕郭憲撰　中華書局一九八五年新一版
《古今注》〔晋〕崔豹撰　中華書局一九八五年新一版
《西京雜記》〔晋〕葛洪撰　中華書局一九八五年版
《搜神記》〔晋〕干寶撰　中華書局一九七九年版
《搜神後記》〔晋〕陶潛撰　《津逮秘書》本
《拾遺記》〔晋〕王嘉撰　〔梁〕蕭綺録　中華書局一九八一年版
《齊民要術》〔北魏〕賈思勰撰　中華書局一九五六年版
《世説新語箋疏》〔南朝宋〕劉義慶撰　〔南朝梁〕劉孝標注　余嘉錫箋疏　中華書局二〇〇七年版
《述異記》〔南朝梁〕任昉撰　中華書局一九九一年版
《藝文類聚》〔唐〕歐陽詢撰　上海古籍出版社一九八一年版
《北堂書鈔》〔唐〕虞世南撰　文淵閣《四庫全書》本
《初學記》〔唐〕徐堅等撰　中華書局一九七九年版
《白氏六帖事類集》〔唐〕白居易編　文物出版社一九八七年影印南宋紹興刻本
《唐國史補》〔唐〕李肇撰　古典文學出版社一九五七年版
《續玄怪録》〔唐〕李復言撰　中華書局二〇〇八年版

《資暇集》〔唐〕李匡文撰　中華書局二〇一二年版
《妝臺記》〔唐〕宇文氏撰　上海書店一九九一年影印國學扶輪社《香艷叢書》本
《樂府雜録》〔唐〕段安節撰　中華書局二〇一二年版
《韓擒虎話本》〔唐〕無名氏撰　中華書局二〇一四年版《全唐五代小説》本
《開元天寶遺事》〔五代〕王仁裕撰　中華書局二〇〇六年版
《太平御覽》〔宋〕李昉等編　宋刊本
《太平廣記》〔宋〕李昉等編　中華書局一九六一年版
《東原録》〔宋〕龔鼎臣撰《十萬卷樓叢書》本
《夢溪筆談》〔宋〕沈括撰　中華書局二〇一五年版
《澠水燕談録》〔宋〕王闢之撰　中華書局一九八一年版
《揚州芍藥譜》〔宋〕王觀撰《百川學海》本
《青箱雜記》〔宋〕吴處厚撰　中華書局一九八五年版
《文昌雜録》〔宋〕龐元英編　中華書局一九八五年版
《湘山野録》〔宋〕文瑩撰　中華書局一九八四年版
《後山談叢》〔宋〕陳師道撰　中華書局二〇〇七年版
《侯鯖録》〔宋〕趙令畤撰　中華書局二〇〇二年版

《泊宅編》〔宋〕方勺撰　中華書局一九八三年版
《香譜》〔宋〕洪芻撰　商務印書館一九三七年版
《避暑録話》〔宋〕葉夢得撰　商務印書館一九三九年版
《紺珠集》〔宋〕朱勝非撰　文淵閣《四庫全書》本
《東軒筆録》〔宋〕魏泰撰　中華書局一九八三年版
《可書》〔宋〕張知甫撰　中華書局二〇〇二年版
《墨莊漫録》〔宋〕張邦基撰　中華書局二〇〇二年版
《能改齋漫録》〔宋〕吴曾撰　上海古籍出版社一九七九年版
《老學庵筆記》〔宋〕陸游撰　中華書局一九七九年版
《清波雜志》〔宋〕周煇撰《知不足齋叢書》本
《梅譜》〔宋〕范成大撰　中華書局二〇〇二年版
《却掃編》〔宋〕徐度撰　上海古籍出版社二〇一二年版
《容齋隨筆》〔宋〕洪邁撰　中華書局二〇〇五年版
《演繁露》〔宋〕程大昌撰　中華書局一九九一年版
《過庭録》〔宋〕范公偁撰　中華書局二〇〇二年版
《野客叢書》〔宋〕王楙撰　上海古籍出版社一九九一年版

《海録碎事》　〔宋〕葉廷珪撰　中華書局二〇〇二年版
《西塘集耆舊續聞》　〔宋〕陳鵠撰　中華書局二〇〇二年版
《古今事文類聚》　〔宋〕祝穆撰　文淵閣《四庫全書》本
《鶴林玉露》　〔宋〕羅大經撰　中華書局一九八三年版
《錢氏私志》　〔宋〕錢世昭撰　《學海類編》本
《全芳備祖》　〔宋〕陳景沂輯　農業出版社一九八二年影印宋刻配積學齋轉抄本
《吹劍録全編》　〔宋〕俞文豹撰　張宗祥校訂　古典文學出版社一九五八年版
《深雪偶談》　〔宋〕方嶽撰　《學海類編》本
《黄氏日抄》　〔宋〕黄震撰　清耕餘樓刊本
《瑯嬛記》　〔元〕伊世珍輯　《學津討原》本
《古杭雜記》　〔元〕李有撰　商務印書館一九三九年版
《南村輟耕録》　〔元〕陶宗儀撰　中華書局一九五九年版
《説郛》　〔元〕陶宗儀纂　中國書店一九八六年版
《永樂大典》　〔明〕解縉編　中華書局一九八六年影印本
《蠡海集》　〔明〕王逵撰　文淵閣《四庫全書》本
《祝子罪知録》　〔明〕祝允明撰　齊魯書社《四庫全書存目叢書》影印明萬曆刻本

《七修類稿》〔明〕郎瑛撰　上海書店二〇〇一年版
《丹鉛總録箋證》〔明〕楊慎撰　王大淳箋證　浙江古籍出版社二〇一三年版
《墅談》〔明〕胡侍撰　齊魯書社《四庫全書存目叢書》影印明嘉靖刻本
《本草綱目》〔明〕李時珍撰　人民衛生出版社一九七八年版
《刻徐文長先生秘集》〔明〕徐渭輯　齊魯書社《四庫全書存目叢書》影印明天啓刻本
《正楊》〔明〕陳耀文撰　國家圖書館藏明刻本
《留青日札》〔明〕田藝蘅撰　上海古籍出版社一九九二年版
《焦氏筆乘》〔明〕焦竑撰　齊魯書社《四庫全書存目叢書》影印明萬曆刻本
《山堂肆考》〔明〕彭大翼撰　文淵閣《四庫全書》本
《丰韻情書》〔明〕鄧志謨撰　國家圖書館藏明刻本
《池北偶談》〔清〕王士禛撰　中華書局一九八二年版
《堅瓠集》〔清〕褚人穫撰　浙江人民出版社一九八六年版
《嘯亭雜録》〔清〕昭槤撰　中華書局一九八〇年版
《兩般秋雨盦隨筆》〔清〕梁紹壬撰　上海古籍出版社一九八二年版
《冷廬雜識》〔清〕陸以湉撰　中華書局一九八四年版
《茶香室叢鈔》〔清〕俞樾撰　中華書局一九九五年版

《越縵堂讀書記》〔清〕李慈銘撰　中華書局二〇〇六年版

（五）集部類

《楚辭》〔漢〕王逸注　《四部叢刊》本

《文選》〔南朝梁〕蕭統編　〔唐〕李善注　中華書局一九七七年影印胡刻本

《六臣注文選》〔南朝梁〕蕭統編　〔唐〕吕延濟等注　人民文學出版社二〇〇八年影印宋明州刻本

《全上古三代秦漢三國六朝文》〔清〕嚴可均編　中華書局一九五八年影印廣雅書局本

《先秦漢魏晋南北朝詩》　逯欽立輯校　中華書局一九八三年版

《樂府詩集》〔宋〕郭茂倩編　中華書局一九七九年版

《全唐文》〔清〕董誥等編　中華書局一九八三年影印清嘉慶刻本

《全唐詩》〔清〕彭定求等編　中華書局一九六〇年版

《全唐詩補編》　陳尚君輯校　中華書局一九九二年版

《宋詩鈔》〔清〕吴之振等選　中華書局一九八六年版

《瀛奎律髓彙評》〔元〕方回選評　李慶甲集評校點　上海古籍出版社一九八六年版

《白居易詩集校注》〔唐〕白居易撰　謝思煒校注　中華書局二〇〇六年版

《元稹集》〔唐〕元稹撰　中華書局一九八二年版

《梅堯臣集編年校注》〔宋〕梅堯臣撰　朱東潤校注　上海古籍出版社二〇〇六年版
《蘇舜欽集》〔宋〕蘇舜欽撰　上海古籍出版社一九八一年版
《安陽集》〔宋〕韓琦撰　綫裝書局二〇〇四年版《宋集珍本叢刊》影印明刻本
《華陽集》〔宋〕王珪撰　文淵閣《四庫全書》本
《公是集》〔宋〕劉敞撰　文淵閣《四庫全書》本
《蘇魏公文集》〔宋〕蘇頌撰　中華書局一九八八年版
《沈括全集》〔宋〕沈括撰　楊渭生編　浙江大學出版社二〇一一年版
《蘇文忠公詩編注集成總案》〔清〕王文誥撰　巴蜀書社一九八五年影印清嘉慶刻本
《嵩山文集》〔宋〕晁説之撰《四部叢刊》本
《攻媿集》〔宋〕樓鑰撰《四部叢刊》本
《東塘集》〔宋〕袁説友撰　文淵閣《四庫全書》本
《復齋先生龍圖陳公文集》〔宋〕陳宓撰　上海古籍出版社《續修四庫全書》影印清抄本
《後村先生大全集》〔宋〕劉克莊撰《四部叢刊》本
《張氏拙軒集》〔宋〕張侃撰　文淵閣《四庫全書》本
《竹溪鬳齋十一藁續集》〔宋〕林希逸撰　文淵閣《四庫全書》本
《秋崖集》〔宋〕方岳撰　文淵閣《四庫全書》本

《巽齋文集》〔宋〕歐陽守道撰　文淵閣《四庫全書》本
《何希之先生鷄肋集》〔宋〕何希之撰　上海古籍出版社《續修四庫全書》影印清刻本
《青山集》〔元〕趙文撰　文淵閣《四庫全書》本
《瓢泉吟稿》〔元〕朱晞顔撰　文淵閣《四庫全書》本
《歐陽玄全集》〔元〕歐陽玄撰　湯鋭整理　四川大學出版社二〇一〇年版
《柘軒集》〔明〕凌雲翰撰　文淵閣《四庫全書》本
《夏桂洲先生文集》〔明〕夏言撰　齊魯書社《四庫全書存目叢書》影印明崇禎刻本
《嵩渚文集》〔明〕李濂撰　齊魯書社《四庫全書存目叢書》影印明嘉靖刻本
《梅國前集》〔明〕劉節撰　齊魯書社《四庫全書存目叢書》影印明刻本
《大泌山房集》〔明〕李維楨撰　齊魯書社《四庫全書存目叢書》影印明萬曆刻本
《幔亭集》〔明〕徐熥撰　文淵閣《四庫全書》本
《榮木堂合集》〔明〕陶汝鼐撰　北京出版社《四庫禁燬書叢刊》影印清康熙刻本
《金聖歎全集》〔清〕金聖歎撰　陸林輯校　鳳凰出版社二〇〇八年版
《尤太史西堂全集三種》〔清〕尤侗撰　北京出版社《四庫禁燬書叢刊》影印清康熙刻本
《魏伯子文集》〔清〕魏際瑞撰　上海古籍出版社二〇一〇年版《清代詩文集彙編》影印清道光刻本
《六松堂集》〔清〕曾燦撰　上海古籍出版社二〇一〇年版《清代詩文集彙編》影印民國刻本

《西河集》（清）毛奇齡撰　文淵閣《四庫全書》本

《直木齋全集》（清）任繩隗撰　上海古籍出版社二〇一〇年版《清代詩文集彙編》影印清康熙刻本

《蔗尾詩集》（清）鄭方坤撰　上海古籍出版社二〇一〇年版《清代詩文集彙編》影印清乾隆刻本

《百尺梧桐閣集》（清）汪懋麟撰　上海古籍出版社一九八〇年影印清康熙刻本

《小山文稿》（清）王時翔撰　上海古籍出版社二〇一〇年版《清代詩文集彙編》影印清乾隆刻本

《鄭板橋全集》（清）鄭燮撰　卞孝萱　卞岐編　鳳凰出版社二〇一二年版

《松泉詩集》（清）江昱撰　上海古籍出版社二〇一〇年版《清代詩文集彙編》影印清乾隆刻本

《蘭韻堂詩集》（清）沈初撰　上海古籍出版社二〇一〇年版《清代詩文集彙編》影印清乾隆嘉慶遞刻本

《揅經室集》（清）阮元撰　上海書店一九八八年影印《清經解》本

《樂志堂詩集》（清）譚瑩撰　上海古籍出版社《續修四庫全書》影印清咸豐刻本

《話山草堂詩鈔》（清）沈道寬撰　上海古籍出版社二〇一〇年版《清代詩文集彙編》影印清光緒刻本

《洞簫樓詩紀》（清）宋翔鳳撰　上海古籍出版社二〇一〇年版《清代詩文集彙編》影印清道光刻本

《梅莊詩鈔》（清）華長卿撰　上海古籍出版社二〇一〇年版《清代詩文集彙編》影印清同治刻本

《黄鵠山人詩初鈔》（清）林壽圖撰　上海古籍出版社《續修四庫全書》影印清光緒刻本

《賭棋山莊所著書》（清）謝章鋌撰　上海古籍出版社《續修四庫全書》影印清光緒刻本

《遐庵彙稿》　葉恭綽撰　上海書店一九九〇年版《民國叢書》本
《夏承燾集》　夏承燾撰　浙江古籍出版社一九九七年版
《詹安泰全集》　詹安泰撰　上海古籍出版社二〇一一年版
《本事詩》〔唐〕孟棨撰　中華書局一九五九年新一版
《中山詩話》〔宋〕劉攽撰　中華書局一九八一年版《歷代詩話》本
《後山詩話》〔宋〕陳師道撰　中華書局一九八一年版《歷代詩話》本
《石林詩話》〔宋〕葉夢得撰　中華書局一九八一年版《歷代詩話》本
《臨漢隱居詩話》〔宋〕魏泰撰　中華書局一九八一年版《歷代詩話》本
《苕溪漁隱叢話》〔宋〕胡仔纂集　人民文學出版社一九六二年版
《韻語陽秋》〔宋〕葛立方撰　上海古籍出版社一九八四年影印宋刻本
《詩話總龜》〔宋〕阮閱輯　人民文學出版社一九八七年版
《蔡寬夫詩話》〔宋〕蔡啓撰　中華書局一九八〇年版《宋詩話輯佚》本
《庚溪詩話》〔宋〕陳巖肖撰　中華書局一九八三年《歷代詩話續編》本
《珊瑚鈎詩話》〔宋〕張表臣撰　中華書局一九八一年版《歷代詩話》本
《艇齋詩話》〔宋〕曾季貍撰　中華書局一九八三年版《歷代詩話續編》本
《吴禮部詩話》〔元〕吴師道撰　中華書局一九八三年版《歷代詩話續編》本
《歸田詩話》〔明〕瞿佑撰　中華書局一九八三年《歷代詩話續編》本

《詩學權輿》〔明〕黄溥撰　明天啓五年復禮堂刻本
《餘冬詩話》〔明〕何孟春撰　中華書局一九八五年新一版
《詩筏》〔清〕賀貽孫撰　上海古籍出版社一九八三年版《清詩話續編》本
《説詩菅蒯》〔清〕吴雷發撰　清道光世楷堂《昭代叢書》本
《養一齋詩話》〔清〕潘德輿撰　上海古籍出版社一九八三年版《清詩話續編》本
《藝概》〔清〕劉熙載撰　上海古籍出版社一九七八年版
《全唐五代詞》曾昭岷　曹濟平　王兆鵬　劉尊明編　中華書局一九九九年版
《全宋詞》唐圭璋編　中華書局一九六五年版
《全宋詞補輯》孔凡禮輯　中華書局一九八一年版
《温韋馮詞新校》〔唐〕温庭筠　〔唐〕韋莊　〔南唐〕馮延巳撰　曾昭岷校訂　上海古籍出版社一九八八年版
《南唐二主詞校訂》〔南唐〕李璟　〔南唐〕李煜撰　王仲聞校訂　中華書局二〇〇七年版
《珠玉詞》〔宋〕晏殊撰　天津古籍出版社一九八九年影印明吴訥《唐宋名賢百家詞》本
《樂章集》〔宋〕柳永撰　天津古籍出版社一九八九年影印明吴訥《唐宋名賢百家詞》本
《張子野詞》〔宋〕張先撰　清鮑廷博刻知不足齋本
《張先集編年校注》〔宋〕張先撰　吴熊和　沈松勤校注　上海古籍出版社二〇一二年版
《壽域詞》〔宋〕杜安世撰　天津古籍出版社一九八九年影印明吴訥《唐宋名賢百家詞》本

《宋傅幹注坡詞》〔宋〕蘇軾撰 〔宋〕傅幹注 北京圖書館出版社二〇〇一年影印清抄本

《豫章黄先生詞》〔宋〕黄庭堅撰 明寧州祠堂本

《斷腸詞》〔宋〕朱淑真撰 毛氏汲古閣刻本

《桂洲集》〔明〕夏言撰 上海古籍出版社二〇一二年影印《明詞彙刊》本

《定山堂詩餘》〔清〕龔鼎孳撰 上海古籍出版社《續修四庫全書》影印清康熙刻本

《毛翰林詞》〔清〕毛奇齡撰 上海書店一九八二年版《清名家詞》本

《湖海樓詞》〔清〕陳維崧撰 上海書店一九八二年版《清名家詞》本

《迦陵詞全集》〔清〕陳維崧撰《四部叢刊》本

《衍波詞》〔清〕王士禛撰 上海書店一九八二年版《清名家詞》本

《珂雪詞》〔清〕曹貞吉撰 上海書店一九八二年版《清名家詞》本

《錦瑟詞》〔清〕汪懋麟撰 上海古籍出版社《續修四庫全書》影印清康熙刻本

《梅邊吹笛譜》〔清〕凌廷堪撰 上海書店一九八二年版《清名家詞》本

《零錦集詞稿》〔清〕袁學瀾撰 清同治文學山房刻本

《寄漚止厂詞合鈔》丁立棠 楊世沅撰 國家圖書館出版社二〇一六年版《民國詞集叢刊》影印民國刻本

《郢雲詞》李岳瑞撰 上海古籍出版社一九八九年影印《彊邨叢書》本

《片玉山莊詞存》朱彦臣撰 國家圖書館出版社二〇一六年版《民國詞集叢刊》影印民國刻本

《半舫齋詩餘》　廖恩燾撰　國家圖書館出版社二〇一五年版《民國名家詞集選刊》影印民國鉛印本

《鞠讌詞》　仇埰撰　國家圖書館出版社二〇一五年版《民國名家詞集選刊》影印民國鉛印本

《吷盦詞》　夏敬觀撰　國家圖書館出版社二〇一五年版《民國名家詞集選刊》影印民國鉛印本

《徵聲集》　羅振常撰　國家圖書館出版社二〇一六年版《民國詞集叢刊》影印民國刻本

《墨巢詞》　李宣龔撰　國家圖書館出版社二〇一六年版《民國詞集叢刊》影印《墨巢叢刻》本

《王國維〈人間詞〉〈人間詞話〉手稿》　王國維撰　浙江古籍出版社二〇〇五年影印本

《莽廬詞稿》　吴漢聲撰　國家圖書館出版社二〇一五年版《民國名家詞集選刊》影印民國鉛印本

《鑄鐵詞》　董受祺撰　國家圖書館出版社二〇一六年版《民國詞集叢刊》影印清光緒刻本

《詞盦詞》　黄福頤撰　國家圖書館出版社二〇一六年版《民國詞集叢刊》影印民國鉛印本

《紅樹白雲山館詞草》　張昭漢撰　國家圖書館出版社二〇一六年版《民國詞集叢刊》影印民國刻本

《敘圃詞》　何遂撰　國家圖書館出版社二〇一六年版《民國詞集叢刊》影印民國鉛印本

《柯亭長短句》　蔡楨撰　國家圖書館出版社二〇一五年版《民國名家詞集選刊》影印民國鉛印本

《初日樓正續稿》　羅莊撰　國家圖書館出版社二〇一六年版《民國詞集叢刊》影印民國刻本

《尊前集》　〔宋〕無名氏編　上海古籍出版社一九八九年影印《彊邨叢書》本

《梅苑》　〔宋〕黄大輿編　上海古書流通處一九二一年影印《楝亭藏書十二種》本

《樂府雅詞》　〔宋〕曾慥編　《四部叢刊》本

《樂府雅詞》　〔宋〕曾慥編　清嘉慶秦恩復刻本

《唐宋諸賢絶妙詞選》〔宋〕黄昇編　《四部叢刊》本
《唐宋諸賢絶妙詞選》〔宋〕黄昇編　國家圖書館出版社二〇一一年影印毛氏影宋本
《唐宋諸賢絶妙詞選》〔宋〕黄昇編　南京圖書館藏清抄本
《增修箋注妙選群英草堂詩餘》〔宋〕何士信輯　上海古籍出版社《續修四庫全書》影印明洪武刻本
《類選箋釋草堂詩餘續詩餘》〔明〕顧從敬　〔明〕錢允治輯　上海古籍出版社《續修四庫全書》影印明萬曆刻本
《草堂詩餘别録》〔明〕張綖編　上海圖書館藏明抄本
《草堂詩餘》〔明〕楊慎批點　〔明〕閔暎璧校訂　中國書店出版社二〇一三年影印明萬曆刻本
《詞林萬選》〔明〕楊慎輯　齊魯書社《四庫全書存目叢書》影印《詞苑英華》本
《花草粹編》〔明〕陳耀文編　陶風樓影印明刊本
《唐宋元明酒詞》〔明〕周履靖編　商務印書館一九三六年影印《夷門廣牘》本
《古今詞統》〔明〕卓人月輯　上海古籍出版社《續修四庫全書》影印明崇禎刻本
《精選古今詩餘醉》〔明〕潘游龍輯　明崇禎十竹齋刻本
《詞的》〔明〕茅暎輯　北京出版社《四庫未收書輯刊》影印清抄本
《林下詞選》〔清〕周銘輯　齊魯書社《四庫全書存目叢書》影印清康熙刻本
《倚聲初集》〔清〕鄒祗謨輯　上海古籍出版社《續修四庫全書》影印清順治刻本
《詞綜》〔清〕朱彝尊　〔清〕汪森編　中華書局一九七五年影印清康熙刻本

《今詞初集》〔清〕顧貞觀〔清〕納蘭性德輯　上海古籍出版社《續修四庫全書》影印清康熙刻本《御選歷代詩餘》〔清〕沈辰垣等編　蟫隱廬影印清康熙刻本
《古今別腸詞選》〔清〕趙式輯　清康熙四十八年遺經堂刻本
《詞選》〔清〕張惠言編　清道光刻本
《續詞選》〔清〕董毅編　清道光刻本
《宋四家詞選》〔清〕周濟編　古典文學出版社一九五八年版
《宋六十一家詞選》〔清〕馮煦編　清宣統二年石印本
《詞則》〔清〕陳廷焯撰　上海古籍出版社一九八四年版
《唐五代兩宋詞選釋》俞陛雲選釋　上海古籍出版社一九八五年版
《宋詞舉》陳匪石撰　鳳凰出版社二〇〇二年版
《唐五代兩宋詞簡析》劉永濟選釋　上海古籍出版社一九八一年版
《唐宋詞選釋》俞平伯編　人民文學出版社一九七九年版
《唐宋詞簡釋》唐圭璋選釋　上海古籍出版社一九八一年版
《詞選箋注》姜亮夫箋注　北新書局一九三三年版
《唐宋名家詞選》龍榆生編　上海古籍出版社一九八〇年版
《唐宋詞彙評·兩宋卷》吴熊和編著　浙江教育出版社二〇〇四年版
《詞學筌蹄》〔明〕周瑛撰　上海古籍出版社《續修四庫全書》影印清抄本

《詩餘圖譜》〔明〕張綖撰　上海古籍出版社《續修四庫全書》影印明萬曆刻本
《舊編南九宫譜》〔明〕蔣孝編　臺灣學生書局一九八四年版《善本戲曲叢刊》影印明萬曆刻本
《嘯餘譜》〔明〕程明善撰　齊魯書社《四庫全書存目叢書》影印明萬曆刻本
《選聲集》〔清〕吴綺輯　齊魯書社《四庫全書存目叢書》影印清刻本
《詞律》〔清〕萬樹撰　清康熙二十六年保滋堂刻本
《欽定詞譜》〔清〕王奕清等撰　中國書店一九八三年影印清康熙刻本
《詞律拾遺》〔清〕徐立本撰　清同治十二年刻本
《古今詞話》〔宋〕楊湜撰　中華書局一九八六年版《詞話叢編》本
《碧鷄漫志》〔宋〕王灼撰　中華書局一九八六年版《詞話叢編》本
《詞品》〔明〕楊慎撰　中華書局一九八六年版《詞話叢編》本
《渚山堂詞話》〔明〕陳霆撰　中華書局一九八六年版《詞話叢編》本
《藝苑卮言》〔明〕王世貞撰　中華書局一九八六年版《詞話叢編》本
《爰園詞話》〔明〕俞彦撰　中華書局一九八六年版《詞話叢編》本
《填詞雜説》〔清〕沈謙撰　中華書局一九八六年版《詞話叢編》本
《蔭緑軒詞證》〔清〕徐喈鳳撰　人民文學出版社二〇一〇年版《詞話叢編續編》本
《遠志齋詞衷》〔清〕鄒祇謨撰　中華書局一九八六年版《詞話叢編》本
《蓉渡詞話》〔清〕董以寧撰　人民文學出版社二〇一〇年版《詞話叢編續編》本

《金粟詞話》〔清〕彭孫遹撰　中華書局一九八六年版《詞話叢編》本
《花草蒙拾》〔清〕王士禛撰　中華書局一九八六年版《詞話叢編》本
《詞苑叢談校箋》〔清〕徐釚編　王百里校箋　人民文學出版社一九八八年版
《詞潔輯評》〔清〕先著　〔清〕程洪撰　中華書局一九八六年版《詞話叢編》本
《皺水軒詞筌》〔清〕賀裳撰　中華書局一九八六年版《詞話叢編》本
《古今詞話》〔清〕沈雄撰　中華書局一九八六年版《詞話叢編》本
《柳塘詞話》〔清〕沈雄撰　大東書局石印《詞話叢鈔》本
《歷代詞話》〔清〕王奕清撰　中華書局一九八六年版《詞話叢編》本
《洗硯齋集》〔清〕樓儼撰　浙江古籍出版社二〇一三年版《詞話叢編二編》本
《小嫏嬛詞話》〔清〕王初桐撰　清嘉慶十二年刻本
《雨村詞話》〔清〕李調元撰　中華書局一九八六年版《詞話叢編》本
《詞苑萃編》〔清〕馮金伯輯　中華書局一九八六年版《詞話叢編》本
《靈芬館詞話》〔清〕郭麐撰　中華書局一九八六年版《詞話叢編》本
《蓼園詞評》〔清〕黄蘇撰　中華書局一九八六年版《詞話叢編》本
《樂府餘論》〔清〕宋翔鳳撰　中華書局一九八六年版《詞話叢編》本
《蓮子居詞話》〔清〕吴衡照撰　中華書局一九八六年版《詞話叢編》本
《介存齋論詞雜著》〔清〕周濟撰　中華書局一九八六年版《詞話叢編》本

《詞軌》〔清〕楊希閔撰　國家圖書館藏稿本

《問花樓詞話》〔清〕陸鎣撰　中華書局一九八六年版《詞話叢編》本

《聽秋聲館詞話》〔清〕丁紹儀撰　中華書局一九八六年版《詞話叢編》本

《賭棋山莊詞話》〔清〕謝章鋌撰　中華書局一九八六年版《詞話叢編》本

《復堂詞話》〔清〕譚獻撰　中華書局一九八六年版《詞話叢編》本

《湘綺樓評詞》〔清〕王闓運撰　中華書局一九八六年版《詞話叢編》本

《蒿庵論詞》〔清〕馮煦撰　中華書局一九八六年版《詞話叢編》本

《菌閣瑣談》〔清〕沈曾植撰　中華書局一九八六年版《詞話叢編》本

《歲寒居詞話》〔清〕胡薇元撰　中華書局一九八六年版《詞話叢編》本

《詞壇叢話》〔清〕陳廷焯撰　中華書局一九八六年版《詞話叢編》本

《白雨齋詞話》〔清〕陳廷焯撰　中華書局一九八六年版《詞話叢編》本

《白雨齋詞話全編》〔清〕陳廷焯撰　孫克强主編　中華書局二〇一三年版

《詞説》〔清〕蔣兆蘭撰　中華書局一九八六年版《詞話叢編》本

《大鶴山人詞話》〔清〕鄭文焯撰　孫克强　楊傳慶輯校　南開大學出版社二〇〇九年版

《蕙風詞話》〔清〕況周頤撰　中華書局一九八六年版《詞話叢編》本

《論詞隨筆》〔清〕沈祥龍撰　中華書局一九八六年版《詞話叢編》本

《詞徵》〔清〕張德瀛撰　中華書局一九八六年版《詞話叢編》本

《褒碧齋詞話》陳鋭撰　中華書局一九八六年版《詞話叢編》本
《詞史》劉毓盤撰　上海書店一九八五年版
《近詞叢話》徐珂撰　中華書局一九八六年版《詞話叢編》本
《歷代詞選集評》徐珂撰　商務印書館一九二八年版
《海綃翁説詞稿》陳洵撰　中華書局一九八六年版《詞話叢編》本
《疚齋詞論》冒廣生撰　中華書局二〇一三年版《詞話叢編補編》本
《曼殊室詞話》梁啓勛撰　人民文學出版社二〇一〇年版《詞話叢編續編》本
《人間詞話》王國維撰　人民文學出版社一九六〇年版
《聲執》陳匪石撰　中華書局一九八六年版《詞話叢編》本
《詞學通論》吴梅撰　上海古籍出版社二〇〇六年版
《詞論》劉永濟撰　上海古籍出版社一九八一年版
《柯亭詞論》蔡楨撰　中華書局一九八六年版《詞話叢編》本
《駝庵詞話》顧隨撰　人民文學出版社二〇一〇年版《詞話叢編續編》本
《蕊園説詞》鍾應梅撰　香港中文大學崇基學院華國學會一九六八年版
《讀詞枝語》陳兼與撰　黄山書社二〇〇九年版《近現代詞話叢編》本
《詞心箋評》邵祖平撰　復旦大學出版社二〇〇七年版
《叢碧詞話》張伯駒撰　黄山書社二〇〇九年版《近現代詞話叢編》本

《繁霜榭詞札》 沈軼劉撰 黄山書社二〇〇九年版《近現代詞話叢編》本
《詞林新話》 吴世昌撰 吴令華輯注 北京出版社二〇〇〇年版
《分春館詞話》 朱庸齋撰 黄山書社二〇〇九年版《近現代詞話叢編》本
《明詞話全編》 鄧子勉編 鳳凰出版社二〇一二年版
《清詞序跋彙編》 馮乾編校 鳳凰出版社二〇一三年版
《百家唐宋詞新話》 傅庚生 傅光編 四川文藝出版社一九八九年版
《詞學季刊》 龍榆生主編 上海書店一九八五年影印本
《詩詞曲語辭匯釋》 張相撰 中華書局一九五三年版